HEYNE <

Zum Buch

Ich bin in Schwierigkeiten, schon wieder. Doch statt mich meinen Problemen zu stellen, bin ich einfach davongelaufen. Dieses Mal weit weg, sodass mich keiner einholen kann – nicht meine beiden jüngeren Schwestern Violet und Rose, nicht mein Vater und auch nicht diese Schlange Pilar, die sich das Kosmetikunternehmen meiner Familie unter den Nagel reißen möchte. Nun bin ich auf Hawaii, hier kennt niemand die Chaotin Lily Fowler. Und ich genieße jede Minute. Doch jemand beobachtet mich und folgt mir. Er sieht umwerfend aus. Bald schon kommen wir ins Gespräch, und entgegen meinem Instinkt verrate ich Max schnell einiges über mich. Es fühlt sich gut an, obwohl er nicht der richtige Mann für mich ist. Unsere plötzlichen Gefühle füreinander sind viel zu kompliziert, zu aufgeladen, zu heftig …

Zur Autorin

Die *New York Times*-, *USA Today*- und internationale Bestseller-Autorin Monica Murphy stammt aus Kalifornien. Sie lebt dort im Hügelvorland unterhalb Yosemites, zusammen mit ihrem Ehemann und drei Kindern. Sie ist ein Workaholic und liebt ihren Beruf.

Lieferbare Titel

Total verliebt
Zweite Chancen
Verletzte Gefühle
Unendliche Liebe
Sisters in Love: Violet – So Hot
Sisters in Love: Rose – So wild

MONICA MURPHY

SISTERS IN LOVE
Lily – SO SEXY

Aus dem Amerikanischen
von Evelin Sudakowa-Blasberg

WILHELM HEYNE VERLAG
MÜNCHEN

Die Originalausgabe erschien 2015 unter dem Titel
Taming Lily bei Bantam Books.

Der Verlag weist ausdrücklich darauf hin, dass im Text enthaltene
externe Links vom Verlag nur bis zum Zeitpunkt der Buchveröffentlichung eingesehen werden konnten. Auf spätere Veränderungen hat der Verlag keinerlei Einfluss. Eine Haftung des
Verlags ist daher ausgeschlossen.

Verlagsgruppe Random House FSC® N001967

2. Auflage
Taschenbucherstausgabe 07/2016
Copyright © 2015 by Monica Murphy
Copyright © 2016 der deutschsprachigen Ausgabe
by Wilhelm Heyne Verlag, München,
in der Verlagsgruppe Random House GmbH
Neumarkterstr. 28, 81673 München
Printed in Germany
Redaktion: Uta Dahnke
Umschlaggestaltung: Zero Werbeagentur GmbH, München
unter Verwendung FinePic®, München
Satz: Fotosatz Amann, Memmingen
Druck und Bindung: GGP Media GmbH, Pößneck
ISBN 978-3-453-41963-6

www.heyne.de

Für meinen Mann
Ich liebe dich.
Danke, dass du so bist, wie du bist.

»Jene, die willens sind,
verwundbar zu sein,
bewegen sich inmitten von Mysterien.«

Theodore Roethke

KAPITEL 1

Max

Ich hasse Jobs, bei denen ich quasi den Babysitter machen muss. Ich nehme die Angebote fast nie an, aber diesmal war die Bezahlung einfach zu gut. Nicht, dass ich beim Arbeiten nur aufs Geld schaue ... Ich habe einen gewissen Stolz. Muss einem Ruf gerecht werden und ihn aufrechterhalten. Wenn ich jeden Scheißjob annehmen würde, der mir angeboten wird, nur weil er gut bezahlt ist, wäre ich ein reicher Mann, der die beschissensten aller beschissenen Jobs macht. Fremdgehende Ehefrauen auffliegen lassen, sie in eindeutigen Positionen erwischen – Mann, diese Jobs gibt's wie Sand am Meer.

Nee, danke. Glücklicherweise kann ich mir meine Arbeit aussuchen. Obwohl ich bei diesem Job das Gefühl habe, dass ich ihn mir nicht ganz so ausgesucht habe. Er hat sich eher mich ausgesucht.

Er fasziniert mich außerdem. *Sie* fasziniert mich. Aber das würde ich natürlich nie einer Menschenseele gestehen. Also, ich bin keiner, der seinen Schwanz geschäftliche Entscheidungen treffen lässt, aber dieses Mädchen ist ganz anders als alle anderen.

Als ich ein Bild von ihr gesehen habe, wusste ich das sofort.

Ich beobachte sie jetzt, von meinem Platz im Flugzeug aus. Ich sitze fünf Reihen hinter ihr direkt am Gang. Sie hat ihren Platz auf der anderen Seite, ebenfalls am Gang. Deswegen habe ich freie Sicht auf ihr Profil, wenn ich mich leicht nach vorn lehne, und genau das mache ich gerade. Schon abgefahren, dass sie auf den Fotos, die ich mir bei meiner Recherche letzte Nacht im Internet angeschaut habe, völlig anders wirkt.

Die zahllosen Ergebnisse meiner Google-Bildersuche zeigten eine leicht bekleidete Frau, verdammt sexy, die einfach in ganz Manhattan macht, was ihr gefällt. Aber die Frau, die ich gerade beobachte, ist eher in sich gekehrt, dezent. Sie trägt einen schwarzen Jogginganzug mit weißen Nähten, das Wort PINK steht in glitzernden Pailletten auf ihrem kleinen Hintern. Sie fällt nicht auf im Flugzeug, sieht aus wie jede andere Frau in ihrem Alter. Nicht wie die steinreiche Erbin, die sie in Wirklichkeit ist.

Als sie ins Flugzeug gestiegen ist, hatte sie Kapuze und Sonnenbrille aufgesetzt, als wolle sie ihre Identität verbergen, obwohl sie damit in Wahrheit total auffiel. Zumindest mir jedenfalls. Die Medien sind ständig hinter ihr her. Kein Wunder also, dass sie inkognito bleiben wollte.

Aber da sie völlig anders als normalerweise angezogen ist, schätze ich, hat sie sich irgendwann wohlgefühlt und schließlich die Kapuze abgesetzt und ihr langes Haar mit den hellen Strähnen entblößt, das sie weit oben am Kopf zu einem Zopf zusammengebunden trägt.

Seither habe ich freie Sicht auf ihr perfektes Profil.

Zierliche Nase, volle Lippen. Lange Wimpern, hohe Wangenknochen, leicht spitzes Kinn. Jedes Mal, wenn jemand an ihr vorbeigeht, hebt sie den Kopf und senkt dann den Blick direkt wieder. Als hätte sie Angst, jemand würde sich ihr nähern.

Als fürchte sie, jemand würde erkennen, wer sie ist.

Das tut aber niemand. Ich wette, dass ich in diesem Flieger als Einziger weiß, dass sie Lily Fowler ist.

In dem Moment, in dem das Flugzeug landet, nehme ich mein Handy und schalte es ein, sehe, dass ich eine SMS bekommen habe.

Hast du sie gefunden?

Ich antworte meinem Kunden mit einem knappen Ja.

Beobachtest du sie jetzt?

Wieder antworte ich bejahend. Mein Blick ist fest auf Lily gerichtet, die ebenfalls ihr Handy in der Hand hat und Nachrichten liest.

Du solltest dir jetzt ihren Laptop schnappen.

Ich blicke auf mein Handy und überlege mir eine Antwort. Ich kann mir das Ding nicht einfach hier im Flugzeug schnappen und dann weglaufen. Ich muss besonnen vorgehen. Ich habe meinen Kunden gewarnt. Ich treffe keine überstürzten Entscheidungen. Ich bin nicht impulsiv, zumindest nicht bei der Arbeit. Mein Wahnsinn hat Methode, und dazu gehört nicht, dass ich mich wie ein verdammter Dieb verhalte.

Schließlich entscheide ich mich für diese Antwort: **Ich habe dich schon vorgewarnt: So schnell wird das nicht gehen.**

Wir haben nicht viel Zeit.

Langsam schüttele ich den Kopf, schaue kurz zu Lily und tippe dann: **Wir haben genug Zeit. Ich erledige den Auftrag schon. Keine Sorge.**

Das Flugzeug kommt zum Stehen, wir sind beim Gate angekommen, und die Passagiere werden unruhig. Auch ich will endlich aussteigen. Meine Beine sind verkrampft. Im Flieger ist alles viel zu eng für mich mit meinen knapp eins neunzig. Meine Knie tun weh. Sogar Lily windet sich auf ihrem Sitz, sie dreht sich um und schaut hinter sich, mir direkt in die Augen. Unsere Blicke treffen sich kurz, dann wendet sie sich wieder ab, als hätte sie mich nicht gesehen.

Ich verspüre Wut. Wut und Verlangen. Eine interessante Mischung, die ich bei der Arbeit noch nie empfunden habe. Ich bin stolz darauf, dass ich immer eine gewisse Distanz wahre. Arbeit ist Arbeit. Und mein Privatleben ist genau das: privat. Wobei ... eigentlich habe ich gar kein richtiges Privatleben. Ich habe niemanden in diesem Scheißleben, der mir nahesteht, und genauso will ich es auch.

Aber die Zurückweisung durch diese Frau, auch wenn sie nur ganz kurz war, versetzt mir einen Stich. Kotzt mich an.

Mein Handy piepst, ich schaue drauf.

Sie ist schnell. Gewieft. Du musst die Gelegenheit beim Schopf ergreifen.

Ich schnaube leise. Will er mir sagen, wie ich meine Arbeit machen soll, oder was? Ich wünschte, ich könnte ihm einfach sagen, er solle sich ins Knie ficken, aber das tue ich nicht. So ordinär bin ich nicht.

Ich bin schneller. Gewiefter. Glaub mir. Ich werde die Aufgabe erledigen.

Ich stecke mein Handy hinten in meine Jeans. Die Stewardess fordert uns per Lautsprecher auf, so lange sitzen zu bleiben, bis das Anschnallzeichen erloschen ist. Wir sind am Gate, alle wollen sich unbedingt ihr Zeug schnappen und dann endlich zum Gepäckband. Mir ist es egal. Ich reise nur mit Handgepäck. Mehr habe ich nicht mitgenommen; es liegt im Fach direkt über mir. Ich sehe, dass die Lady neben mir unbedingt aus ihrem Sitz aufspringen will, aber sie wird warten müssen. Ihre Verärgerung ist deutlich zu spüren, ist mir aber scheißegal.

Ich muss mich langsam bewegen. Ich darf auf gar keinen Fall die Aufmerksamkeit meines Opfers wecken. Noch nicht, das Spiel hat doch gerade erst begonnen.

In dem Augenblick, in dem das Anschnallzeichen erlischt, springt Lily auf, öffnet das Gepäckfach und nimmt eine Tasche heraus. Eine Laptop-Tasche, der Größe nach zu urteilen.

Der Laptop, das Objekt der Begierde, befindet sich wahrscheinlich darin.

Ich balle meine Hände zu Fäusten, lege sie auf meine Oberschenkel. Ich will diese Tasche. Nein. Stimmt nicht ganz. Mein Kunde will diese Tasche beziehungsweise deren Inhalt. Deswegen will ich sie auch.

Und ich werde alles tun, um sie zu bekommen.

Wirklich alles.

KAPITEL 2

Lily

Ich habe ihn erst gespürt und dann gesehen. Seinen Blick auf mir. Taxierend. Beobachtend. Ich lasse ihn gewähren, mit gesenktem Blick, die Augen starr auf die Zeitschrift auf meinen Oberschenkeln gerichtet. Aber so werde ich nie eine gleichmäßige Bräune erreichen; deswegen muss ich meinen Lesestoff früher oder später loswerden. Jetzt allerdings erfüllt er seinen Zweck noch voll und ganz.

Ich tue so, als würde ich lesen, während ich aus den Augenwinkeln nach links schaue und sehe, dass er mich anstarrt. Er weiß noch nicht, dass ich ihn bemerkt habe. Und er ist gut. Niemand würde seine Art der Bespitzelung bemerken.

Außer mir. Weil ich schon mein ganzes Leben lang unter Beobachtung stehe. Die Medien haben meine Schwestern und mich, meinen Vater und meine Großmutter verfolgt, seit ich denken kann. Wir sind Persönlichkeiten des öffentlichen Lebens, wir bekommen Lob, wenn wir etwas Gutes machen, und Verrisse, wenn wir etwas Schlechtes tun.

Wobei fast alle Familienmitglieder schön brav sind. Ich bin das schwarze Schaf der Familie. Ich benehme mich mit schönster Regelmäßigkeit daneben. Ich müsste es inzwischen besser wissen, aber warum sollte ich meinen Ruf aufgeben? Ich habe ihn mir seit meinen Teenagerjahren erarbeitet. Außerdem ist er die beste Fassade überhaupt.

Nach all den Jahren, in denen ich in aller Öffentlichkeit bloßgestellt wurde, weiß ich nun, wenn mich jemand im Blick hat. Das ist wie ein sechster Sinn oder so. Und wenn ich weiß, dass ich beobachtet werde, ziehe ich manchmal eine Show ab. Dann laufe ich auf sie zu und mache ihnen Beine – oder sie knipsen mich völlig außer Rand und Band, und über dem Bild steht dann später die Schlagzeile »Lily Fowler – schon wieder ausgerastet!«.

Diese Arschlöcher.

Meistens tue ich aber so, als wären sie gar nicht da. Als wäre ich froh darüber, dass irgendein beschissener Fotograf ein Bild von mir oben ohne beim Sonnenbaden machen will (jaja, ist schon mehrfach passiert) oder wenn ich gerade in einem Club mit einem Typen knutsche und rummache (das ist auch schon mehrfach vorgekommen).

Aber dieser Typ hier … sieht nicht aus wie ein Paparazzo. Er ist wahrscheinlich älter als ich, aber nicht über dreißig. Sein Haar ist dunkel. An den Seiten ist es sehr kurz geschnitten, oben ein wenig länger. Sein Kiefer ist kräftig, sein Gesicht völlig ausdruckslos und seine Lippen … die könnten eventuell weich und sanft sein, aber er ist zu weit weg, um das genau zu sagen. Seine Augen werden von einer Sonnenbrille verdeckt, aber ich muss sie auch nicht sehen.

Ich kann sie immer noch auf mir spüren.

Er trägt eine Badehose mit Tropenmuster, sonst nichts, sitzt auf einem Hotelhandtuch im glühend heißen Sand, hat die Knie angezogen und die Arme um sie geschlungen und verhält sich, als hätte er gar keine Sorgen. Seine Schultern sind breit, sein Körper ist schlank und fit. Kinder rennen an ihm vorbei und wirbeln dabei Sand auf. Er verzieht fast unmerklich das Gesicht, aber sonst: keine Reaktion. Er ist allein. Neben ihm liegt kein zweites Handtuch, keine Frau, die ihn bittet, ihr die Schultern mit Sonnenmilch einzureiben, und er hängt auch nicht mit Freunden rum.

Komisch.

Könnte er Fotograf sein? Einer der Paparazzi? Ich kenne mittlerweile so einige, deswegen bezweifele ich es. Oder aber er wurde als Lockvogel geschickt, um mich reinzulegen. Aber nicht mit mir! Mich legt man so schnell nicht mehr rein. Außerdem sehe ich anders aus als normalerweise, deswegen werde ich wohl eher nicht verfolgt. Das Partygirl Lily Fowler ist immer noch in New York, wo ich es vor einigen Tagen zurückgelassen habe. Selbstverständlich musste ich meinen Flug unter meinem richtigen Namen buchen, aber die Fluggesellschaften geben diese Informationen nicht an diese nervigen Reporter raus, also haben sie Pech gehabt.

Als ich gestern aus dem Flugzeug stieg und die warme Luft auf meiner Haut fühlte, nahm ich einen tiefen, reinigenden Atemzug und fühlte mich, als hätte ich meinen Panzer abgeworfen. Hier auf Maui bin ich nur eine normale junge Frau im Urlaub. Kein Make-up, kein protziger Schmuck, keine teure Kleidung, keine Typen, die mir an die Wäsche wollen, keine Mädels, die meine Freundinnen werden wollen, damit sie berühmt werden. Ich habe das ganze Brimborium hinter mir gelassen, wie eine Schlange, die sich gehäutet hat.

Wie neugeboren. Frisch und rein.

Meine Gedanken bringen mich fast zum Lachen. Und tatsächlich kichere ich leise und presse mir dann die Finger auf die Lippen, damit ich wieder aufhöre. »Rein«, haha, wie witzig … Das bin ich schon lange nicht mehr, wobei ich immer gehofft hatte, dass ich jemanden finden würde, der mich liebt. Meine wunderschöne Mutter hat mich von ganzem Herzen geliebt, oder sie hat zumindest so getan als ob.

Aber sie hat meine Schwestern und mich nicht hinreichend geliebt, um unseretwegen weiterzuleben. Sie hat den Tod ihren Kindern vorgezogen. Und das tat weh. Daddy hat mich danach nicht mehr geliebt. Ich wurde ihm zur Last. Alle drei Töchter wurden ihm lästig. Wir erinnerten ihn nur daran, dass er einmal eine Frau hatte, die ihn auf die grausamste Weise verließ.

Also habe ich nicht mehr bei meiner Familie nach Liebe und Bestätigung gesucht, sondern auf andere Weise. Bei Typen. Auf Partys. Mit Alkohol. Drogen. Und dann, als ich mich wieder gesammelt hatte und der Welt aufrecht entgegentreten wollte? War es allen total egal. Ich war immer noch Lily das Partygirl. Na ja, und dann wollte ich denen den Gefallen auch tun und habe einfach so mit meinem Leben weitergemacht. Warum hätte ich sie enttäuschen sollen?

Aus den Augenwinkeln kann ich erkennen, dass er mich immer noch beobachtet, obwohl er seinen Kopf sofort wegdreht, sobald ich in seine Richtung blicke. *Hm.* Interessant. Ist er vielleicht einfach nur ein normaler Typ im Urlaub, der mich hübsch findet? Er ist allein, ich bin allein, da könnten wir doch was miteinander anfangen, oder?

Nee, das kann nicht sein. Wer fährt schon allein in den Urlaub, um jemanden abzuschleppen? Das hört sich nach einem ziemlichen Mehraufwand an. Außerdem bin ich nicht zum Entspannen hier. Ich bin auf der Flucht. Ich verstecke mich. Nur für eine Weile. Ich habe mich mit den falschen Leuten angelegt. Mal wieder. Ich will ihnen nicht begegnen, deswegen habe ich Manhattan fluchtartig verlassen.

Ich nehme mein Handy, gehe damit ins Internet und werfe einen Blick auf diesen blöden Fashion- und Beauty-Blog, der sich so sehr für mein Leben und das meiner Schwestern interessiert. Ich will sichergehen, dass dort nicht über mich geredet wird. Lily Fowler wurde zuletzt vor zwei Tagen erwähnt, in dem Blog sehe ich ein Bild von mir mit pinken Lippen, stark geschminkten Augen und einem schwarzen Spitzenkleid – wahrscheinlich war ich da gerade für Fleur bei einer blöden Party für … irgendwas. Den genauen Anlass habe ich vergessen. Als ich spät an jenem Abend in meine Wohnung zurückkehrte, hatte jemand sie völlig zerwühlt, und ich bin ausgerastet. Gestohlen wurde nichts. Kein Schmuck, kein Geld, und dabei lag beides in rauen Mengen in meinem Schrank, zwar ein bisschen versteckt, aber nicht weggeschlossen.

Eine Sache hatte ich aber versteckt, meinen Laptop nämlich, und ich atmete erleichtert auf, als ich ihn wiederfand. Dann schmiss ich ein paar Klamotten in einen kleinen Koffer, buchte im Taxi über mein Smartphone einen Flug und machte mich schnellstmöglich auf und davon.

Das Telefon vibriert in meiner Hand. Ich zucke zusammen und sehe, dass meine kleine Schwester Rose mir eine Nachricht geschickt hat.

Ruf mich sofort an!

Ups ... Das geht gerade nicht. Im Moment bin ich einfach zu misstrauisch. Noch nicht mal Rose hat mein Vertrauen, dabei vergöttere ich sie. Aber was, wenn sie den Mund nicht halten kann? Sie könnte sich unserem Vater gegenüber verplappern, dass sie mit mir gesprochen hat. Wenn mich der Falsche hier findet, war's das.

Ich darf auf keinen Fall ein Risiko eingehen.

Deswegen ignoriere ich die Nachricht, stopfe das Telefon in die Strandtasche und lasse mich wieder auf meine schön weich gepolsterte Liege fallen. Ich habe mir heute früh direkt eine kleine, echt coole Strandhütte gemietet. Der Service ist super, ständig kommt jemand vorbei und stellt sicher, dass ich genug zu essen und zu trinken habe. Außerdem ist die Aussicht spektakulär. Die Sonne brennt, am leuchtend blauen Himmel schweben kleine bauschige Wölkchen, und dann und wann spüre ich einen Windhauch, der meinen heißen Körper kühlt.

Wie im Paradies.

Mein Blick huscht zu meinem Beobachter, der die Aussicht noch besser macht. Je mehr ich starre, desto eindeutiger finde ich ihn sexy. Seine Schultern und die Brust sind so breit. Sein muskulöser Oberkörper ist leicht behaart. Dabei stehe ich normalerweise eher auf glatte Haut, aber bei ihm gefällt mir das Haarige irgendwie. Damit sieht er so männlich aus. Und ein wenig gefährlich.

Ich wende den Kopf ab und denke nur noch an … ihn. Normalerweise stehe ich nicht so auf die gefährlichen Typen. Mir gefallen eher die lockeren, witzigen, attraktiven und selbstbewussten Männer, die auch ein klein bisschen arrogant sein dürfen. Meine Exfreunde sind mir ähnlich. Oder zumindest dem Ich, das ich nach außen hin verkörpern will.

Mein Telefon summt erneut, Rose hat mir noch eine Nachricht geschickt.

Du kannst mir nicht für immer aus dem Weg gehen! Sag mir bitte wenigstens, wo du bist.

Ich starre auf die Buchstaben, meine Finger schweben über der Tastatur. Ich will es ihr sagen, kann es aber nicht. Auf gar keinen Fall. Sie will unbedingt, dass ich ihr antworte, und ich will das unbedingt vermeiden.

Na ja, »wollen« ist vielleicht nicht der richtige Ausdruck. Eigentlich, also wenn es nach meinem Herzen ginge, will ich sie unbedingt anrufen, sie fragen, ob alles in Ordnung ist. Sie ist schwanger. Meine kleine Schwester, die ich nach ihrer Geburt total hasste, weil sie mir die Aufmerksamkeit unserer Mom stahl, wird nun selbst ein Baby bekommen. Mit einem Typen, mit dem ich zur Schule gegangen bin. Einem Typen, den ich vielleicht einmal geküsst und irgendwie an mich rangelassen habe. Ich fühle mich deswegen wie eine absolute Schlampe, aber wenn Rose das nicht stört, stört es mich auch nicht. Sie ist so glückselig mit ihrem Caden, dass es fast schon abartig ist.

Fast so abartig wie meine Schwester Violet und ihr Verlobter Ryder. Die beiden sind einfach … unglaublich. Und das liegt nur an ihm. Ryder strahlt Selbstbewusstsein aus. Sex-Appeal. Ich verstehe schon, was meine Schwester an ihm so anziehend findet. Aber es überrascht mich, dass die beiden wirklich zusammen sind. Er passt, dachte ich, eigentlich eher zu mir, aber dann hat Violet einmal nach einigen Gläsern zu viel das ein oder andere Geheimnis ausgeplaudert. Bezüglich Ryders Dominanz im Bett.

Auf so was steh ich ja gar nicht. Ich habe lieber die Kontrolle. Denn es gab eine Menge in meinem Leben, was nach dem Tod meiner Mutter, als ich noch klein war, außer Kontrolle geriet. Als ich älter wurde, erkannte ich, dass ich einzig und allein mich selbst unter Kontrolle haben kann. Meinen Körper. Meinen Geist. Meine Entscheidungen.

Deswegen habe ich das Zepter in der Hand, vor allem im Bett. Mit diesem ganzen harten Domina-Zeug hat das allerdings nichts zu tun. Dabei verdrehe ich nur die Augen. Wen macht das bitte geil? Vielleicht habe ich ja nur noch nicht den richtigen Typen getroffen. Glaube ich aber eher nicht.

Ich nehme meinen Tropencocktail, lege die Lippen um den Strohhalm und sauge daran, lasse den Blick über den Strand schweifen, beobachte, wie sich die Wellen sanft am Ufer brechen. Ich möchte schwimmen gehen. Ich will das Wasser an den Beinen spüren, wenn ich langsam ins Meer gehe. Meine Sachen kann ich ja einfach hier liegen lassen, da passiert schon nichts. Die Hotelangestellten haben alles im Auge, aber vielleicht ist mein Beobachter ja von der schnellen Truppe? Ist er womöglich doch ein Paparazzo und wartet nur auf die Gelegenheit, meine Tasche zu durchwühlen? Aber da ist eh nur mein Telefon drin ...

Aber mein Telefon ist mein ganzes Leben. Ein Passwort schützt es vor unberechtigtem Zugriff. Wenn er jedoch ein wenig Bescheid weiß, wird er es wahrscheinlich knacken können. Das kann ich nicht riskieren. Doch immerhin ist wenigstens mein Laptop in Sicherheit. Er liegt in meinem Hotelbungalow ganz oben im Kleiderschrank. Ganz hinten auf dem obersten Brett. Da findet ihn garantiert niemand.

Ich stelle meinen Drink neben mir auf den Tisch und lege mir den Zeigefinger auf die Lippen, während ich mir mein weiteres Vorgehen überlege. Ich spüre den Blick meines Beobachters nicht mehr, und ich sehe, dass er weg ist. Auch sein Handtuch liegt nicht mehr da; er ist also anderswo hingegangen.

Gut. Besser könnte es nicht sein. Ich brauche mir keinen Kopf mehr zu machen, weil mich ein komischer Kerl anstarrt. Ich kann mich auf wichtigere Dinge konzentrieren.

Ich strecke die Beine aus, drehe mich zur Seite und stehe auf. Mit den Händen auf den Hüften schaue ich erst nach links und dann nach rechts. Kein Beobachter weit und breit. Wo ist er bloß so schnell hin? Ich habe ihn noch nicht einmal gehen hören. Ist das Ganze etwa eine List?

Wahrscheinlich mache ich mir völlig umsonst Sorgen. Er ist einfach ein Typ, der mich hübsch findet, oder so. Nach dem, was passiert ist, bin ich einfach viel zu paranoid. Dass jemand in meine Wohnung eingedrungen ist und meine persönlichen Sachen durchwühlt hat, macht mich irgendwie unentspannt, hält mich aber trotzdem nicht auf. Ich mache etwas, was ich nicht sollte, deswegen denke ich, dass alle anderen auch nichts Gutes im Schilde führen.

Kopfschüttelnd gehe ich zum Wasser, spüre den warmen Sand unter meinen Füßen. Neben mir planschen und spielen ein paar Kinder mit bunten Eimern und Schaufeln aus Kunststoff am Ufer. Ein Paar steht hüfttief im Wasser, Wellen brechen sich an den beiden, sie fallen einander in die Arme und lachen.

Mein Herz schmerzt, aber ich achte nicht darauf. Ich glaube nicht an Liebe oder Pärchen oder Dating oder den ganzen Kack. Liebe ist was für Idioten. Meine Schwestern sind zwar mit ihren Kerlen total glücklich und glauben an die Liebe, aber bei mir ist das anders. Ich weiß, dass das nichts für mich ist.

Ich würde niemals jemanden zu nah an mich heranlassen. Jemandem die Macht geben, mich zu verletzen. Und ich weigere mich, das aufzugeben.

Schnell gehe ich in das kalte Wasser, erst bis zu den Knöcheln, dann den Waden, schließlich bis zu den Knien. Ich erbebe. Trotz der Sonne und des heißen Sands ist das Wasser eiskalt, aber das ist mir egal. Ich stehe nun bis zum Bauchnabel drin, gehe in die Knie, und das Wasser reicht mir bis zu den Schultern. Ich japse leise, es ist wirklich frisch.

Die Wellen ziehen mich weiter ins Meer, ich lasse mich auf dem Rücken einfach treiben, die Sonne wärmt mein Gesicht, das Wasser umspült meinen Kopf. Ich schmecke Salz auf den Lippen, schließe die Augen, breite die Arme aus und plansche mit den Händen im Wasser. Fühlt sich gut an. Friedlich.

Plötzlich kommt eine riesige Welle aus dem Nichts, drückt mich unter Wasser, schleudert mich in Richtung Meeresboden. Ich versuche, den Aufprall abzufangen, und schürfe mir die Hände an dem felsigen

Untergrund auf, spüre, wie eine besonders scharfe Kante meine Handfläche aufschlitzt.

Der Schmerz durchdringt alles. Ich stoße mich vom Boden ab und will an die Wasseroberfläche, aber vergeblich. Wieder erwischt mich eine Welle und wirbelt mich herum.

Wasser schießt mir in Nase und Mund, ich schließe die Augen und kämpfe gegen die Wellen an. Ich will um Hilfe rufen. Ich will winken, die Leute am Strand darauf aufmerksam machen, dass ich hier wahrscheinlich gerade ertrinke, aber vergeblich.

Ich schaffe es einfach nicht.

Wieder erwischt mich eine Welle, wenngleich etwas schwächer, schleudert mich unter Wasser umher und zieht mich noch weiter ins Meer hinaus. Ich trete mit aller Kraft um mich, treffe den Meeresgrund und stoße mich von ihm ab. Ich öffne die Augen, ich kann über mir die Wasseroberfläche sehen, in der sich das Sonnenlicht bricht, und ich drücke mich erneut fest ab; ich muss einfach nach oben.

Starke Arme legen sich um meine Taille und ziehen mich über Wasser. Als mein Kopf an der Luft ist, atme ich tief ein und huste dann fürchterlich. Die Arme liegen wie ein Stahlband um meinen Bauch, fest, aber nicht zu eng, als wüsste der Besitzer, dass ich noch mehr husten würde, wenn er stärker zudrückt. Ich kann seine warme, muskulöse Brust an meinem Rücken spüren, als er mich zum Ufer zieht. Ich umklammere ihn aus Angst, er könnte mich loslassen.

»Alles in Ordnung, Prinzessin?« Seine Stimme ist tief und sonor, vielleicht kommt er aus dem Süden der USA. Trotz meiner Angst, der Erschöpfung und dem stechenden Schmerz in der Handfläche kribbelt mein ganzer Körper bei dem Klang seiner Stimme.

Ich nicke, klappere mit den Zähnen, stehe womöglich unter Schock. Das Adrenalin und die Todesangst, die ich gerade durchlebt habe, sind daran schuld. Mein Retter ändert ein wenig den Griff um meine Hüfte, seine Hand liegt auf meinem nackten Bauch, und ich betrachte seinen dicken, muskulösen Unterarm. Seine Haut schimmert golden und ist mit dunklen Haaren bedeckt, und die Hand ... ist einfach riesig. Sie bedeckt fast meinen ganzen Bauch, und ich bin wirklich kein Gerippe.

Seine Finger streicheln fast schon über meine Haut, und die Luft weicht mir aus den Lungen, mir wird schwindelig. Ich lasse seinen Arm los, strecke ihm die Hand mit der Handfläche nach oben entgegen, und da sehe ich den tiefen Schnitt an der Innenfläche, aus dem Blut fließt.

Scheiße. Sieht schlimm aus.

Auch er bemerkt den Schnitt und erschrickt. »Du hast dich verletzt.« Er bewegt sich schneller, und ich erschlaffe – der Anblick des Schnitts ist zu viel für mich, das Blut und der Schmerz, der in den Arm ausstrahlt. »Wir müssen Hilfe holen.«

»Ich ... ich dachte, du wärst die Hilfe«, hauche ich atemlos. Ich muss schlucken, der Schmerz schießt mir durch den Körper, ich zucke zusammen. Ich habe zu viel Salzwasser geschluckt, mein Hals tut weh, die Nase brennt.

»Du brauchst einen Arzt«, sagt er schroff, als wir aus dem Wasser steigen.

Ich drehe den Kopf, weil ich mir meinen Retter gern

ein wenig genauer anschauen würde, aber er ist riesig, und mir tut der Nacken weh. Er schaut hinunter, reißt die Augen auf, als unsere Blicke sich treffen. Ein Schock durchfährt mich, und ich öffne den Mund, stoße mit schmerzender Kehle und rauer Stimme hervor: »*Du* bist das.«

Er ist es. Bei meinem Retter handelt es sich um den Mann, der mich beobachtet hat.

»Hey!« Ich wende meinen Blick ab und sehe einen Hotelangestellten, der auf uns zuläuft. Panik liegt in seinen Augen, und mein letzter Gedanke, bevor mein Körper erschlafft und mir schwarz vor Augen wird, ist, dass der nicht wirklich nach Hilfe aussieht.

KAPITEL 3

Max

Verdammt, sie ist in meinen Armen ohnmächtig geworden.

Sicher, sie kann nichts dafür. Noch vor wenigen Minuten war sie fit, atemberaubend fit, um ehrlich zu sein, schlenderte mit so einem femininen, geradezu magischen Hüftschwung, der mich in seinen Bann schlug, ans Meer und fasste sich mit den Händen an diesen perfekten Arsch, um an ihrem Bikinihöschen zu zupfen, als könnte sie dadurch erreichen, dass dieser winzige Stofffetzen die gesamte nackte, pralle Haut bedeckt.

Diese am Höschen zupfenden Finger riefen alle möglichen schmutzigen Fantasien in mir wach, die meinen Schwanz sofort zum Leben erweckten. Ich stellte mir vor, dass ich derjenige bin, der die Finger unter ihr Bikinihöschen gleiten lässt, immer tiefer, bis sie auf heiße, feuchte Haut treffen. Haut, die so verdammt unglaublich schmecken wird, wenn ich sie von vorn bis hinten lecke …

Yeah. Diese Lily Fowler – nicht das Partygirl – ist die Verkörperung meiner süßesten Fantasien. Wer hätte das geahnt? Ich war vom Strand auf einen Schattenplatz unter einigen kleineren Palmen umgezogen und beobachtete von dort aus, wie sie sich im Meer vergnügte. Ihr knallpinker Bikini verdeckte kaum etwas, und ihr Haar war zu einem lockeren Knoten hochgebunden, sodass ihr Hals und ihre Schultern voll zu sehen waren. Ihre Brüste drängten sich gegen die winzigen Dreiecke des Bikinioberteils, und über ihren Arsch werde ich jetzt nichts sagen, weil ich mich langsam so anhöre, als wäre ich von ihr besessen.

Was auch zutrifft.

Ehe ich mich's versah, zogen die Wellen sie unter Wasser, und für mein Dafürhalten tauchte sie nicht schnell genug wieder auf. Also sprintete ich zum Meer, hechtete hinein und erspähte binnen Sekunden ihren pinkfarbenen Bikini. Sie kämpfte, wie ich, gegen die Wellen an, und als ich sie schließlich erreichte, konnte sie sich fast wieder über Wasser halten. Ich half ihr einfach nur ein bisschen und brachte sie zurück zum Ufer.

Das war das Letzte, was ich wollte. Meine Zielperson retten. Aus der Deckung kommen. Es war in dem ganzen Spiel noch zu früh für eine direkte Begegnung. Ich durfte mich nicht zu erkennen geben.

Aber ich konnte sie auch nicht vor meinen Augen ertrinken lassen.

Die ganze Sache hat sie echt ziemlich mitgenommen. Zu viel Wasser geschluckt, Sauerstoffmangel, der Schnitt in ihrer Handfläche – kein Wunder, dass sie ohnmächtig wurde. Und das in meinen Armen. Mithilfe des noch vor Schreck zitternden Hotelangestellten bette ich sie nun auf den Sand, und dann nimmt der Angestellte das am Bund seiner Shorts befestigte Funkgerät und gibt unseren Standort und die Art der Verletzung durch.

»Kennen Sie sie? Ist sie Ihre Freundin?«, fragte er, meinen Blick suchend.

Langsam schüttele ich den Kopf. »Keine Ahnung, wer sie ist.« Die Lüge kommt mir mühelos über die Lippen. »Aber vor wenigen Minuten war sie noch da drüben in der Strandhütte.« Ich deute zu der Stelle.

Der Angestellte blickt sich kurz zu der Strandhütte um, ehe er sich wieder mir zuwendet. »Sieht so aus, als wären ihre Sachen noch dort.«

»Gut. Vielleicht hat sie ja einen Ausweis dabei.« Behutsam ergreife ich ihre schlaffe Hand und mustere den Schnitt in der Handfläche. Er ist ziemlich tief. Müsste vielleicht mit ein paar Stichen genäht werden. Ich streiche mit dem Daumen über ihre Finger und achte dabei darauf, nicht an die Wunde zu kommen. »Sie könnten auch nachsehen, welcher Gast die Hütte gemietet hat.«

»Oh. Ja. Richtig. Gute Idee«, stößt die Dumpfbacke von einem Angestellten hervor, atmet tief aus und starrt auf das Meer hinaus. Es scheint, als wolle er sich nicht weiter um Lily kümmern, sie auf keinen Fall irgendwie berühren.

Also übernehme ich das. Vorsichtig richte ich Lily auf und lege meine Hand mitten auf ihren Brustkorb, sodass ich ihren regelmäßigen Herzschlag spüre. Meine Finger streifen ihre Brüste, und alles in mir spannt sich an. Ihre Haut ist kalt, aber weich und unglaublich glatt. Ihre Augen sind geschlossen, die langen Wimpern liegen wie dunkle Fächer auf ihrer Haut, und ihre vollen Lippen sind leicht geöffnet, während sie langsam und regelmäßig atmet. »Tja, wenigstens atmet sie«, sage ich sarkastisch und nehme widerstrebend die Hand von ihrer Brust.

»Hilfe ist unterwegs.« Der Typ wirft mir einen verlegenen Blick zu. »Ich arbeite erst seit einem Monat hier. In solchen Sachen bin ich nicht so gut.«

Ach, echt? »Haben Sie medizinische Hilfe angefordert?«

»Ja.« Er nickt.

Vorsichtig lasse ich Lily wieder auf den Boden sinken und betrachte sie, wie sie reglos im warmen Sand liegt. Sie ist verdammt schön. Ihre Brüste sind voll, selbst im Liegen, und ihre Beine endlos lang. Sie riecht unglaublich gut, obwohl der Geruch nach Meerwasser immer noch leicht an ihr haftet, und ich werde von dem jähen Verlangen übermannt, sie wieder zu berühren. Meine Lippen auf ihre Haut zu pressen.

Energisch mahne ich mich zur Vernunft. *Was zum Teufel ist nur mit mir los?*

»Dann ist sie ja in guten Händen«, sage ich und springe auf. Ich muss verdammt noch mal von hier weg. Der Hotelfuzzi starrt mich an, mit offenem Mund, die Augen weit aufgerissen. »Ich muss los«, erkläre ich.

»Sie können mich doch nicht mit ihr allein lassen«, beginnt er, doch ich bringe ihn mit einem Blick zum Schweigen.

»Ist das nicht Ihr Job? Außerdem kenne ich die Frau nicht«, erinnere ich ihn. »Ich bin nur ein anständiger Mensch, der einer Fremden zu Hilfe gekommen ist.«

»Sie haben ihr wahrscheinlich das Leben gerettet«, erwidert er. »Wenn sie zu sich kommt, will sie sich bestimmt bei Ihnen bedanken.«

Ich zucke die Achseln. Wenn sie wieder zu sich kommt, sollte ich besser schon verschwunden sein.

Sobald sie mich sieht, wird es Fragen geben. Fragen, die ich nicht beantworten möchte. Mit meinem blöden Geglotze habe ich für heute schon genug Schaden angerichtet. »Wenn sie fragt, sagen Sie ihr einfach, es freut mich, dass es ihr gut geht.«

»Aber ich weiß doch gar nicht, ob es ihr wirklich gut geht. Die Wunde an ihrer Hand sieht ziemlich übel aus.«

Und du gibst eine ziemlich üble Figur ab!, denke ich bei mir. Es ist nur eine Schnittwunde. Daran wird sie nicht sterben. »Es geht hier nicht um Leben und Tod.« Am liebsten hätte ich *Arschloch* hinzugefügt, doch ich beherrsche mich. »Sie wird sich wieder berappeln. Ein paar Stiche und fertig.«

Ehe er weiterlamentieren kann, schwirre ich ab, will nur noch weg von hier. Der Typ ruft mir nach, aber ich drehe mich nicht um, sondern stapfe mit gesenktem Kopf durch den Sand, entferne mich mit jedem Schritt weiter von der Versuchung namens Lily Fowler.

Ich bin mir nicht sicher, ob ihr klar ist, wer sie aus dem Wasser gefischt hat. Ich hoffe, nicht. Und sie soll es auch nicht erfahren, denn ich will auf gar keinen Fall, dass sie sich bemüßigt fühlt, mir zu danken oder mit mir zu reden.

Noch nicht.

Schlimm genug, dass ich vorhin, als ich sie beobachtet habe, in der Nähe ihrer Strandhütte saß. Ich glaube, sie hat mich nach einer Weile bemerkt. Deshalb habe ich auch den Platz gewechselt. Ich wollte nicht auffallen, aber ich musste mich nun mal in ihrer Nähe aufhalten.

Besser gesagt, ich *wollte* mich in ihrer Nähe aufhalten.

Ich wische mir den Schweiß aus dem Nacken, eile in Richtung Hotel. Niemals zuvor habe ich mich von einer Frau derart aus der Bahn werfen lassen, schon gar nicht während eines Jobs. Ich verstehe selbst nicht, weshalb ich so heftig auf sie reagiere. Normalerweise gehe ich cool und gelassen an einen Auftrag heran, lasse mich durch nichts ablenken.

Aber ein Blick auf Lily genügte – wie sie anmutig auf der Liege saß, ihre Haut in der Sonne schimmernd, das Gesicht hinter der riesigen Designer-Sonnenbrille halb versteckt, was ihrem ohnehin rätselhaften Wesen zusätzlich eine Aura von Geheimnis verlieh –, und ich wollte näher zu ihr hin. Nur ein einziges Mal.

Du bist ein gottverdammter Idiot.

Yep, das kann ich nicht leugnen. Ich habe in meinem Leben genügend Dinge gemacht, die das bestätigen.

Mein Handy klingelt, und ich gehe dran, weiß genau, wer am anderen Ende der Leitung ist.

»Wo ist sie?«

Ich entscheide mich für die Wahrheit. »Liegt ohnmächtig im Sand.«

Gelächter dringt an mein Ohr, und um es nicht in voller Lautstärke abzukriegen, halte ich das Telefon ein Stück weg. »Sie haben sie bereits ausgeknockt? Hey, Sie arbeiten schnell.«

»Ich schlage keine Frauen«, murmele ich.

»Zu schade. Eine saftige Ohrfeige könnte bei ihr wahre Wunder wirken.«

Herrgott. Meine Klientin ist wirklich eine total miese Zicke.

»Sie wäre beinahe *ertrunken*«, erwidere ich und blicke mich dabei um, um sicherzugehen, dass niemand zuhört. Bei diesem Gespräch sollte ich besser nicht belauscht werden.

»Ha, würde ihr recht geschehen, der kleinen Hexe.« Noch mehr Gelächter. Ekel überkommt mich. Ich mag diese Frau nicht. Sie ist nicht nett. Kein bisschen. Und mir ist immer noch schleierhaft, warum sie will, dass ich Lily Fowler beschatte und mir diesen gottverdammten Laptop schnappe, von dem meine Klientin behauptet, dass er ihr gehört. Allmählich frage ich mich, ob das nicht eine Lüge ist. Und ich frage mich auch, ob Lily nicht irgendetwas gegen diese Frau in der Hand hat.

Interessanter Gedanke. Und sehr naheliegend.

»Hören Sie, es hilft nicht weiter, wenn Sie mich alle paar Stunden ansimsen oder anrufen und mich kontrollieren«, murmele ich. Ich bin jetzt in der Nähe des Pools, wo es wegen der vielen Leute und der hawaiianischen Musik aus den Lautsprechern ziemlich laut und chaotisch zugeht. Ich will hier weg und in mein Hotelzimmer zurück, damit ich meine Ruhe von dem ganzen Scheiß habe. Da Lily Fowler die nächsten Stunden erst einmal flachliegen wird, sollte ich versuchen, etwas Schlaf zu kriegen.

»Wenn ich Sie nicht kontrolliere, wer dann? Schließlich habe ich eine Menge Geld bezahlt, damit Sie diesen Auftrag erledigen, und zwar schnell«, erinnert sie mich. »Es ist mein gutes Recht, Sie, wann immer ich will, anzusimsen und anzurufen.«

»Ihr gutes Recht hin oder her, Sie vermasseln mir meine Strategie. Ich werde Ihnen einmal am Tag Bericht erstatten, alles klar?« Ich lasse mich von dieser

Frau doch nicht herumkommandieren. Sie hat mir zwar einen fetten Batzen Kohle bezahlt, der die Sache mehr als wert ist, aber was meine Arbeit angeht, habe immer noch ich das Sagen.

»Das genügt nicht«, entgegnet sie mit einer düsteren Endgültigkeit, die ich nur bewundern kann. Die Frau hat Biss, das muss man ihr lassen. »Zweimal täglich. Einmal morgens, einmal abends.«

Verdammt. Ich wische mir die Stirn. »Einverstanden«, sage ich. »Wollen Sie Ihren Bericht jetzt oder später?«

»Jetzt.« Sie hört sich erwartungsvoll an. »Erzählen Sie mir, wie es kam, dass sie ohnmächtig wurde. Ich will jedes schmutzige Detail erfahren.« Sie hört sich an, als würde sie sich über Lilys Missgeschick diebisch freuen.

Also berichte ich ihr, was vorgefallen ist, angefangen damit, wie Lily sich zunächst in ihrer Strandhütte aufhielt und noch vor Mittag zwei alkoholische Getränke schlürfte, bis hin zu dem Moment, als sie in meinen Armen ohnmächtig wurde und ich sie in der Obhut des panischen Hotelangestellten zurückließ, der bis zum Eintreffen der Sanitäter bei ihr bleiben würde.

»Sie haben sie einfach dort zurückgelassen?«, fragt sie, als ich mit meinem Bericht am Ende angelangt bin.

»Was hätte ich denn tun sollen? Mich vorstellen und ihr erzählen, dass ich für Sie arbeite?«

Sie keucht auf. »Oh, Gott, *nein*. Das wäre eine Katastrophe. Schlimm genug, dass sie alles ruiniert, was sie in ihre dreckigen Pfoten kriegt.«

Ich habe keine Ahnung, wovon sie redet, und ich frage auch nicht nach. »Ich werde mich später nach ihr erkundigen. Diskret herumfragen und mich vergewissern, dass es ihr gut geht.« Irgendjemand wird mir erzählen, wie es Lily geht. Ob nun der Angestellte, bei dem ich sie zurückgelassen habe, oder jemand anders.

»Tun Sie das«, sagt sie geistesabwesend, und es ist unüberhörbar, dass sie einen feuchten Kehricht darum gibt, ob es Lily gut geht oder nicht. Was für ein Miststück.

»Ich werde Sie heute Abend anrufen und auf den neuesten Stand bringen«, fahre ich fort, obwohl ich schon allein bei dem Gedanken daran mit den Zähnen knirsche. Aber es muss sein. Sie lässt mir keine andere Wahl.

»Darf ich Ihnen eine Frage stellen?«

»Sicher.« Ich stehe am Rand der Poolanlage, mit dem Rücken zu dem Getümmel und dem Blick aufs Meer. Die Sonne brennt heiß auf meiner Haut; meine Badehose ist fast trocken, obwohl ich erst vor wenigen Minuten aus dem Meer gekommen bin. Ich sehne mich nach einem Bier und einem Burger. Verflixt, ich bin in einem verdammten Paradies gefangen und muss mir von dieser Hexe die Leviten lesen lassen.

Das nervt kolossal.

»Wann genau werden Sie zur Tat schreiten?«

Ich runzele die Stirn. »Wie meinen Sie das?«

»Wann werden Sie sich den Laptop schnappen? Denn nur aus diesem Grund sind Sie in Hawaii. Ich bezahle Sie nicht dafür, dass Sie sich ein paar nette Urlaubstage machen. Sie haben einen Job zu erledigen«, erinnert sie mich freundlicherweise.

»Das weiß ich«, erwidere ich grimmig. »Aber wie gesagt, Sie müssen mir vertrauen und mich meine Arbeit machen lassen. Hier geht es nicht um einen simplen Einbruch. Ich muss mich langsam an die Sache ranarbeiten.« Erst muss ich Lilys Vertrauen gewinnen. Und mich dann um den Laptop kümmern. Nur so kann es gelingen.

»Die Zeit wird knapp, Mr. Coleman.« Ich mag es nicht, wenn sie mich so nennt, und ich glaube, das weiß sie auch. »Jede Minute, die verstreicht, ist eine weitere vergeudete Minute.«

»Ma'am, wird sind erst gestern angekommen. Sie ist noch nicht mal vierundzwanzig Stunden auf dieser verfluchten Insel«, sage ich mit fester Stimme. Ich werde mich nicht rechtfertigen, das sollte sie allmählich begreifen. »Lassen Sie mich einfach meinen verdammten Job tun.«

Sie schnappt hörbar nach Luft. »Lassen Sie diesen Ma'am-Scheiß. Wir sind praktisch im gleichen Alter.«

Ah! Das ärgert sie. Ich würde wetten, dass sie gute zehn Jahre älter ist als ich. »Ich bemühe mich nur, höflich und respektvoll zu sein.« Meine Mutter hat mich anständig erzogen, aber dieser Frau gegenüber … fällt es mir schwer, auch nur einen Hauch von Respekt zu zeigen. »Sie werden heute Abend von mir hören«, sage ich und beende das Gespräch.

Ehe die Leitung tot ist, höre ich noch ein protestierendes Zischen, und ich rechne schon mit einem erneuten Anruf oder einer SMS, aber es kommt nichts.

Gott sei Dank.

Ich gehe in mein Hotelzimmer und bestelle beim Zimmerservice einen Hamburger, eine doppelte Portion Pommes und ein Bier. Um die Wartezeit von einer halben Stunde zu überbrücken, werfe ich mich aufs Bett und scrolle durch die Fotos auf meinem Handy.

Die Schnappschüsse, die ich von Lily gemacht habe.

Es gibt einige heimliche Aufnahmen von ihr im Flugzeug. Die Bilder sind schlecht, unscharf. Aus dem Handgelenk geknipst, um nicht bemerkt zu werden. Ich tippe auf das Display, zoome ihr Profil näher heran und betrachte es. Ihre Stirn, ihre Nase, diese vollen Lippen, so sexy. Sie sieht angespannt aus, ein wenig nervös.

Verletzlich.

Ich wische von Foto zu Foto, halte bei der Aufnahme inne, die Lily in ihrer Strandhütte zeigt. Sie sitzt aufrecht da, blickt auf das Meer hinaus. Ihre Lippen sind leicht geöffnet, ihr hübsches Gesicht ist von der riesigen Sonnenbrille fast völlig bedeckt, ihre Schultern sind gerade, und um ihren Hals sind die Bänder ihres pinkfarbenen Bikinioberteils geschlungen. Auch dieses Foto zoome ich näher, begutachte wie irgend so ein Perverser ihre Brüste, bewundere, wie sie sich gegen die Dreiecke ihres Oberteils drängen. Mein Sack zieht sich zusammen, mein Schwanz zuckt, und mir wird heiß.

Scheiße.

Verärgert werfe ich das Handy aufs Bett, fahre mir mit beiden Händen durchs Haar. Ich muss mir diese Frau aus dem Kopf schlagen. Sie ist eine Ablenkung. Ich habe einen Auftrag zu erledigen. Ich kann es mir nicht erlauben, dass meine Lust mit meiner Arbeit kollidiert. Meine Klientin ist ein Miststück ersten

Ranges. Sie würde null Skrupel haben, mich zu ruinieren, wenn ich den Auftrag vermassele. Das hat sie mir bei unserer ersten Begegnung ziemlich deutlich zu verstehen gegeben. Sie hat versucht, mit mir zu flirten, und als ich nicht darauf reagierte, wurde sie eiskalt.

Eine echte Giftnatter.

Es ist nicht so, dass ich mich von dieser Frau einschüchtern lassen würde, aber ... *Scheiße noch mal.* Ich will es nicht riskieren. Ich brauche diesen Job. Ich habe schon einmal alles verloren. Habe meine Militärkarriere aus Frust hingeschmissen. So etwas kann ich mir nicht noch einmal leisten.

Erneut schnappe ich mir mein Handy, sehe mir das letzte Foto an, das ich von Lily gemacht habe, als sie über den Strand zum Meer ging. Ihr Haar weht in der leichten Brise wie goldene Seide. Sie ist in diesem knappen Bikini so gut wie nackt, und ich kann nicht anders, als ihren anmutigen Rücken zu bewundern, ihren perfekten Arsch. Rund und knackig, jede Backe eine reichliche Handvoll. In wenigen Tagen werde ich diese Frau quasi in der Hand haben.

Nur nicht so, wie ich es eigentlich gern möchte.

KAPITEL 4

Lily

»Aha, du lebst also noch«, begrüßt mich Rose betont unfreundlich. »Dir ist doch wohl klar, dass ich krank vor Sorge um dich war. Ich habe ...«

Ich unterbreche sie, schneide ihr das Wort ab. »Du musst mir versprechen, niemandem zu erzählen, dass du mit mir gesprochen hast.«

Sie schweigt, atmet scharf ein. »Warum?«

»Keine Fragen. Versprich es mir, Rose.« Meine Stimme ist fest, kündet von meiner Entschlossenheit. Wenn sie es mir nicht versprechen kann, werde ich dieses Gespräch beenden und sie nicht mehr anrufen, bis ich wieder in Manhattan bin.

Wenngleich ich keine Ahnung habe, wann das sein wird.

»Darf ich es Violet sagen?«, fragt sie. »Sie macht sich auch Sorgen. Ich möchte keine Geheimnisse vor ihr haben.«

»Ganz bestimmt nicht Violet.« Sie hätte kein Problem damit, mich pausenlos anzurufen und so mürbe zu machen, dass ich irgendwann ans Telefon gehe. Und dann würde sie mir wahrscheinlich ein schlechtes Gewissen machen, und das kann ich jetzt weiß Gott nicht brauchen. »Niemand darf wissen, wo ich bin.«

»Aber warum nicht? Bist du untergetaucht oder

was? In der Klatschpresse wundert man sich schon, wohin du verschwunden bist.« Sie hält kurz inne. »Und was ist mit Caden? Ihm erzähle ich alles. Ich kann ihm einfach nichts verheimlichen.«

Fast hätte ich die Augen verdreht, doch das wäre pure Energieverschwendung, weil mich niemand sehen kann. Natürlich erzählt sie ihrem Ehemann alles. Die beiden sind einander so nah, sind so wahnsinnig verliebt, haben es sich so nett in ihrer eigenen kleinen Welt eingerichtet.

Und ich bin mutterseelenallein in meinem Hotelbungalow, mit einem dicken Verband um meine Hand und leicht benommen von dem Schmerzmittel. Noch beschissener hätte mein »Urlaub« hier wohl kaum anfangen können! »Nein, nicht einmal Caden. Ich vertraue dir, Schwesterchen. Nur dir, deshalb brauche ich dein Versprechen.«

»Na gut.« Sie seufzt resigniert. »Ich verspreche es.« Ihre Stimme ist matt, und mich überkommt ein Anflug von schlechtem Gewissen, weil ich sie so fordere.

Aber ich schiebe dieses Gefühl rasch beiseite.

»Okay. Ich wollte nur anrufen, um zu sagen, dass bei mir alles in Ordnung ist. Ich habe deine SMS erhalten und weiß, dass du dir Sorgen gemacht hast, aber ich schwöre, es ist alles okay. Ich werde bald wieder zu Hause sein«, stoße ich in einem Schwall hervor.

Ich kann ihr nicht erzählen, warum ich in Wahrheit angerufen habe. Dass ich Angst hatte, als ich aus meiner Ohmacht erwachte – und ich kann mich beim besten Willen nicht daran erinnern, wie ich ohnmächtig wurde – und plötzlich am Strand lag, über mir zwei Sanitäter, die meinen Puls prüften und meine Wunde säuberten, was mich vor Schmerzen aufjaulen ließ. Ich war so desorientiert, so verängstigt, und es war niemand für mich da. Absolut niemand, der mir zur Seite stand und mir versicherte, dass alles wieder gut werden würde.

Ich war allein. Nicht einmal mein geheimnisvoller Retter war mehr da, um mir ein wenig seelischen Beistand zu leisten. Wahrscheinlich hat er sich verdrückt, als ich ohnmächtig wurde. Der Hotelangestellte wusste seinen Namen nicht; er hatte keine Ahnung, wer der Typ war, und ich weiß es auch nicht.

Ungeachtet meiner schwachen Proteste, wurde ich in einen Krankenwagen verfrachtet und zu einer nahegelegenen Klinik gekarrt. Zum Glück musste ich nicht genäht werden. Ich bekam nur ein paar Schmetterlingspflaster, um die Wunde geschlossen zu halten, einen weißen Mullverband um die Hand und eine komische netzartige Bandage zur Fixierung des Ganzen. Man verschrieb mir ein Antibiotikum und ein Schmerzmittel, löste das Rezept gleich in der Klinikapotheke ein und ließ mich dann meiner Wege ziehen.

Es war eine schreckliche Erfahrung. So entsetzlich *real*, zumal ich sonst nur selten, wenn überhaupt, mit der realen Welt zu tun habe. Es ist, als hätte ich mein ganzes Leben lang nur so getan, als würde ich leben, und als es mir nun so beschissen ging und ich nicht weglaufen konnte – anders als sonst immer –, wusste ich nicht, wie ich mit der Situation umgehen sollte.

Deshalb habe ich Rose angerufen. Ich musste ihre Stimme hören, brauchte sie, damit sie mich erdet, mich daran erinnert, dass es wenigstens eine Person gibt, auf die ich bauen kann.

Und im Moment ist diese Person super sauer auf mich.

»Du hast verdammt recht, ich habe mir Sorgen gemacht. Ich weiß, du bist schon öfter aus einer Laune heraus abgehauen, ohne jemandem Bescheid zu geben, aber diesmal hast du *tagelang* nicht auf meine SMS reagiert«, beklagt sie sich.

Ich unterdrücke ein Seufzen. Sie übertreibt, das beherrscht sie perfekt. »Es waren nur zwei Tage«, stelle ich klar.

»Es hat sich aber länger angefühlt. Gestern Abend habe ich *geweint*, Lily. Ich hatte keine Ahnung, wo du warst, meine Hormone haben total verrücktgespielt, und Caden hat mich dann in den Arm genommen und mich getröstet, während ich mir deinetwegen die Augen ausgeweint habe.«

Und ich dachte, Violet wäre diejenige, die mir ein schlechtes Gewissen machen würde. »Du bist noch nicht einmal wirklich Mutter, führst dich aber schon genauso auf. Machst mir Vorwürfe, weil ich mich nicht früher gemeldet habe.«

»Ich *bin* Mutter, auch wenn das Baby noch nicht auf der Welt ist«, erwidert sie beleidigt. »O. k., zugegeben, ich will, dass du dich schuldig fühlst, aber ich habe jedes Recht dazu. Und nur damit du es weißt: Violet ist auch total fertig. Ich fasse es nicht, dass du mir nicht erlaubst, ihr Bescheid zu geben.«

»Du darfst ihr auf keinen Fall etwas sagen«, wiederhole ich entschieden, ganz die dominante große Schwester, doch das ist mir egal. Ich muss mich schützen. »Sie könnte es Daddy erzählen, und dann hätte ich wirklich ein Problem.«

»Was würde es schon ausmachen, wenn er es wüsste? Was sollte er denn tun? Dir befehlen, nach Hause zu kommen? Du bist eine erwachsene Frau – du kannst tun und lassen, was du willst.«

Klar doch und währenddessen Daddys Geld verbraten. Nun ja, es ist auch mein Geld. Meine beiden Schwestern und ich haben unser eigenes Vermögen, aber Violet arbeitet zumindest für Fleur. Und Rose hat früher auch für Fleur gearbeitet. Nur ich nicht. Ich bin die faule Schwester.

»Mag sein«, sage ich zögernd. Im Grunde ist es mir egal, ob Daddy weiß, wo ich bin.

Es ist Pilar, vor der ich mich verstecke. Und das kann ich Rose nicht erzählen. Sie würde anfangen, Fragen zu stellen. Fragen, die ich nicht beantworten kann.

Oder vielmehr: Fragen, die ich nicht beantworten will.

»Erzählst du mir wenigstens, wo du bist?«, sagt sie sanft. »Und wann du wieder nach Hause kommst?«

»Es ist besser, wenn du nicht weißt, wo ich bin. Und wann ich nach Hause komme, kann ich noch nicht sagen.« Ich lasse den Kopf wieder auf das Kissen sinken und schließe, von Erschöpfung übermannt, die Augen. Vielleicht liegt es an dem Schmerzmittel oder dem Antibiotikum. Vielleicht an den aufwühlenden Ereignissen des heutigen Tages. Ich weiß nur, dass ich auf einmal von einem unsäglichen Verlangen nach Schlaf erfüllt bin.

»Herrgott, warum tust du so geheimnisvoll?« Rose klingt jetzt geradezu hysterisch, und das tut sie sonst eigentlich nie.

»Rose, es ist …« Ich kann ihr nicht erzählen, was ich getan habe. Dass ich mich in die E-Mail-Accounts anderer Leute gehackt und darin herumgepfuscht habe. Ich rede hier nicht allein über Pilar – es sind auch andere Menschen betroffen. »Es ist kompliziert«, sage ich lahm und mache mich innerlich auf einen weiteren Entrüstungssturm gefasst.

Aber der bleibt aus.

Ich erinnere mich an das letzte Telefongespräch vor meiner Abreise, das mich total ausflippen ließ und zum Handeln anspornte. Sobald ich aufgelegt hatte, schnappte ich mir meinen Koffer, warf ein paar Klamotten hinein, rief mir ein Taxi, buchte mir von unterwegs einen Flug nach Maui und nahm schleunigst Reißaus. Ich hatte Angst. Und wenn ich jetzt darüber nachdenke, so habe ich immer noch Angst. Ich würde Daddy gern mitteilen, was ich herausgefunden habe, aber ich fürchte, er würde mir nicht glauben. In seinen Augen bin ich das kleine Mädchen, das sich gern wichtig macht. Er würde eher alles glauben, was die Schlampe Pilar ihm einflüstert, als auch nur in Erwägung zu ziehen, mir zuzuhören.

»Ich weiß, wir haben alle unsere Geheimnisse«, sagt Rose und klingt nun sehr viel ruhiger. »Doch je länger man solche Geheimnisse mit sich herumschleppt, desto mehr zehren sie an einem. Und irgendwann ersticken sie dich.«

Ich bleibe stumm, lasse ihre Worte auf mich wirken. Seit wann ist meine kleine Schwester so weise?

»Denk einfach darüber nach. Ich bin immer für dich da. Wenn du irgendwann bereit bist, darüber zu reden, werde ich dir zuhören«, sagt sie.

Mir kommen fast die Tränen. Ich kneife die Augen fest zu und die Lippen zusammen, weigere mich zu weinen. Das passt überhaupt nicht zu mir. Normalerweise lache ich, damit der Schmerz vergeht. Das ist viel einfacher.

»Danke.« Meine Stimme klingt belegt, und ich schlucke hart. Ich wünschte, ich könnte ihr alles anvertrauen. Aber das darf ich nicht. Noch nicht. Wenn ich jetzt etwas sagen würde, könnte man mir das als Wichtigtuerei auslegen. Dann würde Gras über die Sache wachsen und alles unter den Teppich gekehrt werden.

Oder vielleicht auch nicht. Aber es sind schon ganz andere Dinge passiert.

»Lily, bitte ...« Sie schweigt, wartet sehnsüchtig darauf, dass ich etwas sage, *irgendeine* winzige Kleinigkeit preisgebe, damit ihre Neugierde befriedigt ist. Ich weiß, dass sie sich um mich sorgt.

Ich schüttele den Kopf und ziehe leise die Nase hoch. »Bedräng mich nicht, Rosie.«

Sie knurrt förmlich, als ich sie so nenne, und ich muss lachen. »Du bist so stur«, brummt sie.

»Da spricht die Richtige«, kontere ich, woraufhin wir beide zu lachen beginnen. Sie ahnt gar nicht, wie froh ich über diese Wende in unserem Gespräch bin.

»Erzähl, wie geht es dir?«, frage ich, ehe sie versuchen kann, noch etwas aus mir herauszuquetschen.

»Ganz gut. Wenn nur die ständige Übelkeit nicht wäre. Dieses Baby ist ganz schön fies.«

»Ja, ja. Und wenn dieses Baby da ist, wirst du es unglaublich lieben und verwöhnen«, erwidere ich, stürze mich begeistert auf das Thema Baby. Bei dem Gedanken, demnächst Tante zu werden, wird mir warm ums Herz, und ein Gefühl tiefen Friedens durchströmt mich.

Ein Baby, das ich im Arm halten und lieb haben kann – und wieder an Rose zurückgeben, wenn der Knirps zu quengeln beginnt oder die Windeln voll hat. Einfach perfekt. Ich habe ein Baby zum Liebhaben, aber es ist nicht *mein* Baby.

»Ich glaube, es wird ein Junge«, sagt Rose leise. »Ich hoffe es. Ja, ich möchte einen süßen kleinen Jungen, der so hübsch ist wie sein Daddy.«

»Würg!«, sage ich und bringe sie damit zum Kichern. »So toll ist dein Mann nun wirklich nicht. Er ist okay, mehr nicht.«

»Was weißt du schon, du neidische alte Hexe!«

Sie neckt mich. Wir haben uns schon mit weitaus schlimmeren Ausdrücken bedacht, aber ihre Worte haben etwas an sich, was mich kränkt. Mir mitten ins Herz schneidet.

Vielleicht weil das, was sie sagt, von der Wahrheit gar nicht so weit entfernt ist.

»Ich hätte nie gedacht, dass dich die Ehe in solch ein Miststück verwandeln würde«, schieße ich zurück.

»Bitte. Bis dein Neffe auf der Welt ist, solltest du dein loses Mundwerk in den Griff bekommen haben. Ich werde in meinem Haus Schimpfwörter verbieten«, droht sie. »Wenn mein Kind eine Unterhaltung zwischen dir und Caden hört, werden ihm von den ganzen Kraftausdrücken die Ohren klingen.«

»Hallo? Du bist selbst auch keine Heilige.«

Wir foppen einander noch einige Minuten auf diese Weise, und es fühlt sich gut an. Normal. Ich komme mir nicht mehr so einsam vor, eingeigelt in meinem Hotelbungalow mitten auf einer tropischen Insel, vollgedröhnt mit diesem Schmerzmittel und deprimiert.

Das Telefongespräch endet, als Caden nach Hause kommt. Ich vernehme seine tiefe Stimme, höre, wie er sich nach ihrem Befinden erkundigt, und dann die gedämpften Geräusche, als er sie küsst. Er küsst sie, und sie genießt jede Sekunde – ich höre die gemurmelten kleinen Koseworte, und mein Herz fühlt sich an, als wollte es mir aus der Brust springen vor Eifersucht. Was das Dümmste überhaupt ist, aber so ist es nun mal.

Nach dem Telefongespräch und einer weiteren Dosis Schmerzmittel krieche ich, nur mit meinem Slip bekleidet, ins Bett und zucke zusammen, als ich bescheuerterweise mit meiner verletzten Hand die Bettdecke hochziehe. Lange Zeit liege ich da, starre an die Decke und sinne über all die Fehler nach, die ich in meinem Leben bisher begangen habe. Es sind sehr viele. Unmengen.

Und ich frage mich, ob ich jemals auch nur einen Hauch dessen finden werde, was meine Schwestern gefunden haben.

KAPITEL 5

Max

Sie ist am Pool.

Ihr langer, schlanker Körper liegt da wie eine Opfergabe an die Sonne. Ihre Augen sind hinter den verspiegelten Gläsern einer Pilotenbrille verborgen, was albern aussehen könnte, doch irgendwie macht es sie sexy.

Lily Fowler hat eine Art, alles an sich sexy aussehen zu lassen.

Statt sich wie gestern in eine private Strandhütte zurückzuziehen, ist sie heute mitten im Geschehen, umgeben von Menschen, was es mir ermöglicht, sie ungeniert zu beobachten. Ihre verletzte Hand ist verbunden, und es freut mich zu sehen, dass sie nicht sehr angeschlagen zu sein scheint. Angesichts dessen, was sie durchgemacht hat, hätte ich mit ein paar blauen Flecken und Kratzern gerechnet, doch außer ihrer verbundenen Hand kann ich keine Verletzungen erkennen.

Mit anderen Worten, sie ist verdammt makellos.

Sie zeigt so viel Haut, dass ich gar nicht weiß, wo ich zuerst hinsehen soll. Das Bikinioberteil ist ein Witz, ein trägerloser, bunt bedruckter Stofffetzen, der ihre vollen Brüste kaum verhüllt. Ihr blondes Haar hat sie zu einem schlampigen Knoten hochgezwirbelt, einzelne seidige Strähnen umschmeicheln ihren elegant geschwungenen Hals. Weder Träger noch irgendwelche Bändchen schnüren ihre sanft gerundeten Schultern ein, und ihre Haut ist golden von der Sonne. Sie bewegt die Beine ein Stück zur Seite, und ich wünschte, ich könnte neben ihr sitzen, sie berühren ...

Erinnerungen an den gestrigen Tag stürmen auf mich ein. Als ich ins Meer eintauchte, ihr zu Hilfe eilte, ohne auch nur einen Gedanken daran zu verschwenden, dass ich mich damit aus meiner Deckung begab. Ein riskanter Schritt, der mich daran gemahnt, wie ich früher war, als ich in der Armee diente. Diese spontanen Aktionen haben mich sehr oft in Schwierigkeiten gebracht. Meistens ging es gut, aber wenn nicht ... habe ich spektakulär versagt.

Doch als ich sie wie eine Stoffpuppe in den Wellen untergehen sah, wild mit Armen und Beinen fuchtelnd und einen Ausdruck schierer Panik im Gesicht, da wusste ich, dass es richtig war, ihr hinterherzuschwimmen. Irgendwie kämpfte ich gegen die Wellen an und packte sie, zog sie binnen Sekunden an die Wasseroberfläche. Ich war verdammt erleichtert, als ich hörte, wie sie nach Luft schnappte, ehe sie dann zu husten begann.

Es war beängstigend, aber gleichzeitig auch beglückend. Ich habe ihr womöglich das Leben gerettet. Es wäre nicht das erste Leben, das ich gerettet habe, aber es fühlte sich verdammt gut an, ihr zu Hilfe zu eilen, und ich habe schon lange niemanden mehr gerettet. Was, wenn ich sie nicht gesehen hätte? Wenn ich nicht rechtzeitig bei ihr gewesen wäre?

Sie hätte ertrinken können.

Sobald der Schreck und das Adrenalin abflauten, wurde mir bewusst, wie weich sie sich in meinen Armen anfühlte. Ich presse die Hand mit gespreizten Fingern auf ihren zitternden Bauch, und da fiel mir auf, wie perfekt sich ihre Rundungen an meinen Körper schmiegten. Und dann drehte sie den Kopf um und sah mein Gesicht. Sah mir direkt in die Augen und erkannte mich wieder, ehe sie ohnmächtig wurde.

Es war ein großer Fehler, ihr die Möglichkeit zu geben, mein Gesicht zu sehen. Ein ganz großer Fehler. Aber da sie kurz darauf ohnmächtig wurde, kann sie sich vielleicht nicht mehr erinnern.

Das hoffe ich zumindest. Es ist sinnlos, diese Szenen von gestern wiederaufleben zu lassen und mir über ihre Reaktion Gedanken zu machen, denn was geschehen ist, ist geschehen. Ich kann nur hoffen, dass alles gut wird.

Ich bemühe mich, nicht zu ihr hinzusehen, aber das ist unmöglich. Mein Blick wandert automatisch in ihre Richtung, und nicht nur deshalb, weil ich sie im Auge behalten muss. Ich darf nicht zulassen, dass ich durch die Anziehung, die sie auf mich ausübt, abgelenkt werde. Das wäre riskant. Dumm.

Aber irgendwie kann ich nicht anders.

Als ich meinen Blick wieder auf sie richte, sehe ich, wie sie die Arme hebt, um die Rückenlehne der Liege zu umfassen, und dabei unweigerlich die Brüste hervorstreckt. Ihre Brustwarzen pressen sich gegen den dünnen Stoff, und mir läuft echt das Wasser im Mund zusammen. Sie spielt die Gelangweilte, wirkt jedoch rastlos. Unruhig. Ich frage mich, was sie beschäftigt.

Ich würde wahnsinnig gern zu ihr hingehen, aber

das darf ich nicht. Noch nicht. Herrgott, ich bin zum Nichtstun verdammt. Ich kann sie nur anstarren.

Sie ist so verdammt schön, dass es fast wehtut. Ihre lässige Pose kann mich nicht täuschen. Ihr Körper ist total angespannt. Sie ist in Alarmbereitschaft. Warum? Was macht sie so nervös? Sie ist auf der Flucht, und vielleicht macht ihr das zu schaffen? Die entspannte Atmosphäre dieses Urlaubsparadieses verfehlt ihre Wirkung auf sie. Womöglich verspürt sie den Drang, an einen noch entlegeneren Ort zu fliehen.

Stirnrunzelnd fahre ich mir mit der Hand über den Nacken, spähe über den Rand meiner Sonnenbrille zu ihr hinüber und versuche das Unbehagen abzuschütteln, das mich befällt. Meine Instinkte sind gut ausgeprägt, und im Lauf der Jahre habe ich sie noch verfeinert. Gelernt, mich auf sie zu verlassen. Diese junge Frau ...führt etwas im Schilde, und zwar nichts Gutes. Sie wirkt, als wollte sie jeden Moment von der Liege aufspringen und ihr Vorhaben durchführen.

Aber ich darf sie nicht aus den Augen verlieren. Nicht jetzt. Zum Glück wusste meine Klientin, dass Lily ein Ticket nach Maui gebucht hat. Woher sie das wusste, ist mir schleierhaft, doch ich bin nicht der Typ, der sich in Dinge einmischt, die ihn nichts angehen.

Die Nachmittagssonne brennt auf den Strand herunter, und ich nehme meinen Eistee, trinke ihn fast ganz aus und stelle das Glas wieder auf dem Tisch neben mir ab. Ein Schatten fällt auf meine Beine, ich blicke auf und erstarre vor Schreck, als ich sehe, wer da vor meiner Liege steht.

Lily Fowler.

»Du bist mein Retter.« Ihre Worte sind eine Feststellung, keine Frage, und ich erschrecke. Ich wünschte, sie hätte sich gestern nicht umgedreht, mich nicht gesehen.

Oder hat dieser inkompetente Angestellte ihr erzählt, dass ich ihr Retter bin? Wohl eher nicht, da Lily mich doch, bevor sie das Bewusstsein verlor, direkt angesehen hat.

Scheiße.

Als ich keine Antwort gebe, fährt sie fort: »Ich möchte mich bei dir bedanken.« Ihre Stimme ist heiter und süß, ihr Blick freundlich. Sie neigt den Kopf zur Seite, und um ihre Lippen spielt ein leises Lächeln. Ich bin froh, dass sie die Sonnenbrille auf den Kopf geschoben hat und ihr Gesicht zeigt. Ihre Augen sind klar, ihre Wangen rosig von der Sonne, und sie sieht einfach verdammt großartig aus. Verflixt, einen Testosteronschub kann ich jetzt echt nicht brauchen. »Weil du mich gerettet hast«, fügt sie hinzu.

Himmel. Ich muss irgendwas sagen. Sie nicht nur wie ein Idiot anstarren. Ich räuspere mich. »Ich hab nur getan, was jeder andere an meiner Stelle auch getan hätte.«

»Na, da bin ich mir nicht so sicher.« Sie legt die Hände auf die Hüften, zuckt zusammen, als ihre verletzte Handfläche auf das Bändchen ihres Bikinihöschens trifft. Mein Blick wandert zu dem Bändchen und zu dem Bändchen an ihrer anderen Hüfte. Zweimal ziehen, und sie stünde fast nackt vor mir.

Hm. An so etwas sollte ich jetzt lieber nicht denken.

Ich richte mich auf und setze mich rittlings auf die Liege. Lily senkt den Kopf, ihre Lippen öffnen sich leicht, und ich frage mich, ob sie es fühlen kann – die

Anziehung, die wie ein lebendiges, atmendes Wesen zwischen uns vibriert. Mich juckt es buchstäblich in den Fingern, sie wieder zu berühren, und ich balle die Hände zu Fäusten.

Herrgott, reiß dich gefälligst zusammen!

»Gern geschehen. Zum Glück habe ich dich gesehen«, sage ich und könnte mich ohrfeigen, weil meine Stimme so rau klingt und meine Temperatur durch ihre Nähe in die Höhe schießt. Diese Anziehung zwischen uns ist extrem.

»Klar hast du mich gesehen. Du bist nicht nur mein Retter, du bist auch mein Beobachter.« Spöttisch hebt sie eine ihrer fein geschwungenen Brauen und setzt die Sonnenbrille auf, verbirgt ihre Augen. Ich kann mir nicht helfen, aber ich bin echt beeindruckt von der Art, wie sie mich anspricht.

Die Frau ist nicht schüchtern, und ich weiß nicht, ob das eine gute Eigenschaft ist oder nicht. Vermutlich trägt es seinen Teil dazu bei, dass sie sich ständig in Schwierigkeiten bringt.

Wer hätte gedacht, dass dieser Job so verdammt spannend werden würde?

»Keine Ahnung, wovon du sprichst.« Gemächlich lehne ich mich wieder zurück, strecke die Beine aus und schlage sie an den Knöcheln übereinander, als hätte ich vor, noch geraume Zeit hierzubleiben. Ich stelle mich dumm und genieße Lilys Gesellschaft weit mehr, als ich sollte.

»Echt jetzt? Du weißt wirklich nicht, wovon ich spreche?« Sie hört sich skeptisch an.

Ich zucke die Achseln. »Keine Ahnung, was du meinst.«

»Gestern. Am Strand. Du hast mich unentwegt angestarrt, als ich in der Strandhütte war. Oder erinnerst du dich nicht mehr daran?« Die Frage ist eher eine Herausforderung.

Als könnte ich das vergessen. »Darf ein Mann eine hübsche junge Frau nicht bewundern?« Ich lächele einfältig, mache einen auf *Ooops, erwischt!* und sehe, wie ihr Gesichtsausdruck ein klein wenig sanfter wird.

Fast habe ich sie überzeugt.

»Okay.« Sie räuspert sich, strafft die Schultern, schiebt die Brust heraus. *Verdammt*, die Frau bringt mich mit ihrem rattenscharfen Körper total um den Verstand. »Da wir jetzt den peinlichen Teil des Gesprächs geklärt haben, möchte ich dir noch einmal für meine Rettung danken. Ich wurde unter Wasser gezogen, bekam Panik und … Keine Ahnung, was passiert wäre, wenn du nicht gekommen wärst.« Die Furcht in ihrer Stimme ist unüberhörbar und berührt mich tief in meinem Inneren. Doch das muss ich ausblenden. Ich muss mich dem Verlangen widersetzen, sie in die Arme zu nehmen und an mich zu ziehen.

»Zum Glück war ich zur Stelle, was?« Ich schenke ihr ein Grinsen, ein richtig breites, was so gar nicht mein Stil ist. Meistens laufe ich mit finsterer Miene herum, und jetzt zittern meine Wangenmuskeln schon fast unter der ungewohnten Beanspruchung. »Freut mich, dass ich dir helfen konnte.«

»Darf ich dich etwas fragen?« Auf mein Nicken hin, fährt sie fort: »Warum bist du nicht bei mir geblieben? Nachdem ich ohnmächtig geworden war?« Sie verschränkt die Arme, drückt ihre Brüste dabei leicht zusammen und bietet mir einen grandiosen Blick auf ihren Brustansatz. Ich versuche, nicht hinzusehen, doch das ist verdammt mühsam. »Wolltest du dich nicht vergewissern, dass mit mir alles in Ordnung ist?«

»Ich wusste, du bist in guten Händen.« Eine haarsträubende Übertreibung, da der Angestellte eine absolute Niete war.

»Was du nicht sagst.« Sie senkt den Blick auf meine Hände, die gerade auf meinem Bauch liegen, die Finger verschränkt, die Pose lässig. »Ich fand nämlich *deine* Hände ziemlich gut.«

Mir verschlägt es die Sprache. Jetzt bin ich derjenige, der sich angespannt fühlt, unruhig. Sie so nah neben mir zu haben, ihrer melodischen Stimme zu lauschen, den leichten Schweißfilm auf ihrer Haut zu sehen, ihren Duft einzuatmen, berauschend und süß ...

Mist. Es erfordert meine ganze Willenskraft, nicht aufzuspringen und sie an mich zu reißen.

Sie sieht mich an, als wartete sie darauf, dass ich noch etwas sage, also sage ich: »Außerdem musste ich gehen.«

Sie lässt die Arme sinken, und ich schwöre, sie wirkt ein klein wenig enttäuscht. »Oh. Sicher. Zurück zu deiner Frau?«

Ich blicke zu der leeren Liege neben mir. »Nein«, sage ich gedehnt und frage mich, worauf sie hinauswill.

»Dann also zu deiner Freundin?«, hakt sie in neutralem Ton nach. Erst hat sie geflirtet, jetzt fragt sie mich aus.

»Ich kann weder mit der einen noch mit der anderen dienen.« Ich schüttele den Kopf. Sie ist nicht gerade zurückhaltend. Ihre Offenheit ist überraschend, aber irgendwie auch wieder nicht. Dass sie wissen will, ob ich mit einer Frau hier bin, ist … interessant.

Und bietet mir eine Chance.

»Du bist also allein hier.«

»Ja.« Ich lasse den Blick über sie gleiten, von Kopf bis Fuß, verweile bei den guten Stellen, wovon es eine Menge gibt, doch wegen meiner Sonnenbrille merkt sie das nicht. »Und wie ist es bei dir?«

Sie lächelt. »Das geht dich einen feuchten Kehricht an.«

Ich lache, bin abermals überrascht über ihre brutale Offenheit. »Ganz schön frech.«

»Hey, ich habe schon in der Grundschule gelernt, dass ich mich von fremden Männern fernhalten soll.« Ihr Lächeln ist unglaublich. Ihre schönen, geraden Zähne blitzen auf, und ich bin von dem Anblick buchstäblich geblendet.

Reiß dich zusammen, Arschloch.

»Ich heiße Max.« Ich setze mich wieder auf und strecke ihr die Hand entgegen.

Zögernd kommt sie näher und reicht mir die Hand, die bandagierte Hand. Trotz des Verbands durchfährt mich ihre Berührung wie ein Stromschlag, und ich umfasse vorsichtig ihre Hand, will ihr nicht wehtun.

»Lily«, sagt sie leise.

Ich grinse. Lasse ihre Hand nicht los. »Jetzt bin ich kein fremder Mann mehr, oder Lily?«

Ihr Lächeln löst eine jähe Lust in mir aus, die direkt in meinen Schwanz geht. Sorgsam entzieht sie mir ihre Hand. »Kann man so sagen.«

»Lust, mir Gesellschaft zu leisten?« Mit einer leichten Kopfbewegung deute ich auf die leere Liege neben mir.

Sie blickt kurz zu dem Liegestuhl, dann wieder zu mir. »Da muss ich leider ablehnen.«

Wie bitte?

»Aber es war toll, dich kennenzulernen.« Sie winkt mir kurz zu, ehe sie sich zum Gehen wendet. »Ciao, Max.«

Ich sehe ihr nach, mein Blick bleibt an ihrem Hintern hängen, und ich beobachte, wie der Stoff ihres Bikinihöschens beim Gehen mehr und mehr verrutscht und mir einen Blick auf ihre perfekt gerundeten, prallen Pobacken bietet. Es juckt mich in den Fingern, sie dort anzufassen.

Sie überall anzufassen.

»Bis bald«, rufe ich ihr nach, doch sie dreht sich nicht um. Obwohl sie bestimmt weiß, dass ich sie beobachte, sie begehre, kann sie einfach so weggehen. Als wäre ich nicht wichtig. Als würde ich sie nicht interessieren.

Wobei ich glaube, dass ich sie möglicherweise durchaus interessiere. Und jetzt, da wir uns kennengelernt haben, werde ich keine Zeit vergeuden. Ich muss den nächsten Schritt tun.

Heute Abend.

KAPITEL 6

Lily

Mein Beobachter hat es aufgegeben, mich zu beobachten.

Zumindest glaube ich das.

Gestern Abend habe ich allein zu Abend gegessen. Ich hatte zu große Schmerzen und zu viele Medikamente intus, um rauszugehen. Aber die Aussicht auf ein weiteres einsames Mahl in meinem Hotelbungalow – okay, es ist ein großartiger Bungalow mit einem fantastischen Meerblick, aber trotzdem –, finde ich extrem deprimierend. Also mache ich mich zurecht und beschließe, mir einen vergnügten Abend zu machen.

Von Max ist weit und breit nichts zu sehen. Auf meinem Spaziergang durch die Ferienanlage begegne ich zahlreichen Händchen haltenden Pärchen und werde richtig neidisch.

Ich. Neidisch auf Paare, auf Menschen, die sich lieben. Ich, die Frau, die nicht an Beziehungen glaubt, die einen Vaterkomplex hat, weil Daddy so superegoistisch ist, diese Frau wünscht sich, sie hätte jemanden an ihrer Seite, wenigstens an diesem Abend.

Wären meine Schwestern hier, würden sie in Schockstarre verfallen.

Als ich die Anlage fast eine halbe Stunde durchkämmt habe und schon aufgeben will, stoße ich zufällig auf einen Nachtclub, der versteckt hinter einem der Hoteltürme liegt. Beim Anblick des Clubs und der vielen Menschen davor bessert sich meine Laune schlagartig. Seit ich Max auf seiner Liege einen Korb gegeben habe, bin ich unruhig. Schon auf dem Weg zurück zu meinem Bungalow habe ich mein Verhalten extrem bedauert. Ich wusste, ich würde heute Abend nach ihm Ausschau halten.

Und mir höchstwahrscheinlich Probleme einhandeln.

Ab achtzehn, steht auf dem Schild neben dem Eingang; aus dem dunklen höhlenartigen Raum wummern die Bässe heraus, vibrieren in meinem Innern. Ich bleibe an der Tür stehen, spähe hinein und stelle fest, dass der Club gut besucht ist.

Ein Mann taucht vor mir auf, riesengroß und imposant, und ich trete einen Schritt zurück und lege den Kopf in den Nacken, um zu ihm hochzusehen. Mit regloser Miene und finster zusammengepressten Lippen erwidert er meinen Blick, während er langsam die Arme vor der breiten Brust verschränkt. Sein Kopf ist kahl geschoren, seine Haut dunkel, seine Arme sind von Tattoos überzogen, und er trägt ein enges schwarzes T-Shirt, das seinen muskulösen Oberkörper perfekt betont. Mit schmalen Augen mustert er mich.

»Wie alt bist du, Kleine?«, grunzt er.

Ich kann mich nicht erinnern, wann ich das letzte Mal meinen Ausweis vorzeigen musste. Man kennt mich in jedem Club von Manhattan, deshalb bin ich jetzt einigermaßen perplex. »Alt genug«, antworte ich, recke kämpferisch das Kinn und stemme die Hände in die Hüften. Wahrscheinlich sehe ich mit meinem ungeschminkten, leicht gebräunten Gesicht und dem schlichten pinkfarbenen Kleid jünger aus, als ich bin. Das ist nicht mein üblicher Stil.

Aber hier, auf Maui, versuche ich, mich von meinem üblichen Stil zu lösen. Es ist erfrischend, nicht ständig eine Rolle spielen zu müssen.

Der Mann beäugt mich von Kopf bis Fuß, nicht auf eine gruselige, sexuelle Art, sondern auf eine abschätzende Art, als glaube er mir kein Wort. Vermutlich hat er jeden Abend mit falschen Altersangaben zu tun.

Er deutet mit dem Kinn auf mich, sein finsterer Blick wird etwas milder. »Zeig mir deinen Ausweis.«

Leicht verärgert greife ich in meine winzige Handtasche, hole meinen Ausweis heraus und überreiche ihn dem Mann.

Er nimmt ihn, studiert ihn eingehend, hebt dann den Blick, um mich einen spannungsgeladenen Moment lang zu mustern, ehe er sich wieder in die Betrachtung meines Ausweises versenkt.

Von jäher Sorge erfüllt, trete ich von einem Fuß auf den anderen. Ich hoffe, er kennt meinen Namen nicht. Ich bin hier, um dem Lily-Fowler-Image zu entkommen, und nicht, um ihm gerecht zu werden. Es ist nicht so, dass ich mich für total bekannt halte oder so, aber ich habe keine Lust auf die blöden Reaktionen von Leuten, die wissen, wer ich bin.

»Du kannst reingehen«, sagt er schließlich und gibt mir meinen Ausweis zurück. Ich verstaue ihn rasch in meinem Täschchen und schenke dem Typen ein kurzes Lächeln.

»Danke«, rufe ich ihm über die Schulter hinweg zu,

als ich eintrete. Blinzelnd warte ich, bis meine Augen sich an die Dunkelheit gewöhnt haben. Um mich herum wimmelt es von Menschen, knapp bekleideten, stark geschminkten Frauen und Männern in Hawaiihemden oder Muscle-Shirts. Viele haben einen Sonnenbrand, und ihre Haut leuchtet rot im Schein der bunten Lichtblitze, die von der Tanzfläche in den Raum dringen.

Ich spüre die Blicke der Männer auf mir, als ich an ihnen vorbeigehe, spüre, wie sie mich abchecken. Bestimmt betrachten sie mich als Frischfleisch. Ich wusste, dass diese Ferienanlage eher auf Singles als auf Familien ausgelegt ist, doch seit meiner Ankunft habe ich hier nichts als Pärchen gesehen, mal abgesehen von meinem Beobachter.

Verdammt, ich könnte mich immer noch in den Hintern treten, weil ich ihm einfach den Rücken gekehrt habe. Warum bin ich auf sein Angebot nicht eingegangen? Ich hätte mich auf diese leere Liege setzen und mit ihm plaudern können. Ein wenig flirten. Er ist auf eine markante, männliche Art, die ich normalerweise nicht anziehend finde, durchaus attraktiv. Aber nein, ich musste ihm arrogant eine Abfuhr erteilen.

Am äußeren Rand der Menge, die sich um die riesige Bar schart, stelle ich mich auf die Zehenspitzen, um zu sehen, wie dicht das Gedränge vor der Bar ist. Es ist heiß. Ich sterbe vor Durst und hätte nichts dagegen, mir einen anzuzwitschern, wenn ich eine Weile hierbleiben sollte, wonach es bisher durchaus aussieht. Es ist ja nicht so, dass ich irgendwelche großartigen Pläne hätte. Und Max habe ich leider nicht gefunden. Aber ich würde ihn wahnsinnig gern sehen.

Trotz der Alarmglocken, die in meinem Kopf schrillen, bin ich halb bereit, mich von meinen Trieben leiten zu lassen.

Was kann ein heißer One-Night-Stand mit einem Fremden schon schaden? Ich muss etwas tun, um meine Unruhe loszuwerden.

»Lust auf einen Drink?«

Die tiefe Stimme hinter mir reißt mich aus meinen Gedanken. Ich drehe mich um, und Enttäuschung durchzuckt mich, als ich sehe, dass es nicht Max ist. Natürlich ist er es nicht. Er würde so einen Club wahrscheinlich gar nicht besuchen.

Oder doch?

Der Mann vor mir ist auf eine glatte, geschniegelte Art sehr attraktiv. Er sieht etwas älter aus als ich, Mitte bis Ende dreißig, seine Lippen umspielt ein selbstbewusstes Lächeln, und in seinen hellblauen Augen funkelt Interesse.

»Ist das ein Angebot?« Ich werfe ihm ein kokettes Lächeln zu, bin dankbar für die Aufmerksamkeit, giere förmlich danach, obwohl ich hier eigentlich nicht auffallen wollte, schon gar nicht als Lily Fowler. Aber ich hatte mich schon fast unsichtbar gefühlt, und das passiert mir sonst nie.

»Du siehst aus, als könntest du Hilfe brauchen.« Er deutet mit dem Kopf auf die Menschenmenge, die lautstark um die Aufmerksamkeit der beiden Barkeeper wetteifert. »Ich habe Kontakte.«

Ich ziehe eine Braue hoch. »Ach? Bist du mit einem der Barkeeper befreundet?«

»Mit dem Besitzer«, sagt er, und sein Lächeln gewinnt einen Hauch von Arroganz.

»Cool.« Ich habe bei einem Mann nichts gegen ein wenig Arroganz einzuwenden. Sie deutet in der Regel auf Selbstbewusstsein hin, und das finde ich attraktiv. »Ich nehme die Hilfe gern an, weil die Barkeeper sicher eine Stunde brauchen, bis sie alle Leute vor mir bedient haben.«

»Sie sind flinker, als sie aussehen.« Er lacht. »Was hättest du denn gern?«

»Hm.« Ich tippe mit dem Finger auf meine Lippen, bemerke, wie er den Blick sofort auf meinen Mund heftet. Er ist definitiv auf Abschleppen aus. Ich bin mir nicht sicher, ob er mein Typ ist, aber ein bisschen zu flirten kann ja nicht schaden. »Ich weiß nicht recht.«

»Hast du irgendeine Vorliebe? Etwas, was du besonders gern magst?«, fragt er mit gesenkter Stimme, während er näher tritt und die Hand auf meinen Ellbogen legt. Seine Nähe und die Berührung lösen nichts in mir aus, und ich bin enttäuscht. Es hätte mir gefallen, ein Knistern zu spüren, ein Brizzeln, irgendwas.

Doch es scheint auf dieser Insel nur einen Mann zu geben, bei dem es knistert, und der ist nirgendwo zu sehen.

»Wähl du etwas aus.« Obwohl ich normalerweise niemanden über mich bestimmen lasse, weiß ich, dass Männer es lieben, sich auf jede nur erdenkliche Art aufzuplustern, was auch die Auswahl der Getränke beinhaltet. »Überrasch mich.«

»Gut. Das werde ich.« Er lässt meinen Ellbogen los und reicht mir die Hand. »Russ.«

»Lily.« Eingedenk meiner immer noch zugepflasterten Handfläche, schüttele ich ihm nur vorsichtig die Hand. Wieder kein Funke, nicht einmal ein leichtes

Flattern, und ich habe Mühe, mein Lächeln beizubehalten. Ich sollte von einem Mann, dem ich erst vor wenigen Stunden eine deutliche Abfuhr erteilt habe, nicht so besessen sein. Ich bin verdammt noch mal selbst daran schuld, dass ich heute Abend allein bin und mit einem Typen quatsche, an dem ich null Interesse habe.

»Warte kurz. Ich bin gleich wieder da.« Russ lässt meine Hand los und sieht mir tief in die Augen. »Lily.«

Ich bleibe am Rand des Gedränges stehen und sehe mich um, suche nach dem Gesicht, das ich einfach nicht finden kann.

Wie dumm ist das denn?

Binnen Minuten ist Russ mit einem Glas Weißwein für mich zurück – nicht gerade eine originelle Wahl, aber ich bin einigermaßen beeindruckt, wie schnell er das Getränk besorgt hat, also kann ich mich nicht beschweren. Mit einem koketten Lächeln und einem gemurmelten Danke nehme ich das Glas entgegen. Mit seiner Flasche Bier in der Hand stellt er sich dicht neben mich.

»Warst du schon einmal in diesem Club?«, fragt er, wobei er sich so zu mir rüberlehnt, dass sein Mund ganz nah an meinem Ohr ist. Fast zu nah.

Ich weiche einen Schritt zurück. »Nein, ich bin zum ersten Mal hier«, sage ich, ehe ich an dem Wein nippe. Er schmeckt irgendwie bitter, und ich ziehe eine Grimasse. Hat er mir den billigsten Scheiß gekauft, den sie hier haben, oder was?

»Ah, du bist also quasi Jungfrau.« Sein durchtriebenes Grinsen entlockt mir ein Lachen.

»Nicht wirklich«, erwidere ich, worauf er die Brauen

hebt. »Als Jungfrau hat mich schon lange niemand mehr bezeichnet.«

»Also, fürs Faunus bist du eine Jungfrau.« Er kommt mir schon wieder zu nah; obwohl er leise spricht, kann ich ihn über den Lärm hinweg hören. »Und ich freue mich schon darauf, dich hier zu entjungfern.«

Hä? Krass! Worüber redet der Knabe bloß? Ich gehe ein Stück zur Seite, gebe uns beiden etwas Raum zum Atmen. Sein intensiv riechendes Rasierwasser macht den Abstand auch dringend erforderlich. »Was für eine Art Club ist das hier?«

»Noch nie vom Faunus gehört?« Auf mein Kopfschütteln hin, fährt er fort: »Faunus ist dieser lüsterne römische Waldgott. Und der Club bezieht sich darauf, wenn du verstehst, was ich meine. Hier werden deine geheimsten, dunkelsten Fantasien wahr.«

Oh. Ich gebe mir alle Mühe, einen neutralen Gesichtsausdruck beizubehalten, um ihm nicht zu verraten, wie schockiert ich bin. Ich bin in der Vergangenheit in einigen … unkonventionellen Clubs gewesen. Allerdings habe ich nie bei irgendwas mitgemacht. Ich war eher Zuschauerin.

»Abgefahren«, sage ich mit einem leichten Lachen, woraufhin er vielsagend grinst.

»Du bist nicht schockiert?«, fragt er und trinkt einen Schluck Bier.

»Blödsinn. Bei dem Namen des Clubs und dem ganzen Drumherum hatte ich schon so einen Verdacht«, erwidere ich heiter. Wenn es nötig ist, kann ich sehr gut schauspielern.

»Und was macht eine schöne Frau wie du allein auf Maui?« Sein Ton ist beiläufig, sein Blick … geil.

Ein Schauer überläuft mich, aber kein wohliger.

Wieso sind Männer so überrascht, wenn eine Frau allein verreist? »Ich musste mal Abstand haben.« Mehr sage ich nicht. Im Lauf der Jahre habe ich gelernt: Je weniger ich sage, desto besser.

»Vom Leben?« Er grinst selbstgefällig und leicht schmierig. Aber ich sollte nicht so streng sein. Er will einfach nur freundlich sein. Ich sehe das zu eng.

»Vom Stress.« Lächelnd nippe ich an meinem Wein. Er schmeckt wirklich widerlich, der bittere Nachgeschmack bleibt mir auf der Zunge. Eigentlich will ich den Wein nicht austrinken, doch ich will auch nicht unhöflich sein.

»Ah.« Er nickt verständig. »Stress laugt einen aus.«

»Genau«, pflichte ich ihm bei. »Und warum bist du allein auf Maui?« Ich halte inne. »Du *bist* doch allein hier, oder?« Wenn er verheiratet ist und seine Frau am Strand oder am Pool oder wo auch immer gelassen hat, werde ich diesem eingebildeten Arschloch eine knallen.

»Ich bin geschäftlich hier.« Auf meinen skeptischen Blick hin grinst er. »Eine Art Seminar. Vormittags Schulungen und Meetings, nachmittags Sonne und Meer.«

»Nett. Du scheinst für eine super Firma zu arbeiten.«

»Ja, die ist ganz okay.« Er zuckt betont lässig die Schulter, obwohl ich ihm ansehe, dass er vor Mitteilsamkeit fast platzt. Er will mir unbedingt erzählen, was genau oder für wen er arbeitet. Er lechzt nur so danach, mir vor Augen zu führen, wie großartig er ist.

»Was arbeitest du denn?«, frage ich in neutralem Ton.

»Ich bin Immobilienmakler.« Erneut hat sein Lächeln einen schmierigen Touch. Er ist total begeistert von sich selbst. *Würg.* »In Beverly Hills.«

»Aha.« Ich mustere ihn so verstohlen wie möglich, denn ich will nicht, dass er glaubt, ich sei an ihm interessiert. Ich registriere das perfekt geschnittene hellbraune Haar, das Tommy-Bahama-Hemd, sein absolut faltenfreies Gesicht, obwohl er gut und gern zehn Jahre älter ist als ich. Wahrscheinlich ist er gebotoxt. Und dann die fette Rolex an seinem Handgelenk. Groß und protzig, das Zifferblatt in Diamanten gefasst.

Hm. Er sieht vielleicht nach Geld aus, aber ich wette, er hat kaum Kohle auf dem Konto. Ist vermutlich bis an die Haarwurzeln verschuldet, weil er jede Frau, die ihm über den Weg läuft, beeindrucken will.

Wie mich.

»Was machst du so?«, fragt er und legt die Hand wieder auf meinen Ellbogen, drückt ihn leicht. Als ich ihm einen fragenden Blick zuwerfe, fügt er hinzu: »Beruflich, meine ich.«

»Oh. Ich, ähm, bin in der Computerbranche.« Das ist von der Wahrheit nicht weit entfernt. Ich bin in der Computerbranche. Nur werde ich dafür – normalerweise – nicht bezahlt.

Also, in meinen späten Teenagerjahren hat Daddy mir mitunter den Geldhahn abgedreht. Also nahm ich hin und wieder irgendwelche IT-Jobs an, die mir ein guter Freund aus der Highschool vermittelte. Ich habe auch gegen Bezahlung komplizierte Hacker-Geschichten gemacht, aber nur selten und mit großen Abständen dazwischen, weil ich mich nicht in Schwierigkeiten bringen wollte.

Es ist eine Sache, als Teenager die Noten deiner Freunde zu verbessern, indem du dich ins Computersystem der Schule einhackst. Etwas völlig anderes ist es jedoch, jemandes Leben zu ruinieren, indem du, zum Beispiel, das Konto der Person plünderst. Oder die besonders scharfe E-Mail einer Geliebten an die Ehefrau des Mannes weiterleitest. Diese Art von Anfragen hatte ich mehr als nur einmal, aber ich habe solche Aufträge nie angenommen. Nicht von Fremden und nicht gegen Geld.

Sobald ich einundzwanzig wurde und mein Treuhandvermögen auf mich überging, musste ich mir keine Gedanken mehr über seltsame Jobs machen. Wenn ich jetzt Computer hacke, dann nur zum Spaß.

Oder aus Rache.

Und das bringt mich natürlich in Schwierigkeiten.

»Schönheit und Verstand, hm? Klingt, als wärst du das Komplettpaket.« Er streicht mit den Fingern über meinen Arm. Mein erster Impuls ist, meinen Arm wegzuziehen, doch ich halte an mich. Ich sollte mich nicht so auf Max versteifen, zumal ich diejenige war, die ihn hat abblitzen lassen. Nein, ich sollte mich lieber auf Russ konzentrieren. So tun, als würde er mich interessieren.

»Warum meinen Männer immer, dass eine attraktive Frau dumm sein muss?« Ich schlage einen leichten Ton an, doch ich sehe, wie in seinen Augen Zorn aufblitzt.

»Ich habe nie gesagt, dass du dumm bist«, sagt er gekränkt.

»Okay, aber du hast Schönheit *und* Verstand gesagt, als würde dich das überraschen«, stelle ich klar.

»Ich muss zugeben, ich *bin* überrascht. Du bist echt perfekt. Scharf. Klug.« Er mustert mich, sein Blick bleibt an meinem Busen kleben. Dreist. Ich kann mein Erschauern kaum unterdrücken, und ich frage mich, ob er es bemerkt. Oder schlimmer noch, ob er glaubt, ich erschauere vor Erwartung. *Igitt.*

Ich sage nichts, weil ich fürchte, ich könnte ausfallend werden. Zum Glück quasselt er weiter.

»Woher kommst du?«

»Ostküste.« Ich möchte nichts Persönliches mehr preisgeben. Je weniger Informationen ich ihm gebe, desto besser. Nach einem kurzen Blick auf mein Glas beschließe ich, nichts mehr zu trinken. Ich muss hier raus. Der Typ ist mir nicht geheuer.

»Meine, ähm, Exfrau ist aus Connecticut«, erzählt er bereitwillig, und ich verkneife es mir, angeödet die Augen zu verdrehen. Klar war er verheiratet. Bei genauerer Betrachtung erkennt man in seiner Miene den typischen Ausdruck eines Mannes, der frisch geschieden und jetzt auf der Jagd ist.

Vielleicht hat er auch Kinder. Und sehr wahrscheinlich hat er seine Frau betrogen, oder er war ein totaler Workaholic oder beides zusammen, und die beiden haben sich getrennt, und es gab einen hässlichen Scheidungskrieg, der in einem grausigen Sorgerechtsstreit endete. Und jetzt zahlt er seiner Ex Unterhalt und Alimente, dass es kracht, und flucht jeden Monat, wenn er den Scheck ausstellt.

Ich bin diesem Typ Mann schon öfter begegnet. Sie sind alle gleich. Wobei ... erst bin ich sauer über seine Verallgemeinerung, und jetzt mache ich umgekehrt dasselbe. Ich sollte mich echt mal zusammenreißen.

»Hm, interessant.« Ich stelle mein Glas auf einen der Stehtische in der Nähe und drehe mich dann lächelnd wieder zu Russ um. »War nett, mit dir zu plaudern, aber ich muss jetzt leider gehen.«

»Wieso hast du es so eilig?« Russ packt mich am Oberarm, bohrt mir die Finger ins Fleisch. Es ist eine besitzergreifende Geste, die mir Unbehagen einflößt, doch ich bemühe mich, gute Miene zum bösen Spiel zu machen.

»Ich hatte heute zu viel Sonne. Außerdem habe ich mich gestern verletzt und muss mich noch etwas schonen.« Zum Beweis hebe ich meine verbundene Hand hoch, doch er sieht nicht einmal hin. Bedrohlich ragt er vor mir auf, blickt mir starr in die Augen, und seine Miene ist ernst. Zu ernst.

»Ich habe dir einen Drink besorgt«, erinnert er mich.

Ich versuche, meinen Arm wegzuziehen, doch er verstärkt seinen Griff. »Und ich habe mich dafür bedankt.«

»Wenn ich dich richtig verstanden habe, hast du nichts vor. Du bist allein hier, oder?« Er wirft einen Blick durch den Club, als wollte er sich vergewissern, dass uns niemand beachtet, was sicher auch der Fall ist. Es ist voll, die Musik ist laut. Jeder ist hier mit sich selbst oder seinem Gegenüber beschäftigt, und ich habe einen Freak an der Backe, der aussieht, als wollte er mich betatschen. Ungut betatschen.

»Lass uns in mein Hotelzimmer gehen«, schlägt er vor. »Dann können wir uns näher kennenlernen.«

»Das halte ich für keine gute Idee.« Jetzt gelingt es mir, mich ihm zu entziehen, und ich trete einen Schritt zurück, bereit, die Flucht anzutreten. Doch er ist schnell, schnappt sich wieder meinen Arm und zerrt mich zu sich.

»Frauen wie du sind alle gleich.« Sein Bieratem schlägt mir entgegen, und ich rümpfe die Nase. Wie viel hat er schon getrunken? Warum rede ich überhaupt mit ihm? Warum bringe ich mich ständig in so blöde Situationen? »Du flirtest, siehst mich mit diesem gewissen Ausdruck an, zwingst mich, dir einen Drink zu spendieren, und dann willst du keinen Sex.«

»Glaubst du, du kriegst mich mit etwas Small Talk und einem Drink in dein Bett?« Ich versuche, ihm meinen Arm zu entreißen, aber es ist sinnlos. »Du bist widerlich.«

Er beugt sich weit zu mir vor, sein Mund streift meine Lippen beinahe, und ich lehne mich, so weit ich kann, zurück. »Was zum Teufel hast du erwartet, wenn du in einen Club namens Faunus gehst? Spiel hier bloß nicht die Unschuldige. Den Scheiß nehme ich dir nicht ab.«

Ich öffne schon den Mund, um dem Typen gehörig die Meinung zu sagen, als ich hinter mir jemanden wahrnehme.

»Wenn du klug bist – was ich nicht unbedingt glaube –, lässt du sie los, bevor ich dir jeden einzelnen deiner dreckigen Finger breche.«

Ich werfe einen Blick über die Schulter und kriege weiche Knie, als ich *ihn* sehe, groß und breitschultrig, in einem weißen Leinenhemd, das aus dem Meer der bunten Hawaiihemden heraussticht und in starkem Kontrast zu seiner gebräunten Haut steht.

Es ist mein Beobachter.

KAPITEL 7

Max

Ich bin ihr in den Club gefolgt, was sie jedoch nicht bemerkt hat. Sie bot einen sensationellen Anblick in diesem pinkfarbenen kurzen Kleid mit dem leicht ausgestellten Rock, der bei jedem ihrer wiegenden Schritte um ihre Beine schwang. Das Kleid war zwar schlicht, zeigte aber dennoch eine Menge Haut. Ihre Schultern, ihr Rücken, all diese sonnengeküsste Haut war großzügig zur Schau gestellt und brachte mich schier um den Verstand. Ich konnte den Blick gar nicht mehr von ihr losreißen.

Besser gesagt, ich *wollte* den Blick nicht von ihr losreißen. Als sie mich gestern abblitzen ließ und einfach ging, ohne sich noch einmal umzusehen, hat mich das tierisch geärgert. Das sollte es nicht, denn es ist verdammt riskant, wenn ich mit ihr rede, ihre Nähe suche. Ich muss an ihren Laptop gelangen. Diese Aufgabe kann ich auf verschiedene Art und Weise angehen.

Aber gewiss nicht, indem ich mit ihr flirte. Das steht ganz sicher fest.

Lily ist nicht sehr aufmerksam. Das habe ich sehr früh gemerkt. Sie scheint einerseits ziemlich ausgebufft zu sein, andererseits jedoch total nachlässig. Deshalb mache mich mir Sorgen um ihre Sicherheit.

Zum Beispiel dieser Wichser hier: Er hält sie so

fest, dass seine Finger sich in ihre Haut bohren. Als er sie anbaggerte, kaum dass sie den Laden betreten hatte, wusste ich vom ersten Moment an, dass er ein ganz übler Typ ist. Ich stand am anderen Ende der Bar und beobachtete die Szene, bereit, jeden Moment einzugreifen, wenn es nötig sein sollte. Lily wirkte die meiste Zeit über leicht geistesabwesend, als würde sie überall lieber sein als bei diesem Kerl, was ich ihr nicht verdenken konnte.

War sie überhaupt schon einmal in so einem Club? Also ich für meinen Teil nicht. Ich wusste nicht einmal, dass es in dieser Ferienanlage so einen Laden gibt. Das Faunus ist anders als alle Clubs, die ich kenne, und echt faszinierend. Schon beim Eintreten nahm ich die erotisch aufgeladene Atmosphäre wahr. Frauen musterten mich interessiert, wenn ich an ihnen vorbeiging. Die Musik, die den Raum erfüllte, hatte einen erregenden, hämmernden Rhythmus. Energie vibrierte in der Luft, pulsierte in meinem Blut, und ich wusste, ich könnte heute Nacht problemlos eine Frau finden, wenn ich eine haben wollte.

Und ich wollte eine haben – Lily.

So blödsinnig das ist, es ist die verdammte Wahrheit.

»Wer bist *du* denn?«, fragt der Typ nun; seine Nasenflügel sind gebläht, seine Augen weit aufgerissen und voller Wut. Er lässt Lily nicht los, und das bringt mich in Rage. Am liebsten würde ich ihm die Fresse polieren, doch ich will mich vorerst zurückhalten.

»Geht dich einen Scheiß an. Tu, was ich sage, und lass sie los«, entgegne ich mit lauter Stimme, sodass sich einige Leute nach uns umdrehen. Widerwillig lässt er Lily los, und sie macht einen großen Schritt zur Seite, reibt sich geistesabwesend den Arm an der Stelle, wo er sie angefasst hat. »Komm her, Lily.«

Sie gehorcht rasch und stellt sich hinter mich, ohne gegen meine Aufforderung aufzumucken. Zum Glück. Ich will keinen Ärger, doch ich habe das Gefühl, dieses Mädchen ist eine wandelnde Katastrophe. Um sie vor Gefahren fernzuhalten, werde ich sie einsperren müssen.

Und warum finde ich diese Vorstellung so verdammt reizvoll?

»Ach, gehört die Schlampe zu dir?«, fragt der Kerl und beginnt zu lachen. Ich stürze mich auf ihn, packe ihn am Hemdkragen, ziehe ihn daran fast bis auf die Zehenspitzen hoch und bringe mein Gesicht nah an seines.

»Nenn sie nie wieder so, hast du mich verstanden? Sonst werde ich dir dein hübsches kleines Arschgesicht zu Brei schlagen«, murmle ich so leise, dass nur er mich hören kann.

Blinzelnd blickt er zu mir auf, die Wut in seinen Augen weicht purer Angst, und ich lasse ihn los und schubse ihn weg, sodass er nach hinten stolpert, mitten in eine Gruppe von Frauen, die lautstark protestieren und ihn beschimpfen, während er sich wieder fängt und, gefolgt vom Gelächter der Frauen, das Weite sucht.

Ich drehe mich zu Lily um, um zu fragen, ob alles okay ist, und entdecke, dass sie mich mit offenem Mund und schockierter Miene anstarrt.

»Du hast mich verteidigt«, sagt sie in ehrfürchtigem Ton.

Ich streiche mir über die Brust. In dem schummrigen Licht scheint mein weißes Hemd regelrecht zu leuchten. Ich hatte nicht vorgehabt, derart aufzufallen. Und ich hatte verdammt noch mal auch nicht vorgehabt, in irgendeinem bizarren Club zu landen und Lily Fowlers Ehre zu verteidigen. »Natürlich habe ich dich verteidigt. Das Arschloch hat dich ja total bedrängt.«

Zögernd kommt sie näher. Ihre vollen, sexy Lippen sind immer noch vor Erstaunen geöffnet, und meine Fantasie geht mit mir durch. Ich stelle mir vor, wie ich mit dem Finger über diese Lippen streiche. Wie ich meinen Schwanz in ihren Mund schiebe und sie vor Lust stöhnt, ehe sie mit ihrer raffinierten Zunge über meine Eichel leckt ...

»Das hat bisher noch niemand für mich getan. Danke«, sagt sie aufrichtig.

Jetzt bin ich derjenige, der geschockt ist. Ich schiebe alle schmutzigen Gedanken beiseite und konzentriere mich ganz auf die hinreißende Frau vor mir. »Wie bitte?«

»Mich hat noch nie jemand verteidigt«, erklärt sie, neigt den Kopf zur Seite und mustert mich, als würde sie mich unter einem völlig neuen Aspekt betrachten. »Normalerweise bin ich auf mich allein gestellt, muss mich um mich selbst kümmern.«

Schuldgefühle überfallen mich, und ich versuche, sie zu ignorieren, doch es gelingt mir nicht. Ich wollte das nicht hören, ertrage den Gedanken nicht, dass sie immer auf sich allein gestellt ist. Ich sollte kein Mitgefühl mit ihr haben. Sie sollte mir völlig egal sein, aber ... sie ist es nicht. Warum nur? Ich kenne sie nicht, nicht wirklich. Sie macht mir mehr Scherereien, als mir lieb ist. Seit gerade mal ein paar Tagen bin ich an ihr dran und habe sie schon zweimal gerettet.

Geh. Dreh dich einfach um und geh.

Doch meine Füße bleiben fest am Platz.

»Dieser Typ …« Ich halte inne und sehe sie streng an. Sie manövriert sich selbst in solche Situationen. Beinahe so, als würde sie Ärger suchen. »Er hätte dir wehtun können, wenn ich nicht dazwischengegangen wäre.«

»Ich weiß. Das war blöd. Ich hätte gar nicht mit ihm reden, geschweige denn mir einen Drink spendieren lassen sollen.« Sie kommt näher, und ich nehme ihren Geruch wahr. Honig und Sonne. Süß und warm. »Du bist mein strahlender Ritter.«

»Ich bin niemandes Ritter, Prinzessin.« Ich will noch mehr sagen, aber die Worte bleiben mir im Hals stecken, als sie die Arme um meinen Nacken schlingt und ihren sexy, straffen Körper an mich presst. Ich fühle sie, jedes bisschen von ihr, und mein Schwanz beginnt zu zucken, während gleichzeitig in meinem Verstand alle Sicherungen durchbrennen.

»Du gehörst mir«, flüstert sie und zieht meinen Kopf zu sich hinunter. »Zumindest heute Nacht.«

Und dann presst sie ihren Mund auf meinen Mund, ihre Lippen sind süß und drängend, und ein kleiner Seufzer entfährt ihr, als meine Lippen sich leicht öffnen. Keine Zungen sind dabei, nur Lippen und Atem und ihre Finger, die meinen Nacken umklammern, und ihr Mund ist so verdammt weich und feucht und so unsagbar köstlich. Ich berühre sie nicht, überlasse es ihr, den Kuss zu steuern, überlasse ihr die gesamte Führung, obwohl das allem widerspricht, was ich normalerweise tue, wenn ich eine Frau küsse. Gewaltsam unterdrücke ich den Drang, sie tiefer zu küssen. Härter.

Schon lange ist mir nichts mehr so verdammt schwergefallen.

Als sie den Kuss beendet und den Griff um meinen Nacken löst, sehe ich sie an und frage mich, was ihre Motive sein könnten. Ich muss misstrauisch bleiben. Der Laptop dieser Frau ist mein Zielobjekt. Herrgott, ich arbeite für *ihre Feindin*. Ich darf mein Ziel nicht aus den Augen verlieren. »Warum hast du mich geküsst?«

Sie lächelt, schafft es, süß und zugleich verdammt sexy zu wirken. Ihre Brüste sind eng an meinen Oberkörper geschmiegt, der tiefe V-Ausschnitt ihres Kleides gewährt mir einen hübschen Blick auf ihr Dekolleté. Ich könnte die Hand in ihren Ausschnitt schieben und sofort warme, nackte Haut berühren. Ich gehe jede Wette ein, dass sie keinen BH trägt. »Ist es bei Prinzessinnen nicht üblich, dass sie sich bei ihren edlen Rittern mit einem Kuss für ihre Rettung bedanken?«

Ich lege den Arm um ihre Taille, ziehe sie enger an mich, und ihre Augen weiten sich, als sie spürt, wie stark ich auf sie reagiere. Sie will es auf die direkte Art? Okay, kann sie haben. »Wie gesagt, ich bin niemandes Ritter, Prinzessin. Wie gern du das auch hättest.«

Der vorwitzige Ausdruck auf ihrem Gesicht verrät, dass ihr der Schlagabtausch gefällt. »Ich mag es, wenn du mich Prinzessin nennst.«

»Und ich mag es nicht, wenn du mich edler Ritter

nennst.« Ich spreize die Finger in ihrem Kreuz, berühre gerade so den Ansatz ihres Hinterns. Wie gern würde ich die Hand tiefer gleiten lassen und ihre Arschbacken umfassen, aber verdammt, wir sind in der Öffentlichkeit.

An einem öffentlichen Ort namens Faunus, du Idiot. In einem Club wie diesem kannst du tun, was du willst.

»Dann sollte ich dich vielleicht anders nennen.« Ihr Lächeln wird breiter. Ganz klar, sie ist sehr empfänglich für diesen unbeschwerten Flirt, nachdem sie der gefährlichen Situation mit diesem kompletten Arschloch gerade noch entkommen ist. »Bei deinem schleppenden Tonfall sollte ich dich vielleicht ›Cowboy‹ nennen.«

Ich ziehe eine Braue hoch. »Schleppender Tonfall?«

»Dein Akzent«, erklärt sie, während sie ganz langsam über meinen Oberkörper streicht, als wollte sie sich einprägen, wie sich mein Körper unter ihren Händen anfühlt. Auch ich möchte das Gefühl ihrer sanften Berührung im Gedächtnis bewahren. »Du kommst aus dem Süden, richtig?«

»Kann sein«, sage ich gedehnt, ganz der Texaner, und freue mich an dem Funkeln in ihren Augen.

»Erzähl mir, woher du kommst«, verlangt sie.

Scheiße. Ich umfasse ihren Hintern und ziehe sie, so nah es geht, an mich, woraufhin sich ihre Augen weiten und ihre Finger sich in den Stoff meines Hemdes graben, sodass ich das leichte Kratzen ihrer Nägel auf der Haut spüre. »Ganz schön fordernd, was?«

»Ich bin für meine Hartnäckigkeit bekannt«, schnurrt sie geradezu und lässt mein Hemd los.

Ich drücke ihren Arsch fester, entlocke ihr ein Quieken. Es würde mir großes Vergnügen bereiten, diese hübschen, bleichen Backen heute Nacht zu kneten und zu walken, aber wahrscheinlich wird sie mich nicht ranlassen. Sie will das Kommando haben. »Erzähl du mir lieber, warum du dich neulich nicht zu mir gesetzt hast.« Verdammt, ich hätte nicht fragen sollen. Das ist purer Masochismus, da mir die Antwort womöglich nicht gefallen wird.

Sie hebt den Kopf, sieht mich an, ihre Augen groß und voller Bedauern. »Weil ich dumm bin«, wispert sie.

»Du bist definitiv nicht dumm. Das war wahrscheinlich eine sehr kluge Entscheidung«, flüstere ich und lege die Wange an ihre. »Und es ist Texas«, füge ich leise hinzu.

Sie dreht den Kopf ein wenig, ihre Lippen streifen meinen Mund, und ich unterdrücke das Stöhnen, das sich mir entringen will. »Du bist aus Texas?«

»Ja, Ma'am«, sage ich mit meinem breitesten Südstaaten-Akzent. »War aber nie ein großer Cowboy.«

Lily lacht. Es ist ein perlendes, melodisches Lachen. Allein der Klang gibt mir ein warmes Gefühl, was total irre ist. Wenn ich mit ihr zusammen bin, vergesse ich alles andere. »Das überrascht mich jetzt aber, wo du doch ein echter Texaner bist«, sagt sie und weicht ein Stück zurück. Ich lasse sie los. »Wollen wir was trinken?«

»Hier, in diesem Gedränge?«, erwidere ich und blicke mich um. Der Club ist noch voller geworden und die Musik noch lauter. Von der Decke blitzen farbige Lichtstrahlen herab, beleuchten ein Paar, das neben uns steht und in eine leidenschaftliche Umarmung vertieft ist. Die Hand des Mannes ist unter dem Oberteil der Frau, und ihre Hände umklammern seinen Arsch, während sie sich küssen.

Hier hält sich niemand zurück. Und ich wette, dass es zu später Stunde noch zügelloser werden wird.

»Ich würde den Club gern erkunden und sehen, was hier so abgeht.« Sie nimmt meine Hand und geht los, führt mich in den hinteren Teil des Saals, wo sich die Tanzfläche befindet. »Aber vielleicht sollten wir erst mal tanzen.«

»Prinzessin, ich tanze nicht«, protestiere ich, doch sie ignoriert meinen Einwand. Ihre Finger mit meinen verschränkt, zieht sie mich durch die Menge, und ich halte ihre Hand fest, will sie nicht loslassen. Ich bemerke, wie die Männer sie mustern, wenn wir an ihnen vorbeigehen, und das macht mich wütend. Die Männer sind scharf auf sie. Aber eigentlich kann ich es ihnen nicht verdenken. Sie ist nun mal ein echt scharfer Feger.

Dennoch scheint sie außer mir niemandem besondere Beachtung zu schenken.

»Ich werde mich hier nicht zum Affen machen«, sage ich, als sie in Richtung Tanzfläche strebt.

Lily dreht sich zu mir um und zieht eine Schnute. »Komm schon, Cowboy. Ich will tanzen.« Sie beginnt, sich in den Hüften zu wiegen, und ich kriege einen trockenen Mund. *Verdammt*, ich könnte ihr ewig dabei zusehen. »Du musst einfach nur hier stehen bleiben. Den Rest erledige ich.«

»Kommt nicht infrage.« Entschieden schüttele ich den Kopf. So simpel ist es nie. Ich tanze nicht, habe noch nie wirklich getanzt. Aber verdammt, sie bringt mich in Versuchung. Der Anblick ihrer sich wiegenden Hüften, der einladende Blick, ihre Miene, ihre Augen ...

»Bitte, Max!«

Verflixt. Es ist das »Bitte«, das mich weichmacht. Zögernd lasse ich mich von ihr auf die Tanzfläche führen, erleichtert, dass sie mit mir am Rand bleibt. Die Musik ist laut, die Menge bewegt sich wie ein einziges Wesen zu dem stampfenden Rhythmus, und ich sehe zu, wie Lily sich zu bewegen beginnt und mir dabei in die Augen sieht. Binnen Sekunden ist sie völlig versunken in ihren Tanz, legt selbstvergessen die Hände an den Kopf, hebt das Haar aus dem Nacken. Ihre Augen sind geschlossen, ihre Bewegungen unglaublich geschmeidig, und ich würde sie am liebsten an mich reißen. Spüren, wie dieser sexy Körper sich bewegt und zuckt.

Aber ich tue es nicht. Bleibe einfach so stehen, wie sie es wollte, meine Muskeln angespannt, meine Haut glühend. Es ist höllisch heiß hier, was angesichts all der wippenden, sich drehenden Körper kein Wunder ist, und ich spüre, wie sich auf meiner Stirn Schweißtropfen bilden. Lily bringt mich um den Verstand, und dabei macht sie nichts anderes, als zu tanzen.

Ich wage mir kaum vorzustellen, was passieren würde, wenn ich sie tatsächlich irgendwann nackt, willig und feucht unter mir haben sollte. Vermutlich würde mir der Schädel explodieren.

»Du musst locker werden.« Erneut schlingt sie die Arme um meinen Hals, wie vorhin, als sie mich küsste, doch diesmal reibt sie ihren Unterkörper an mir. Die Musik endet, und ein neues, langsameres

Stück beginnt. Lily bewegt sich im Takt dazu, die Lider gesenkt, die Lippen zu einem sexy Schmollmund geschürzt, was mich vor Verlangen schier wahnsinnig macht.

Ich lege den Arm um sie, schiebe mein Bein zwischen ihre Schenkel. Sie nutzt die Gelegenheit, um tief in die Knie zu gehen, und ich schwöre bei Gott, ich kann das seidige Schaben ihres Höschens an meinem Knie spüren.

Heilige Scheiße.

Das Gesicht an die Seite ihres Kopfes geschmiegt, flüstere ich ihr ins Ohr: »Dreh dich um.«

»Was?« Sie weicht zurück, um mich ansehen zu können.

»Dreh dich um«, wiederhole ich. »Mit dem Rücken zu mir.«

Willig folgt sie der Aufforderung, ihr Arsch streift meinen erigierten Schwanz, und sie wirft mir über die Schulter hinweg ein wissendes Lächeln zu. Ich lege die Hände locker auf ihre Hüften, während Lily sich im Takt zur Musik wiegt und schlängelt. Ihre prallen Arschbacken bearbeiten meinen Schwanz, und ich lasse die Hände weiter nach unten gleiten, spiele mit dem Saum ihres Kleides. Sie biegt den Rücken durch und legt den Kopf just in dem Moment zurück, in dem ich die Hände unter ihr Kleid schiebe und ihre nackten Oberschenkel berühre.

Ein kurzer Blick nach rechts und links verrät mir, dass uns niemand Beachtung schenkt. Andere Paare auf der Tanzfläche befummeln sich genauso wie wir. Ein Mann hat seine Hand zwischen den Schenkeln seiner Tanzpartnerin vergraben, die sich der Berührung mit ekstatischer Miene hingibt. Ein anderer Mann hat beide Hände unter das Tanktop einer Frau geschoben und streichelt wild ihre Brüste, während er sie küsst.

Lily hebt die Arme und schlingt sie mir um den Nacken, ohne im Tanzen innezuhalten. Ich bewege mich mit ihr, finde langsam meinen Rhythmus, dränge mich im Takt des pulsierenden Beats gegen ihren Hintern. Sie reckt die Brust heraus, und ich beobachte hingerissen, wie der Stoff ihres Kleides über ihre harten Nippel gleitet. Langsam streiche ich an der Außenseite ihrer Schenkel nach oben, bis meine Finger auf die zarte Spitze ihres Höschens stoßen.

Ich sehne mich danach, ihr dieses Spitzending vom Leib zu reißen. Ihr die Finger zwischen die Beine zu schieben und zu sehen, wie feucht sie für mich ist.

Ich wette, sie ist klatschnass.

»Max«, stöhnt sie, neigt den Kopf zur Seite, bietet ihren Hals meinem Blick dar. Ich beuge mich vor und küsse sie dort, lecke und knabbere an ihrem Hals, und ich höre sie wimmern. Fühle das Zittern, das sie durchläuft.

Ich habe keine Ahnung, was zum Teufel wir da tun, aber ich spiele ein gefährliches Spiel. Eines, das mir eine Menge Scherereien einbringen wird.

Zum ersten Mal seit langer Zeit ist mir das piepegal.

»Ich kenne dich gar nicht«, flüstert sie, als ich spielerisch an der zarten Spitze ihres Slips ziehe. Ihre Haut ist so weich, und ich streiche zart darüber. »Und trotzdem lasse ich mich von dir in aller Öffentlichkeit so anfassen.«

»Hast du so etwas noch nie in der Öffentlichkeit gemacht?« Als ich sie hinter dem Ohr küsse, bemerke ich das kleine Herz-Tattoo. Es ist ein gebrochenes Herz, mit einer gezackten Linie in der Mitte, und ich frage mich, was es damit wohl auf sich hat.

»Kann sein ...« Ihr Ton verrät, dass sie so etwas schon vorher gemacht hat. Aber mir ist das schnuppe, denn heute Abend ist sie mit mir zusammen.

Ihre Vergangenheit spielt keine Rolle.

»Willst du, dass ich aufhöre?« Ich atme tief ihren Honigduft ein. Ihr Haar kitzelt an meinem Gesicht, und ich betrachte den ziemlich großen Diamantstecker in ihrem Ohr und frage mich, ob er echt ist.

Natürlich ist er echt. Lily Fowler ist millionenschwer. Vielleicht sogar milliardenschwer.

Sie schüttelt den Kopf, ihr Haar verfängt sich in den Stoppeln auf meiner Wange. »Nein«, haucht sie.

»Oder sollen all deine geheimen, schmutzigen Fantasien wahr werden?«, frage ich, lege die Hand auf ihren Unterleib und fahre mit den Fingern am Rand ihres Höschens entlang.

»Nicht nur die«, stößt sie hervor, als ich über die Vorderseite ihres feuchten Höschens streiche.

Ich halte in der Bewegung inne. »Was meinst du damit?«

Sie reibt ihren Arsch an meinem Schwanz, und ich ziehe die Hände unter ihrem Kleid hervor und lege sie auf ihre Hüften. »Ich habe noch eine andere Fantasie. Eine sehr viel ... dunklere.«

Ich werde völlig reglos, nur mein Herz pocht wie wild, hämmert in meiner Brust, hallt mir in den Ohren. »Welche?«

Mit einem verführerischen Lächeln sieht Lily mich an. »Würdest du das gern wissen?«

Ich lege die Hand auf ihren Bauch, bewege sie langsam zu ihren Brüsten und weiter nach oben, bis meine Finger ihren Halsansatz berühren. Unter dem Daumen spüre ich ihren schnellen Pulsschlag, und ich höre ihr leises Keuchen, als ich sie streichele. Wir tanzen jetzt nicht mehr, doch das kümmert niemanden. Wir sind in unserer eigenen kleinen Welt, und alles was ich sehen, was ich hören und worauf ich mich konzentrieren kann, ist Lily. »Verrate es mir«, murmele ich ihr ins Ohr.

Sie schmiegt sich an mich, und ich schiebe die Hand ein Stück höher, lege sie sanft und federleicht um ihren Hals. Ich will Lily haben, aber ich würde ihr nie wehtun, und das soll sie wissen.

Ich hoffe, sie erkennt meine Absicht. Ich möchte sie nicht brechen. Nur … zähmen. Zumindest für heute Nacht. Danach habe ich einen Job zu erledigen.

Lily drängt ihren Hintern an meinen Schwanz und hebt den Kopf, als wollte sie mir ihren Hals besser darbieten. Sie sagt kein Wort, bittet mich nicht, sie loszulassen. Eindeutig gefällt es ihr, wie ich sie berühre.

Interessant.

»Du wirst mich für pervers halten«, flüstert sie schließlich zur Antwort und legt die Hand auf die Außenseite meines Oberschenkels. Ihre Berührung brennt auf meiner Haut.

»Nein, bestimmt nicht.« Ich verstärke den Griff um ihren Hals, entlocke ihr ein Keuchen. »Sag, Lily, magst du es, wenn ich dich so anfasse?« Sie nickt, bleibt jedoch stumm. »Ich würde gern wissen, was du sonst noch so magst.«

»Ich mag ...« Sie bricht ab, und ich spüre das leichte Hüpfen in ihrer Kehle, als sie schluckt. Ich drücke den Mund an ihre Schläfe, während ich, steinhart vor Erregung, darauf warte, was sie als Nächstes sagen wird. Wir spielen ein Spiel, Lily und ich. Und was immer ihre geheimste Fantasie sein mag – ich habe das Gefühl, dass ich derjenige sein werde, der sie wahr werden lassen wird.

Heute Nacht.

»Ich habe das bisher noch niemandem erzählt, deshalb ist es nicht ganz leicht für mich«, sagt sie, und ich hole tief Luft, komme fast um vor Spannung.

»Lass dir Zeit, Kleine«, murmele ich dicht an ihrem Ohr. Mit der einen Hand streichele ich über die zarte Haut an ihrem Hals, während meine andere Hand auf ihrem Bauch liegt. Ich spüre, wie sie unter meiner Berührung erzittert, und komme fast um vor Lust.

Erneut schluckt sie, ehe sie zögernd zu sprechen beginnt. »In meiner Lieblingsfantasie dringt ein Mann in mein Zimmer ein.« Ihre Worte sind leise und sorgsam gewählt, ihr Kopf ist gesenkt, als wollte sie mich nicht ansehen oder meinem Blick begegnen, weil sie darin vielleicht Abscheu entdecken könnte. »Ich schlafe. Habe keine Ahnung, dass er im Zimmer ist.«

Mit der freien Hand streiche ich ihr das Haar aus dem Gesicht, presse die Lippen auf ihre Schläfe. »Erzähl mir, was dann passiert.«

Sie holt tief Luft. »Ich kann fühlen, dass er da ist, aber ich tue so, als würde ich schlafen. Es ... es gefällt mir, dass er mich beobachtet.«

Ihre Worte erregen mich, machen meinen Schwanz noch härter. Es gefällt ihr auch, dass ich sie beobachte.

»Du willst ihn also täuschen.«

»Nein. Nicht unbedingt.« Sie schüttelt den Kopf, scheint um Worte zu ringen. Ich fasse es nicht, dass wir mitten in einem überfüllten Club dieses Gespräch führen, aber wir sind so perfekt aufeinander eingestimmt ... Es gibt nur noch uns beide. »Es ist eher so, dass ich den Moment auskosten will.«

Ich schließe die Augen, atme den Duft ihres Haars ein und dränge meinen Schwanz langsam gegen ihren Arsch, während ich über ihr zartes Schlüsselbein streiche und meine Hand dann tiefer wandern lasse, bis ich ihr unregelmäßig pochendes Herz spüre. Wir wären zusammen so verdammt gut. Ich sollte das nicht tun. Es verstößt total gegen mein Berufsethos, mit meiner Zielperson herumzumachen, aber wahrscheinlich macht gerade das den Kick aus. Zu wissen, dass das Zusammensein mit ihr verboten ist. »Und was passiert dann?« Ich öffne die Augen, und im selben Moment dreht sie den Kopf zu mir um. Ich sehe die Erregung in ihren Augen, fühle das Zittern, das sie durchläuft. Sie gräbt die Zähne in ihre Unterlippe, als suche sie nach einer Antwort.

»Ich ... ich weiß nicht. Meine Fantasie geht nie weiter als bis dahin.« Sie senkt den Blick, und ich frage mich, ob sie Angst hat, die Vorstellung weiterzuspinnen. Die meisten Menschen wollen gar nicht wissen, wie weit sie für ihre sexuelle Befriedigung gehen würden. »Du findest mich schräg, was?«

»Nein.« Ich lege die Hände auf ihre Hüften. »Ich finde es sehr mutig von dir, mir das anzuvertrauen.«

Langsam dreht sie sich in meinen Armen um, starrt mich an, als hätte ich plötzlich zwei Köpfe. »Echt?«

Ich nicke. »Jeder Mensch hat dunkle Fantasien, über die er nicht gern spricht.«

Ihre Augen blitzen interessiert auf. »Was ist deine Fantasie?«

Die Stirn an ihre gepresst, flüstere ich: »Ich stehle mich in das Zimmer einer schönen Frau und beobachte sie beim Schlafen. Sie weiß nicht, dass ich da bin, und das macht mich ... geil.«

»Oh.« Ihre Augen werden dunkel.

»Willst du mehr hören?«

Sie zögert nicht einen Moment. »Ja.«

Die Frau fährt definitiv auf solche Sachen ab. »Ich ziehe mich aus, schlüpfe zu ihr ins Bett und stelle fest, dass sie ebenfalls nackt ist ...« Ich halte inne.

»Und dann?«, hakt sie eifrig nach.

»Nun, das sollte ich dir vielleicht lieber zeigen.« Ich lehne mich ein Stück zurück, um Lilys Reaktion zu beobachten.

Ihre Augen sind geweitet. »Wie?«

Lächelnd murmle ich: »Du willst es also wirklich wissen.«

KAPITEL 8

Max

Ich bin total verrückt. Ja, ich habe eindeutig den Verstand verloren und sollte schleunigst umkehren, bevor ich etwas wirklich Dummes tue und meine Karriere in den Sand setze.

Aber nachdem ich über den Zaun in den exklusiven Teil der Hotelanlage gesprungen bin, stehe ich nun tatsächlich vor Lilys Bungalow, die Hände in den Taschen meiner schwarzen Cargohose vergraben. Der warme tropische Wind weht mir die Haare ins Gesicht und in die Augen. Ich streiche mir die Haare aus der Stirn, kratze mich am Nacken und sinne über meinen nächsten Schritt nach. Es ist spät. Nach Mitternacht. Ich habe absichtlich so lange gewartet. Nach Verlassen des Faunus hatte ich Lily bis zum Eingang des Bungalowbereichs begleitet und ihr einen zarten, keuschen Kuss gegeben, ehe ich ihr ins Ohr flüsterte und fragte, in welchem Bungalow sie wohne.

»Nummer acht«, murmelte sie und wirkte enttäuscht, als ich nichts weiter sagte und auch keine Anstalten machte, sie noch einmal zu küssen. »Möchtest du …?«

Ich schüttelte den Kopf, schnitt ihr das Wort ab. »Vielleicht bis dann«, sagte ich betont, in der Hoffnung, sie verstünde die Anspielung.

Doch die Enttäuschung stand ihr immer noch ins Gesicht geschrieben. Sie wollte mich nicht gehen lassen. Sie wollte, dass ich mit in ihren Bungalow komme und mich ausziehe. *Herrgott*, obwohl ich sie noch nicht richtig tief geküsst habe, habe ich bereits ihr feuchtes Höschen gefühlt, die Hitze, die ihrer Möse entströmt.

Zurück in meinem Hotelzimmer, hätte ich mir am liebsten sofort einen runtergeholt. Mein Schwanz tat weh, und ich konnte an nichts anderes denken als daran, wie ich Lily am ganzen Körper lecke, sie mit meiner Zunge verrückt mache, sie zum Orgasmus bringe und bis zur Bewusstlosigkeit ficke.

Doch ich beherrschte mich, duschte mich kalt ab und kämpfte meine Erektion mit aller Willenskraft nieder. Ganz in Schwarz gekleidet, stahl ich mich dann wie ein Dieb in die Nacht hinaus, von wilder Freude erfüllt bei der Aussicht, Lily bald nackt unter mir zu haben.

Ich bin ein Mann, der dringend eine Frau braucht. Aber es muss eine ganz bestimmte Frau sein.

Mit einem kurzen Blick nach allen Seiten vergewissere ich mich, dass niemand in der Nähe ist, ehe ich geduckt unterhalb der Fenster um den Bungalow herumgehe. An der Rückseite von Lilys Bungalow öffne ich ein kleines Gartentor, das unverschlossen ist und zum Strand führt. Der Mond ist voll heute Nacht, taucht den Strand in silbrig schimmerndes Licht und illuminiert die weißen Schaumkronen auf dem dunkelblauen, wogenden Meer. Es ist eine schöne, friedliche Nacht, eine Nacht, in der ich eigentlich nicht in Lilys Zimmer eindringen und sie zu Tode ängstigen dürfte.

Aber sie will es. Will es in ihrer geheimsten, dunkelsten Fantasie, und ich bin fest entschlossen, die Fantasie wahr werden zu lassen. Was, wenn sie ausrastet? Was, wenn sie mich beschimpft, die Security ruft und ich festgenommen werde?

Das würde alles zerstören. Der Plan, Lilys Laptop zu nehmen und alles darauf zu löschen, ist bisher reine Theorie. Die Faszination, die Lily auf mich ausübt, hat mir gründlich einen Strich durch die Rechnung gemacht. Ich war bei einem Auftrag noch nie so abgelenkt, und daran ist allein Lily schuld.

Wenn ich versage, wird Pilar mir die Hölle heißmachen. Meine Tarnung würde auffliegen, meine Reputation wäre im Arsch. Ich sollte dieses Risiko echt nicht eingehen.

Ich sollte auf der Stelle umkehren. In mein Hotelzimmer zurückgehen und darauf hoffen, Lily morgen früh zu sehen. Wir würden uns bestimmt über den Weg laufen, denn wir finden einander immer. Dann könnte ich irgendeine Ausrede anbringen, ihr sagen, es tue mir leid, aber ich sei eingeschlafen, würde es jedoch gern wiedergutmachen. Ich wette, sie hätte Verständnis dafür. Ich wette, ich könnte sie überzeugen.

Du schleichst dich in ihr Zimmer und suchst ihren Laptop. Er muss irgendwo da sein. Dann vögelst du Lily, schnappst dir den Laptop und verschwindest. Auf diese Weise schlägst du zwei Fliegen mit einer Klappe.

Stimmt. Ich muss es tun. Eine andere Wahl habe ich nicht.

Auf Zehenspitzen husche ich über die überdachte Veranda, halte den Atem an, als ich mich der Verandatür nähere. Sie wird abgeschlossen sein, doch ich könnte durch die Scheibe linsen und sehen, ob sich drinnen etwas bewegt. Also beuge ich mich vor, achte darauf, nichts zu berühren, und versuche durch die Scheibe, in der sich blendend das Mondlicht spiegelt, irgendetwas zu erkennen, was mich hoffentlich dazu bringen wird, die Beine in die Hand zu nehmen und zu verschwinden.

Es ist nichts zu sehen. Kein Licht, keine Bewegung, keine Spur von Lily. Sie ist im Schlafzimmer. Sie schläft.

Dessen bin ich mir fast völlig sicher.

Leise fluchend, husche ich auf der Veranda am Bungalow entlang, bis ich eine Schiebetür erreiche; die Glastür ist aufgeschoben, die Fliegengittertür davor geschlossen. Auf einer Seite ist der Vorhang zurückgezogen, sodass ich einen Blick ins Innere des Schlafzimmers ergattern kann. Das Bett ist riesig, mit weißer Bettwäsche bezogen, und unter der Decke zeichnet sich der Körper eines Menschen ab.

Der nicht die leiseste Ahnung hat, dass ich ihn beobachte.

Ich lege die Hand um den Türgriff, schließe die Augen und zähle lautlos bis drei.

Eins ... Verdammt, ich sollte es nicht tun.

Zwei ... Ich sollte abhauen, und zwar jetzt.

Drei ... Ich drehe den Griff, und die Tür gleitet sanft auf.

Fast wie von selbst.

Ich hole tief Luft, trete in das Zimmer ein und ziehe die Tür hinter mir zu. Die Schiebetür verursacht keinerlei Geräusch – ganz anders als die Schiebetür bei meinen Eltern, die quietscht und krächzt wie eine keckernde alte Hexe.

Leise Atemgeräusche dringen an mein Ohr, und ich bleibe am Fuß des Bettes stehen und blicke auf die Gestalt hinunter, die, auf der Seite zusammengerollt, unter der flauschigen weißen Bettdecke liegt. Ungeachtet der luftdurchlässigen Fliegengittertür läuft die Klimaanlage, und es ist eiskalt. An der Decke dreht sich zusätzlich ein Ventilator, der die kalte Luft verteilt, und ich erschaudere und schiebe fröstelnd die Hände in die Hosentaschen, während ich Lily betrachte.

Sie regt sich, beinahe so, als wüsste sie, dass sie beobachtet wird, und erschrocken gehe ich zwei Schritte zurück und wäre dabei fast gegen die Kommode geknallt. Jetzt wirft sie ein Bein über die Decke, knautscht den Stoff zusammen, sodass er zwischen ihren Beinen ist, und ich entdecke, dass sie nichts anhat.

Lily ist splitterfasernackt, genauso, wie ich es in *meiner* Fantasie beschrieben habe.

Ich fahre mir mit der Hand über das Gesicht und halte sie mir dann vor den Mund, während ich mir meinen nächsten Schritt überlege.

Mach die Fliege, Arschloch. Ehe du etwas wirklich Dummes tust und Lily in Panik gerät. Ehe du dich's versiehst, wird sie die Security rufen, und die wird die Polizei informieren, und dann wird man dich wegen Stalking festnehmen – und dein Leben ist für immer versaut.

Doch ich gehe nicht. Den Blick unentwegt auf Lily gerichtet, trete ich näher ans Bett heran, stelle mich an die Seite, wo sie schläft. Der Mond scheint ins Zimmer herein, taucht Lily in ein weiches Licht, und ich bin total verzaubert. Ich sehe zu, wie ihr Brustkorb sich mit jedem Atemzug hebt und senkt, und bewundere ihre leicht geöffneten vollen Lippen, die selbst im

Schlaf ungeheuer verführerisch sind. Ihre Augen sind geschlossen, die dichten Wimpern liegen wie kleine dunkle Fächer auf ihrer Haut.

Sie sieht friedlich aus. Und so wunderschön, dass ich alle Willenskraft aufbieten muss, um nicht zu ihr unter die Decke zu schlüpfen.

Denn das geht jetzt noch nicht. Ich muss die Sache erst einmal vernünftig analysieren. Wenngleich angesichts der Tatsache, dass ich ungebeten in Lilys Zimmer eingedrungen bin, von ›vernünftig‹ nun echt keine Rede sein kann. Ich breche verdammt noch mal das Gesetz. Ich sollte schleunigst die Kurve kriegen.

Aber ich bleibe.

Mein Handy ist auf lautlos gestellt, mein Portemonnaie steckt samt der elektronischen Schlüsselkarte für mein Zimmer in meiner Gesäßtasche. Sonst habe ich außer meiner Kleidung und meinen Schuhen nichts bei mir. Ich könnte mich leise ausziehen und einfach wie ein fremder Bobachter oder ein durchgeknallter Spinner zu ihr ins Bett steigen, ihren Körper mit meinen Händen, meinem Mund und meinen Zähnen erkunden und Lily auf die bestmögliche Art aufwecken. Dann würde ich endlich tief in sie gleiten, sie hart und tief ficken, bis wir beide mit leisem Stöhnen kommen.

Ich müsste schweigen. Geschickt sein, wenn ich das tatsächlich durchziehen wollte.

Nie im Leben kannst du das durchziehen, Arschloch.

Jetzt bin ich bei meiner Eitelkeit gepackt, nehme die Herausforderung an.

Beobachte sie. Genau das will sie. Du hast nichts zu befürchten.

Manchmal hasse ich diesen Kerl, der mir ständig was einflüstert. Er macht mir nichts als Probleme.

Zur Hölle damit. Ich ziehe mein Hemd aus und schmeiße es auf den Boden. Öffne den Druckknopf meiner Cargohose und ziehe so leise wie möglich den Reißverschluss auf. Nur in meinen blauen Boxershorts stehe ich schließlich da, bebe vor Anspannung bei der Vorstellung, was ich gleich tun werde.

Ich gehe auf die andere, leere Seite des Bettes und ziehe behutsam die Decke zurück. Lily rührt sich nicht. Ihr Rücken ist mir zugewandt, und ich kann definitiv bestätigen, dass sie nichts anhat. Sie schläft nackt.

Das kann ich nur aus vollem Herzen begrüßen.

Kurz entschlossen, gleite ich neben ihr ins Bett, ziehe die Decke über mich. Etwa eine Minute lang liege ich stocksteif da, halte den Atem an, damit sie nicht wach wird und ausflippt. Denn sie wird ausflippen. Das steht außer Frage, trotz allem, was sie mir heute Abend erzählt hat. Sie wollte bestimmt nicht wirklich, dass ich mich heimlich in ihr Zimmer schleiche. Wahrscheinlich war es eher eine Art verquere Mutprobe, um zu sehen, ob ich bekloppt genug bin, ihre angebliche Fantasie umzusetzen.

Und ich Obertrottel bin darauf reingefallen. Diese Frau ... bringt mich dazu, bescheuerte Dinge zu tun. Ich bin ein Denker, ein Planer, und bei ihr werde ich plötzlich spontan. So etwas hätte ich bei mir nie für möglich gehalten.

Sie bewegt sich im Schlaf, streckt den Hintern beinahe schon provozierend in meine Richtung, und mein letzter Rest an Verstand löst sich in nichts auf.

Nur noch von primitiven Instinkten getrieben, lege ich die Hand auf ihren Arsch, fühle die seidig glatte Haut und bin wie berauscht von ihrer Nähe, ihrem Geruch und dem Wissen, dass sie neben mir liegt, schlafend, wehrlos und mir total ausgeliefert.

Wie gefährlich das ist. Welch ein Glück für *sie*, dass ich ein relativ netter Kerl bin, der lediglich ihre Fantasie wahr werden lassen will, und nicht irgendein brutales Arschloch, dem es Spaß macht, ihr wehzutun.

Hm, netter Versuch, mein Tun zu rechtfertigen. Keine Ahnung, wen ich da zu überzeugen versuche.

Vielleicht dich selbst?

Ein weiches, feminines Seufzen schwebt in der Luft, und Lily schiebt ihren Hintern geradewegs in meine Hand, beinahe so, als wüsste sie, dass die Hand da ist. Ich liebkose ihre Haut, und ich schwöre, ich kann die Hitze ihrer Möse fühlen, und dann höre ich ein Murmeln. Es ist ein süßer, kaum hörbarer Laut, der jedoch definitiv besagt, dass sie meine Berührung wahrnimmt.

Und es gefällt ihr.

»Ich habe auf dich gewartet«, flüstert sie, und ich erstarre, überlege, ob ich aus dem Bett springen und Reißaus nehmen soll. Was, wenn sie die Security ruft? Oder noch schlimmer, wenn sie versucht, mir die Eier auszureißen?

»Ich wusste, dass du zurückkommst«, fährt sie fort und rutscht näher an mich heran, sodass ihr Rücken an meine Brust und meinen Bauch und ihr nackter Arsch an meinen Schwanz geschmiegt ist, der freudig in die Höhe schnellt. Nur der dünne Stoff meiner

Boxershorts hindert mich daran, in sie hineinzugleiten, und ich beiße die Zähne zusammen, zwinge mich zur Beherrschung.

Nun hebt Lily die Arme, greift hinter sich, umfasst meinen Nacken, und automatisch schlinge ich die Arme um ihre Mitte und lege die Hände auf ihren straffen Bauch. »Ganz schön frech von dir, dich einfach in mein Zimmer zu schleichen.«

Offenbar ist es für sie tatsächlich okay. »Du wolltest es so«, sage ich als eine Art Test. Ich lasse meine Hände zu ihren Brüsten gleiten, und sie drückt den Rücken durch, drängt sich der Berührung entgegen.

Mit einem leisen Auflachen schlingt sie die Hände fester um meinen Nacken. »Richtig. Ich will es immer noch«, gesteht sie leise, und ein kleines Stöhnen entringt sich ihr, als ich mit den Daumen über ihre Nippel streiche, die aufgerichteten Knospen reize. »Gott, deine Hände sind so groß.«

»Ich bin total irre, dass ich das mache«, sage ich. Sie soll wissen, welches Risiko ich eingegangen bin, als ich in ihren Bungalow eindrang. Welches Risiko *sie* eingegangen ist, indem sie ihre Tür unverschlossen ließ, sodass jedes kranke Arschloch hätte hereinkommen und sie überfallen können. Für diesen Leichtsinn sollte ich ihr den Hintern versohlen.

Hm, würde ihr das wohl gefallen?

»Ich habe eine Schwäche für Irre«, murmelt sie und hält den Atem an, als ich fest in eine ihrer Brustwarzen kneife. »Bist du wirklich hier, um meine Fantasie wahr werden zu lassen?«

»Ja.« Ich knabbere an ihrem Ohr, und sie keucht auf. »Wirst du tun, was ich dir sage? Ohne Widerworte? Ich verlange totale Unterwerfung von dir, Prinzessin. Keine Proteste. Keine Diskussionen.«

Sie nickt, ihr Haar streift mein Gesicht. Ich liebe ihren Geruch. Könnte ihn den ganzen Tag in mich einatmen. »Was immer du willst, ich werde es tun. Ich gehöre dir.«

Ihre Worte klingen fast zu gut, um wahr zu sein. Sie sollte keine Versprechen geben, die sie nicht halten kann.

»Du wirst also alles tun, was ich dir befehle, ja? Ich werde es nicht übertreiben und darauf achten, dass du alles bekommst, was du willst, Kleine.« Sie erbebt, als ich sie so nenne, und ich streichele ihre Brüste, umfasse sie mit den Händen. Ich giere danach, an ihren Nippeln zu saugen, sie zu schmecken und zu fühlen, wie sie sich unter mir windet, mich um mehr anfleht. »Das verspreche ich dir.«

»Ich verspreche es dir auch«, raunt sie, und es klingt wie ein zufriedenes Schnurren. Ich möchte, dass sie in meinen Armen vergeht. Dass sie keuchend nach Luft ringt, nicht mehr denken kann.

Vermutlich erwarte ich mir zu viel von einer Frau, die ich kaum kenne. Aber, verdammt, es ist genau das, was auch ich brauche. Es ist zu lange her, dass ich mich in einer Frau völlig verloren habe. Ich war zu sehr mit anderen Dingen beschäftigt. Blödem Scheiß, der mich blockierte, meine Gedanken beherrschte.

»Also fangen wir an, Prinzessin.« Ich nehme die Hände von ihren Brüsten, weiche ein Stück nach hinten zurück, und ihre Hände gleiten von meinem Nacken herab. Dann gebe ich ihr einen leichten Schubs. »Leg dich auf den Bauch.«

Klaglos folgt sie der Aufforderung, tritt die Decke weg, sodass ich nur nackte Haut sehe, als sie sich auf den Bauch dreht. Sie faltet die Arme unter dem Kopf und dreht ihn zur Seite, damit sie mich ansehen kann. Ihre Augen leuchten in der Dunkelheit, und ich spanne mich unter ihrem Blick an.

»Du hast noch viel zu viel an«, stellt sie fest.

Ich blicke auf meine Boxershorts; mein steifer Schwanz drängt sich dagegen, als wollte er den Stoff sprengen, auf dem ich einen nassen Fleck entdecke, vom Vorejakulat. »Sobald ich nackt bin, muss ich dich ficken.«

Ihre Augen werden dunkel, ihre Lippen verziehen sich zu einem kleinen Lächeln. »Aber das ist genau das, was ich will.«

»Das glaube ich dir gern.« Ich kauere über ihr, streiche ihr das Haar aus dem Nacken. »Dahin werden wir noch kommen«, murmele ich, ehe ich ihren Nacken küsse. Ihn lecke, mir die salzige Süße auf der Zunge zergehen lasse, eine Süße, die das Verlangen nach mehr in mir auslöst.

Ohne von ihrem Nacken abzulassen, kauere ich mich ganz über sie, die Knie zu beiden Seiten ihrer Hüften, den Mund an ihrem Nacken, die Hände an ihren Achseln. Sie hebt den Oberkörper ein wenig an, damit ich die Hände unter sie schieben kann, und ich umfasse ihre Brüste, knete sie, necke ihre Nippel.

Ich hebe den Kopf ein wenig, und da erspähe ich in ihrem Nacken ein Tattoo. Hoch oben, fast völlig verdeckt von ihrem Haar, befindet sich ein Vogel – nein, eine ganze Vogelschar, mindestens fünf, die den Eindruck erwecken, als wollten sie sich in Lilys Haar flüchten. »Hübsches Tattoo«, sage ich.

»Du hast meine Vögel gefunden«, murmelt sie, neigt den Kopf und gewährt mir einen besseren Blick. Mit der Fingerspitze male ich den Umriss eines jeden Vogels nach und freue mich, immer wieder neue Dinge an ihr zu entdecken. »Die kriege ich selbst leider nie zu sehen.«

»Das ist nun mal so bei Nacken-Tattoos.« Ich drücke einen Kuss auf jeden Vogel, was Lily erbeben lässt. »Hast du noch mehr Tattoos?«

»Da solltest du am besten selbst nachsehen.«

Das ist genau die Einladung, auf die ich gehofft habe. Ich erkunde ihren Körper, indem ich ihn mit Küssen bedecke, ihn mit den Lippen kartografiere, wobei ich mir die Stellen merke, wo sie zurückzuckt, weil sie dort besonders empfindlich ist, oder wo sie stöhnt, weil es sich dort besonders gut anfühlt. Sie ist kitzlig, besonders an den Rippen, hinten an ihren Oberschenkeln, in den Kniekehlen. Ich küsse auch ihre Füße, die weichen Sohlen, und lecke ihre Zehen. Sie kichert, und ich entdecke an der Seite ihres linken Fußes ein weiteres Tattoo in Form einer hübschen rosafarbenen Blume.

»Eine Hibiskusblüte«, erklärt sie, als ich über die feine Zeichnung streiche. »Die mochte ich immer besonders gern.«

Ich sage nichts, sondern küsse sie von ihren Füßen wieder zurück bis zu ihrer Taille und drehe Lily dann um. Ich richte mich auf, bin wieder rittlings über ihr, die Knie links und rechts von ihren Hüften, blicke auf sie hinunter, lasse meinen Blick zu ihren Brüsten wandern. Und da entdecke ich noch ein Tattoo, das sich direkt unter ihrer rechten Brust befindet. Eine Ansammlung von Sternen, die wie eine bestimmte Konstellation wirken. Ich zeichne mit dem Finger jeden einzelnen Stern nach und beobachte, wie Lily am ganzen Körper Gänsehaut bekommt.

Die Tattoos repräsentieren etwas, stellen einen Teil von Lily dar. Sie müssen eine bestimmte Bedeutung für sie haben.

Ich möchte herausfinden, was dahintersteckt. Möchte herausfinden, wer Lily wirklich ist. Denn da ist mehr, als sie nach außen hin zu erkennen gibt. Sie ist nicht einfach nur ein reiches, sexy Partygirl, sosehr sie dieses Image in den Medien auch pflegt. Es ist eine Fassade. Dahinter verbirgt sich etwas Komplexeres, Tieferes. Es gibt einen Grund, weshalb sie auf der Flucht ist, weshalb Pilar sie so unglaublich hasst, weshalb Lily sich versteckt.

Ich möchte alle ihre Geheimnisse entdecken. Scheiß auf den Auftrag. Scheiß auf den Laptop, den ich ihr wegnehmen soll. Diese nackte schöne Frau unter mir will mich, und ich will sie.

Zumindest heute Nacht. Ich habe nur noch den einen Wunsch, den einen Gedanken: Ich will Lily ficken.

»Hast du noch mehr Tattoos?«, frage ich mit hochgezogener Braue.

Sie lächelt geheimnisvoll. »Such selbst, ob du noch mehr findest.«

Das bedeutet, es gibt definitiv mehr. Und ich kann es kaum erwarten, sie aufzuspüren.

KAPITEL 9

Lily

Seine großen warmen Hände wandern über meinen Körper, lassen mich erglühen, wo immer sie mich berühren. Diese langen, geschickten Finger, die ein klein wenig schwielig sind, und die breiten Handflächen. Eine Hand allein kann praktisch meinen Arsch umspannen, und das ist irgendwie toll.

Gerade umfasst er meinen Arsch, reibt ihn, schlägt leicht auf eine Backe und beobachtet, wie sie wackelt. Ich erschrecke, als er erneut zuschlägt, diesmal härter, und murmele schockiert: »Das tut weh.«

Ich hatte schon vorher Typen, die mir auf den Hintern geschlagen haben, aber es hat mir keinen Spaß gemacht. Absolut nicht. Es hat mich eher wütend gemacht, weil es sich so anfühlte, als würden die Typen mich dadurch als ihr Eigentum deklarieren, mit dem sie nach Belieben umspringen konnten. Oh, ich habe ihnen immer etwas vorgespielt, gekeucht und mich gewunden, als würde es mich antörnen.

Es hat mich jedoch nie angetörnt. Aber die Art, wie Max es macht, indem er mit der Handfläche über meine brennende Haut streicht, ehe er erneut zuschlägt, also …

Ich bin erregt. Feucht. Auf Hände und Knie gestützt, hebe ich mein Becken ein kleines Stück an, schiebe meinen Arsch seiner Hand entgegen, und er versteht den Wink, schlägt mir so fest auf die Backe, dass das Klatschen durch das stille Zimmer hallt. Und ich schwöre, im selben Moment, als ich stöhne, stößt er ein zufriedenes Grunzen aus.

»Gefällt dir das, Prinzessin?« Er liebkost die Stelle, an der er mich geschlagen hat, und seine Hände sind so sanft, dass mein Herz zu flattern beginnt. »Sogar im Dunkeln kann ich sehen, wie rosa deine Haut ist.«

Der Mond scheint herein, taucht das Zimmer in Silber, wirft einen weichen Schimmer auf Max' kantige Züge, seinen schönen Mund. Den Po in die Luft gereckt, sehe ich ihn über die Schulter hinweg an. »Es gefällt mir sehr«, gestehe ich mit leiser Stimme. Mehr sage ich nicht, denn ich habe Angst, ich könnte das Falsche sagen. Oder noch schlimmer, ich könnte zu viel sagen und mich zum Narren machen.

»Interessant.« Seine Hand bewegt sich zu meiner anderen Pobacke und verpasst ihr einen leichten Klaps. »Du hast den perfektesten Arsch, den ich je gesehen habe.«

Ich beginne zu lachen, halte jedoch sofort inne, als ich seiner ernsten Miene gewahr werde. »Freut mich, dass er dir gefällt«, murmele ich verlegen und wende den Blick ab.

»Mir gefällt alles an dir, was ich bisher gesehen habe«, sagt er, und verblüfft über dieses Eingeständnis, sehe ich ihn an, aber er sagt nichts weiter. Spielerisch schiebt er die Finger zwischen meine Arschbacken, streicht über meine feuchte Möse, und seine Augen verengen sich, als seine Finger tiefer gleiten. »Hey, du bist ja klatschnass, Kleine.«

Seine Bemerkung sollte mir eigentlich peinlich sein. Wenn ich mit Typen zusammen bin, falle ich nicht unbedingt durch übermäßige Feuchtigkeit auf. Ich meine, okay, sie erregen mich, ein paar wenige haben mich sogar zum Orgasmus gebracht, oder ich habe mich selbst berührt und dafür gesorgt, dass ich zusammen mit ihnen zum Höhepunkt gelangte. Doch mit diesem Mann … vergehe ich förmlich vor Verlangen. Meine Klitoris pocht, und meine Möse fühlt sich … leer an. Ich möchte wissen, wie es ist, wenn dieser Schwanz sich in mir bewegt. Ich werde mich nicht zufriedengeben, bis ich ihn in mir spüre, und bei Gott, ich hoffe, es ist bald so weit. Ich sehne mich so sehr nach seinem Schwanz. Nach ihm.

»Es scheint dich wirklich anzumachen, wenn ich dir deinen süßen Arsch versohle«, sagt er fast ehrerbietig. Er scheint total fasziniert von dieser Möglichkeit zu sein, und ich bin mehr als nur ein bisschen verlegen. Vielleicht steht er gar nicht wirklich auf solche Sachen … Ähm, Moment mal.

Vielleicht doch. Immerhin hat er, bevor wir anfingen, meine absolute Unterwerfung verlangt. Und er hat sich wie eine Art sexy Dieb in mein Zimmer geschlichen, ist in mein Bett gekrochen und hat mich angefasst, in der Annahme, ich würde schlafen. Das ganze Szenario war unglaublich geil, hat meine geheimen Fantasien, die ich immer für mich behalten hatte, Wirklichkeit werden lassen.

Ich war die ganze Zeit wach und habe auf ihn gewartet. Ich wusste, er würde kommen, und als ich hörte, wie die Tür aufgeschoben wurde, musste ich mir auf die Lippe beißen, um nichts zu sagen.

Es fiel mir schwer, unter seinem musternden Blick reglos liegen zu bleiben. Ich hatte mich noch nie so sexy, noch nie so lebendig und erregt und verängstigt gefühlt. Mein Herz pochte so heftig, dass ich fürchtete, er könnte es hören, und mein ganzer Körper bebte geradezu vor Erregung. Ich genoss jede einzelne Sekunde, und als ich ihn überraschte? Da fühlte ich mich großartig. Triumphierend. Sexy.

Ich hatte die Kontrolle über die Situation.

Aber binnen Sekunden nahm er mir die Zügel aus der Hand. Das war etwas, was mir noch nie passiert ist. Ich mag es nicht, wenn man mir sagt, was ich zu tun habe. Das war schon immer so.

Bis Max auftauchte.

»Fass mich an«, stoße ich hervor und spreize die Beine, lade ihn ein, seine Erkundung fortzusetzen.

Er folgt der Aufforderung, seine geschickten Finger erforschen meine Schamlippen, und ein langer Finger schiebt sich tief in meine sehnsüchtige Möse. Ich beginne zu wimmern, genieße sein Eindringen, aber ich will mehr. Ich will etwas Größeres, Dickeres. Längeres.

»Ich würde so verdammt gern in dir sein«, stößt er mit diesem unglaublich sexy Knurren hervor, das tief aus seiner Brust kommt und das mich unvorstellbar anmacht. Er klingt gequält, was gut ist, denn auch ich leide Qualen, und er soll alles fühlen, was ich fühle.

»Ich würde dich auch gern in mir spüren«, flüstere ich und stöhne auf, als er einen zweiten Finger dazunimmt, dann einen dritten. Er fickt mich mit drei Fingern, ich höre das schmatzende Geräusch, als er die Finger reinschiebt und wieder rauszieht, und ich schließe die Augen, beiße mir auf die Lippe, um nicht vor Lust zu schreien. Er stößt tiefer, berührt eine empfindliche Stelle in mir, und ich keuche auf, erbebe, will mehr.

»Bist du bereit für mich?«

Ich nicke heftig, vertraue darauf, dass er die Kopfbewegung wahrnimmt. Sprechen ist unmöglich, ich bin so überwältigt von dem Gefühl, wie seine langen Finger in mich hineinstoßen, dem Gefühl, wie er seinen Daumen auf meine Klitoris presst, und dann komme ich, gebe unverständliche Laute von mir, während mein ganzer Körper zuckt. Die Innenwände meiner Möse krampfen sich zuckend um seine Finger, und ich falle bäuchlings auf das Bett, kann mich auf meinen weichen Knien nicht mehr halten. Er zieht die Finger aus mir heraus, ehe er mich an den Hüften packt und umdreht, sodass ich auf dem Rücken liege.

Seit er hier ist, hat er mich ständig hin und her gedreht, als wäre ich eine willenlose Puppe, und ... *oh, Gott,* ich mag das. Ich mag es, wie er von meinem Körper total Besitz ergreift, mich in Stellungen zwingt, mich in Ekstase versetzt. Er hat das Kommando inne, ein wenig hart, ein wenig brutal.

Und sehr, sehr sexy.

»Sieh an.« Er fährt mit dem Finger am Rand meiner Schamhaare entlang. »Noch ein Tattoo.«

Ich bleibe stumm, mein Herz klopft immer noch viel zu schnell, und wenn ich versuchen würde zu sprechen, käme vermutlich nur ein Röcheln aus meinem Mund. Er führt seine Finger, die von meinem Saft glänzen, an seinen Mund und leckt sie ab, und beim Anblick seiner Zunge zieht sich mein Inneres vor Verlangen zusammen.

Er hat mich bisher noch nicht richtig geküsst, und ich sehne mich danach, seine Zunge an meiner zu fühlen.

»Was hat das Tattoo für eine Bedeutung?«, fragt er und wirft mir ein zufriedenes Grinsen zu. Er weiß genau, was er gerade mit mir angestellt hat, wie heftig ich gekommen bin, und der Stolz steht ihm ins Gesicht geschrieben. Er ist auf einem Machttrip, und ich werde ihn gewähren lassen. Ich muss.

»Geh etwas näher ran, und finde es selbst heraus«, stammle ich schließlich. Mein Herz rast, als hätte ich einen Marathonlauf hinter mir, und ich kann mich kaum konzentrieren, weil ich immer noch total überwältigt bin.

Max folgt der Einladung, senkt den Kopf über meine Möse und betrachtet das neu entdeckte Tattoo. Er zeichnet es mit dem Finger nach, folgt jedem einzelnen Buchstaben.

»›Lass mich wild bleiben‹.« Er hebt den Kopf, sieht mich an. »Was genau soll das heißen, Prinzessin?«

Ich nehme seine Hand, ziehe ihn daran zu mir hoch und wispere an seinen Lippen: »Es ist das, was ich mir von dir wünsche«, ehe ich ihn küsse.

Der Kuss ist geil. Grob. Primitiv. Zungen und Zähne und Bisse und Saugen, keine Spur von Romantik, aber das brauche ich auch nicht. Ich mag es so. Wild und hemmungslos, keuchend und einander verschlingend. Meine Hände sind in seinem Haar und seine Hände in meinem, und wir ziehen und zerren uns an den Haaren, bis ich wimmere, bis er knurrt. Unsere Beine sind ineinander verschlungen, und sein Schwanz streicht über meinen Bauch, malt feuchte Streifen darauf, weil er so erregt ist, dass ihm Vorejakulat herausquillt.

Ich wünschte, ich könnte es kosten.

Er richtet sich genau in dem Moment auf, als ich nach seinem Schwanz greife, die Hand fest um ihn schließe. Sein Schwanz pocht, hart wie Stahl, die Haut samtweich, und ich schlage die Augen zu ihm auf und entdecke, dass er mich beobachtet, die Kieferpartie angespannt, die Lippen aufeinandergepresst, die Augen glitzernd.

»Ich brauche ein Kondom.«

»Hast du eins mitgebracht?«, frage ich, während ich die Finger noch fester um diesen heißen Schwanz mit der seidigen Haut schlinge.

Er schließt die Augen, und ein Zittern durchläuft seinen Körper. Ich fahre mit der Hand an seinem Schwanz entlang, reibe ihn. »Ich habe eins in meinem Portemonnaie«, stößt er keuchend hervor.

»Dann hol es.« Ich lasse seinen Schwanz los, und er springt aus dem Bett, geht zu seinen Klamotten, die er achtlos auf den Boden geworfen hat, und wühlt darin herum, bis er seine Geldbörse findet. Auf den Ellbogen gestützt, sehe ich ihm zu, bewundere seinen hübschen Arsch, an dem sich die Muskeln abzeichnen, wenn er sich bewegt.

Mir läuft das Wasser im Mund zusammen, und ich frage mich, wie er reagieren würde, wenn ich dort hineinbeißen würde.

Er reißt sein Portemonnaie auf, zieht das Plastikbriefchen heraus und wirft mir ein triumphierendes Lächeln zu, eher er mit dem Kondom in der Hand wieder ins Bett kriecht.

»Darf ich es dir überstreifen?«, frage ich unschuldig. Ich lechze danach, ihn wieder anzufassen. Ich würde seinen Schwanz gern in den Mund nehmen, wenn Max es zulässt, doch ich bin auch gespannt, wie es sich anfühlt, ihn tief in mir zu haben. Gefickt zu werden ...

»Nur, wenn du versprichst, dass du mich anschließend vögelst«, sagt er und reißt mich damit aus meinen Gedanken.

»Abgemacht.« Lächelnd beobachte ich, wie er sich auf den Rücken legt und die Arme hinter dem Kopf verschränkt, als hätte er alle Zeit der Welt.

Oh, das wird Spaß machen. Ohne den Blick von ihm zu nehmen, reiße ich langsam die Verpackung auf, hole das Gummi heraus, werfe die Verpackung auf den Boden. Grinsend sieht er mir zu, holt scharf Luft, als ich mit meiner freien Hand über seinen muskulösen Oberkörper streiche, dabei mit den Nägeln über seine Haut kratze, meine Finger tiefer und tiefer wandern lasse, an seinem Nabel vorbei, kurz an seinem dunkeln Schamhaar spiele, bis sie seinen riesigen Schwanz erreicht haben.

»Du hast einen echt großen Schwanz«, bemerke ich.

»Damit ich dich besser ficken kann«, erwidert er und leckt sich betont lüstern die Lippen.

Ein Kichern entfährt mir. Normalerweise kichere ich nicht. Nicht wirklich. Ich spiele bloß Theater, lache mit Typen, als wären sie die witzigsten Kerle überhaupt, obgleich sie es so gar nicht sind. Aber dieser Mann könnte unter seinem rauen, kantigen Äußeren tatsächlich einen Sinn für Humor haben. »Wie der böse Wolf?«, frage ich.

»Genau, Prinzessin. Soll ich dich jetzt Rotkäppchen nennen?« Er grinst, und ich schüttele den Kopf, versuche mein Prusten zu unterdrücken.

»Das würde dir gefallen, stimmt's? Dass ich das ängstliche kleine Mädchen spiele, das sich unter seinem Mäntelchen versteckt, während du mich jagst und schließlich fängst«, necke ich ihn und bemerke, wie seine Augen zu funkeln beginnen.

»Ich habe dich bereits gefangen.« Er packt mich am Handgelenk, hindert mich daran, seinen Schwanz weiter zu streicheln. »Zieh mir das Kondom über.«

Sobald er mein Handgelenk loslässt, streife ich folgsam und mit zitternden Fingern das Gummi über seinen Schwanz. Er beobachtet mich unablässig, macht mich total nervös, und ich blicke zu ihm auf, als würde ich um seine Zustimmung bitten.

Sein zufriedenes Grinsen verrät mir, dass ihm mein Gehorsam gefällt. Und mir gefällt es aus unerfindlichem Grund, dass ich ihn zufrieden stimme. »Komm her«, raunt er und zieht mich auf sich, sodass ich rittlings über ihm kauere, meine Beine links und rechts von seinen Hüften, meine Möse direkt über seinem Schwanz. Ich fühle, wie sein Schwanz mich anstupst, meine Schamlippen kitzelt, und ich halte mich an seinen Schultern fest, schließe die Augen und bereite mich innerlich auf sein so sehnlich erwartetes Eindringen vor.

Er spannt mich auf die Folter, atmet scharf aus, und mein ganzer Körper spannt sich vor Erwartung an. »Sieh mich an, Prinzessin«, murmelt er.

Ich reiße die Augen auf, und er bedeutet mir mit einem Nicken, nach unten zu blicken. Ich folge der

Aufforderung und keuche unwillkürlich auf, als ich sehe, wie sein Schwanz langsam in mich gleitet. Ich dränge mich näher an ihn, schlinge die Arme um seinen Nacken, sodass sein Gesicht an meinem Hals liegt, und beginne ihn zu reiten.

Er fühlt sich fantastisch an. So groß und dick. Er füllt mich total aus. Der Mann weiß genau, was er tut, bewegt die Hüften und stößt tief in mich hinein, während ich mich mit kreisenden Hüften auf und ab bewege, um sicherzustellen, dass er all meine geheimen Stellen trifft. Seine Lippen sind feucht, sein Atem heiß auf meiner Haut, und ich lege den Kopf in den Nacken und schreie vor Lust, als er an meinem Hals zu nuckeln beginnt. Seine Hände liegen auf meinen Hüften, dirigieren mich, halten mich fest, damit er tief in meine Möse eindringen kann, und ein zittriges Stöhnen entringt sich mir.

»Magst du das?«, fragt er, und ich nicke, bin zu überwältigt, um zu sprechen. Habe zu viel Angst, irgendetwas zu sagen, was den erotischen Zauber dieses Moments zerstört. Also halte ich den Mund, lasse mein Stöhnen und Wimmern und meinen Körper für mich sprechen.

»Du bist so schön eng«, fährt er mit heiserer Stimme fort, während er das Tempo erhöht. »Schließ dich um meinen Schwanz, Prinzessin. Lass mich dich fühlen.«

Ich spanne meine Muskeln um seinen Schwanz an, und helle Freude durchzuckt mich, als er aufstöhnt. Ich mag die Art, wie er mich festhält. Mag es, wie er meine Hüften packt und seinen Schwanz brutal in mich rammt. Er benutzt mich, und ich liebe es. Ich will benutzt werden. Sonst bin immer ich diejenige, die aktiv ist, die für Spaß sorgt, eine Show abzieht, und ich bin das alles so verdammt leid.

Ich möchte einfach frei sein. Fliegen. Mich verlieren und diesen Mann mit mir tun lassen, was immer er will. Ich will einfach ... abheben.

Und total im Hier und Jetzt sein.

Gierig vergrabe ich die Finger in seinem im Nacken feuchten Haar, presse den Mund auf seine Lippen. Der Kuss ist ein rohes Beißen, Saugen, Lecken, aber ich liebe es. Er zwängt die Hand zwischen unsere Körper, umfasst meine Brust, zieht und reibt meinen Nippel, während sein Schwanz mich durchbohrt und sein Mund mich verschlingt. Unsere Körper sind nass vor Schweiß, die Matratze quietscht im Rhythmus unserer Bewegungen, und als seine Hand tiefer gleitet und er meine Klitoris streichelt, explodiere ich fast.

»Empfindlich?«, murmelt er an meinen Lippen. Seine Berührung wird zielgerichteter, die Finger streichen immer schneller über meine Klitoris, und ich spüre, wie der Orgasmus sich in mir aufbaut. Ich will noch nicht kommen. Ich möchte diesen Augenblick auskosten. Genießen. Die Art, wie sein Schwanz sich in mir bewegt, hinein und hinaus. Hinein und hinaus.

»O Gott«, keuche ich, als mein Orgasmus mich überrollt, diesmal sogar noch stärker als vorhin. Er breitet sich prickelnd und wie ein Beben tief in meinem Inneren aus, und ich klammere mich fester an Max, mein Mund an seinem Ohr, mein heftiger Atem im Takt mit den Krämpfen, die mich durchlaufen.

Rasend stößt er seinen Schwanz weiter in mich hinein, und plötzlich wird er völlig reglos, und ich hebe den Kopf und sehe ihm in die Augen, als er unter der Wucht seines Orgasmus zu zucken beginnt. Er umfasst meinen Hinterkopf, zieht mich an sich, küsst mich wie wild. Ich verschlucke sein Stöhnen, streiche mit den Händen über seine Schultern, seinen Rücken, als könnte ich das Zittern und Keuchen und Stöhnen lindern.

Doch ich habe keine wirklich zärtlichen Anwandlungen. Ich mache mir nicht vor, dass das, was wir gerade erlebt haben, mehr zu bedeuten hat.

Es ist nichts. Nur eine Nacht mit großartigem, scharfem Sex. Mehr erwarte ich nicht. Ich bin nicht geschaffen für Beziehungen, dafür, mich jemand anderem zuzuwenden. Ich bin zu egoistisch. Das hat mir Daddy oft genug gesagt.

Und er hat recht.

KAPITEL 10

Max

»Sie kosten mich zu viel Geld.«

Mit Pilars schriller Stimme an meinem Ohr zerre ich die Hose über meinen Hintern, husche durch den Spalt in der Schiebtür nach draußen, ziehe die Tür hinter mir zu und hoffe inständig, dass Lily das Gekreische aus dem Telefon nicht gehört hat. Wenn Pilar anruft, kommt es mir immer so vor, als würde sie mich anschreien, auch wenn sie normal spricht. Ihre Stimmlage ist einfach konstant schrill und laut.

»Was reden Sie da? Wieso koste ich Sie zu viel?« Ich habe ihr für meine Dienste mein übliches Pauschalhonorar in Rechnung gestellt, und bis jetzt habe ich den Zeitrahmen noch nicht überschritten. Immerhin ist sie diejenige, die einen Bonus vorgeschlagen hat, nicht ich. Den Scheck habe ich allerdings noch nicht eingelöst. Wenn man bedenkt, in welchem Ausmaß ich bisher bei der Ausführung dieses Auftrags versagt habe, steht es mir nicht zu, diesen verfluchten Scheck zu Bargeld zu machen.

Die Frau ist komplett irre. Sie beklagt sich einfach aus Freude am Beklagen. Und ich höre es mir an, weil sie jedes Recht hat, sich zu beschweren. Denn ich würde alles lieber tun, als mir diesen verdammten Laptop zu schnappen.

Schwer atmend, lasse ich mich in einen der Plüschsessel fallen, die auf Lilys Veranda herumstehen. Der Blick ist echt atemberaubend, und ich halte einen Moment inne, um den herrlichen Sonnenaufgang zu bewundern. Der Himmel ist von rosa- und orangefarbenen Streifen durchzogen, das spiegelglatte Meer schimmert in tiefem Blau, und in der Luft liegt ein Geruch nach Salz und Tang. Das hier ist schon etwas anderes als die Aussicht von meinem bescheidenen Hotelzimmer aus.

»Zeit ist Geld, Mr. Coleman, und Sie haben bereits sehr viel meiner Zeit beansprucht. Sie haben versprochen, gründlich und schnell vorzugehen. Davon kann bisher weiß Gott keine Rede sein.« Sie schnieft, klingt empört.

Es ist echt noch früh. Der Tag bricht gerade erst an, taucht den Himmel in ein zartes Rosa, und ich gähne, wünsche mir sehnsüchtig, wieder ins Bett zu kriechen. Mich an Lily zu schmiegen, die nackt und warm daliegt, und meinen Schwanz für mich sprechen zu lassen. Sie reagiert fantastisch auf mich, liebt es, ihren perfekten Arsch gegen meinen steifen Schwanz zu drängen. Ficken kann ich sie allerdings nicht mehr. Wir hatten ohnehin schon Glück. Ich hatte zwei Kondome in meinem Portemonnaie, und die haben wir verbraucht.

Natürlich braucht man nicht unbedingt ein Kondom, um Spaß zu haben. Ich habe es ihr zweimal mit dem Mund besorgt. Und sie hat mir diesen Gefallen einmal erwidert. Wir haben die ganze Nacht herumgemacht, und ich bin erschöpft. Obwohl mich das nicht daran hindern würde, schnurstracks in dieses

Bett zurückzukehren und Lily an ihren köstlichsten Stellen zu berühren, bis sie wach wird. Es spielt keine Rolle, dass sie tief wie Schneewittchen schläft und völlig ausgeknockt ist. Gegen eine neue Runde hätte sie gewiss nichts einzuwenden.

Ich werfe einen Blick durch die Schiebetür und stelle fest, dass Lily sich nicht gerührt hat. Zum Glück hat das Klingeln meines Handys sie nicht geweckt. Fragt sich nur, warum meine Klientin mich so früh anruft. Aber die verschwendet daran sicher keinen Gedanken. Da sie sechs Stunden weiter ist, hatte sie ja ihren Schönheitsschlaf.

»Geben Sie mir noch ein paar Tage. Ich brauche mehr Zeit«, sage ich zu Pilar. Es gefällt mir nicht, wie sie mich unter Druck setzt. An mir herumnörgelt. Und ich armer Idiot muss mir das leider anhören.

Aber ich bin verdammt noch mal selbst schuld. Ich bin derjenige, der sie ständig vertröstet und den Auftrag sabotiert. Warum tue ich nicht einfach, was von mir verlangt wird, und mache mich aus dem Staub?

Weil du Lily nicht verlasen willst, Arschloch. Du magst sie. Du bist total verrückt nach ihr.

Stimmt. Ich könnte alles hinschmeißen, und das nur wegen einer Frau. Einer wunderschönen, superscharfen und unglaublich süßen jungen Frau.

»Höchstens noch drei Tage«, höre ich Pilar sagen. »Bringen Sie mir endlich diesen verfluchten Laptop. Es ist mir egal, wie Sie das anstellen. Hauptsache, Sie tun es!« Sie beendet das Gespräch, ehe ich noch etwas erwidern kann.

Diese verdammte Frau macht mich stinksauer. Ich

gehe mit meinem Handy online und beginne mit einer intensiven Google-Recherche über Pilar Vasquez.

Natürlich hatte ich sofort Nachforschungen angestellt, als sie sich das erste Mal bei mir meldete und sich erkundigte, welche Dienste ich anbiete. Ich googelte ihren Namen und erfuhr alles, was ich wissen musste. Ihr Alter, wie sie aussah, wo sie arbeitete. Es gab ein paar Fotos von ihr an der Seite von Forrest Fowler, doch nichts wirkte irgendwie ungewöhnlich. Sobald ich erfuhr, was genau Pilar von mir verlangte, nahm ich an, sie sei aufgrund der fowlerschen Familienpolitik auf einem Rachefeldzug gegen Lily.

Aber Lily arbeitet nicht für Fleur. Abgesehen von einigen Ferienjobs als Teenager, hat sie dort nie wirklich gearbeitet. Sobald sie die Highschool abgeschlossen hatte, machte sie, im Gegensatz zu ihren Schwestern, ihr eigenes Ding. Reiste um die Welt, ging auf Partys, hatte Affären, war der Liebling der Klatschpresse und mit ihrem heißen Schlampenlook ein Modeidol. Ja, den Hintergrund meiner Zielperson habe ich genau recherchiert, den meiner Klientin eher oberflächlich.

Das war ein Fehler. Und ich mache selten Fehler.

Erzähl das den Jungs, die während deiner Wache umgekommen sind.

Ich hatte meine Zukunft genau geplant. War gleich nach der Highschool in die Armee eingetreten, eifrig darauf bedacht, in die Fußstapfen meines Dad zu treten, zu kämpfen, seinen Krieg zu gewinnen und meinem Land zu dienen. Doch ich hatte nicht damit gerechnet, dass es so verdammt hart sein würde. So zerstörerisch für Geist und Körper. Ich verlor meine

Freunde bei einem Beschuss durch die eigene Seite, Männer, die mit mir gekämpft, mich verteidigt hatten, und begehrte gegen die Ungerechtigkeit der ganzen Sache auf.

Sobald ich erfuhr, wie ich anschließend eingestuft wurde und dass man von offizieller Seite Besorgnis über meinen psychischen Zustand geäußert hatte, wusste ich, dass es mit einer Militärkarriere für immer vorbei war.

Energisch schiebe ich nun die alten Erinnerungen beiseite, die mich gern zum ungeeignetsten Zeitpunkt heimsuchen, und konzentriere mich auf die Google-Ergebnisse meiner Suche nach Pilar Vasquez. Da sie eine der Topangestellten bei Fleur ist, gibt es zahlreiche Beiträge über sie, unter anderem einen neueren Artikel in einer Online-Businesszeitung, wo von einer Beförderung die Rede ist, begleitet von einem Foto, wie sie neben Forrest Fowler in einem Raum steht, der wie ein Sitzungssaal aussieht.

Auf einem anderen Foto, aufgenommen bei einem gesellschaftlichen Event, hängt sie an Fowlers Arm; Fowler trägt einen Smoking und sie ein körperbetontes goldenes Glitzerkleid. Ich betrachte das Foto eingehend, registriere, wie sie ihn ansieht, wie sein Arm eng um ihre Taille geschlungen ist.

Zwischen den beiden läuft was. Sie sind ein Paar. Und ich bin ein Idiot, weil mir das entgangen ist.

Ich scrolle durch weitere Fotos, entdecke einige ältere Aufnahmen von ihr, mit einem Typen, der deutlich jünger aussieht als sie. Ein attraktiver Bursche, der meist einen zornigen Gesichtsausdruck hat, während sie sich an ihn schmiegt und aussieht wie eine

Katze, die gerade den letzten Tropfen Sahne aufgeleckt hat.

Der Name des Mannes ist mir bekannt: Ryder McKay. Sofort tippe ich seinen Namen in die Suchzeile und klicke auf »Bilder«. Auf dem Display erscheinen Dutzende neuerer Fotos vom McKay in London, mit niemand anderem an seiner Seite als Violet Fowler, sowie Hinweise auf eine Verlobung und eine Nahaufnahme von einem Riesendiamantklunker an Violets Finger.

Interessant – und verdammt seltsam.

Was für ein eigenartiges Beziehungsgeflecht herrscht in der Familie Fowler? Offenbar war Pilar mal mit McKay zusammen. Doch jetzt ist McKay mit Violet Fowler und Pilar mit Forrest Fowler liiert. Da kommt man schon ins Grübeln.

Und was hat Lily Fowler mit dem Ganzen zu tun? Bei unserem Treffen sagte Pilar, Lily versuche, ihren Ruf zu schädigen. Ich kann mir nur vorstellen, dass Lily Informationen über meine Klientin hat und diese dazu nutzt, Pilar zu erpressen. Pilar wollte nicht näher ins Detail gehen, woraus ich schließe, dass die Informationen, die Lily besitzt, ein ziemlich schlechtes Licht auf Pilar werfen.

Mich würde brennend interessieren, welcher Art diese Informationen sind.

Der Vollständigkeit halber googele ich auch die anderen Fowlers – Violet und Rose, um genau zu sein –, finde jedoch nichts Auffälliges und beende die Recherche. Seufzend lege ich das Handy auf den kleinen Glastisch neben dem Sessel, stütze die Ellbogen auf die Knie und streiche mir durchs Haar. Was soll ich nur tun? Meine Zielperson liegt wenige Meter von mir entfernt im Bett und schläft tief und fest, nachdem ich sie ordentlich gefickt habe, und ich sollte irgendwie, irgendwann ihr Zimmer durchsuchen und diesen verfluchten Laptop finden, den Pilar so dringend haben will.

Jetzt ist der beste Zeitpunkt, Arschloch. Warum die Gelegenheit nicht nutzen?

Ich setze mich auf und drehe mich zu der schlafenden Lily um. Ihr Rücken ist mir zugewandt, ihr Haar zerzaust vom wilden Sex, und die weiße Bettdecke ist um ihren nackten Körper geschlungen. Ich wette, das Bettzeug riecht nach ihr, ist von ihrem Schweiß durchtränkt. Ich sollte sie für die nächste Runde in mein Zimmer einladen, damit sie auch mein Bettzeug mit ihrem sexy Geruch tränken kann. Dem Zimmermädchen würde ich dann verbieten, die Bettwäsche in den nächsten Tagen zu wechseln.

Du bist ein krankes Arschloch.

Okay, von mir aus. Ich bin süchtig nach ihr. Nach den Lauten, die sie von sich gibt, dem Geschmack ihrer Haut, ihrer süßen kleinen Zunge, ihrer noch süßeren Möse … Verdammt. In ihr zu sein war das Paradies. Zu fühlen, wie ihre Möse sich zusammenzog, meinen Schwanz umklammerte. Ihr hervorschießender Saft an meinem Schwanz, als sie kam und mich fast um den Verstand brachte. Ich konnte mich bei ihr nicht zurückhalten. Sie macht mich verrückt vor Verlangen.

Doch gerade sie sollte ich nicht begehren.

Seufzend stehe ich auf und ziehe die Glasschiebetür auf. Leise tappe ich dann zum Fußende des Bettes und betrachte Lily, wie sie auf der Seite liegt, die Decke locker um ihre Brüste drapiert. Es ist ein verführerischer Anblick. Ich möchte zu ihr gehen, sie am ganzen Körper wach küssen. Ich möchte mit ihr den Morgen in diesem Bett verbringen. Nackt.

Doch das geht nicht. Ich habe einen Auftrag zu erfüllen.

Ihre kleine Handtasche steht auf der Kommode, und ich gehe hin und spähe hinein. Es ist nicht viel drin. Ein Lipgloss. Sechs ordentlich zusammengefaltete Zwanzigdollarscheine. Zwei Kaugummis. Der Zimmerschlüssel. Ich nehme ihren Ausweis heraus und studiere ihn, bin überrascht, wie komplett anders sie auf dem Foto aussieht, das, wie der verblasste Aufdruck verrät, vor zwei Jahren gemacht wurde.

Sie ist auf dem Foto blonder. Und stark geschminkt, besonders die Augen. Ihre Lippen sind zu einem beinahe spöttischen Lächeln verzogen, und ihre Lider sind schwer, als wäre sie gerade aufgestanden und hätte mit einem üblen Kater zu kämpfen.

Die Lily Fowler auf diesem Foto hat nichts gemein mit der Lily, die keine drei Meter von mir entfernt im Bett liegt.

Ich stecke den Ausweis in die Handtasche zurück, drehe mich um und lasse meinen Blick durch das Zimmer schweifen, während ich überlege, wo ich als Nächstes suchen soll. Der Schrank mit der Spiegeltür sticht mir ins Auge, und als ich vorsichtig die Schranktür aufschiebe, atme ich einige Male tief durch, um meinen rasenden Herzschlag zu beruhigen. Innerlich vor Aufregung bebend, spähe ich ins Innere des Schrankes. Nichts zu sehen – keine Kleider auf den

Bügeln, keine Schuhe auf dem Schrankboden. Ihr Koffer befindet sich auf dem metallenen Gepäckständer auf der anderen Seite des Zimmers. Ich beschließe, zunächst den oberen Teil des Schrankes zu durchsuchen und mir dann, sollte der Laptop dort nicht sein, den Koffer vorzunehmen. Der Laptop muss hier irgendwo sein. Ich habe ihn mit eigenen Augen im Flugzeug gesehen.

Das heißt, ich habe eine Tasche gesehen, wie sie für Laptops verwendet werden, aber einen Laptop direkt habe ich nicht gesehen. Es könnte also sein, dass ich einem Gegenstand hinterherjage, den es gar nicht gibt.

Die Klimaanlage schaltet sich ein, bläst mir einen Schwall kalter Luft entgegen, und ich reibe mir fröstelnd die Arme. Dann greife ich ins oberste Regalfach des Schrankes, wo niemand irgendetwas deponiert – es sei denn, er will etwas verstecken. Sorgsam streiche ich über das glatte Holz, ertaste nichts. Bis ich tief im hintersten Winkel mit der Handfläche auf etwas stoße. Es ist hart und kalt, wie Metall.

Das muss er sein.

Adrenalin durchströmt mich, als ich den Laptop aus dem Regalfach ziehe, nicht ohne vorher noch einmal kurz zum Bett zu blicken, um mich zu vergewissern, dass Lily schläft. Bei dem Laptop handelt es sich um ein MacBook, neuestes Modell; darunter geht es nicht für die Fleur-Erbin. Ich halte den Laptop in einem Arm, dicht an meinem Körper, klappe ihn auf, warte, dass er hochfährt, und bin keineswegs überrascht, als nach dem Passwort gefragt wird. Vorsichtig stelle ich den Laptop auf die Kommode, ziehe mein Handy aus der Tasche, rufe mein E-Mail-Account auf und scrolle zu der E-Mail von Pilar mit dem Betreff »Lilys mögliche Passwörter«. Sie hatte da ihre Vermutungen und mir eine Liste geschickt.

Ich probiere alle durch, leider ohne Erfolg.

Scheiße!

Behutsam klappe ich den Laptop zu und stecke mein Handy ein, ehe ich den Laptop in sein Versteck zurücklege und dabei darauf achte, alles wieder so zu hinterlassen, wie es war. Würde Pilar erfahren, dass ich den Laptop gefunden und wieder an seinen Platz gestellt habe, würde sie schäumen vor Wut. Und verdammt, das könnte ich ihr echt nicht verübeln.

Ich sollte mir das blöde Teil schnappen und verschwinden. Mir Lily Fowler aus dem Kopf schlagen. Meine Sachen im Hotelzimmer zurücklassen. Es sind nur ein paar Klamotten und Toilettenartikel, nichts Wichtiges. Ich könnte alles problemlos dalassen. Den Laptop meiner Klientin übergeben und fertig. Reine Weste. Job erledigt. Geld verdient.

Nein, eine reine Weste hätte ich nicht und auch kein reines Gewissen. Ich hatte diese Nacht Sex mit ihr. Mit meiner Zielperson. Lily. Ich habe sie geküsst, sie gefickt, bin mit ihr eingeschlafen, eng aneinandergekuschelt, als wären wir Liebende. Das ist so ungefähr das Letzte, was ich hätte tun dürfen, aber ich Idiot habe es getan.

Jetzt stecke ich mittendrin im Schlamassel und muss einen Ausweg für mich finden. Ich muss einen kühlen Kopf bewahren, auch wenn ich innerlich vor Verlangen brenne. Ich mag diese Frau. Ich bin gern mit ihr zusammen. Jedes Mal, wenn unsere Blicke sich begegnen, durchfährt es mich wie ein Stromschlag. Und wenn sie mich berührt, mich küsst ... *Verdammt.*

Ich bin total am Ende.

Aber ich darf mich von alldem nicht beeinflussen lassen. Ich muss umdisponieren. Einen neuen Plan ersinnen, der es mir ermöglicht, mehr Zeit mit Lily zu verbringen.

Du bist ein gottverdammter Idiot.

Gut, von mir aus. Ein Idiot, der mindestens noch eine weitere Nacht mit Lily auf dieser Insel haben möchte.

Ich werde mir Lilys Vertrauen verdienen. Wahrscheinlich bin ich da schon auf einem guten Weg. Ich werde recherchieren, wer oder was ihr etwas bedeutet und was zwischen Pilar und ihr falsch gelaufen ist. Und dann werde ich mich in diesen Laptop einloggen und mir die Daten ansehen, auf die Pilar so scharf ist.

KAPITEL 11

Lily

Meine Lider sind schwer, und ich möchte sie nicht öffnen. Außerdem scheint die aufgehende Sonne hell ins Zimmer herein, blendet mich sogar hinter geschlossenen Lidern. Wäre ich ein Vampir, würde ich mich jetzt krümmen und winden.

Aber vor allem sträube ich mich dagegen, dass diese Nacht – dieser Morgen, was auch immer – mit Max endet. Was, wenn er beiläufig »War nett« murmelt und geht? Das wäre für mich nicht einfach zu verkraften. Andererseits ist mir klar, dass das, was zwischen uns passiert ist, nur eine flüchtige Geschichte sein kann. Keine Frage.

Warum also fühle ich jetzt so? Denn ich will ihn nicht gehen lassen. Würde gern den Rest des Urlaubs mit ihm verbringen, mit ihm die Insel erkunden, essen gehen, im Pool oder besser noch im Meer herumplanschen und jede Nacht neue Gipfel der Lust erklimmen. Warum wünsche ich mir das so sehr?

Weil du immer begehrst, was du nicht haben kannst.
Tatsächlich?

Mir tut alles weh, aber auf die bestmögliche Weise, und ich strecke die Beine aus, zucke bei dem dumpfen Schmerz zwischen meinen Schenkeln zusammen. Es ist kein quälender Schmerz, oh, nein. Eher ein Schmerz à la *Ich wurde ordentlich durchgevögelt und möchte jetzt auf der Stelle mehr davon haben.*

»Alles klar, Prinzessin?« Eine große, warme Hand streicht über meinen Rücken, und ich spüre, wie Max mir einen zarten Kuss auf meine nackte Schulter gibt.

Ich kneife die Augen zusammen, liebe und hasse seine Zärtlichkeit gleichermaßen. Ich bin verwirrt. Weiß nicht, was ich von ihm will, und, schlimmer noch, auch nicht, was er von mir will.

Er schlüpft ins Bett, presst seinen harten, heißen Körper von hinten an meinen. Sein Arm schlingt sich um meine Körpermitte, seine Hand legt sich fast schon besitzergreifend auf meinen Bauch, und ich seufze wohlig, genieße seine wunderbare Nähe.

»Ich sollte dann mal gehen«, murmelt Max und drückt mir einen Kuss hinters Ohr.

Am liebsten würde ich schreien: *Nein! Verlass mich nicht!*, aber ich beherrsche mich. »Hast du was vor?«

»Nein, nicht direkt.« Sein warmer Atem an meinem Ohr lässt mich erschauern. »Ich würde gern duschen. Frische Klamotten anziehen.«

»Oh.« Ich lege die Hand auf seine, zeichne mit den Fingern Muster darauf. »Eine Dusche könnte mir auch nicht schaden.«

»Du riechst köstlich.« Er zieht mich an sich, vergräbt das Gesicht in meinem Haar.

»Ich würde dieses Bett am liebsten gar nicht mehr verlassen.« Ich halte den Atem an, warte auf seine Antwort.

»Hast du keinen Hunger?«

Ich bin völlig ausgehungert, aber noch viel hungriger bin ich nach ihm. »Geht so.«

»Wir brauchen Kondome.«

Oh. Das ist allerdings richtig. »Stimmt.«

»Ich könnte in mein Zimmer gehen, mich duschen, umziehen und im Souvenirladen in der Lobby ein Päckchen Kondome besorgen«, schlägt er vor. »In ein paar Stunden könnten wir uns dann treffen und irgendwas unternehmen.«

»Wie zum Beispiel?« Ich fahre mit dem Daumen über seinen Handrücken, und mein ganzer Körper spannt sich vor Erwartung an, als seine Hand über meinen Bauch abwärtswandert.

»Lass dich überraschen«, sagt er, während er mein getrimmtes Schamhaar krault und mir dann zwischen die Beine fasst.

Bereitwillig spreize ich die Beine und wimmere, als seine Finger zwischen meine feuchten Schamlippen gleiten. Seine Berührung ist bedächtig. Selbstbewusst. Rhythmisch streichelt er mich, neckt meine Klitoris, schiebt einen Finger ein Stück in mich hinein und zieht ihn wieder heraus. Er spielt mit mir, macht mich wild, lässt mich vor Erwartung beben und zittern.

»Ich liebe es, wie feucht du immer für mich bist«, flüstert er nah an meinem Ohr. Das glitschige Geräusch seiner Finger in meiner Muschi dringt laut durch den ansonsten stillen Raum. »Und ich liebe es, wie prompt du auf mich reagierst.«

Ich bin schon völlig benommen vor Verlangen. Kann, solange er mich so berührt, nicht sprechen, nicht denken und lehne mich matt an ihn, sodass mein Kopf an seiner Schulter ruht. Mit geschlossenen Augen konzentriere ich mich auf seine geschickten Finger, die mich in Richtung Höhepunkt treiben.

»Willst du kommen, Kleine?«, fragt er. Ich nicke und stöhne laut auf, als er in meine Klitoris kneift. »Dann sag es.«

»Ich will kommen«, wispere ich, während ich die Hüften anhebe, damit er mich auf eine ganz bestimmte Art berührt.

Doch seine magischen Finger halten zwischen meinen Beinen in ihrer Bewegung inne. »Bettele darum.«

Dieser Mann ist auf eine unfassbar sexy Art grausam. »Bitte, mach es mir. Bitte, ich brauche das.«

»Du brauchst was?«

»Einen Orgasmus«, keuche ich, und er schnippt neckend gegen meine Klitoris, woraufhin ich die Schenkel anspanne, um seine Hand dortzubehalten.

»Und wer kann dir den verschaffen, Baby?«

»Du.« Ja, er. Die empfindliche Stelle zwischen meinen Schenkeln prickelt vor Erwartung, und ich habe das Gefühl, in einem Meer der Lust zu versinken.

Er beißt mir ins Ohrläppchen, stößt ein leises Knurren aus, einen Laut, der mir durch und durch geht. »Sag meinen Namen.«

»Bitte, Max. Bring mich zum Orgasmus.«

»Willst du in meinem Mund kommen oder unter meinen Fingern?«

Meine Knie werden bei seinen Worten und dem Bild, das sie heraufbeschwören, so weich, dass sie sich wie Pudding anfühlen. Zum Glück stehe ich nicht, sonst würde ich jetzt umkippen. »Ich …«

Er löst die Hand von meiner Möse, und ich stöhne vor Enttäuschung auf. »Erzähl mir, wie du es willst, Lily.«

»Ich will deinen Mund.«

»Hm, sollst du haben, Baby.« Er dreht mich um, zerrt mich auf sich, sodass wir nun die berühmte Neunundsechzig bilden. Meine Füße befinden sich zu beiden Seiten seines Kopfes, meine Knie an seinen Schultern, mein Hintern in seinem Gesicht. Mit den Händen stütze ich mich links und rechts von seinen Hüften auf die Matratze, den Blick auf seinen Schwanz geheftet, der majestätisch vor meinem Mund aufragt. Im selben Moment, als sein erfahrener Mund meine Möse berührt, nehme ich seinen Schwanz zwischen die Lippen, sauge daran und koste den salzigen Geschmack seines Vorejakulats auf der Zunge.

Er stöhnt. Es ist ein tiefer, kehliger Laut, der an meinen empfindlichen Schleimhäuten kitzelt. Ich nehme seinen Schwanz tiefer in den Mund, lecke ihn langsam, während er mich leckt. Seine Finger kommen mit ins Spiel, reizen den Eingang meiner Möse, während seine Zunge um meine Klitoris kreist, und ich hebe den Kopf, gebe mich ganz seinem erregenden Lecken hin, das mich höher und höher trägt ...

»Genau, Baby, gut so. Reib dich an meinem Gesicht«, ermutigt er mich, und, *oh Gott*, ich tue es. Schamlos. Ich spüre sein stoppeliges Kinn an meiner Möse, und das törnt mich total an. Seine Zunge leckt über meine Haut, als wollte er jeden Quadratzentimeter von mir kosten. Seine Finger ... Oh, mein Gott, seine Finger bewegen sich nach oben, zwischen meine Arschbacken, reizen mich dort, katapultieren mich geradewegs über den Rand der Klippe, und dann falle ich im freien Fall ...

Keuchend explodiere ich, stammle wirr seinen Namen, während ich auf seinem Gesicht komme, so wie er es verlangt hat. Seine Hände gleiten zu meinen Hüften, halten mich fest, während ich zitternd komme, sich mein Saft über seine Lippen und seine Zunge ergießt. Er hört nicht auf, mich zu lecken, zu berühren, und seine Finger streicheln und reizen mich an einer Stelle, die vor ihm noch niemand berühren durfte. Seine vorwitzigen Finger an meinem Arsch und seine an meiner Klitoris saugenden Lippen bringen mich erneut zum Orgasmus. Als das Zucken nachlässt, bin ich völlig erschöpft und versuche, mich Max zu entziehen, weil die empfindliche Haut meiner Möse total gereizt ist.

»Hör auf, bitte. Ich halte das nicht mehr aus«, japse ich, und als er mich loslässt, klettere ich von ihm herunter und lasse mich neben ihn fallen. Ich schmiege mich an ihn, lege den Arm über seinen Bauch und lasse die Hand nah an seinem immer noch hoch aufgerichteten Schwanz liegen. »Ich habe dich im Stich gelassen.«

Er beginnt zu lachen, und es klingt irgendwie rostig, als würde er nur selten lachen. »Inwiefern?«

»Ich habe dich nicht zum Orgasmus gebracht.« Spielerisch fahre ich mit dem Finger um seine Eichel, und er zuckt zusammen. »Du mich aber schon. Zweimal.«

Max gibt mir einen Kuss auf die Stirn, legt die Hand auf eine meiner Brüste und spielt an meinem Nippel. »Wir haben noch Zeit. Ich muss nicht sofort gehen.«

Ich lege mich bäuchlings zwischen seine Beine, sodass sein Schwanz willig und bereit vor mir aufragt. »Dann können wir ja weitermachen.« Ich umfasse seinen Schwanz an der Wurzel, nehme ihn in den Mund und sauge ihn tief ein.

So tief, dass er hinten an meinen Gaumen stößt, und ich schlucke, versuche meine Muskulatur dort zu entspannen. Er ist groß. Und er schmeckt salzig; sein moschusartiger Geruch steigt mir in die Nase, berauscht mich. Meine Möse zieht sich voller Verlangen zusammen, als wäre ich nicht gerade erst zweimal gekommen, und ich fasse es nicht, wie sehr es mich antörnt, ihn zu saugen, zu lecken.

Ich gebe seinen Schwanz frei und murmele: »Du schmeckst so gut.« Lächelnd streiche ich nun mit der Zunge an seinem Schwanz entlang, auf und ab, mache eine Show daraus, weil ich weiß, dass die meisten Männer darauf stehen.

Und Max ist genauso. Männer können nicht anders; es liegt in ihren Genen. Er streckt die Hand aus, streicht mir das Haar aus dem Gesicht, hält eine Strähne fest, während er mich intensiv beobachtet. Ihm tief in die Augen blickend, widme ich mich seiner Eichel, halte seinen Schwanz an der Wurzel umfasst, während ich seine Eichel lecke.

»Fester, Prinzessin«, stößt er hervor, und ich folge der Aufforderung, sauge seinen Schwanz tiefer ein, fester. »Genau so. Verdammt, dein Mund fühlt sich großartig an.«

Bei seinem Kompliment durchfährt mich ein freudiger Schauer. Ich streichele seinen Oberschenkel, spüre, wie die Muskeln unter meiner Berührung zucken. Lächelnd nehme ich seinen Schwanz aus meinem Mund. »Ich fasse dich so gern an.«

»Lutsch weiter, Baby«, befiehlt er, und ich werfe ihm ein lasyives Grinsen zu, ehe ich mich aufrichte und kleine Küsse auf seinen flachen Bauch pflanze.

Die Muskeln beben unter meinen Lippen, sein Schwanz zuckt gegen meinen Oberkörper. Keuchend lässt Max mein Haar los, sodass es wild herabhängt, über seine Haut streicht.

»Verdammt«, knurrt er, als ich seinen Bauch lecke, beiße, anknabbere. »Du machst mich total verrückt.«

»Ich revanchiere mich lediglich«, murmele ich und lecke über den dunklen Haarstreifen, der von seinem Nabel bis zu seinem Schwanz reicht. »Vor wenigen Minuten hast *du* mich total verrückt gemacht.«

»Das hat dir gefallen«, brummt er, und ich lache, weil er recht hat. Ich habe es geliebt.

»Das hier gefällt dir auch«, flüstere ich und streiche mir das Haar aus dem Gesicht, damit ich ihn sehen kann. Er beobachtet mich, sein Blick ist intensiv, sein Mund zu einem Strich zusammengepresst, und auf seiner Stirn stehen kleine Schweißperlen. Er erweckt den Eindruck, als würde er alles tun, um nicht komplett die Beherrschung zu verlieren, und auch das liebe ich. Es ist ein berauschendes Gefühl zu wissen, dass ich so viel Macht über ihn habe.

Dass ich imstande bin, ihm so viel Lust zu bereiten.

»Hör nicht auf«, drängt er, und ich wende meine Aufmerksamkeit wieder seinem Schwanz zu, nehme ihn in den Mund, lecke ihn und stöhne laut auf, als er die Finger in meinem Haar vergräbt, mich dirigiert und seinen Schwanz tiefer in meinen Mund hineinstößt. Wirre Laute ausstoßend, benutzt er meinen Mund für seine Befriedigung, und ich genieße es, sauge im Rhythmus seiner Stöße an ihm.

»Ich komme«, bringt er warnend hervor, doch ich lasse nicht von ihm ab. Vielmehr nehme ich ihn noch tiefer in den Mund, und als der erste Samenschwall auf meine Zunge schießt, verschmilzt mein lautes Stöhnen mit seinem markerschütternden Schrei. Ich weiche ein wenig zurück, damit sein Samen mir nicht in die Kehle spritzt, doch ich vergeude keinen einzigen Tropfen. Männer mögen es, im Mund einer Frau zu kommen, und normalerweise schlucke ich den Saft nicht.

Aber dieser Mann hat etwas an sich, was in mir den Wunsch erweckt ... alles für ihn zu tun. Ihm so viel Lust zu verschaffen, wie ich kann. Alles zu tun, was er von mir verlangt.

Und ihn alles mit mir tun zu lassen, was er will ...

»Okay, jetzt sollte ich wirklich gehen«, sagt Max Stunden später. Er richtet sich auf, setzt sich an den Rand des Bettes und stellt die Füße auf den Boden. Dann streicht er durch sein zerzaustes Haar und dreht sich zu mir um.

Ich liege auf der Seite, ohne eine Decke oder sonst was, aber das kümmert mich nicht. Ich fühle mich wohl, so nackt, wie ich bin. Das war schon immer so, und dieser einschüchternde, wunderbare, sexy Mann wird es nicht schaffen, dass ich mich verlegen fühle, so intensiv er mich auch anstarrt.

Außerdem gefällt es mir, wie er mich anstarrt. Und wie er mich küsst und berührt und leckt und lutscht ...

»Warum?«, frage ich, als er nichts weiter sagt. Obwohl ich die Antwort bereits kenne. Er hat mir vor mehreren Stunden ausführlich dargelegt, was er alles zu tun hat. Ehe er dazu überging, meine Möse erst mit den Fingern und dann mit dem Mund zu attackieren. Seitdem haben wir nichts anderes getan, als uns gegenseitig mit Mund, Fingern und Zunge zu befriedigen. Da wir keine Kondome hatten, mussten wir kreativ sein.

Und ich habe entdeckt, dass Max extrem kreativ ist.

»Ich muss mich immer noch duschen. Und was Frisches anziehen. Und eine Riesenpackung Kondome auftreiben.« Er grinst schalkhaft, und dieser Anblick löst ein jähes Verlangen direkt zwischen meinen Beinen aus. »Vertrau mir, Prinzessin. So wie du gerade aussiehst, fällt es mir schwer zu gehen. Du bist einfach viel zu verdammt verführerisch.«

»Soll ich das als Kompliment oder als Beleidigung verstehen?« Ich bin durcheinander, was bescheuert ist. Und ich fühle mich auch etwas verunsichert. Es sieht mir eigentlich gar nicht ähnlich, mit einem Typen nach einem Sexmarathon zu quatschen und Pläne für ein Wiedersehen zu machen.

Ich strecke die Beine aus und seufze, als ich meine schmerzenden Muskeln fühle. Ich komme mir leicht angeschlagen vor, da Max mir gerade eben erst den dritten Orgasmus seit dem Aufwachen verschafft hat. Von der Wucht dieses Höhepunkts zittere ich immer noch.

Ich glaube nicht, dass ich jemals zuvor so oft gekommen bin.

»Es ist definitiv ein Kompliment.« Er streicht mit den Fingerspitzen über meinen Oberschenkel, und ich erbebe. Dann nimmt er die Hand weg, steht auf und geht zu seinem Kleiderhaufen, was mir einen super Blick auf seinen hübschen Knackarsch ermöglicht. »Ich muss hier weg. Denn sonst werde ich dir so nicht widerstehen können.«

Ich ziehe eine Braue hoch. »Was meinst du mit ›so‹?«

»Splitterfasernackt und wirklich verdammt sexy.« Er dreht sich um, mustert mich mit einem anzüglichen Grinsen und duckt sich, als ich ein Kissen nach ihm werfe.

Ich lehne mich gegen die verbliebenen Kissen, ziehe die Decke über mich und sehe ihm beim Ankleiden zu. Die späte Morgensonne scheint durch das Fenster herein; ich werfe einen Blick auf die Uhr auf meinem Nachttisch und erschrecke, als ich sehe, wie spät es ist. Wir haben den ganzen Vormittag mit Vögeln verbracht.

Nicht, dass ich das bedaure.

»Du hast dich zugedeckt«, stellt er enttäuscht fest.

»Du wolltest doch nicht abgelenkt werden, schon vergessen?« Ich setze mich auf, schüttele die Kissen auf und lasse mich dann erneut wohlig zurücksinken. Ich muss plötzlich so heftig gähnen, dass ich es kaum schaffe, die Hand vor den Mund zu halten.

»Aber du lenkst mich trotzdem ab. So süß und müde.« Vollständig angezogen, geht er zum Bett, beugt sich über mich und drückt mir einen Kuss aufs Haar. »Bis dann, Prinzessin.«

»Warte.« Ich packe seine Hand, ehe er entfliehen kann. »Wollen wir uns nachher, wie besprochen, treffen?«

Seine Brauen schnellen in die Höhe. »Willst du das? Oder hast du es dir anders überlegt?«

Schließt er von sich auf andere? Vielleicht ist er derjenige, der es sich anders überlegt hat. »Ich würde dich gern sehen«, gestehe ich leise und schlucke, um den

Kloß in meiner Kehle loszuwerden. Ehrliche Eingeständnisse fallen mir nicht leicht. Sie verunsichern mich, als würde ich mich in die Schusslinie begeben. Mich verletzbar machen.

Er lächelt, und wieder raubt mir der Anblick den Atem. Das Lächeln ist nicht geil oder belustigt. Es ist zärtlich. Aufrichtig. »Gut. Das will ich auch.« Er gibt mir noch einen Kuss, diesmal auf die Lippen, weich und süß und anders als alle Küsse, die er mir bisher gegeben hat. Die anderen waren leidenschaftlich. Wild. Ein wenig brutal.

Aber nicht dieser Kuss. Meine Lippen kribbeln, und ungläubig berühre ich sie mit den Fingern, während er mir über die Schulter hinweg ein letztes Grinsen zuwirft, ehe er die Schiebetür öffnet, hinausgeht und die Tür hinter sich schließt.

Ohne ihn ist es deprimierend still im Zimmer. Die Klimaanlage schaltet sich ein, bläst mir einen Schwall eiskalter Luft entgegen, und ich ziehe mir fröstelnd die Decke bis zum Hals, schließe mit einem zittrigen Seufzen die Augen und warte darauf, vom Schlaf übermannt zu werden.

Doch das geschieht nicht. Ich kann nicht schlafen. Ich war fast die ganze Nacht wach, voll beschäftigt mit Max' drängenden Händen, Mund und Körper, und sollte eigentlich todmüde sein. Mein Körper ist befriedigt und müde, doch mein Verstand ist hellwach und voller lästiger Gedanken.

Zum Beispiel … wie einsam ich bin. Obwohl ich stundenlang mit einem Mann zusammen war, der wusste, wie er mich anfassen muss, um mir ungeheuerliche Lust zu bereiten, fühle ich mich einsam.

Leer.

So idiotisch das ist, aber ich wollte nicht, dass Max geht. Das konnte ich ihm jedoch nicht sagen. Er hätte mich für eine klammernde Psychopatin gehalten. Ich kenne ihn kaum. Ich sollte derartige Erwartungen nicht haben, denn sie sind unrealistisch. Mein Blick auf die Welt ist total unrealistisch. Verzerrt. Ich bin der Inbegriff des armen kleinen reichen Mädchens, und ich spiele diese Rolle schon so lange, dass ich sie bereits geradezu allem anderen vorziehe. Wenn ich in meiner Einsamkeit schwelge, ist das für mich irgendwie ganz normal.

Und zugleich so dumm.

Ich starre an die Decke und bedaure, dass ich meine Schlaftabletten nicht mitgenommen habe. Ich wollte nicht abhängig von ihnen werden, und das habe ich jetzt davon. Ich bin hellwach, obwohl ich mich rundum befriedigt, müde und zufrieden fühlen sollte. Ich habe bekommen, was ich wollte.

Könnte man meinen. Doch sie gehen immer. Die Männer. Okay, ich will nicht wirklich, dass sie bleiben, weil ich keine Ahnung habe, wie es ist, eine richtige Beziehung mit einem Mann zu haben. Einen One-Night-Stand? Oh, ja. Davon hatte ich etliche. Ein paar geile Nächte am Stück mit einem Typen? Auch damit kann ich dienen. Aber ich hatte noch nie etwas Dauerhaftes.

Etwas Echtes.

Jeder verlässt mich irgendwann. Das ist ein Muster, das sich durch mein ganzes Leben zieht. Meine Mutter hat sich umgebracht, weil wir ihr nicht genug waren. Wir haben sie nicht glücklich gemacht. Daddy hat lieber gearbeitet, als sich mit seinen Töchtern zu befassen, und überließ uns irgendwelchen Kindermädchen. Grandma bevorzugte Violet, weil sie ein artiges Mädchen war, oder Rose, weil sie das süße kleine Baby war.

Und dann war da noch ich. *Bin* da noch ich. Niemand mag mich. Nicht wirklich. Meine Familie toleriert mich. Weil ihnen keine andere Wahl bleibt. Und das habe ich gehörig ausgenutzt, habe immer erwartet, dass sie zu mir standen und es hinnahmen, wenn ich mal wieder Mist baute. Da sie alle so gut waren, durfte ich schlecht sein. Ein schwarzes Schaf in der Familie ist erlaubt.

Das schwarze Schaf bin ich. Ich konnte immer auf meine Familie zählen. Nicht unbedingt in dem Sinn, dass die anderen mich unterstützen würden, aber wenigstens reden sie nach wie vor mit mir, trotz allem, was ich getan habe.

Doch ich weiß nicht, wie sie jetzt reagieren würden. Wenn sie wüssten, dass ich Pilars Computer gehackt und den ganzen schmutzigen E-Mail-Verkehr zwischen ihr und dem verfluchten Zachary Lawrence gefunden habe, dem Exfreund meiner Schwester und größten Mistkerl auf diesem Planeten. Violet hat das treulose Arschloch schließlich abserviert, und Daddy hat ihn auf eine Reise zu den Fleur-Filialen in Europa geschickt, wo er dem Personal die neuesten Projekte erklären soll.

Mit anderen Worten: Daddy hat ihn Violet – und wohl auch Pilar – vom Hals geschafft.

Aber Pilar und er haben noch Kontakt. Oder vielmehr hatten sie das. Diese kompromittierenden

E-Mails fand ich schon schlimm genug, doch dann entdeckte ich etwas noch Schlimmeres. Etwas so Schreckliches, dass ich Angst bekam. Dass ich in Panik geriet und die Flucht antrat. Doch vorher trank ich mir mit einem großen Glas Wein Mut an und schickte Pilar von ihrem Geschäfts-Account aus eine E-Mail an ihre private Gmail-Adresse, um sie davon in Kenntnis zu setzen, dass ich ihr auf die Schliche gekommen war.

Ich weiß, was du getan hast ...
Küsschen
Lily

Wir haben über die ganze Angelegenheit nur dieses einzige Mal am Telefon geredet, als sie mir drohte. Doch sie nahm dabei lediglich Bezug auf die E-Mails, die sie sich mit Zachary geschrieben hatte, dem Arschloch. Die andere Sache erwähnte sie nicht.

Und ich auch nicht.

Ich würde gern meinen Vater anrufen. Ich würde es gern meinen Schwestern erzählen. Aber wie? Würden sie mir glauben und versuchen, mir zu helfen? Oder würden sie denken, ich mache mich mal wieder wichtig?

Dass mir Tränen über die Wangen laufen, merke ich erst, als ich mir die ersten von den Lippen lecke. Ein Schluchzen entringt sich mir. Ich schnappe mir ein Kissen, presse es auf mein Gesicht und schreie wie verrückt. Meine Stimme ist gedämpft, spiegelt wider, wie ich mich fühle.

Gedämpft. Mein wahres Ich unsichtbar. Unhörbar.

Mit einem wütenden Schnaufen schmeiße ich das

Kissen auf den Boden, stehe auf und stakse zum Bad. Die Klimaanlage arbeitet auf Hochtouren und macht mir am ganzen Körper Gänsehaut. Ich stelle die Dusche an und warte, bis das Wasser ganz heiß ist, ehe ich mich unter den Strahl stelle und das Wasser meine Sünden, meine Gedanken und meine Gefühle wegspülen lasse.

Bis ich nichts mehr spüre.

KAPITEL 12

Lily

Ich bin aufgeregt wie ein Schulmädchen – das ist eine Redewendung, die ich, wann immer ich sie gehört habe, ziemlich blöd fand. Während meiner Schulzeit war ich nie ein Mädchen, das wegen irgendeines Jungen in heller Aufregung war. Wenn mir einer gefiel, ging ich auf ihn zu. Ohne zu zögern. Ich war unverfroren. Eine freche Göre. Eine Rebellin, die sich um nichts scherte, da die Jungs sich sowieso um mich scharten.

Das klingt, als wäre ich ein echtes Miststück gewesen, und das war ich auch. Nichts war eine Herausforderung. Ich glaube, dass ich mich deshalb so schnell der Computer-Hackerei zugewandt habe. Es forderte mich heraus, zwang mich, auf andere Weise zu denken, erfüllte mich mit dem überwältigenden Bedürfnis, etwas herauszufinden. Wer hätte gedacht, dass mich ein kniffeliger Code weit mehr interessieren würde als Mode oder Kosmetik? Die Tatsache, dass ich gegen das Gesetz verstieß, indem ich mich in das Computersystem einer anderen Person hackte, gab mir einen zusätzlichen Kick. Und ich war immer auf einen Kick aus.

Bin es nach wie vor.

Doch jetzt bin ich zum ersten Mal in meinem Leben aufgeregt wie ein Schulmädchen. Wegen eines Typen.

Ich bebe geradezu vor Vorfreude, als ich die Open-Air-Lobby des Hotels betrete. Eine warme tropische Brise umweht mich, streicht mir durch das Haar. Ich werfe einen Blick über die Schulter, und beim Anblick des Meeres und der sich im Wind wiegenden Palmen, in Verbindung mit der leise vor sich hin plätschernden Musik aus den Lautsprechern, habe ich das Gefühl, als wäre ich eine ganz normale Touristin.

Und keine durchgeknallte Frau auf der Flucht.

»Kann ich Ihnen behilflich sein, Miss?«

Vor mir taucht ein Mann auf, in einer kakifarbenen Leinenhose und einem dezent gemusterten Hawaiihemd, der Standarduniform der Hotelangestellten. Er ist jung und gut aussehend, mit kurzem, dunklem Haar, blitzenden braunen Augen und einem freundlichen Gesicht.

Lächelnd schüttele ich den Kopf. »Danke, nicht nötig. Ich bin mit einem Freund in der Lobby verabredet.«

Ein wissender Ausdruck huscht über sein Gesicht. »Ah, sind Sie Lily?«

Verdutzt sehe ich ihn an und frage mich, woher er das weiß. »Ähm ... ja.«

Er bietet mir seinen Arm. »Kommen Sie. Ihr Freund hat mich gebeten, Sie zu suchen. Er wartet draußen auf Sie.«

Ich nehme den Arm des Mannes, und er geleitet mich durch die imposante Flügeltür nach draußen. Suchend lasse ich den Blick über die kreisrunde Zufahrt schweifen, beobachte, wie eine Gruppe von in Jeans und Pullover gekleideten Leuten, die offenbar eine lange Reise hinter sich haben, aus einem Shuttlebus steigt. Auf der anderen Seite der Zufahrt steht eine Reihe von Taxis, die darauf warten, die Touristen irgendwohin zu kutschieren.

Doch von Max ist weit und breit nichts zu sehen.

Ich wende mich dem Hotelangestellten zu. »Ich ... ähm, mein Freund scheint nicht hier zu sein ...«

Er deutet hinter mich. »Da ist er. Ich wünsche Ihnen beiden einen schönen Tag, Miss.«

Als ich herumwirbele, entdecke ich vor mir einen glänzend schwarzen Jeep mit laufendem Motor, an dessen Steuer Max sitzt und mich vergnügt angrinst. Er beugt sich zum offenen Beifahrerfenster und fragt: »Lust auf eine kleine Spritztour?« Bei seinem flirtenden Tonfall habe ich sofort Schmetterlinge im Bauch.

»Mir wurde immer eingeschärft, ich dürfe niemals bei Fremden in den Wagen einsteigen«, erwidere ich mit unschuldigem Blick, woraufhin er wortlos aussteigt, mit großen Schritten um das Heck des Wagens herumgeht und dicht vor mir stehen bleibt. Er trägt ein dunkelgraues T-Shirt und schwarze Cargo-Shorts, und er riecht frisch und sauber, als wäre er gerade aus der Dusche gekommen. Ich würde gern etwas Kluges sagen, etwas Witziges, aber mein Mund ist plötzlich total trocken, und das nur wegen Max' Nähe. Es juckt mich buchstäblich in den Fingern, ihn zu berühren, und meine Lippen kribbeln vor Sehnsucht nach seinem Mund.

Er nimmt meine Hände in seine, als müsste er uns beide davon abhalten, wie sexbesessene Freaks übereinander herzufallen. Er beugt sich zu mir hinunter, sein warmer Atem streicht über meine Haut, lässt mich erbeben. »In Anbetracht dessen, dass ich vor wenigen Stunden deine Möse geleckt und dich zum

Orgasmus gebracht habe, würde ich uns beide nicht unbedingt als Fremde bezeichnen, Prinzessin«, murmelt er und gibt mir einen zarten Kuss auf die Wange.

Zum Glück hält er mich fest, denn bei seinen unverblümten Worten kriege ich sofort weiche Knie. »Max«, keuche ich und merke, wie mir die Röte in die Wangen schießt.

Grinsend führt er mich zum Jeep, öffnet mir die Beifahrertür und hilft mir beim Einsteigen, da der Wagen durch die riesigen Räder ziemlich hoch ist. Ein typischer Männerwagen, eine Karre, die ich nie fahren würde, mal ganz davon abgesehen, dass ich meinen Führerschein nicht mitgenommen habe. Wozu auch?

»Wohin fahren wir?«, frage ich, als er auf dem Fahrersitz Platz genommen hat.

Er wirft mir ein geheimnisvolles Lächeln zu und fährt los. »Warte es ab.«

»Ich hoffe, ich bin passend angezogen.« Ich sehe an mir hinunter: grünes Tanktop, weiße Shorts und sonst nur sonnengebräunte Haut.

»Hast du Badesachen darunter?«, fragt er, während er links auf die Hauptstraße abbiegt.

»Nein.« Wütend beiße ich mir auf die Unterlippe, bedaure, dass ich keinen Bikini angezogen habe. Aber ich konnte ja nicht wissen, dass er womöglich vorhat, mit mir an einen abgelegenen Strand zu fahren.

»Schade, schade. Dann wirst du wohl nackt schwimmen müssen«, sagt er in diesem sexy texanischen Singsang.

»Das hättest du wohl gern«, erwidere ich, und mein Höschen wird feucht, als er mir aus den Augenwinkeln einen heißen Blick zuwirft.

»Sehr gern sogar«, bestätigt er.

Während der Fahrt reden wir über dies und das, bewundern die Schönheit der Insel, die herrlichen Ausblicke auf das Meer, überlegen, wie teuer es wäre, hier zu leben. Max ist nicht nur ein angenehmer Anblick, er ist auch ein angenehmer Gesprächspartner, der es versteht, Pausen zu füllen, ohne dass es angestrengt wirkt.

Außerdem ist er ein sehr entspannter Autofahrer, und als ich ihn beim Fahren beobachte, werde ich immer erregter. Alles, was er tut, zeugt von großem Selbstvertrauen. Jede Bewegung ist effizient und kontrolliert. Er verschwendet weder Worte noch Energie, und ich kann nicht anders, als dazusitzen und ihn stumm zu bewundern.

Verglichen mit ihm, verblassen alle anderen Männer, mit denen ich zusammen war. Ich würde sie nicht einmal mehr als Männer bezeichnen. Sie waren eher Jungs, die Männer spielten.

Und Max? Er ist ein ganzer Mann. Reif, verantwortungsbewusst und sexy, mit einem Hauch von Macho-Attitüde, was ich unglaublich anziehend finde.

»Du bist so still«, sagt er nach einigen Minuten des Schweigens. »Ich habe den Eindruck, du heckst etwas aus.«

»Wer? Ich?« Oh, dieser Mann ist auch noch unglaublich aufmerksam. Im Moment hecke ich zwar nichts aus, doch ich bin dafür bekannt, raffinierte Pläne zu schmieden.

»Ja, du.« Er wirft mir einen kurzen Blick zu. »Bist du sauer, weil ich dir nicht verrate, wohin wir fahren?«

»Ach was. Du verschleppst mich wahrscheinlich in

einen einsamen tropischen Regenwald oder etwas in der Art«, necke ich ihn. Der Weg steigt an, die Straße wird immer schmaler, der Blick immer grandioser.

»Damit liegst du gar nicht mal so falsch«, bemerkt er. Er wird langsamer und biegt auf eine Straße ab, die wie ein selten benutzter Privatweg aussieht. »Halt dich fest, Prinzessin. Jetzt wird es holprig.«

Ich klammere mich an den Griff über der Tür und schreie kurz auf, als wir über eine besonders heftige Bodenwelle ruckeln. Max hält an und schaltet auf Allradantrieb um. Er schenkt mir ein hinreißendes Grinsen, stößt dann wie ein Rodeo-Reiter einen Juchzer aus und knallt den Fuß auf das Gaspedal, sodass der Jeep über die schmale, holprige Straße jagt und ich zu kreischen beginne.

Noch nie habe ich eine so wilde Fahrt erlebt, und es ist beängstigend und berauschend zugleich. Die Straße schlängelt sich an einem dicht bewachsenen Berg entlang, und eine falsche Drehung des Lenkrads würde genügen, um uns in den Abgrund zu stürzen. Mit beiden Händen umklammere ich den Haltegriff, werde bei jedem Schlagloch und jeder Bodenwelle aus dem Sitz gehoben. Max lacht, während ich zugleich kreische und lache und die Augen schließe, wenn in besonders scharfen Kurven die Hinterräder kurz in der Luft hängen.

Ich war nie der Typ, der betet, doch jetzt gebe ich Gott im Stillen alle möglichen Versprechen, wenn wir hier nur heil wieder rauskommen.

Plötzlich legt Max eine Vollbremsung hin und murmelt: »Mach die Augen auf, Prinzessin.«

Langsam öffne ich die Augen und bin überwältigt

von dem Anblick, der sich mir bietet. Vor uns erstreckt sich der glitzernde Pazifik und sonst nichts als blauer Himmel, gesprenkelt mit weißen Zuckerwatte-Wolken.

»Und? Wie gefällt es dir?«

Ich bin sprachlos, kann mich von diesem grandiosen Blick nicht losreißen. Es ist, als stünden wir am Rand der Welt – was ja, wie es für mich aussieht, vielleicht zutrifft. »Es ist wunderschön«, murmele ich schließlich. »Woher kennst du die Stelle?«

»Ich habe mich umgehört, mit ein paar Einheimischen geredet.« Er stupst mich an, und ich wende mich ihm zu, presse die Lippen aufeinander, als er mit dem Zeigefinger über meinen Arm streicht. »Komm, ich kann dir noch mehr zeigen.«

Ehe ich etwas sagen kann, springt er aus dem Jeep, geht um den Wagen herum und öffnet mir wie ein Kavalier alter Schule die Tür. Ich nehme seine angebotene Hand, klettere hinaus und lasse mich von ihm über die Schotterstraße geleiten, bis wir an einem Trampelpfad ankommen, der direkt nach unten führt.

»Sollen wir da wirklich runter?«, frage ich ängstlich und ziehe an seiner Hand, um ihn zum Stehenbleiben zu bewegen.

Stirnrunzelnd dreht er sich zu mir um. »So übel sieht der Weg doch nicht aus.«

Ich strecke ihm meinen Fuß entgegen. »Hey, ich habe Flip-Flops an.«

Max lacht und schüttelt den Kopf. »Wenn du es nicht schaffst, werde ich dich huckepack nehmen und den Rest der Strecke tragen.«

»Pah, natürlich schaffe ich es.« Trotzig recke ich das

Kinn. Ich bin niemand, der vor einer Herausforderung kneift.

Und Max auch nicht. Seine Augen funkeln, als er mich von oben bis unten mustert, sich insgeheim vermutlich darüber lustig macht, dass ich für ein Dschungel-Trecking in blütenweiße Shorts gekleidet bin. Aber woher hätte ich wissen sollen, was er vorhat? »Also, worauf warten wir dann noch?«

Das Problem ist, dass ich es nach einer Weile tatsächlich nicht mehr schaffe. Beziehungsweise meine Schuhe schaffen es nicht mehr. Sie rutschen und schlittern über den steilen, felsigen Weg, und einige Male geht ein Flip-Flop verloren, segelt den Weg hinunter und wird von meinem aufmerksamen Bergführer gerade noch rechtzeitig wieder geschnappt. Zweimal stolpere ich, und da Max zum Glück direkt vor mir ist, kann ich meinen Fall abbremsen, indem ich mich an seinen Rücken klammere oder an seinem T-Shirt festkralle. Der Weg verläuft in scharfen Serpentinen, führt tiefer und tiefer in den üppigen Dschungel, der erfüllt ist von irgendwelchem Rascheln und Tierlauten und bunten Vögeln, die jeweils, wenn wir uns nähern, aufflattern.

Ich habe das dumpfe Gefühl, von unbekannten Kreaturen umgeben zu sein, die uns neugierig beobachten. Ich hoffe nur, es gibt keine Schlangen oder irgendwelches andere giftige Getier. O Gott, was, wenn ein Vogel sauer wird und uns attackiert? Kommt so etwas manchmal vor?

»Ich kann deine Angst förmlich riechen, Prinzessin. Keine Bange, dir wird nichts geschehen«, sagt Max neckend.

Wütend starre ich seinen Rücken an. Hm, er hat einen wirklich hübschen Rücken, breit und kräftig, die Haut glatt und warm. Ich hoffe, er zieht bald sein T-Shirt aus. »Was ist mit Schlangen?«

»Meines Wissens sind auf den Inseln Hawaiis keine Schlangen beheimatet«, antwortet er.

Eine Weile trotte ich stumm hinter ihm her, sinne über seine Worte nach. »Und was ist mit Schlangen, die hierhergebracht wurden?«

»Ja, davon gibt es wahrscheinlich eine Handvoll.«

Als Max merkt, das ich ihm nicht mehr folge, dreht er sich um, legt die Hände auf die Hüften und kneift die Augen gegen die Sonne zusammen. »Was ist los?«

»Was, wenn auf dem Weg Schlangen sind?«, frage ich.

»Ich habe dir doch gesagt, dass es nichts gibt, wovor du Angst haben musst.«

»Aber … Schlangen.« Ich fuchtele mit den Händen herum, weiß nicht, wie ich ihm meine Angst vor Schlangen erklären soll, ohne als lächerlicher Feigling dazustehen.

»Willst du mir wirklich weismachen, du hättest Angst vor Schlangen? Ein toughes Mädchen wie du?« Fragend hebt er die Brauen.

»Ich bin nicht so tough«, sage ich und verdrehe die Augen.

»Doch, in gewisser Weise schon.«

Ich schüttele den Kopf, insgeheim geschmeichelt, dass er so von mir denkt. »Du bist doch derjenige, der mich Prinzessin nennt.«

»Ja, weil du so wunderschön wie eine Prinzessin

bist.« Er kommt zu mir zurück. Mein Blick fällt auf seine Beine, auf seine sich anspannenden Wadenmuskeln. Seit wann sind Wadenmuskeln so sexy? Mir wird schon heiß, wenn ich sie nur ansehe. »Und du bist resolut. Wie eine toughe Prinzessin.«

Ich beginne zu lachen, als er vor mir stehen bleibt und die Hände fest um meine Taille legt. »Soll ich alle gefährlichen Schlangen für dich verscheuchen, kleines Mädchen?«

Seine Worte, sein Ton, seine Finger, die unter mein Tanktop schlüpfen und meine nackte Haut berühren – mir wird ganz schwindlig von alldem. »Ich hasse Schlangen wirklich. Das kann ich gar nicht genug betonen.«

»Ich werde dich retten.« Er lässt mich los, dreht sich um, beugt sich nach vorn und streckt die Arme aus. »Hüpf.«

»Was?« Verwirrt überlege ich, was er meint.

»Hüpf auf meinen Rücken. Ich nehme dich huckepack.« Er wedelt mit den Händen. »Komm schon.«

»Aber ... ich bin ziemlich schwer.« Ich kann unmöglich auf diesem steilen Weg auf seinen Rücken springen. Ich könnte ihn umstoßen, und dann würden wir beide den verfluchten Berg hinunterrollen.

Er blickt mich über die Schulter hinweg an. »Du wiegst gar nichts. Gestern Nacht warst du auf mir, schon vergessen? Das bisschen Huckepack kriege ich leicht hin.«

Meine Wangen werden heiß bei der Erinnerung an die gestrige Nacht. Wie ich ihn gefickt habe, seine Hände auf meinen Brüsten und auf meinen Hüften, während ich auf seinem Schwanz geritten bin.

»Brauchst nicht rot zu werden. Los, spring schon«, hänselt er mich.

Ich strecke ihm die Zunge heraus, gehe ein paar Schritte zurück, um Anlauf zu nehmen. Dann stürme ich los, springe auf seinen Rücken und halte mich an seinen Schultern fest, während er mich an den Kniekehlen packt. Mit einem tiefen Knurren rückt er mich zurecht, bis meine Arme um seinen Hals, meine Beine um seine Mitte geschlungen sind und mein ganzer Körper sich nahtlos an seinen Rücken schmiegt.

»Du wirst mich nicht fallen lassen, nicht wahr?«, frage ich, ihn fester umklammernd.

»Wenn du versprichst, dass du mich nicht erwürgst«, erwidert er mit einem würgenden Geräusch, als würde ich ihm die Luftzufuhr abschneiden.

Ich muss lachen, lockere meinen Griff. »Entschuldige. So hat mich noch niemand getragen.«

Er setzt sich in Gang, ohne jedes Keuchen oder Schnaufen, als würde er mein Gewicht auf seinem Rücken gar nicht wahrnehmen. »Echt niemand? Nicht mal dein Dad?«

»Vor allem mein Dad nicht.« Die Stille, die auf diese sarkastische Bemerkung folgt, ist nahezu ohrenbetäubend. »Er war nicht so der aktive Typ.«

»Verstehe.« Er verfällt wieder in Schweigen. »Nicht einmal ein Freund in der Highschool?«, fragt er dann.

»Wir haben nie herumgealbert oder irgendwelche Spiele gespielt wie … wie so etwas.« Dort, wo ich herkomme, war alles sehr kultiviert und erwachsen. Auf der Highschool tranken meine Freunde und ich nur den besten und teuersten Alkohol, den wir aus den Hausbars unserer Eltern klauten, und wir kauften das teuerste Kokain oder Gras, weil in der Regel immer einer von uns Verbindungen zu einem erstklassigen Dealer hatte.

Wir Privatschulkinder mussten uns nicht in dunklen Ecken herumdrücken, um für ein paar Dollar irgendwelches gestrecktes Scheißzeug zu kaufen.

»Du hast bestimmt andere Spiele gespielt, stimmt's?«

»Klar.« Ich will nicht ins Detail gehen. Will mit ihm nicht über meine Vergangenheit reden. Ich habe eine Menge Dinge getan, auf die ich nicht stolz bin. Ich war eine total verwöhnte Göre, die sich alles nahm, alles bekam, was sie wollte.

Mit anderen Worten: Ich war ein Albtraum.

»Wie steht's mit Nacktbaden? Schon einmal gemacht?«

Bei der beiläufig gestellten Frage beginnt mein ganzer Körper zu prickeln. »Ach, ist das etwa der Plan? Erzähl mir bitte nicht, das wir den weiten Weg bis zum Meer hinunter schaffen müssen.« Wir sind vom Meer noch ganz schön weit weg. Ich kann mir nicht vorstellen, dass er mich so lange tragen kann.

»Nein, da gibt es eine bessere Stelle.« Er biegt nach rechts auf einen schmalen Pfad ab, den ich erst jetzt bemerke. Der Pfad ist von Gestrüpp, Ranken und niedrigen Ästen fast völlig überwuchert, und wir müssen uns ducken, um nirgendwo anzustoßen.

»Wo genau bringst du mich hin?«, frage ich und presse ihm die Beine in die Seiten. Er atmet keuchend aus. Endlich hört er sich erschöpft an. Dieser Typ ist unverwüstlich. Es tut fast gut, einige Sprünge in seiner perfekten Fassade zu entdecken. »Noch ein paar Minuten, dann wirst du es selbst sehen.«

Ich sage nichts mehr, genieße die Berührung seiner großen Hände an meinen Beinen, seines kräftigen Rückens an meiner Brust. Der Duft seiner Haare ist berauschend, wie auch das Gefühl, wie sein Körper sich unter mir auf und ab bewegt. Er ist so stark, so hart ... überall. Allein das Wissen darum, dass dieser Mann mich auf alle nur erdenklichen Weisen die ganze Nacht und den ganzen Morgen hindurch befriedigt hat, reicht aus, um in mir eine brennende Gier nach mehr zu entfachen.

Er geht um eine Biegung, vorbei an einer Gruppe mächtiger alter Bäume, und ich höre es, noch ehe ich es sehen kann. Ein dumpfes, stetes Donnern, das Geräusch von herabströmendem Wasser. Dann kommt er in Sicht wie eine lebensspendende Oase in der Wüste: ein atemberaubender Wasserfall, der an der Bergflanke in Kaskaden herabstürzt, in ein Becken voll sprudelndem Wasser.

»Wir sind da.« Max lässt mich los, und ich gleite von seinem Rücken hinunter, achte dabei darauf, mich an jeden Zenitmeter seines herrlichen Körpers zu schmiegen. Als ich mein Tanktop glatt streiche, dreht er sich zu mir um und deutet mit einem zufriedenen Grinsen auf den Wasserfall. »War das die Anstrengung nicht wert?«

»Er ist wunderschön«, sage ich ehrfürchtig und gehe auf den Wasserfall zu. Feuchtigkeit liegt in der Luft, legt sich kühl und erfrischend auf meine Haut. Ich gehe ans Ufer des Beckens, kicke meine Flip-Flops weg und tauche die Zehen ins Wasser. »Und kalt.«

»Echt?« Max stellt sich neben mich, zieht sein T-Shirt aus und enthüllt seinen Oberkörper, bei dessen Anblick mir das Wasser geradezu im Mund zusammenläuft. Ich verschlinge ihn förmlich mit Blicken, weiß gar nicht, wo ich als Erstes hinschauen soll.

Dies alles ist zu betörend, um es mit einem Blick erfassen zu können.

»Springst du rein?«, frage ich, als er seine Schuhe auszieht.

»Na klar. Es war ganz schön anstrengend, dich den Berg hinunterzuschleppen.«

Ich gebe ihm einen Klaps auf den Arm, stelle begeistert fest, wie hart sein Bizeps ist. »Ich sagte ja, dass ich zu schwer für dich bin.«

»Ach was, ich wollte dich nur ärgern.« Er knöpft den Bund seiner Shorts auf, zieht den Reißverschluss hinunter und schlüpft mit einer Bewegung aus Shorts und Boxershorts. Übermütig kickt er beides weg, wirft mir ein durchtriebenes Lächeln zu und geht ins Wasser.

Atemlos beobachte ich ihn, den Blick gebannt auf seinen Arsch geheftet. Er ist fest und muskulös, genauso wie der ganze Mann, und im Gegensatz zu seiner gebräunten Haut total bleich, ähnlich wie die Innenseite seiner Oberschenkel. Ich kichere, beiße mir jedoch rasch auf die Lippe, als er bis zum Bauch ins Wasser eintaucht und sich zu mir umdreht.

»Worüber lachst du?«, fragt er.

»Über deinen unheimlich weißen Hintern«, erwidere ich aufrichtig.

Er bespritzt mich mit Wasser, macht meine Füße und Knöchel nass, und ich springe ein Stück zurück. »Ich wette, dein hübscher kleiner Arsch ist genauso weiß. Oder vielmehr weiß ich das.«

Mir fällt ein, dass er heute Morgen sehr engen und persönlichen Kontakt zu meinem Hintern aufgenommen hat, und ein Kribbeln durchläuft mich. »Willst du ihn sehen?«

»Natürlich«, sagt er, ohne zu zögern.

Mit einem Handgriff ziehe ich mir das Tanktop über den Kopf und werfe es auf den Boden. Ich trage keinen BH, und ich schwöre, ich höre Max ganz leise »Ich wusste es« murmeln, als er mir beim Entkleiden zusieht.

Lächelnd fahre ich fort, ziehe die weißen Shorts aus und hoffe insgeheim, dass sie nicht zu schmutzig werden, wenn sie zusammengeknüllt auf dem Boden liegen. Nun stehe ich nur noch in einem weißen Spitzentanga da, der total durchsichtig ist.

Genau das ist der Grund, weshalb ich ihn angezogen habe.

Max' Kinnlade sackt herab, und das selbstgefällige Grinsen verschwindet. Er starrt auf mein Höschen, als wäre es die Lösung all seiner Probleme, und ich beginne ins Wasser zu waten, ziehe angesichts der eisigen Temperatur scharf die Luft ein. »Gefällt dir, was du siehst?«, frage ich unschuldig.

»Willst du dein Höschen nicht ausziehen?«, fragt er mit etwas rauer Stimme.

»Ich dachte, es ist interessanter, wenn ich es anlasse.« Langsam nähere ich mich ihm. Mit jedem Schritt wird der Wasserfall lauter. Als ich bis zur Brust im Wasser bin, streckt Max den Arm aus und zieht mich an sich. Seine Hände streichen über meine Rundungen, wandern automatisch zu meinem Po.

»Sehr interessant, dieses Höschen. Und sehr knapp.

Obwohl ich dachte, wir würden nackt baden«, murmelt er, ehe er den Mund auf meine Lippen presst.

Ich fahre mit meinen Händen über seine nasse Brust, öffne die Lippen, gewähre seiner Zunge Einlass. Ein Stöhnen entringt sich mir, als er mich enger an sich reißt, und ich schlinge die Beine um seine Mitte, spüre seinen erigierten Schwanz an meinem Bauch.

»Dann zieh es mir aus«, fordere ich ihn auf, nachdem ich mich von seinem heißen Mund gelöst habe.

Sogleich wandert seine Hand zu dem dünnen Bändchen meines Tangas, er zupft daran, reißt mir das zarte Gewebe vom Leib. Ein Keuchen entfährt mir, als er das ruinierte Höschen zusammenknüllt und ans Ufer wirft, wo es direkt neben meinen Flip-Flops landet.

Leicht geschockt, starre ich auf das Höschen, ehe ich mich wieder Max zuwende und ihn wie ein Idiot mit leicht geöffnetem Mund anglotze. Grinsend greift er nach mir, zieht mich tiefer ins Wasser, und mir bleibt keine andere Wahl, als mit ihm zu schwimmen.

»Lass es uns unter dem Wasserfall treiben«, sagt er, woraufhin ich lachend den Kopf schüttele.

»Wir haben kein Kondom. Es sei denn, du hast eins unter deinen Eiern versteckt«, ziehe ich ihn auf.

»Das nicht gerade«, erwidert er lachend. »Aber ich habe welche in meinen Shorts.« Er blickt zum Ufer hinüber, wo seine Shorts liegen. »Hm, wir werden wohl improvisieren müssen.«

»Sieht ganz so«, sage ich, und mein Herz klopft wie verrückt bei dem Gedanken.

Ich bin gespannt, was er sich alles einfallen lassen wird.

KAPITEL 13

Max

Mit den glitzernden Wassertropfen auf der Haut und an den Wimpern und dem nassen zurückgestrichenen Haar sieht Lily aus wie eine verführerische Nixe. Ihre Brüste hüpfen im Wasser, gewähren mir neckische Blicke auf ihre harten dunkelrosa Brustwarzen, die mich dazu reizen, sie zu lecken und an ihnen zu saugen, bis Lily verrückt vor Verlangen ist und mich um mehr anfleht.

Sie mag es, wenn ich an ihren Nippeln sauge. Sie mag alles, was ich mit ihr anstelle. Sie reagiert so verdammt gut auf mich. Ich weiß, es gefiel ihr auch, als ich ihr das Höschen vom Leib gerissen habe. Diese Spitzendinger kosten vermutlich ein Vermögen, aber das juckt mich nicht. Es fühlte sich gut an, so aggressiv aufzutreten, ihr zu zeigen, wozu ich fähig bin.

Herrgott, ich kam mir wie Superman vor, als ich sie fast den ganzen Weg bis hierher getragen habe. Sie meinte, sie sei zu schwer für mich, was totaler Blödsinn ist. Sie ist federleicht. Und trotz der Hitze fühlte es sich großartig an, als sie so eng an mich gepresst war. Ihr Mund an meinem Nacken, die Brüste gegen meinen Rücken gedrückt, die Beine um meine Hüften geschlungen. Sie ist so warm und weich, schmiegt sich perfekt in meine Arme, an meinen Rücken ...

Zu dumm, dass die Kondome in meinen Shorts sind und ich nicht daran gedacht habe, eins ins Wasser mitzunehmen. Jetzt kann ich sie unter dem Wasserfall nicht anständig vögeln, wie ich es gern tun würde.

Wir werden tatsächlich improvisieren müssen. Aber später werde ich Lily ans Ufer bringen, mir ein Kondom schnappen und sie am seichten Rand richtig ficken. Wenn ich es bis dahin aushalte. Ich fürchte fast, sie wird mich schon bei der ersten Nummer total fertigmachen.

Sie spritzt mir Wasser ins Gesicht und schwimmt dann in Richtung Wasserfall. Ich folge ihr, hole sie mühelos nach ein paar Schwimmzügen ein. Sie ist eine gute Schwimmerin, wenngleich ihr dieses Talent vorübergehend irgendwie abhandengekommen sein muss, als ich sie aus dem Meer gerettet habe.

»Du kannst also wirklich schwimmen«, sage ich, während ich sie in meine Arme ziehe und an mich drücke.

Ein empörter Laut entfährt ihr, begleitet von einem Klaps auf meine Schulter. »Was denkst du denn!«

»Nachdem du neulich fast ertrunken bist, nahm ich an, dass du Nichtschwimmerin oder bestenfalls Anfängerin bist.« Ich nehme ihre verletzte Hand und begutachte sie. Der Verband ist ab, und die Wunde scheint gut zu verheilen. »Hast du noch Probleme damit?«

Langsam schüttelt sie den Kopf. »Es ist schon viel besser.«

»Gut.« Ich führe ihre Handfläche an den Mund, drücke einen Kuss darauf und beobachte, wie in Lilys Augen ein glutvoller Ausdruck tritt. »Das war ganz schon beängstigend.«

»Wem sagst du das.«

»Was ist überhaupt passiert?«

»Ich weiß nicht.« Sie zuckt die Achseln und dreht sich zum Wasserfall um. »Alles war wunderbar, und dann wurde ich plötzlich von der Strömung mitgerissen und unter Wasser gezogen. Ich verlor total die Orientierung, kam nicht mehr an die Wasseroberfläche hoch und geriet in Panik.«

Wenn man unter Wasser gerät, ist Panik das Schlimmste, was passieren kann. »Ich bin froh, dass ich da war«, sage ich, wohl wissend, dass wir ein ähnliches Gespräch bereits hatten, aber ich habe das Gefühl, es müsste noch einmal gesagt werden. Sie wäre an jenem Nachmittag beinahe ertrunken.

Sie dreht sich wieder zu mir um. »Ich bin auch sehr froh, dass du da warst.« Ihre Stimme wird weich und ebenso ihr Körper, der mit meinem Körper beinahe zu verschmelzen scheint. Ich halte sie fester, senke den Blick auf ihre Brüste, die eng an meinen Oberkörper gedrängt und voller funkelnder Wassertropen sind. »Und ich bin froh, dass du jetzt da bist.«

»Ja?« Mit dem Zeigefinger streiche ich über ihre Schläfe, ihre Wange. Ihre Haut ist vom Wasser glatt und kühl, ihre Wangen und Lippen röter als sonst.

»Ja.« Ihr Lächeln wird lasziv; sie schlingt die Arme um meinen Hals, vergräbt die Finger in dem nassen Haar an meinem Nacken. »Durch dich ist mein Single-Urlaub viel, viel aufregender geworden.«

»Dasselbe kann ich dir auch sagen, Prinzessin.« Ich küsse sie, ihre Lippen sind weich und feucht, das Innere ihres Mundes heiß im Vergleich zu ihrer kühlen Haut. Ich kreise mit der Zunge um ihre Zunge, und sogleich klammert Lily sich fester an mich, schlingt die Beine um meine Schenkel.

Ich hebe ihre Beine ein Stück an, stöhne laut auf, als sie sich um meine Hüften legen und ihre heiße Möse sich an meinen erigierten Schwanz presst. Ich brenne darauf, in sie einzudringen, doch ich darf nicht. Nicht ohne Schutz. Ich werde nicht so unvernünftig sein und sie ohne Kondom ficken.

Kleine wimmernde Laute ausstoßend, reibt sie sich an mir, versucht sich selbst zu befriedigen. Auf keinen Fall werde ich zulassen, dass sie jetzt schon zum Höhepunkt gelangt. »Langsam, Kleine«, murmele ich, lasse die Hand nach unten wandern und greife fest in eine ihrer prallen Arschbacken. »Du bewegst dich zu schnell.«

»Ich kann nicht anders«, keucht sie, wobei sie sich wie eine Schlangenfrau windet, sodass mir fast die Sinne schwinden. »Du fühlst dich so gut an.«

»Es wird sich noch besser anfühlen, wenn du dir etwas Zeit lässt.« Ich drücke ihre Arschbacke fester, in der Hoffnung, dass sie den Wink kapiert, doch die Berührung scheint sie nur noch mehr anzutörnen. »Wenn du mit dem Geschlängel nicht sofort aufhörst, lass ich dich ins Wasser fallen.«

Sie wirft mir einen herausfordernden Blick zu – hochgezogene Brauen, ein spöttisches Lächeln, ein mutwilliges Glitzern in den Augen. Langsam lässt sie ihre Hüften kreisen, während sie nach unten greift und meinen Schwanz in die Hand nimmt. »Willst du wirklich, dass ich aufhöre?«

Ich lasse sie los, erschrecke sie damit so, dass ihre Finger sich automatisch von meinem Schwanz lösen.

Dann schiebe ich ihre Beine von meinen Hüften und schaffe den von mir dringend benötigten Abstand zwischen uns. Verdammt, wenn sie sich so bewegt, mich so anfasst, kann ich kaum einen klaren Gedanken fassen. Und ich bin immer bei klarem Verstand. Ich bin derjenige, der das Kommando innehat, nicht sie. Doch sie tendiert dazu, das zu vergessen.

Also werde ich sie wohl daran erinnern müssen.

»Was zum Teufel tust du da?«, kreischt sie und bespritzt mich mit Wasser.

Ohne sie zu beachten, schwimme ich auf den Wasserfall zu. Je näher ich komme, desto lauter ist das Tosen und desto kälter das Wasser, was hilft, meine Erektion einigermaßen in Schach zu halten. »Ich versuche, es langsamer angehen zu lassen. Noch nie was von Vorfreude gehört?«

»Noch nie was von Quickie gehört?«, brüllt sie zurück und sieht total wütend aus.

Und scharf. Unglaublich scharf. Es gibt nichts Besseres, als der nackten und wütenden Lily Fowler beim Schwimmen in diesem kleinen See zuzusehen – all diese herrlichen Rundungen, diese vor Zorn blitzenden Augen.

»Baby, du hast dich wie eine läufige Katze an mir gerieben«, provoziere ich sie, denn aus irgendeinem Grund genieße ich es, sie aufzuziehen, wütend zu machen.

»Das ist allein deine Schuld. Du bringst mich dazu, dass ich mich wie eine läufige Katze fühle.« Sie taucht und kommt unter Wasser wie eine Kanonenkugel auf mich zugeschossen. Ich tauche ebenfalls, schwimme, so schnell ich kann, bis ich mich direkt unter dem

Wasserfall wiederfinde. Die Wucht der herunterdonnernden Wassermassen drückt mich nach unten, und ich bemühe mich, ein Stück davon wegzuschwimmen, und als ich unter Wasser die Augen öffne, sehe ich Lily wie eine Meerjungfrau an mir vorbeisausen.

Beeindruckend.

Etwa fünfzehn Meter von mir entfernt hebt sie den Kopf im selben Moment aus dem Wasser wie ich und funkelt mich an, als wollte sie mich in Stücke reißen.

»Du bist ein Arschloch.«

»Das merkst du erst jetzt?« Mit beiden Händen streiche ich mir das nasse Haar aus dem Gesicht. »Ich dachte, das wäre dir schon klar geworden, als du diese mörderische Fahrt mit mir absolviert hast.«

»Willst du mich loswerden? Weil … ich kapiere das alles nicht.« Sie gestikuliert wild mit der Hand, spritzt winzige Tropfen in die Luft. »Was versuchst du hier gerade? Willst du einen Keil zwischen uns treiben? Das arrogante Arschloch raushängen lassen? Ich blicke da nicht durch, Max.«

Den Blick auf Lily gerichtet, trete ich Wasser und lasse ihre Worte auf mich wirken, so schwer mir das in meinem konfusen Zustand auch fällt. Sie macht mir Vorwürfe wegen meines Verhaltens, was mir schon lange nicht mehr passiert ist. Meine Mutter hat das getan, als ich noch zu Hause wohnte, doch das hörte auf, sobald ich beim Militär war und zur Vernunft kam.

Ehe ich die Vernunft zum Teufel schickte und eine spontane Entscheidung fällte, um die Männer meiner Gruppe zu retten, und im Verlauf dieser Aktion die Hälfte von ihnen verlor. Ich verlor die Kontrolle über die Situation, was bei mir selten vorkommt, und das hat mich meine Militärlaufbahn gekostet.

Ich habe meine Familie enttäuscht, vor allem meinen Vater. Ich habe es vermasselt. Und als ich wieder Zivilist war, habe ich mir geschworen, nie wieder etwas Unvernünftiges zu tun. Ich war meinen Freunden dankbar, die mich damals aufmunterten und in mein neues Geschäft investierten. Die unerschütterliches Vertrauen in mich als Mensch demonstrierten, an mich glaubten.

Denn das brauchte ich. Sogar sehr.

Das Geschäft läuft gut; es gibt den Laden jetzt seit fast zwei Jahren, und er wächst beständig. Seit der Eröffnung habe ich einen steten Zulauf an Klienten. Ich habe sie höflich behandelt, ihre Aufträge pflichtbewusst erledigt und mir nichts zuschulden kommen lassen.

Bis Lily aufgetaucht ist. Sie hat mich total aus der Bahn geworfen. Ich sollte nicht mit ihr hier sein. Ich sollte das alles nicht tun. Ich kann mir noch so sehr einreden, ich würde nur ihre Nähe suchen, um an diesen dämlichen Laptop zu gelangen, doch das ist kompletter Schwachsinn.

Ich mag sie. Fühle mich zu ihr hingezogen. Herrgott, ich glaube, ich bin süchtig nach ihrer Möse, ihrem Mund, diesem Feuer, das in ihr brennt. Ich begehre sie.

Und das hat nichts mit dem Laptop zu tun oder dem Auftrag oder Pilar Vasquez.

Es hat einzig und allein mit Lily zu tun.

Wortlos schwimme ich auf sie zu, sehe in ihrer Miene die Zweifel, die Angst, die Sorge. Das Feuer ist auch da, brennt in ihren schönen haselnussbraunen Augen, und ich weiß, sie zweifelt an mir. Ist wahrscheinlich versucht, mich wegzustoßen und mir zu sagen, ich solle mich verpissen.

Verdienen würde ich das.

Endlich bin ich bei ihr. Von allen Seiten spritzt Wasser auf mich, und das Donnern des Wasserfalls übertönt alles andere. Ich räuspere mich und schreie: »Es tut mir leid.«

Es ist nicht nötig, ihr mehr zu erzählen, um ihr verständlich zu machen, warum ich so reagiere. Ich muss den Auftrag heute erledigen und damit abschließen. Mit Lily abschließen. Zumindest nehme ich mir das vor.

Ich weiß nicht, ob ich es fertigbringe.

Sie beobachtet mich, ihr Blick und ihre Miene werden ein klein wenig weicher. Doch sie sagt nichts, und ich verspüre das Bedürfnis, mich weiter zu entschuldigen.

»Ich bin ein Idiot«, sage ich und schüttele so heftig den Kopf, dass Wassertropfen aus meinem Haar durch die Luft fliegen, und Lily weicht ein Stück zurück, als bräuchte sie Abstand. »Ich will das hier nicht kaputtmachen.«

Sie runzelt die Stirn. »Was meinst du mit ›das hier‹?«

»Unseren Ausflug.« Ich bewege mich auf sie zu, bin erleichtert, dass sie nicht wegschwimmt. »Mir macht er Spaß.«

»Ich hatte auch Spaß«, erwidert sie in sarkastischem Ton. »Bis du plötzlich zum Arschloch mutiert bist.«

»Ich kann nicht versprechen, dass das nie wieder

passiert.« Ich lege die Arme um ihre schmale Taille, und sie gleitet auf mich zu, schlingt wieder die Beine um meine Hüften und presst ihre heiße Möse an meinen Unterleib. Ich beuge mich zu ihr hinunter, atme, den Mund an ihrer Schläfe, den Duft ihres Shampoos ein, ihrer zarten Haut, und habe sofort wieder eine Erektion. »Aber ich werde mich bemühen, für den Rest des Tages kein Arschloch mehr zu sein.«

Sie beginnt zu lachen, legt die Arme um meinen Nacken und presst die Brüste gegen meinen Oberkörper. Ich liebe es, wie ihr Körper sich an meinen anpasst. Wir ergänzen uns perfekt. »Also, das war die ehrlichste Entschuldigung, die ich je erhalten habe.«

Ich küsse sie, denn ich kann ihrem Lachen nicht widerstehen, ihrer Berührung. Der Kuss wird sofort intensiv, unsere Zungen liebkosen sich, wir stöhnen, und unsere Körper schmiegen sich eng aneinander. Ohne von Lily abzulassen, navigiere ich uns näher ans Ufer, auf der anderen Seite des Wasserfalls, damit ich wenigstens stehen kann.

Binnen Sekunden ist es für mich flach genug, um einen festen Stand zu haben, und ich greife Lily zwischen die Beine, entlocke ihr ein lustvolles Seufzen. Sie ist so heiß, benetzt meine Finger mit ihrer cremigen Feuchtigkeit, und ich küsse sie tief, während ich sie härter bearbeite, den Finger tief in sie schiebe und den Daumen auf ihre geschwollene Klitoris drücke. Sie stöhnt an meinem Mund, ihre Zähne graben sich in meine Lippen, ihre Zunge umzüngelt meine, und ich weiß, sie ist verdammt kurz davor zu kommen.

Herrgott, gleich explodiere ich, und das allein durch unser Streiten, unser Küssen, unsere Berührungen. Sie schiebt die Hüften meiner Hand entgegen, und ich nehme noch einen Finger hinzu, dann noch einen, ficke sie mit drei Fingern, werde etwas brutal, als ich sie, so tief es geht, penetriere.

Aber diese Frau kann das vertragen. Sie mag es, wenn ich die Führung übernehme, wenn ich nicht sanft bin. Es kommt nicht oft vor, dass ich mit einer Frau sofort sexuell auf einer Wellenlänge bin. Als ich jung war, habe ich gegen meine Bedürfnisse angekämpft. Ich nahm an, sie seien nicht normal. Inzwischen akzeptiere ich sie, halte mich jedoch normalerweise etwas zurück, wenn ich das erste Mal mit einer Frau schlafe.

Aber bei Lily tat ich das nicht. Ich spürte intuitiv, dass ihr, was ich ihr geben könnte, gefallen würde. Und ich hatte recht.

Sie löst sich von meinem Mund und holt tief Luft, den Kopf leicht in den Nacken gelegt, die Lippen zu einem stummen Seufzen geöffnet, die Augen geschlossen. Sie hält sich mit den Beinen so gut an mir fest, dass es mir möglich ist, mit der freien Hand in ihr nasses Haar zu greifen, eine Strähne zu packen und Lily grob daran zu ziehen, um ihre Aufmerksamkeit wieder auf mich zu lenken. »Mach die Augen auf«, befehle ich, und sie folgt, obwohl ihr Blick völlig abwesend ist, als wäre sie ganz in ihrer Lust versunken. »Sieh mich an.«

Lily hebt den Blick zu mir, während ich weiterhin die Finger in sie stoße. Sie ist folgsam, gefügig, und eine ungeheure Befriedigung durchströmt mich. Ich presse meine Stirn an ihre, bewege meine Hand zwischen ihren Beinen, während ich ihr mit der anderen

Hand die Haare sanft aus dem Gesicht streiche. »Sieh mich an, Prinzessin«, wiederhole ich. »Ich will es mitbekommen, wenn du so weit bist.«

Sie nickt, ein leises Wimmern entfährt ihr. »Bitte.«

Ihr Flehen um mehr befriedigt mich gleichfalls enorm. »Beweg die Hüften, Baby«, sporne ich sie an. »Bist du kurz davor?«

Sie lässt die Hüften kreisen, umklammert mich dabei fest mit den Knien. Ich ziehe die Finger aus ihr heraus, umfasse ihre Möse, und ihr frustriertes Stöhnen gibt mir einen perversen Kick. »Nicht aufhören«, bettelt sie und zieht an den Haaren an meinem Hinterkopf.

»Eines musst du lernen«, sage ich und freue mich, als ihre Augen sich weiten. »Ob ich dich nun mit meinen Fingern, meinem Schwanz oder meinem Mund ficke, die Führung habe immer ich. Immer.«

Sie öffnet den Mund, als wollte sie protestieren, doch ich ersticke jegliche Einwände mit einem Kuss, schiebe meine Zunge im selben Moment in ihren Mund wie meine Finger wieder in ihre Möse. Ihre Scheidenmuskeln verkrampfen sich, ihr ganzer Körper beginnt zu zittern und zu zucken, und dann schreit sie auf, gibt sich ganz ihrem Orgasmus hin.

Verdammt, ich habe es versäumt, sie zu beobachten, um jenen Moment zu erleben, wenn ich sie gleichermaßen über den Rand der Klippe der Lust stoße und sie dort einen quälenden Augenblick lang hängt, ehe sie unaufhaltsam fällt. Das hätte ich mir so sehr gewünscht, und obwohl sie in meinen Armen zittert und heiser meinen Namen hervorstößt, fühle ich mich seltsam enttäuscht.

Was bedeutet, dass ich es ihr noch einmal besorgen muss. Und beim nächsten Mal – was sicher bald sein wird – werde ich sie so genau beobachten, dass ich jede kleinste Regung wahrnehme. Jedes Flackern in ihrem Blick, jedes Beben ihrer Haut, die jähe Röte auf ihren Wangen, ihre zitternden Lippen, die flatternden Wimpern ...

Das wird verflucht spannend werden.

Und all diese Reaktionen werde ich ausgelöst haben.

KAPITEL 14

Max

»Erzähl mir etwas über dich. Etwas, was du noch nie zuvor jemandem anvertraut hast.«

Lilys geflüsterte Bitte lässt mich am ganzen Körper erstarren, und es dauert einen Moment, bis ich mich wieder gefangen habe. Sie liegt halb auf mir und streicht mit den Fingernägeln über meine Brust, während wir am sandigen Ufer sitzen und die Beine im Wasser baumeln lassen. Vor nicht einmal zehn Minuten war ich noch in ihr drin, habe sie wild gefickt und sie dazu gebracht zu betteln, zu flehen und unbeherrscht zu schreien, und jetzt will sie einen Zugang zu *meinem* Inneren finden. Zu meinen Gedanken, meiner Vergangenheit, meinen Geheimnissen.

Das kann ich nicht zulassen. Ein falsches Wort, und meine Tarnung wäre aufgeflogen. Es ist schlimm genug, welchen Risiken ich mich selbst aussetze. Ich vögele mit meiner Zielperson herum, obwohl ich mir lieber überlegen sollte, wann ich meiner Klientin endlich das Gewünschte beschaffe.

Aber stattdessen denke ich nur daran, auf welche Weise ich Lily Fowler das nächste Mal ficken will.

»Da gibt es nichts zu erzählen«, sage ich gewollt beiläufig, sodass klar wird, dass ich nichts erzählen *will*.

»Ach, komm schon.« Sie hebt den Kopf, sieht mich mit klarem, offenem Blick an. Sie ist so unglaublich hübsch mit ihrer immer noch vom Sex rosigen Haut, ihren zerzausten Haaren, ihren vom Küssen geschwollenen Lippen. »Kannst du mir nicht irgendwas anbieten? Nur eine Andeutung? Ich kenne dich ja kaum.«

»Geht es beim Urlaubsflirt nicht genau darum?«, sage ich. In ihren Augen flackert ein verletzter Ausdruck auf, ehe sie sich rasch abwendet, und ich komme mir wie ein Arschloch vor. »Du weißt, was ich meine«, füge ich leise hinzu.

»Klar, ich weiß genau, was du meinst.« Sie rollt sich von mir herunter und steht auf, während ich sitzen bleibe und ihren Arsch praktisch vor meinem Gesicht habe. Wortlos geht sie zu unseren auf dem Boden liegenden Klamotten, schlüpft in ihre Shorts – ohne Höschen –, zerrt sich dann das Tanktop über den Kopf und verstrubbelt ihr feuchtes Haar noch mehr. »Ich dachte nur …« Sie hält inne, schüttelt den Kopf und lacht kurz auf, doch es ist kein heiteres Lachen. »Egal.«

»Du dachtest … was?« Jetzt stehe ich auch auf, hebe meine Klamotten vom Boden auf und streife sie mir lässig über, während Lily mit dem Rücken zu mir in ihre Flip-Flops schlüpft. »Dass wir einander alles anvertrauen, weil wir ein paarmal Sex miteinander hatten?«

Lily wirbelt zu mir herum, ihre Augen blitzen vor Empörung. »Ja, okay? Genau. Ist das ein Verbrechen? Ich dachte … ach, keine Ahnung, was ich dachte. Ich weiß nur, dass ich dich mag.« Ihr Ausdruck verändert sich nicht, als sie das sagt, doch ich merke, wie meine Züge bei ihrem Eingeständnis entgleisen. »Ich wollte einfach ein paar Dinge über dich erfahren, abgesehen davon, dass du aus Texas kommst und ein Experte im Küssen bist. Ach ja, und ein Experte im Retten. Das ist alles, was ich über dich weiß.«

Ein Experte im Küssen? Ich nehme an, Lily Fowler hat eine Menge Typen geküsst. Aber der Gedanke an all die anderen Männer, die sie hatte, macht mich nicht eifersüchtig.

Nicht wirklich.

Mach dir ruhig etwas vor.

Schön zu wissen, dass ich wenigstens exzellent abschneide. »Genügt das nicht?«, frage ich leise. Ich will nicht, dass sie mehr über mich erfährt. Ich dachte, sie steht auf unverbindliche Affären, auf wechselnde, flüchtige Liebschaften. Zumindest wird sie so in den Medien dargestellt.

Vielleicht ist dieses Bild ja falsch.

»Nein, aber ich werde mich wohl damit begnügen müssen.« Sie legt die Hände auf die Hüften, und mein Blick wandert über ihren wohlgeformten Körper, bleibt an ihren Titten hängen, die sich unter ihrem Tanktop abzeichnen. Hoch und fest, und unter dem dünnen Stoff ihres Oberteils treten die harten Nippel deutlich hervor. Bei dem Anblick erwacht mein Schwanz sogleich zu neuem Leben.

Unglaublich.

»Warum ist dir das wichtig?«, frage ich achselzuckend und überlege, was ihre Motive sein könnten. Hat sie etwa einen Verdacht? Will sie mich mit dieser Masche täuschen und aus der Reserve locken, weil sie irgendwie ahnt, dass ich nichts Gutes im Schilde führe?

Denn ihre Ahnung wäre richtig.

»Muss ich das wirklich noch erklären?« Sie verschränkt die Arme, sodass ihre Brüste ein Stück nach oben geschoben werden und prall aus dem Ausschnitt ihres Tanktops hervorlugen. »Hast du mir vorhin nicht zugehört? Ich mag dich, Max. Ich würde dich gern näher kennenlernen, abgesehen von der ... Sexsache.«

»Bist du gerade über das Wort *Sex* gestolpert, kleines Mädchen?«, frage ich spöttisch. »Nachdem du erst vor wenigen Minuten über meinem Schwanz gekommen bist?«

Sie schüttelt den Kopf, ein kleines Lächeln umspielt ihre Lippen. »Hör auf, mich zu hänseln. Du weißt, was ich meine.«

Ich beschließe, den Spieß umzudrehen, sodass ich derjenige bin, der Fragen stellt, nicht sie. »Was willst du denn sonst noch wissen?« Ich breite die Arme zu einer hilflosen Geste aus. »Da gibt es nicht viel. Ich bin ein ziemlich langweiliger Typ.«

»Es fällt mir schwer, das zu glauben.« Sie zieht eine ihrer fein gezeichneten Brauen hoch. »Aber ich weiß, was du meinst. Ich bin auch wahnsinnig langweilig.«

»Ach ja?« *Hallo!?* Sie hat ein aufregendes Leben, ist durch die ganze Welt gereist, hat alles Geld, das man sich wünschen kann, ist ständig in den Medien präsent. Und all das mit gerade mal fünfundzwanzig Jahren. »Erzähl mir von dem Bauchnabelpiercing«, verlange ich. Wenn wir dieses Spiel spielen wollen, muss sie als Erste mit Informationen rausrücken.

»Was willst du darüber wissen?« Sie blickt kurz auf ihren Bauch, ehe sie sich wieder mir zuwendet.

»Wie alt warst du, als du es hast machen lassen? Und warum hast du es gemacht?«

»Ich war sechzehn«, sagte sie leise, und ich komme einen Schritt näher, um sie besser hören zu können. »Ich habe es gemacht, um meinen Dad zu ärgern.«

»Hat es funktioniert?«

»Oh, ja. Er hat getobt. Mich zu Hausarrest verdonnert, obwohl das nichts nutzte. Ich habe mich trotzdem aus dem Haus geschlichen und meine Freunde getroffen.« Sie wird ein wenig rot, und ich wundere mich, dass ich sie zum Erröten bringen kann. »Es war dumm. Und das Piercing hat höllisch wehgetan. Es hat sich entzündet, weil ich mich anfangs nicht richtig darum gekümmert habe. Ich hatte keine Ahnung, worauf ich mich da eingelassen habe. Das war eine echt bescheuerte Aktion.«

»Typische Teenagerrebellion, würde ich sagen.« Ich halte kurz inne. »Trotzdem hast du es immer noch.«

»Es gefällt mir«, erwidert sie achselzuckend. »Und es macht Spaß, nach hübschen Steinen zu suchen und sie je nach Stimmung auszuwechseln.«

»Mir gefällt es auch«, sage ich lächelnd. »Es ist sexy.« Ich liebe es, die an dem Goldring hängenden Steine mit der Zunge anzutupsen und dabei zu fühlen, wie ihr Bauch zu zittern beginnt.

Ihre Wangen werden noch röter. Wahrscheinlich erinnert sie sich gerade daran, wie gern ich damit spiele. »Okay, du bist dran.«

»Ich?«, frage ich entgeistert und tippe mir auf die Brust.

»Ja. Ich habe dir gerade ein klein wenig von mir erzählt, und jetzt musst du mir ein klein wenig von dir erzählen.«

»Was willst du wissen?«, frage ich argwöhnisch. Obwohl ich nur nach ihrem Bauchnabelpiercing gefragt habe, sind wir sofort auf eine persönliche Ebene gelangt. Und das könnte auch passieren, wenn sie mich etwas fragt. Das gefällt mir nicht.

»Dein Tattoo.« Sie streckt die Hand aus, streicht über meinen Bizeps. »Wann hast du es dir stechen lassen?«

»Nach meiner Rückkehr aus Afghanistan.« Ich hole tief Luft, und meine Lungen weiten sich wie immer, wenn ich über den Militärdienst dort spreche.

Im Lauf der Jahre habe ich von Therapeuten und besorgten Verwandten immer wieder gehört, es sei nicht gut, die Erinnerungen in mir zu verschließen, aber … Wer zum Teufel will schon über Tod und Zerstörung sprechen? Über einen unnötigen Krieg und den Tod unschuldiger Menschen? Den Tod von Soldaten und starken Männern und Frauen, die für ihr Land kämpften?

Und dass ich mir die Schuld am Tod vieler meiner Freunde gebe? *Scheiße*, das ist nicht witzig. Es ist schrecklich. Deprimierend. »Ich habe es mir machen lassen, damit ich die Freunde nie vergesse, die ich dort verloren habe«, erzähle ich und bemerke das leichte Zittern in meiner Stimme. Ich frage mich, ob es ihr aufgefallen ist.

Ich hoffe, nicht.

»Oh.« Ein trauriger Ausdruck tritt in ihre Augen, und sie streichelt mich sanft am Arm. »Das tut mir leid.«

»Tja, so ist das Leben«, sage ich und bedaure die flapsige Bemerkung sogleich. »Wir sollten langsam zum Jeep zurückgehen. Es ist schon spät.«

»Ja. Klar.« Sie nickt, nimmt die Hand von meinem Arm, und sogleich vermisse ich ihre Berührung. »Gehen wir.«

Auf dem Rückweg geht sie hinter mir, beschwert sich kein einziges Mal, obwohl der Aufstieg steil ist und der Boden uneben. Sie sagt auch nichts, und nach einer Weile bereitet mir ihr Schweigen Unbehagen. Ich frage mich, was ihr wohl durch den Kopf geht. Ob sie es bedauert, mit mir zusammen zu sein.

Und ich frage mich auch, warum zum Teufel ich überhaupt so etwas denke, wo ich doch weiß, dass ich mit Lily gar nicht zusammen sein dürfte. Ich sollte irgendetwas richtig Fieses sagen, um sie zu vertreiben. Mich so schäbig verhalten, dass sie sich wünscht, mir nie begegnet zu sein.

Aber das tue ich nicht. Ich bringe es einfach nicht fertig, so viele Argumente auch dafür sprechen.

»Und woher kommst du?«, frage ich aus heiterem Himmel, woraufhin sie abrupt stehen bleibt. Das weiß ich, weil ich hinter mir ihre Schritte nicht mehr höre. Ich drehe mich um und sehe, wie sie mich mit offenem Mund anstarrt. »Was ist los?« Vermutlich gefällt ihr meine Frage nicht, aber scheiß drauf. Ich möchte herausfinden, ob sie mir gegenüber offen ist.

»Ich …« Sie schüttelt den Kopf, wirft mir ein falsches Lächeln zu. »Hast du etwas gesagt?«

»Ja, ich habe dich gefragt, woher du kommst.« Gespannt warte ich auf die Lüge, die kommen muss. Ausgeschlossen, dass sie die Frage ehrlich beantwortet. Ich wünsche mir fast, dass sie mich anlügt, damit ich meine eigene Falschheit rechtfertigen und alle Schuldgefühle von mir weisen kann. Ich belüge sie? Ich täusche sie? Pah, sie ist keinen Deut besser.

»Aus New York.« Ihr Lächeln schwindet. »Da bin ich zur Welt gekommen und aufgewachsen.«

Sie hält sich also an die Wahrheit. Da fühle ich mich gleich noch mieser. »Ah, ein toughes Großstadtmädchen«, bemerke ich neckend, doch sie schüttelt den Kopf, winkt ab und setzt sich wieder in Bewegung. Ich gehe neben ihr her, passe mich ihrem Schritt an. »Verstehe gar nicht, was du an einem einfachen Kerl wie mir findest.«

»Bitte. Du bist alles andere als ein einfacher Kerl«, erwidert sie stirnrunzelnd. »Und ich bin kein toughes Großstadtmädchen. Eher ein verwöhntes, verdorbenes.«

»So benimmst du dich aber nicht«, sage ich und ernte dafür einen erstaunten Blick. »Das meine ich ernst. Du bist total locker und unkompliziert.« Ich habe bisher noch keinerlei Anzeichen von der verwöhnten, reichen, zickigen Göre gesehen, wie sie in den Medien beschrieben wird. Diese Presseleute scheinen sich gründlich in ihr geirrt zu haben.

»Okay, aber so ist es nun mal. Ich bin total verwöhnt. Zumindest aus Sicht meiner Familie und … aller, die mich kennen«, murmelt sie.

»Deine Mom und dein Dad finden das auch? Eigentlich wäre es doch ihre Schuld, wenn du verwöhnt bist«, bemerke ich beiläufig. Da ich ihren familiären Hintergrund kenne, bin ich neugierig auf ihre Antwort.

»Meine Mom ist gestorben, als ich klein war«, sagt sie leise. Sie sieht mich nicht an, hält den Kopf gesenkt.

»Das tut mir leid.« Jetzt fühle ich mich vermutlich ähnlich verlegen wie sie, als ich ihr von meinem Tattoo erzählte.

Sie sieht mich an, lächelt strahlend. Und verdammt unecht. »Tja, so ist das Leben, nicht wahr?«, sagt sie und wiederholt damit meine dumme Bemerkung von vorhin.

Und das nervt tierisch.

»Stimmt«, erwidere ich stoisch.

»Was ist mit deiner Familie?«, fragt sie.

»Was soll mit ihr sein?« *Scheiße*. Ich will das nicht, aber sie macht es mir so leicht. Sie erweckt in mir den Wunsch, ihr private Dinge anzuvertrauen, was total bescheuert ist. Ich darf ihr keine Informationen geben. Sie könnte sie später gegen mich verwenden.

Wenn sie herausfindet, dass ich für Pilar arbeite.

»Hast du Brüder oder Schwestern? Sind deine Eltern verheiratet oder geschieden?« Sie hält inne und platzt dann heraus: »Ich habe zwei Schwestern. Ich bin die älteste. Mein Dad hat nie wieder geheiratet, aber er hat eine Freundin, die keiner von uns ausstehen kann.«

Es verblüfft mich, dass sie so viel über sich erzählt. »Ich habe einen älteren Bruder. Meine Eltern sind noch zusammen. Mein Dad war beim Militär und ist jetzt im Ruhestand, meine Mom blieb zu Hause, um uns großzuziehen.« Ich hoffe inständig, dass das genügt, um Lily glücklich zu machen, damit dieses dämliche Frage-Antwort-Spiel endlich aufhört. Für mich ist es jetzt jedenfalls beendet. »Kommst du klar, Prinzessin? Der Weg ist ganz schön steil.«

»Schon okay.« Sie wirft mir ein zaghaftes Lächeln zu, ehe sie den Blick wieder senkt. »Es ist ziemlich schwierig mit Flip-Flops, aber ich werde es schon schaffen.«

»Verdammt!« Abrupt bleibe ich stehen, den Rücken ihr zugewandt. »Los, spring auf. Ich trage dich.«

»Auf keinen Fall. Du hast mich schon auf dem Hinweg getragen. Ich kann von dir nicht verlangen, dass du mich auch noch zurückschleppst.«

»Keine Widerrede«, sage ich streng, um ihr klarzumachen, dass jede Diskussion sinnlos ist. »Ich werde dich sowieso tragen, also lass das Gezicke.«

»Rechthaber«, murmelt sie und geht wie beim letzten Mal ein paar Schritte zurück, um Anlauf zu nehmen.

Als sie aufspringt, halte ich sie fest, die Arme in ihren Kniebeugen, während sie die schlanken Arme locker um meinen Hals legt. Sie presst kurz die Wange an meine und flüstert mir ins Ohr: »Danke, dass du mit mir so nachsichtig bist.«

»Ich trage dich gern«, versichere ich ihr. Dabei ist es eher eine raffinierte Form von Folter, wenn ich ihren weichen, verführerischen Körper überall an mir spüre.

»Das habe ich nicht gemeint, obwohl ich dir auch dafür dankbar bin.« Sie hält den Atem an, als ich mühelos ein besonders steiles Stück Weg erklimme. Bei solchen Wanderungen kommt einem eine jahrelange militärische Ausbildung sehr zugute. »Ich meinte, als ich dich nach deinem Tattoo gefragt habe. Es war wirklich nicht meine Absicht, dich in eine unangenehme Situation zu bringen.«

»Das gilt umgekehrt genauso. Aber du hast mir ehrlich geantwortet, also wollte ich auch ehrlich sein.« Und das ist die Wahrheit. Wie hätte ich ihre Frage abblocken können, wenn sie selbst mir gegenüber so offen war? Okay, es ging nur um oberflächliche Dinge. Unwichtige Themen wie Tattoos und Nabelpiercings, und trotzdem haben wir mit diesen Enthüllungen auch kleine Details aus unserem Privatleben preisgegeben.

Es waren keine großen Geheimnisse oder so, doch ich erhielt einen winzigen Einblick in Lilys geheime Welt – die Welt, zu der sie nicht jedermann Zugang gewährt. Und jetzt will ich mehr davon kennenlernen.

KAPITEL 15

Lily

Wir fuhren mit offenem Verdeck zu unserer Ferienanlage zurück. Der warme Wind blies mir durch das Haar, peitschte es mir ins Gesicht, verstrubbelte es. Ich versuchte, mit den Fingern durch die verfilzten Strähnen zu fahren, aber das war vergebliche Mühe, und so gab ich es auf. Zu mehr hatte ich sowieso nicht die Energie. Fast die gesamte Fahrt über saß ich zusammengesunken auf meinem Sitz, total geschwächt von den beiden intensiven Orgasmen, die ich dank dieses Mannes innerhalb kurzer Zeit gehabt habe. Nachdem er mich mit seinen langen, kräftigen Fingern befriedigt hatte, zog er mich ans Ufer und brachte mich mit seinem langen, dicken Schwanz noch einmal zum Höhepunkt.

Die Art, wie er mich ansah, die Dinge, die er sagte ... Allein bei der Erinnerung durchrieselt es mich. Er verfügt über meinen Körper wie kein anderer. Und ich benutze das Wort *verfügen* nicht leichtfertig. Als er sagte, dass immer er das Kommando habe, wenn er mich fickt, wurde mir richtig schwindlig. Und das nur wegen ein paar Worten, die mit dem erotischsten Knurren hervorgestoßen wurden, das ich jemals gehört habe. Ich hätte davon auf der Stelle einen Orgasmus kriegen können, und ich bin keine Frau, die leicht kommt. Normalerweise ist vorher eine Menge Anstrengung erforderlich.

Max ist anders als alle Männer, mit denen ich bisher zusammen war, und obgleich seine dominante Art mir anfangs total gegen den Strich ging, merke ich nun, dass ich mich danach beinahe … verzehre. Ich will mehr von ihm. Mehr über ihn erfahren. Bisher war alles Spaß und Spiel, bis auf die Situation, als er mich gerettet hat. Das wird mir unvergesslich bleiben. Ich bin froh, dass er da war, nicht eine Sekunde gezögert hat. Er ist einfach ins Wasser gesprungen und hat getan, was nötig war.

Wir haben viele Stunden miteinander verbracht, intensive Stunden, und dennoch habe ich das Gefühl, Max' wahren Charakter, der sich hinter der attraktiven Fassade verbirgt, kaum zu kennen. Deshalb wollte ich, dass er mir etwas über sich erzählt. Etwas Persönliches. Ich weiß, es war riskant, mich ihm zu öffnen und ihm die Art von Fragen zu stellen, die auch ich nur ungern beantworte, aber die Tatsache, dass ich bereit war, meine Bedenken in den Wind zu schießen, sagt eine Menge darüber aus, was ich für diesen Mann empfinde.

Meine Gefühle für ihn sind widersprüchlich. Verwirrend. Manchmal kann ich ihn nicht ausstehen. Aber meistens fühle ich mich unglaublich stark zu ihm hingezogen, und zwar nicht nur in sexueller Hinsicht, obwohl der Sex unleugbar eine tiefe Verbindung zwischen uns erzeugt.

Ich will mehr über ihn erfahren. Ich weiß, er kommt aus Texas, war beim Militär und hat in Afghanistan

Kameraden verloren; er ist darüber traurig, will über die Erlebnisse aber nicht sprechen.

Hat er dunkle Geheimnisse? Dämonen, die ihn verfolgen? Ist das der Grund, warum er freiwillig nichts Persönliches erzählt? Ich weiß, wie das ist. Ich habe viele Geheimnisse. Zum Beispiel in Bezug auf meine Identität und warum ich hier bin. Würde er danach fragen, könnte ich ihm nicht einmal eine richtige Antwort geben; die vage Antwort, ich sei aus New York, war bereits das Äußerste, was ich an Informationen preisgeben konnte. Hätte er nachgebohrt, hätte ich ihm vermutlich eine Lüge aufgetischt und mich dafür geschämt.

Scham ist ein Gefühl, mit dem ich mich nicht gern befasse. Und das mir nur allzu vertraut ist.

Mal ganz im Ernst: Ich kann ihm doch nicht erzählen, dass ich auf der Flucht vor der bösartigen Freundin meines Vaters bin, die es darauf abgesehen hat, mich um jeden Preis fertigzumachen. Und das könnte sie auch, wenn sie es wirklich wollte. Sie könnte Daddy davon überzeugen, den Kontakt zu mir abzubrechen. Das hat er schon einmal getan, und er weiß, wie sehr ich nach seiner Anerkennung lechze. Nach seiner … Liebe.

Ihr gehört nun seine ganze Liebe. Er ist ein Mann, der seine Liebe nicht großzügig verteilen kann. Forrest Fowler weiß nicht, wie man das macht. Er ist sparsam mit seinen Gefühlen. Er scheint sich immer nur auf eine Person konzentrieren zu können; zu mehr ist er offenbar nicht in der Lage. Im Moment ist Pilar das Zentrum seiner Zuneigung. Seine drei Kinder sind vergessen. Die Einzige, der seine Liebe gilt, ist eine hinterhältige, falsche, gefährliche Schlampe.

Mein Gott, allein bei dem Gedanken, dass sie und mein Vater ein Paar sind, würde ich am liebsten etwas zerschlagen. Oder Pilar die Haare ausreißen. Was auch immer. Mein Leben ist die reinste Seifenoper. Wer würde sich damit schon befassen wollen? Ich will es nicht, und dabei ist es *mein* Leben. Wie kann ich von einem so ... so normalen, verschlossenen Mann wie Max erwarten, sich für meine Probleme zu interessieren, wenn ich selbst ständig davor weglaufe?

Ich bin so tief in Gedanken versunken, dass ich das Geräusch zunächst gar nicht wahrnehme. Es ist das Klingeln eines Handys, und es ist nicht mein, sondern Max' Handy. Mit jäh erwachtem Interesse sehe ich ihn an, denn seit ich ihn kenne, ist dies sein erster Kontakt mit der realen Welt. *Seiner* Welt. Er wirft mir einen wachsamen Blick zu, kneift die Augen leicht zusammen, als er merkt, dass ich ihn beobachte, und mich durchläuft ein unbehagliches Gefühl. Ich richte mich auf und beobachte aus den Augenwinkeln, wie er mit dem Handy herumfummelt und auf das Display starrt, als wollte er es anschreien.

Er benimmt sich merkwürdig. Beinahe so, als hätte er ein schlechtes Gewissen. Und er lässt das Telefon klingeln, scheint das Gespräch nicht annehmen zu wollen.

In meinem Kopf schrillen sämtliche Alarmglocken.

»Willst du nicht drangehen?«, frage ich in trügerisch sanftem Ton. In Wahrheit würde ich ihn am liebsten anbrüllen. Ihn auffordern, das Gespräch anzunehmen, damit ich weiß, wer der Anrufer ist. Auch wenn mich das einen Scheiß angeht.

Geh dran, Arschloch.

Ich presse die Lippen zusammen, damit ich nicht irgendwelche Beleidigungen ausstoße.

Das Klingeln hört auf, und Max wirkt erleichtert, was mich nur noch misstrauischer macht. Er schmeißt sein Handy in das Fach der Mittelkonsole, wo es zwischen uns liegt, uns trennt. Ein schlechtes Gewissen auf der einen Seite, Misstrauen auf der anderen. »Es war bestimmt nichts Wichtiges. Die werden schon eine Nachricht hinterlassen.«

Die. Nicht er oder sie. Jetzt bin ich total alarmiert. Vor allem, als das Telefon erneut zu klingeln beginnt. Max zieht eine Grimasse, wirft einen finsteren Blick auf die Mittelkonsole und wendet seine Aufmerksamkeit wieder der Straße zu. Er umklammert das Lenkrad fest mit beiden Händen, atmet geräuschvoll aus, greift dann mit einem leisen Fluch nach dem Handy, drückt die grüne Taste und presst es an sein Ohr.

Ich halte den Atem an, und ein beklommenes Gefühl beschleicht mich, während ich mit gespitzten Ohren abwarte, was er zu der Unterhaltung beisteuern wird. Ich bemühe mich, gelassen zu wirken, aber ich bin angespannt. Er ist angespannt.

Das wird kein gutes Ende nehmen.

Ich höre eine Stimme. Dem hohen, fast kreischenden Klang nach sehr wahrscheinlich die Stimme einer Frau. Sie ist wütend. Ich verstehe zwar nicht, was sie sagt, aber ich höre die Wut in ihrer Stimme, die mir irgendwie bekannt vorkommt, ohne dass ich sie einordnen könnte.

»Ich bin an der Sache dran«, stößt Max knapp zwischen den Zähnen hervor. Er wirkt wütend, sieht kein einziges Mal zu mir herüber, sondern hält den Blick stur auf die Straße gerichtet. Ich sollte froh darüber sein. Einen Unfall kann ich jetzt echt nicht brauchen.

Trotzdem hätte ich es gern, dass er in meine Richtung blickt und eine stumme Entschuldigung formuliert. Dass er die Hand auf mein Knie legt und es beruhigend drückt. Irgendetwas, was mir meinen Argwohn nimmt. Denn ich habe das Gefühl, dass er etwas vor mir verbirgt, etwas im Schilde führt.

Das macht mir Angst.

»Ich sagte doch, ich würde anrufen ...« Er wird durch lautes Gekeife unterbrochen, und seine bebenden Nasenflügel und sein zusammengepresster Mund verraten, wie es in ihm kocht. Aber schweigend läst er diese verbale Attacke über sich ergehen, und mich würde brennend interessieren, wer diese Frau ist, der er erlaubt, derart unverschämt mit ihm zu reden.

Ich mag ihn vielleicht nur oberflächlich kennen, aber ich kenne ihn gut genug, um zu wissen, dass er nicht der Typ Mann ist, der so mit sich umspringen lässt. Er hat immer die Führung inne, ist immer Herr der Lage. Auch wenn er keine Anweisungen gibt, strahlt er eine tiefe Gelassenheit aus, ein ruhiges Selbstvertrauen, das davon kündet, dass er weiß, wer er ist und was er will.

»Ich bin gerade beschäftigt«, stößt er hervor, als die Frau ihre Tirade schließlich beendet. »Ich rufe zurück, sobald ich wieder im Hotel bin.« Sie beginnt wieder zu lamentieren, und diesmal fällt er ihr ins Wort. »Ja, werde ich«, sagt er, reißt sich das Handy vom Ohr, als könnte es ihn beißen, drückt auf die rote Taste und wirft es wieder in das Fach der Mittelkonsole.

Ein angespanntes Schweigen tritt ein, die Minuten

dehnen sich endlos, und ich zögere, weiß nicht, wie ich das in der Luft liegende Thema anschneiden soll. Würde es am liebsten gar nicht anschneiden. Jeden anderen Typen würde ich sofort zur Rede stellen. Mit ihm streiten. Ihm vorwerfen, dass er mich hintergeht, mich anlügt, mich betrügt, sich verdächtig verhält, weil … Herrgott, ja, im Moment verhält Max sich absolut verdächtig, und das mag ich nicht. Meine unsichtbaren »Achtung, Betrüger!«-Antennen sind ausgefahren, denn ich habe ein Gespür für Falschheit. Wobei Max und diese andere Person sich ziemlich eindeutig verhielten.

Vielleicht nehme ich so etwas auch wahr, weil ich selbst kein Engel bin. Vor langer Zeit schon habe ich irgendwann mal gemerkt, dass ich mich zu leichtlebigen, verantwortungslosen Typen hingezogen fühle, die genauso sind wie ich. Oberflächlich, unverbindlich. Hauptsache Party und Spaß. Genau das entspricht – oder entsprach zumindest bisher – meinem Verhaltensmuster.

Ich dachte, Max sei anders. Ich glaubte, ich sei ein wenig zu ihm durchgedrungen. Und ich hoffte, ich könnte mit ihm zusammen vielleicht auch anders sein.

Aber vielleicht kann ich das nicht.

Schließlich halte ich das angespannte Schweigen nicht länger aus. »Alles okay?«, frage ich.

Er antwortet nicht sofort, und ich kann fast sehen, wie es in seinem Hirn rattert, während er nach einer Erklärung sucht. »Ja«, sagt er dann. »Alles in Ordnung.«

Mehr sagt er nicht. Ich starre ihn an, versuche ihn

mit all meiner Willenskraft zu zwingen, in meine Richtung zu sehen, aber es gelingt mir nicht.

Sein schlechtes Gewissen steht ihm überdeutlich ins Gesicht geschrieben, ist in seiner Miene zu sehen, seinen Augen, seiner gottverdammten Haltung. *Scheiße*. Mit so etwas hatte ich nicht gerechnet. Ich bin im Urlaub. Irgendwie. Dies sollte eine flüchtige Geschichte sein. Ein Urlaubsflirt. Warum bin ich dann so außer mir?

Warum ist mir das wichtig? Warum will ich … mehr?

»Wer war das?«, frage ich etwas zu laut, etwas zu scharf. Ich klinge wütend. Doch das ist mir scheißegal.

»Niemand Wichtiges.« Er wiederum klingt sauer. Auf mich? Auf sich selbst?

So einfach lasse ich mich nicht abspeisen. »Für mich hörte sie sich ziemlich wichtig an. Sie war stinksauer auf dich. Was hast du denn angestellt?«

Er blinkt, bremst ab und biegt in die Straße ein, die zum Hotel führt. »Glaub mir Lily, das willst du nicht wissen.«

»Glaub ich dir gerne«, fauche ich und werde am ganzen Körper stocksteif, als er mich endlich ansieht. In seinem Blick liegt etwas, was mir nicht gefällt.

Wachsamkeit. Unsicherheit. Und ein mit beiden Händen greifbares schlechtes Gewissen.

»Wenn du eine Freundin hast oder verheiratet bist oder was auch immer …« Ich halte inne, hole tief Luft, bin schockiert, wie weh mir diese Worte und ihr potenzieller Wahrheitsgehalt tun. »… ist jetzt wohl der Zeitpunkt gekommen, es zuzugeben«, beende ich den Satz und verschränke die Arme. Mein Herz pocht so heftig, dass ich fürchte, Max könne es unter meinem dünnen Tanktop klopfen sehen.

Wieder sagt er nichts, und ich würde ihn am liebsten schlagen, ihn ankreischen, mich wie die Frau am Telefon aufführen. Aber ich tue es nicht. Alles, was ich fühle, ist ... eine gewisse Gekränktheit. Empörung.

Scham. Darüber, dass ich womöglich ein Seitensprung bin, eine heimliche Affäre.

»Ich habe keine Freundin«, sagt er müde, sieht mich jedoch nicht an. Er umfasst das Lenkrad so fest, dass die Knöchel weiß hervortreten. »Und ich schwöre, ich bin auch nicht verheiratet, Lily. Es ist, nun ja ... kompliziert.«

»Kompliziert«, wiederhole ich. Ich hasse dieses Wort aus vollem Herzen. Das Leben ist kompliziert. Alles ist verdammt kompliziert. So ist das nun mal. Wenn Leute das als Ausrede benutzen, als Grund dafür, warum irgendwas blöd läuft oder nicht zu erklären ist, geht mir das gehörig auf den Geist.

Für mich ist dieses Wort *kompliziert* eine einzige riesige, dumme Ausrede. Dieselbe Ausrede, die ich Rose gegenüber benutzt habe, als ich auf Maui ankam.

Echt. Dieses Wort kotzt mich an.

»Ja.« Er atmet vernehmlich aus und fährt weiter in Richtung Hotel. »Es ging um beruflichen Kram. Nichts Besonderes.«

Nichts Besonderes. Als würde ich einen Riesenwirbel um nichts veranstalten. Und vielleicht tue ich das ja, aber das macht die Sache für mich nicht besser. Er benimmt sich wie ein Riesenarschloch, und ich benehme mich wie eine eifersüchtige Zicke. Wie zum Teufel komme ich dazu, derart bescheuert zu reagieren? Ich bin erwachsen. Ich wusste, worauf ich mich eingelassen habe. Außerdem habe auch ich meine Geheimnisse.

Wahrscheinlich hatte ich nicht erwartet, dass auch er seine kleinen Geheimnisse hat. »Was arbeitest du überhaupt?«, frage ich. Ich will es wissen. *Muss* es wissen.

Keine Antwort. *Arschloch.*

Als wir die Hotelzufahrt erreichen, drosselt er das Tempo. Er muss höllisch aufpassen, um nicht einen der zahlreichen Angestellten anzufahren, die vor dem Hotel herumwuseln, bereit, uns zu helfen und jeden unserer Wünsche zu erfüllen. Ihre übertriebene Beflissenheit nervt mich, vor allem jetzt. Ich möchte allein sein. Ich brauche keinen hübschen Jungen, der mir lächelnd die Tür aufmacht. Ich brauche keinen Strahlemann, der mich mit einem heiteren *Aloha* begrüßt und fragt, wie mein Nachmittag war. Wie würde er wohl reagieren, wenn ich ihm eine ehrliche Antwort gäbe?

Also am Anfang war alles wunderbar. Ich hatte eine abenteuerliche Fahrt durch den hawaiianischen Dschungel, habe gelacht und gekreischt und war total angetörnt davon, wie sicher Max fährt. Ich hatte einen kleinen Streit mit ihm, ehe er mich an einem Wasserfall gevögelt und mir zwei Orgasmen beschert hat. Es war so toll, dass ich tatsächlich Sterne sah, und das am helllichten Tag. Tja, und dann bekam dieses Arschloch hier einen Anruf »von der Arbeit«, und das hat alles kaputtgemacht.

Ich presse die Lippen zusammen, sage kein Wort und blicke auch nicht in Max' Richtung. So ist es leichter. Schweigend hält er den Jeep an, stellt den Motor ab, und während ein Angestellter mir die Tür öffnet, steigt Max aus und drückt einem anderen Angestellten den Schlüssel in die Hand, damit dieser sich weiter um den Jeep kümmert.

Mein früheres Hochgefühl ist völlig verschwunden. Der euphorische, fast tranceartige Zustand, in dem ich mich nach meinen Orgasmen befand, ist längst Vergangenheit. Die Dinge, die wir uns erzählt haben? Null und nichtig. Ich bin wütend. Irritiert. So einen Scheiß brauche ich nicht. Ich brauche keine *komplizierten* Typen, die in *komplizierte* Beziehungen verstrickt sind. Das Telefonat soll mit seiner Arbeit zu tun gehabt haben?

Klar doch.

Ohne ein Abschiedswort gehe ich hocherhobenen Hauptes auf den Hoteleingang zu. Ich blicke mich nicht um. Ich will Max nicht sehen. Ich wüsste gar nicht, was ich sagen sollte, wenn er mich aufhalten würde, um mit mir zu reden.

»Lily!«, ruft er mir nach, und ich zögere, würde mich gern zu ihm umdrehen. Würde gern in seine geöffneten Arme rennen und mir süße Lügen ins Ohr flüstern lassen.

Alles wird gut. Der Anruf hat nichts zu bedeuten. Sie hat nichts zu bedeuten.

Nur du bist mir wichtig.

Ich bin so dumm, dass ich mir so etwas vorstelle. Als wäre das hier ein Märchen und ich hätte gerade meinen Prinzen gefunden. Dabei ist er in Wahrheit leider ein Frosch. Ich bin albern, aber ich kann nicht anders. Ich mag dieses Arschloch einfach.

Wahrscheinlich viel zu sehr.

Langsam drehe ich mich um und entdecke, dass er

direkt hinter mir steht, einen gequälten Ausdruck im Gesicht. »Ich muss ein Telefonat führen. Mich um ein paar Sachen kümmern.«

Ich nicke steif, hebe das Kinn, presse die Lippen zusammen. Emotionen drohen mich zu überwältigen, ungewohnte Emotionen, die ich unbedingt verdrängen möchte. Meine Lippen zittern, meine Augen brennen, und ich blinzele einige Male. Ich wurde zurückgewiesen. Zugegeben, nicht zum ersten Mal. Obwohl ich den Typen normalerweise zuvorkomme.

Und ganz gewiss nicht zum letzten Mal. Ich hatte mein Leben lang mit Ablehnung zu kämpfen.

Danke, Daddy.

»Vielleicht ... sehen wir uns später?« Er hört sich fast hoffnungsvoll an, was auch in mir wieder ein kleines Flämmchen Hoffnung aufflackern lässt. Doch ich ersticke das Flämmchen und sage dieser ganzen sinnlosen Hoffnung, sie solle sich zum Teufel scheren.

»Vielleicht.« Ich zucke die Achseln, trete ein paar Schritte zurück. Ich muss schleunigst weg von ihm. So nah bei ihm, kann ich ihn riechen, ihn ansehen. Sein Haar ist vom Wind zerzaust, und ich erinnere mich daran, wie weich es sich anfühlt. Wie seidig, wenn ich die kurzen Strähnen um meine Finger wickle. Und die dunklen Stoppeln an seinen Wangen und seinem Kinn, wie rau sie sind. Wie sehr ich das Gefühl seiner Stoppeln an meiner Haut mag. Seine Hände sind groß und wissen genau, wie sie mich anfassen sollen, kennen all die richtigen Stellen. Stellen, von deren Existenz ich bis dahin nicht einmal wusste. Sein Mund, diese weichen, warmen Lippen, diese heiße, gierige Zunge ... »Oder vielleicht auch nicht.«

Max runzelt die Stirn, und bei dem Anblick fühle ich eine seltsame Befriedigung. Ich möchte ihn genauso verletzen wie er mich. Oder ihn wütend machen. Es ist einfacher, wenn wir beide wütend sind. Dann ist der Schmerz verdeckt, und ich kann mich ganz auf meinen Zorn konzentrieren. »Sei nicht so, Lily«, sagt er mit leiser, aber fester Stimme.

Abrupt bleibe ich stehen, bin so angepisst, dass ich schreien möchte. Toben und um mich schlagen. »Wie genau soll ich denn nicht sein? Misstrauisch? Unsicher? Sauer, weil du behauptest, der Anruf der Frau sei beruflicher Natur gewesen, und du mir nicht mal sagen willst, was du beruflich machst?«

Er kommt einen Schritt näher, greift nach meinem Arm, doch ich ziehe den Arm weg. »Du siehst das falsch. Meine Arbeit ist … vertraulich. Ich kann darüber nicht sprechen.«

»Oh, verstehe. Du kannst mir nicht sagen, was du beruflich machst, aber du kannst mich am helllichten Tag an einem Wasserfall ficken, wo jeder uns sehen kann. Das ist wirklich großartig«, erwidere ich sarkastisch. Am liebsten würde ich ihm eine knallen und ihm sagen, er solle sich verpissen.

»Schrei nicht so«, murmelt er und sieht sich um, als fürchtete er, jemand könnte uns hören, aber ich bin so geladen, dass mir das piepegal ist. Erneut greift er nach meinem Arm, hält mich diesmal fest und zieht mich, ungeachtet meines Sträubens, an sich. »Warum bist du so wütend?«

»Warum bist du nicht ehrlich?«, kontere ich und fühle mich sofort schuldig. Ausgerechnet ich schwinge mich zum Richter über ihn auf. Seit wir uns auf dieser dummen Insel begegnet sind, habe ich ihn permanent irgendwie getäuscht. Er weiß nicht, wer ich wirklich bin oder warum ich hier bin.

Er mustert mich mit düsterem Blick, und ich schwöre, es fühlt sich an, als würde er mich durchschauen. All die Lügen sehen und die Fassade, die ich errichtet habe, damit niemand mein wahres Ich entdeckt. Ich habe diese Mauer immer um mich herum, aber jetzt – jetzt ist sie gerade doppelt so dick und absolut unüberwindbar.

»Ich glaube nicht, dass du gern die Wahrheit hören würdest«, sagt er, und sein schleppender Südstaatensingsang lullt mich ein, gibt mir trotz der hässlichen Worte ein warmes Gefühl. »Ich glaube, dir sind die hübschen kleinen Lügen, die wir uns alle erzählen, weitaus lieber, stimmt's?«

Unter seinem wissenden Blick sinkt mir der Mut. »Ich mag Lügner nicht«, flüstere ich.

»Ich auch nicht. Normalerweise«, erwidert er, lässt mich los und schiebt mich ein Stück von sich, als könnte er mich gar nicht schnell genug loswerden. Mir gefällt seine Wortwahl nicht, die versteckte Andeutung, die dahinterliegt.

Ich auch nicht. Normalerweise.

Spielt er auf mich an? Weiß er, dass ich ... irgendwie die ganze Zeit lüge? Obwohl ich ihm gegenüber aufrichtig war. Ich wollte mich ihm öffnen. Er ist derjenige, der so verschlossen war.

»War es das dann?«

Verwirrt blinzele ich. «Was meinst du?»

»Dies hier? Mit uns? Du bist sauer, und du glaubst mir nicht. Ist es also vorbei? Bist du fertig mit mir?«

»Ich ...« Ich weiß nicht, was ich denken, was ich sagen soll. Ich kann ihn nur wie eine Idiotin anglotzen. Er tut so, als hätten wir eine Art Beziehung und als könnte er nicht glauben, dass ich Schluss machen will. Ganz schön verwirrend.

»Gut.« Seine Miene wird verschlossen, und das war es dann. Er hat seine eigenen Mauern hochgezogen, massiv und hoch. Mauern, über die ich wahrscheinlich niemals drüberkäme. »Bis irgendwann«, murmelt er, dreht sich um und geht.

Ich sehe ihm nach, würde ihn gern beim Namen rufen, ihn bitten zurückzukommen. Ihn bitten, noch eine Nacht mit mir zu verbringen. Es ist verrückt, wie eine kleine Sache alles verändert hat. Vor noch nicht einmal einer Stunde war ich mit Max nackt an einem Wasserfall, sein Mund an meiner Brustwarze, seine Hand zwischen meinen Beinen, sein Schwanz schwer und drängend an meinem Oberschenkel. Ich bat ihn, in mich einzudringen, mich zu ficken, wisperte unentwegt seinen Namen, zauste sein Haar, drängte mich ihm entgegen.

Und jetzt geht er weg, ohne sich noch einmal umzusehen. Seine Schultern sind steif, sein ganzer Körper bebt vor Zorn. Ich habe es kaputtgemacht. Er hat es kaputtgemacht mit diesem dummen Telefongespräch und der kreischenden Frau und seiner Weigerung, mir Auskunft zu geben.

So einen Mann brauche ich nicht. Keine Frau braucht das. Er bringt nichts als Ärger mit sich.

Genauso wie ich. Ich scheine irgendwie ein Händchen dafür zu haben.

KAPITEL 16

Max

Es wird Zeit zu handeln. Ich muss mich zusammenreißen und Lilys Vertrauen vorübergehend zurückgewinnen. Mich bei ihr einschmeicheln, sie umgarnen, ihr sagen, wie leid es mir tut, ein paar Lügen erfinden, mit ihr ins Bett gehen, sie bis zur Besinnungslosigkeit ficken und mir dann endlich diesen verdammten Laptop schnappen und von dieser Scheißinsel verschwinden.

Das ist mein Plan. Heute Abend werde ich ihn umsetzen.

Ich bin mit einem One-Way-Ticket nach Maui gereist, da ich keine Ahnung hatte, wie viel Zeit ich benötigen würde, also habe ich gestern gleich nach der Rückkehr in mein Hotelzimmer bei der Fluglinie angerufen und den frühesten Flug gebucht, den ich kriegen konnte. Ich werde höllisch lange am L.A. International Airport abhängen müssen, ehe der Anschlussflug nach Hause startet, aber egal. Eine andere Wahl hatte ich nicht.

Pilar Vasquez hat meinen ursprünglichen Plan zunichtegemacht.

Das Miststück hat mit ihrem Anruf alles vermasselt. Und ich habe es vermasselt, weil ich so blöd war, ans Handy zu gehen. Das war ein Fehler. Statt das

Klingeln zu ignorieren und mir mit Lily einen schönen Abend mit viel Sex zu machen, habe ich das Scheißgespräch angenommen, weil ich Angst hatte, die Frau würde es immer weiter probieren …

Zum Glück habe ich sie nicht unter ihrem richtigen Namen in meiner Telefonliste gespeichert. Ich habe ihr einen falschen Namen verpasst, Patty Villa, weil ich das bei Klienten immer so mache. Mein Handy ist zwar passwortgeschützt, aber ich sichere mich gern mehrfach ab.

Pilar hat mir ein Ultimatum gestellt. Und ich hasse Ultimaten aus tiefstem Herzen. Ihrem Ton konnte ich jedoch entnehmen, dass sie es ernst meinte. Erst schrie sie herum, aber dann senkte sie die Stimme, wurde ruhig und sachlich und drohte mir ganz unverhohlen. Bei ihren Worten stellten sich mir die Nackenhaare auf.

Frauen machen mir keine Angst. Verdammt, mir macht niemand wirklich Angst. Doch was sie sagte, erschreckte mich – und ließ mich um Lilys Sicherheit fürchten.

Ich werde es ihr erzählen. Ich werde ihr eine SMS senden und ihr sagen, dass ich Sie auf sie angesetzt habe. Dass Sie ein falsches Spiel spielen. Ich werde Ihre Tarnung auffliegen lassen. Den Laptop kann ich mir auch ohne Sie beschaffen. Ich werde jemand anderen engagieren. Jemanden, der gewiefter ist als Sie. Skrupelloser. Jemanden, der den verdammten Job erledigt.

Das war es. Ich konnte das nicht riskieren. Die Frau kennt keine Grenzen, kein Bedauern, hat kein Gewissen. Was, wenn sie jemanden anheuert, der entschlossen ist, sich den Laptop und die darin gespeicherten

Informationen um jeden Preis zu holen? Auch mit Gewalt, wenn es sein muss?

Ich mag vielleicht ein Arschloch sein, weil ich Lily benutze, aber ich würde ihr niemals körperlich schaden.

Und emotional? Tja, das ist mir bereits gelungen. Und ich bin nicht stolz darauf.

Nachdem ich meinen Flug gebucht und ein paar wichtige Telefongespräche geführt hatte, schrieb ich Pilar eine SMS, in der ich ihr mitteilte, ich würde binnen vierzig Stunden in New York sein und ihr das Gewünschte mitbringen. Sie rief nicht an, sondern schickte mir per SMS statt der üblichen Beleidigungen und Nörgeleien ein simples **GUT**.

Nur das. *Gut*. Doch an der Sache fühlt sich nichts gut an.

Gar nichts.

Die halbe Nacht wälzte ich mich schlaflos im Bett herum, überlegte, was ich tun sollte, um vor Lilys Augen wieder Gnade zu finden, doch mir wollte partout nichts einfallen. Sie war so sauer. Schlimmer noch, sie wirkte traurig. Verletzt. Als hätte ich sie enttäuscht, was ja auch stimmte. Meine klägliche Ausrede, meine Arbeit sei vertraulich und es sei kompliziert, hörte sich selbst für mich verdammt lahm an. Mit brennenden Augen starrte ich an die Decke und überlegte hin und her, was ich hätte anders machen können.

Irgendwann muss ich dann doch eingeschlafen sein, und als ich aufwachte, knallte die Morgensonne durch die Glastür herein – ich Idiot hatte vergessen, den Vorhang zuzuziehen – und machte aus mir einen Vampir. Ich zischte, kniff die Augen zusammen, verfluchte das Licht und hob die Arme schützend vor die Augen, was mich an Lily erinnerte, als sie gestern Morgen wach geworden war.

Scheiße. Lily. Bloß an sie zu denken tat schon weh.

Ich ging unter die Dusche, wichste halbherzig, um mir Erleichterung zu verschaffen, aber ich war nicht bei der Sache, und so gab ich es auf.

Mein Schwanz hatte einen eigenen Willen, und er wollte nur Lily.

Nachdem ich geduscht und meine nächsten Schritte geplant hatte, warf ich die wenigen Sachen, die ich nach Maui mitgenommen hatte, in den Koffer und stellte ihn neben die Tür. Dann ging ich ins Hotelrestaurant, um zu frühstücken, setzte mich an einen etwas abseits gelegenen Tisch, checkte meine E-Mails, tätigte ein paar Anrufe und bemühte mich, möglichst beschäftigt und unauffällig zu wirken.

Niemand soll sich an mich erinnern können.

Lily war und ist auch jetzt nirgendwo zu sehen, und ich bin enttäuscht, doch ich muss realistisch sein. Die Ferienanlage ist riesig groß, voller Paare und Singles, die sich um den Pool scharen oder die Restaurants und Bars bevölkern; die das Gelände durchstreifen, joggen, zum Strand gehen. Und alle wollen sie Sex, entweder mit der Person, die sie begleitet, oder mit einer neuen Bekanntschaft. Einem fremden Menschen, mit dem sie einen heißen Urlaubsflirt genießen können und den sie sofort wieder vergessen, sobald sie in der Wirklichkeit zurück sind.

Doch trotz des ganzen Trubels und der vielen Menschen haben wir einander immer gefunden, ob am Strand oder in diesem Club. Als gäbe es eine Art

Magnetfeld zwischen uns, das uns zueinander hinzieht, ohne dass wir es überhaupt merken.

Vielleicht habe ich es verpatzt. Das Kraftfeld zerstört, indem ich Lily bewusst verletzte. Das bedaure ich zutiefst. Ich … vermisse sie. Was völlig beknackt ist, weil ich sie gar nicht richtig kenne, und das Wenige, was ich von ihr kenne, darf ich nicht mögen. Sie wirft mir vor, Dinge zu verheimlichen, zu lügen, obwohl sie selbst die größte Lügnerin überhaupt ist. Ich soll nicht wissen, dass sie Lily Fowler ist. Sie ist wahrscheinlich eine der reichsten Personen, die gegenwärtig in diesem absurd teuren Hotel Urlaub machen, aber sie lässt ihren Reichtum nicht heraushängen. Hier ist sie ganz anders als die Lily Fowler, die regelmäßig in der Klatschpresse auftaucht. Das berühmte Partygirl, das feiert, trinkt, flirtet, zu viel Geld ausgibt und zu viele Probleme verursacht. Ein totales Wrack, so hat die Presse sie mehr als einmal genannt.

Im Moment fühle eher ich mich wie ein Wrack.

Ich gehe an den Pool und halte automatisch weiter nach Lily Ausschau. Aus irgendeinem Grund ist es hier heute besonders voll, und ich habe Mühe, noch eine freie Liege zu ergattern. Ich werfe mein Handtuch darauf und lasse mich nieder. Ein paar Liegen weiter sitzen zwei Frauen, die mich mit unverhohlenem Interesse mustern, aber ich ignoriere sie.

Es gibt nur eine Frau, die ich sehen will, und die ist nicht da.

Ein Kellner kommt herbeigeeilt, nimmt meine Getränkebestellung entgegen, und danach lehne ich mich zurück, setze meine Sonnenbrille auf und lasse den Blick schweifen. Es sind vorwiegend Leute meines

Alters hier, und trotz des frühen Nachmittags fließt der Alkohol bereits in Strömen. Ich suche Lily, wünschte, sie würde hierherkommen, aber vielleicht ist sie abgetaucht. Vermutlich geht sie mir bewusst aus dem Weg, und das kann ich ihr nicht verdenken. Ich habe es verpatzt. Und zwar ganz gewaltig. Wenn ich sie nicht finde, um mit ihr zu reden und sie davon zu überzeugen, dass ich gar kein so schlechter Kerl bin, werde ich wohl oder übel in ihren Bungalow einbrechen und diesen gottverdammten Laptop klauen müssen. Was jederzeit danebengehen kann, sodass ich das lieber vermeiden würde.

Nach einiger Zeit werde ich unruhig. Ich bin sauer, dass ich Lily noch nicht entdeckt habe. Und ich würde sie echt gern in einem dieser superknappen Bikinis sehen, die sie zu bevorzugen scheint. Der Kellner taucht auf, stellt meinen Eistee auf den Tisch neben meinem Liegestuhl, erkundigt sich, ob ich noch etwas wünsche, und eilt dann weiter, um sich um das leibliche Wohl der anderen Gäste zu kümmern.

»Hey, Cowboy.«

Beim Klang der vertrauten Stimme fahre ich ruckartig hoch und starre Lily an, die vor meiner Liege steht, die Hände auf den Hüften, ein verschmitztes Lächeln im Gesicht. Als hätte ich sie kraft meiner Fantasie vor mir erstehen lassen. Und sie scheint auch gar nicht mehr böse auf mich zu sein, was seltsam ist.

Und beunruhigend.

»Cowboy?«, frage ich und ziehe eine Braue hoch.

»Eher nicht.«

Sie zuckt die hübschen, nackten Schultern, auf

denen sich ein leichter Sonnenbrand abzeichnet. »Du bist gestern wie ein wilder Cowboy gefahren, deshalb finde ich den Ausdruck passend, auch wenn er dir nicht zusagt.«

»Ich hatte nie viel von einem Cowboy an mir«, sage ich, obwohl ich es mag, wenn sie mich so nennt. Sehr sogar.

Wahrscheinlich zu sehr.

Sie sieht mich an, und ich erwidere ihren Blick. Ich kann ihr den inneren Konflikt ansehen, erkenne es an der Art, wie sie mit den Füßen scharrt, sich eine störrische Strähne hinters Ohr streicht und sich umblickt, auf der Suche nach ... einer Fluchtmöglichkeit?

Ich mache sie nervös.

Und sie macht mich nervös.

»Ach, sag das nicht«, antwortet sie schließlich in täuschend gleichmütigem Ton. In ihren Augen steht ein herausforderndes Funkeln, das mir verrät, dass sie etwas vorhat. »Ich finde, du reitest mich sehr gut und sehr gekonnt.«

Leider bin ich genau in diesem Moment dabei, einen Schluck Eistee zu trinken, und ersticke beinahe daran. Der Tee läuft mir in die Luftröhre, und ich kriege einen Hustenanfall, der sicher eine halbe Minute dauert, was eindeutig zu lang ist.

»Alles okay?«, fragt sie, als ich mich wieder gefangen habe.

Ich wische mir mit der Hand über den Mund, nicke und komme mir wie ein Trottel vor. »Ja. Du hast mich ... bloß geschockt.«

»Schlechte Wortwahl?« Kokett neigt sie den Kopf zur Seite, wartet auf meine Antwort.

»Interessante Wortwahl«, entgegne ich. »Überraschend.«

»Wie das?« Sie sieht mich scharf an, und ich werde immer nervöser. Ich habe das Gefühl, eine falsche Bewegung, ein falsches Wort genügt, und sie dreht sich um und geht. Was mir einen großartigen Blick bieten würde, denn nichts ist herrlicher als der Anblick von Lilys perfektem Arsch in einem knappen Bikinihöschen, aber ... *hey!* Ich will nicht, dass sie geht.

Ich will, dass sie bleibt.

»Ich dachte, du wärst noch sauer auf mich.«

Gleichmütig zuckt sie die Schultern. »Ich finde, es ist die Sache nicht wert, dass man sich groß darüber aufregt.«

»Aha.« Ich habe sie angelogen. Habe ihr bewusst Informationen vorenthalten. Eigentlich müsste sie sagen, ich solle mich zum Teufel scheren und sie hoffe, ich würde mich an meinem Eistee verschlucken und abkratzen. Stattdessen ist sie total versöhnlich. Und sie sieht mich an, als wollte sie ihren nackten Körper an mir reiben.

»Das Leben ist zu kurz«, sagt sie mit einem Lachen in der Stimme. »Findest du nicht?«

Das kommt mir wie eine Fangfrage vor. »Kann sein.«

Sie wirft mir einen vernichtenden Blick zu. »Was soll das denn? Bist du etwa nachtragend, Max?«

»Nein.« Ich schüttele den Kopf. Männer sind nicht sonderlich nachtragend, zumindest nicht die, die ich kenne. Ich kann irgendwelche blöden Geschichten gut abhaken. Es sei denn, man hat mir unrecht getan. Mich betrogen. Ich sollte stinksauer auf diese Frau sein, weil sie mich sogar jetzt, während wir sprechen, betrügt. Mir ihre wahre Identität verheimlicht, die ich freilich kenne. Von Anfang an gekannt habe. Was bedeutet, dass ich sie ebenfalls betrüge. Sie in ihrem eigenen Spiel schlage. Sind wir nicht ein großartiges Paar?

Oder vielmehr ... ein verdammt krankes Paar.

»Gut, denn Groll bringt einen nicht weiter.« Sie lächelt. »Also lass uns noch einmal von vorn anfangen, *Cowboy*.« Die Art, wie sie das Wort betont, entgeht mir nicht. Wenn es das ist, was sie will, dann werde ich es ihr definitiv geben, weil ich es auch will.

Aus einem völlig anderen Grund natürlich, einem Grund, den ich nicht erwähnen kann.

»Hey, schön dich zu sehen, Kleine«, knurre ich in meinem besten Südstaatenslang, obwohl ich wirklich nichts von einem Cowboy an mir habe. Doch mir gefällt der Spitzname. Umso mehr, da *sie* ihn für mich erfunden hat.

Ich würde gern sehen, wie sie mich wie ein sexy Cowgirl reitet und ihre vollen Brüste bei jeder Bewegung wippen, wie ihre harten Nippel mich anflehen, an ihnen zu saugen, wie ihr langes, welliges Haar sich über ihren Rücken ergießt, ihre Augen sich halb schließen und ihr Mund sich zu einem Lustschrei öffnet, während sie auf den Höhepunkt zugaloppiert ...

Oh, ja. Das würde ich wirklich gern sehen.

Ihr Lächeln wird breiter, und sie setzt sich auf den Liegestuhl neben mir, der vor wenigen Minuten frei geworden ist. Sie trägt wieder einen ihrer winzigen Bikinis, einen echten Hingucker in Knallgelb; das

Oberteil besteht nur aus einem trägerlosen Streifen, der kaum ihre Brüste verhüllt. Ihr Nabelpiercing glitzert und blinkt in der Sonne, und ich hätte große Lust, es mit der Zunge anzustupsen, ehe ich weiter nach unten gehe und ihre süße Möse lecke.

»Hast du auch einen Namen, Cowboy?«, fragt sie mit einem koketten Augenaufschlag.

Offenbar nimmt sie dieses Neuanfang-Spiel ernst. »Max«, antworte ich gewollt lässig. »Und du?«

»Lily.« Sie lächelt, und dieser Anblick fährt mir mitten ins Herz und von dort gleich weiter in meinen Schwanz. Ich zwinge mich, die Beherrschung zu wahren. Ich will wirklich nicht an einem öffentlichen Pool mit einem Ständer in der Badehose herumliegen, obwohl angesichts all der sexy Frauen, die hier herumschlendern, zweifellos mehrere Ständer in Habacht-Stellung sind.

»Freut mich, dich kennenzulernen«, sage ich, setze mich auf und strecke ihr die Hand entgegen.

Mit großen Augen starrt sie auf meine Hand und sagt dann fassungslos: »Meine Güte, was für große Hände du hast.«

Wir schütteln uns die Hände, und als sie versucht loszulassen, halte ich sie fest, will die Verbindung nicht abreißen lassen. Ich habe das vermisst. Es ist noch nicht einmal vierundzwanzig Stunden her, dass ich in ihr war, und ich habe sie tatsächlich schon vermisst. »Damit ich dich besser anfassen kann«, murmele ich, und mein Herz beginnt schneller zu klopfen, als in ihrem Blick Verlangen aufflackert.

Ich lasse ihre Hand los, und Lily wendet sich ab, dreht das Gesicht weg, als wollte sie nicht, dass ich ihre Reaktion auf meine Worte bemerke – was dazu führt, dass ich das umso mehr will.

»Vielleicht solltest du besser aus der Sonne gehen«, sage ich mit Blick auf ihre gerötete Haut. Wie lange ist sie schon hier draußen? Und warum habe ich sie nicht gesehen? Ich habe ständig nach ihr Ausschau gehalten. Vorher habe ich sie immer gefunden. Immer.

Aber vielleicht wollte sie ja nicht gefunden werden.

»Du hast recht«, sagt sie und wendet sich mir wieder zu. Ich bin mal wieder von ihrer Schönheit geblendet. Diese Frau ist einfach hinreißend. Dabei ist sie völlig ungeschminkt, oder zumindest sieht es für mich so aus, und abgesehen von ihrem Nabelpiercing, trägt sie heute auch keinen Schmuck. Sie hat nur ihren Bikini an und das Haar oben auf dem Kopf zu einem lockeren Knoten gezwirbelt, aus dem sich einzelne wilde Strähnen gelöst haben und ihr Gesicht umrahmen. Nicht einmal ihre Sonnenbrille hat sie auf. Man könnte fast meinen, sie sei etwas überstürzt aus ihrem luxuriösen Bungalow gelaufen.

Etwa, um mich zu suchen?

Hm, das ist wohl eher Wunschdenken.

»Hast du Sonnenschutz aufgetragen?«, frage ich. Diese leichte Rötung ihrer Haut sieht aus, als könnte sie sich, wenn sie nicht aufpasst, zu einem ausgewachsenen Sonnenbrand entwickeln, vor allem am Ausschnitt. Die hawaiianische Sonne ist intensiv. Wäre schade, wenn diese hübsche Haut verbrennt.

»Ich habe nicht mal meine Tasche dabei.« Sie beißt sich auf die Unterlippe, und ich schlucke. Herrgott, sie ist so irre sexy, wenn sie mich auf diese Art ansieht.

Mich mustert, als wollte sie mich von oben bis unten ablecken. »Ich habe mich vor dir versteckt«, gesteht sie leise.

Kein Wunder. Schweigend sehe ich sie an und hoffe inständig, dass sie spürt, dass ich noch mehr hören will.

»Ich hätte im Bungalow bleiben können, aber ich wollte nicht allein sein.« Erneut senkt sie die Zähne in die Unterlippe, und mich überfällt das fast gewaltsame Verlangen, Lily zu packen und zu küssen. Sie auf diese Liege zu werfen und am ganzen Körper zu streicheln.

»Ach ja?«

Jetzt leckt sie sich die Lippe. Der Anblick ihrer rosa Zunge entlockt mir ein Keuchen. O Gott. Ihr so nah zu sein und sie nicht berühren zu können ist die reinste Folter. »Ich war gestern Abend so wütend auf dich, Max. So verdammt wütend …« Sie hält inne, und ich setze mich auf, schockiert über ihre ehrlichen Worte. »Aber trotzdem bin ich heute losgegangen, um dich zu suchen. Und als ich dich sah, habe ich mich versteckt. Das ergibt nicht viel Sinn, was?«

»Das ergibt sehr wohl einen Sinn.« Ich verstehe das, obwohl mich ihr Eingeständnis verblüfft. Sie spielt gern Spielchen, ist darin auch sehr gut, aber ich habe nicht damit gerechnet, dass sie mir die Wahrheit erzählen würde.

»Echt?« Ihre Stimme ist voller Hoffnung, als wäre sie glücklich über mein Verständnis.

»Ja, Prinzessin«, murmele ich. »Ich habe dich letzte Nacht vermisst. Und heute Morgen.«

»Ist es schlimm, wenn es mir gefällt, dass du mich

vermisst hast?« Ehe ich antworten kann, fügt sie hinzu: »Nein, sag jetzt nichts.«

»Zwischen uns besteht eine Anziehungskraft, der wir uns einfach nicht entziehen können«, sage ich leise und sehe ihr dabei tief in die Augen, ehe ich den Blick langsam über ihren halb nackten, sexy Körper gleiten lasse. Dieser Körper gehört mir. Er ist mein Eigentum, zumindest, solange ich noch hier auf Maui bin. Und ich habe vor, heute Nachmittag oder heute Abend jeden Millimeter dieses sexy Körpers zu erforschen, bis Lily vor Lust schreit.

Und schreit und schreit.

»Eigentlich will ich nicht am Pool liegen. Ich dachte, wir könnten vielleicht zu meinem Bungalow gehen und uns auf die Veranda setzen«, schlägt sie schüchtern vor.

Das glaube ich jetzt nicht. Lily Fowler und schüchtern. Unfassbar.

»Warum willst du lieber auf deiner Veranda sitzen?« Ich weiß, warum *ich* das will: weniger Leute, weniger Außenwelt. Lily schätze ich jedoch als eine Frau ein, die gern Aufmerksamkeit erregt. Die sich gern in den hungrigen Blicken der Männer sonnt, die ihr ebenso hungriges Ego nähren.

Vielleicht liege ich da falsch.

»Um nahtlos braun zu werden?« Sie feixt, klimpert mit den Wimpern, und ich breche in Gelächter aus, versuche, so gut ich kann, die Erregung zu unterdrücken, die mir vom Hirn geradewegs in den Schwanz schießt.

Ich rutsche auf meiner Liege etwas näher zu Lily und sage in gedämpftem Ton: »Spielst du mit dem Gedanken, dich nackt auf deine Veranda zu legen?«

Wortlos nickt sie, ihr Feixen verschwindet. Ich bemerke die tiefe Röte, die sich auf ihrem Hals und Dekolleté ausbreitet, und den wild flatternden Pulsschlag an ihrem Hals. »Wenigstens ohne Oberteil«, sagt sie.

Automatisch heftet sich mein Blick auf ihr Oberteil. Ihre Brustwarzen zeichnen sich wie kleine Kirschen unter dem dünnen Stoff ab, und ich komme fast um vor Verlangen, an ihnen zu saugen. »Das würde ich gern sehen«, stoße ich heiser hervor, obwohl ich ihre Brüste oft genug gesehen habe, um sie sofort in Gedanken heraufbeschwören zu können. Voll und weich, eine perfekte Handvoll, mit rosigen, himmlisch schmeckenden Nippeln.

Ich habe keine Lust auf Spielchen. Ich muss diese Sache vorantreiben. Abgesehen davon, sehne ich mich danach, sie noch einmal, eine letzte Nacht lang, mit meinem Mund, meinen Händen zu berühren. Meine Zeit ist begrenzt. Ich kann nicht länger warten.

»Ich möchte, dass du mich so siehst«, flüstert sie.

»Du nimmst ja heute kein Blatt vor den Mund, Prinzessin.«

»Wozu auch? Warum dagegen ankämpfen?« Sie fixiert mich weiterhin, wendet ihre schönen Augen keine Sekunde von mir ab. »Ich weiß, was ich will.«

Meine Haut beginnt zu kribbeln. Wenn sie weiter so redet, werde ich mich tatsächlich zum Idioten machen und mit einem Ständer am Pool herumlaufen. »Aha. Und was willst du?«

Sie beugt sich näher, legt die Hand auf mein Knie.

Ihre Berührung jagt Hitzewellen durch meinen Körper. Gebannt beobachte ich, wie ihre perfekten Lippen ein Wort bilden.

»Dich.«

Einen spannungsgeladenen Moment lang starren wir einander reglos an, bis ich beschließe, zur Tat zu schreiten. Ich nehme Lily an der Hand, ziehe sie mit mir hoch und schiebe mein Handy in die Tasche meiner Badeshorts.

Hand in Hand verlassen wir schweigend den Poolbereich und gehen durch die Lobby in Richtung Bungalowanlage. Vor lauter Ungeduld gehe ich so schnell, dass Lily beinahe rennen muss, um mit mir Schritt halten zu können.

Meine Begierde ist klar erkennbar, doch das stört mich nicht. Lily hat recht. Warum dagegen ankämpfen? Die Anziehung zwischen uns ist stark und überwältigend, und ich werde mir nicht die letzte Chance versagen, noch einmal mit ihr zusammen zu sein. Unsere Versöhnung ist der perfekte Vorwand, um Lily ins Bett zu kriegen, Befriedigung zu erlangen, ihr Befriedigung zu verschaffen, und dann ...

Dann schnappe ich mir den Scheißlaptop und verschwinde.

Schließlich mache ich nur meinen Job. Ich habe keine Angst vor einer scharfen kleinen Maus wie Lily. Die meisten Leute, die mich kennen, wissen, das ich ein knallharter Typ bin. Furchtlos, wagemutig, eigenwillig. Ich weiß, ich höre mich wie ein selbstverliebtes, arrogantes Arschloch an, aber es ist nun mal die Wahrheit. Meine Kühnheit hat mich so manches Mal – okay, ziemlich oft – in Schwierigkeiten gebracht, aber dieses Mädchen könnte mich auf keinen Fall ruinieren.

Schalt lieber mal einen Gang runter, Arschloch. Dieses Mädchen kann dich total ruinieren. Sie ist dein Zielobjekt. Und statt sie professionell zu observieren, bevor du dir den beknackten Laptop krallst, denkst du nur mit deinem Schwanz und fragst dich, wann du ihn endlich wieder in ihre heiße, willige Möse stecken kannst.

Andererseits habe ich einen Blick hinter Lilys Fassade werfen können und weiß, dass sie auf mich genauso scharf ist wie ich auf sie. Sie reagiert so unglaublich auf mich. Das möchte ich wieder erleben.

Und zwar jetzt gleich.

Plötzlich zerrt sie an meiner Hand, zwingt mich, stehen zu bleiben.

»Ich habe keinen Schlüssel«, sagt sie kleinlaut.

Ich runzele die Stirn. »Wie kommen wir dann rein? Soll ich schnell zur Rezeption gehen und ihn holen?«

Sie schüttelt den Kopf. »Wir können durch die Schiebetür reinkommen.«

Grimmig schüttele ich den Kopf. Die Frau ist total leichtsinnig. »Da könnte ja jeder Idiot einfach reingehen.«

»Da habe ich keine Sorge. Schließlich sind wir in einer sehr exklusiven Anlage. Im teuersten Teil, wohlgemerkt«, betont sie.

»Auch in teuren Hotelanlagen treiben sich Arschlöcher rum, Prinzessin. Du solltest dich nicht für unangreifbar halten. Das wird dich früher oder später in Schwierigkeiten bringen.« Ich lasse ihre Hand los und tippe ihr mit dem Zeigefinger auf die Nasenspitze.

Sie presst die Lippen zusammen. »Ich bringe mich

ständig in Schwierigkeiten. Das ist eine meiner Eigenarten.«

Jetzt kann ich mir ein Grinsen nicht verkneifen. »Warum überrascht mich das nicht?«

»Die Leute hassen mich deswegen«, gesteht sie.

Schlagartig vergeht mir das Grinsen. »Wer könnte *dich* denn hassen?« Ich verstehe, dass sie einen wahnsinnig machen kann. Wahnsinnig vor Verlangen. Aber hassen?

Ich kenne sie jedoch nicht wirklich. Weiß nicht, wie ihr Alltag aussieht, ihr normales Leben. Die Frau vor mir ist die Lily im Urlaub, nicht die Lily im realen Leben. Soweit ich aus den Medien weiß, ist sie ein echtes Miststück, das alle mit ihrer fordernden, arroganten Art nervt.

»Mich hassen eine Menge Leute.« Sie strafft die Schultern. »Du hoffentlich nicht.«

»Wie könnte ich das, Kleine«, sage ich und meine jedes Wort ernst. Wie könnte ich sie hassen, wenn sie mich so ansieht wie jetzt, ihre Haut von der Sonne geküsst, ihr sexy Körper halb nackt? Entschlossen ergreife ich ihre Hand, gehe mit ihr wie in jener Nacht, als ich heimlich in ihr Schlafzimmer geschlichen bin, um den Bungalow herum. Wie sie gesagt hat, ist die Schiebetür nicht verschlossen, und Lily eilt hinein, während ich auf der Veranda auf sie warte. Minuten später taucht sie wieder auf, bewaffnet mit Handtuch und Sonnencreme. Auch ihre Sonnenbrille hat sie aufgesetzt.

Sie lässt Handtuch und Sonnencreme auf den ihr am nächsten stehenden Sessel fallen und dreht mir dann den Rücken zu. »Magst du es aufhaken?«

Ich weiß genau, was sie meint, möchte aber, dass sie es ausspricht. »Was aufhaken?«

Lily blickt sich kurz zu mir um. »Mein Oberteil.«

Ich folge der Aufforderung, streife mit den Fingern ihre weiche Haut, als ich den durchsichtigen Plastikverschluss öffne und das Oberteil auseinanderfällt. Sie wirft es auf den Sessel und dreht sich dann, nur noch mit ihrem knappen Bikinihöschen bekleidet, zu mir um.

»Kannst du mir beim Eincremen helfen?«, fragt sie mit unschuldigem Augenaufschlag.

Das ist eine Falle. Ich weiß genau, was sie vorhat, aber es ist eine Falle, in die ich bereitwillig hineintappen werde, denn, Scheiße noch mal, ich kann es kaum erwarten, sie von oben bis unten mit Sonnenmilch einzucremen. Jeder Vorwand ist mir recht, um sie berühren zu können.

Nicht, dass ich einen Vorwand brauchen würde.

»Leg dich hin«, befehle ich, und sie reicht mir die Sonnencreme, ehe sie sich bäuchlings auf einer Liege ausstreckt und mir einen herrlichen Blick auf ihren glatten Rücken, ihren kaum verhüllten Arsch und ihre langen sexy Beine gewährt.

Alles an ihr führt mich in Versuchung, und das weiß sie.

Sie verschränkt die Arme unter dem Kopf, legt die Wange auf eine ihrer Hände und beobachtet mich hinter ihrer Sonnenbrille. Ich stoße ihre Beine leicht an, und sie weicht zur Seite, um mir Platz zu machen. Nachdem ich mich auf den Rand der Liege gesetzt habe, drücke ich aus der Sonnencremeflasche einen ordentlichen Klacks auf meine Hand.

Ich beginne bei Lilys Schultern, massiere die milchige Creme in ihre warme Haut, bis die Sonnencreme eingezogen ist. Ein verträumtes Seufzen entfährt Lily, und sofort beginnt mein Schwanz zu zucken. Ich lege mich ins Zeug, creme ihren Rücken von oben bis unten ein, bis hin zum Ansatz ihres Hinterns.

Ich liebe ihre Haut. Die Art, wie sie sich unter meinen Händen anfühlt, ihren betörenden Geruch. Ich spüre, wie sie unter meiner Berührung erbebt, als ich mich ihren Beinen zuwende, die Finger um ihre Fußgelenke lege und ihre Beine leicht spreize. Nicht obszön, oh nein, aber weit genug, um Lily an Sex denken zu lassen.

Sex mit mir. Hoffentlich erinnert sie sich, wie gut der Sex zwischen uns war. Ich erinnere mich jedenfalls sehr gut daran. Ich möchte sie dort berühren, zwischen ihren Beinen. Sie ist bestimmt schon feucht und heiß, und sobald ich die Finger in sie hineinstoßen würde, würde sie stöhnen.

Ich lenke meine ungeduldigen Finger ab, indem ich Lily an den Kniekehlen kitzele, woraufhin sie zu kichern beginnt. Sie hat ein sexy Lachen. Alles an ihr ist sexy. Als ich ihre Oberschenkel berühre, versteift sie sich ein wenig, um sich gleich darauf wieder zu entspannen, während ich ihre Schenkel massiere, mit den Fingern über die Innenseiten streiche, immer höher und höher ...

Sie gibt ein Wimmern von sich, als ich die Hände auf ihre Arschbacken lege und mit dem Daumen die üppige Rundung nachfahre. Sie erzittert, neigt den Kopf ein wenig, und ich bin mir sicher, dass sie mich weiterhin hinter ihrer Sonnenbrille beobachtet. Unverwandt sehe ich sie an und taste mich dabei mit dem Finger immer weiter vor, bis hin zu ihrer Möse.

Sie ist klatschnass. Genauso, wie ich es mir gedacht habe.

»Max.« Ihr Stöhnen geht mir direkt in den Schwanz. Ich streiche über ihre Ritze, necke sie, schiebe den Finger ein Stück hinein, und sie spreizt die Beine weiter, um mir einen besseren Zugang zu ermöglichen. »Bitte.«

»Bitte … was, Prinzessin?« Meine Stimme klingt rau, angespannt, und ich schwitze, was nicht an der Wärme liegt.

»Mehr«, flüstert sie und stöhnt erneut, als ich die Hand um ihre Möse lege.

»Mehr … was? Was soll ich tun?« Sie ist ein unanständiges Mädchen. Das weiß ich. Und sie scheut sich nicht, ihre Geilheit zu zeigen. Lily hat kein Problem damit, ihre Wünsche zu äußern. Sie verfügt über ein Selbstbewusstsein, für das ich sie nur bewundern kann. Und was noch besser ist: Sie tut, was ich von ihr verlange, ohne Widerworte oder Fragen.

Eigentlich ist sie wie geschaffen für mich. Wie wäre es wohl, wenn wir uns in New York wiedersehen würden? Was würde sie sagen, wenn ich ihr erzähle, dass ich ganz in ihrer Nähe wohne? Dass wir nicht nur einen Urlaubsflirt haben könnten, sondern eine richtige … Beziehung?

Streich das, Arschloch. Das bringt nur Probleme.

»Fick mich mit den Fingern«, keucht sie und wackelt mit dem Hintern. »Bring mich zum Höhepunkt.«

Energisch verscheuche ich meine ernsten Gedanken. Lily will keine Beziehung und ich auch nicht.

Nicht wirklich. Sie will scharfen Sex. Sie will, dass ich sie mit den Fingern ficke. Mehr ist da nicht. Eine heiße Affäre mit sehr viel Ficken und sehr wenig Gefühlen.

Warum habe ich nur das Gefühl, ich würde mir gerade mit Gewalt etwas einreden?

»Ganz schön fordernd heute, was?« Ich zupfe an ihrem Bikinihöschen, ziehe es hinunter und entblöße ihren perfekten, appetitlichen Arsch. Oh Gott, ich möchte ihr den Hintern versohlen. Sie markieren. In ihre Arschbacken beißen.

Ich reiße ihr das Höschen vom Leib, lasse es auf den Boden fallen und reibe mir dann fassungslos über das Gesicht. Diese Frau macht mich völlig irre.

Sie bringt mich dazu, mir Dinge zu wünschen, die ich nicht haben kann.

»Ich weiß eben, was ich will«, sagt sie mit bebender Stimme, die im Widerspruch zu ihren selbstbewussten Worten steht. »Und ich will dich.«

»Hast du dich deshalb auf die Suche nach mir gemacht, Baby? Obwohl ich dich gestern verärgert habe?« Ich streiche mit den Händen über ihren Arsch, wärme ihre Haut und komme fast um vor Verlangen, auf diese prallen Backen zu schlagen.

»Ja«, murmelt sie, während ich ihre Arschbacken knete, ihr ein Wimmern entlocke. »Ich musste ständig an dich denken.«

»Das ging mir genauso«, gebe ich zu und beginne, leicht auf ihre eine Arschbacke zu hauen, die unter meiner Berührung erzittert. Der Geruch ihrer Erregung steigt mir in die Nase, und, verdammt, ich kann mich nicht beherrschen.

Erneut schlage ich zu. Fest. So fest, dass ihre Haut

sich rötet. Ich wette, dass in Kürze auch der Abdruck meiner Hand an der Stelle zu sehen sein wird.

»Oh Gott.« Sie windet sich, presst die Beine zusammen, ehe sie ihren Arsch in die Luft reckt und mich noch wilder macht. »Mehr.«

»Das gefällt dir, nicht wahr?« Ich habe sie schon vorher auf den Hintern geschlagen, aber niemals auf diese Art. Niemals so fest. »Du bist einfach verdammt perfekt«, stoße ich hervor, überwältigt von der Erkenntnis, wie perfekt sie tatsächlich für mich ist.

Nur für mich.

Ich werde sanfter, streiche mit den Fingerspitzen über ihre Haut und beobachte, wie sie Gänsehaut bekommt. Ich bin ein harter Bursche, voller Ecken und Kanten, aber diese Frau löst in mir den Wunsch aus, zärtlich und weich zu sein. Das Tempo zu drosseln und mir Zeit zu nehmen, ihr zu zeigen, was sie mir bedeutet.

Und was bedeutet sie dir?

Da bin ich mir noch nicht ganz sicher.

Ich hole tief Luft und widme mich nun ihrer anderen Arschbacke. Dann wechsele ich zwischen den Backen hin und her, schlage erst auf die eine, dann auf die andere, und das klatschende Geräusch meiner Schläge auf ihrer straffen Haut macht mich total an. Macht *sie* total an. Sie krümmt und windet sich, stützt sich auf die Knie, reckt mir mit gespreizten Beinen ihren roten Arsch entgegen und bietet mir einen grandiosen Blick auf ihre Möse.

Rosa. Glitzernd vor Feuchtigkeit. Die hübscheste Möse, die ich je gesehen habe. Die einzige, nach der ich mich je verzehrt habe. Sie ist so erregt, dass ihr der

Saft sogar schon auf die Innenseiten ihrer Schenkel tropft.

Und ich bin steinhart. Ich brenne darauf, sie zu ficken, sie zum Orgasmus zu bringen. Aber ich beherrsche mich.

Genieße die Vorfreude. Dies ist das letzte Mal, dass ich mit ihr zusammen bin, und ich will, dass es besonders wird. Ich will, dass Lily verrückt nach mir ist. So verrückt wie ich nach ihr.

Ich möchte mit ihr die perfekte Ekstase erleben.

KAPITEL 17

Lily

Ich liebe es, wie er mich berührt. Seine beharrlichen Finger helfen mir zu vergessen, wer ich bin, was ich getan habe, wie sehr ich versagt habe. Wenn sein Blick auf mir ruht, mache ich mir über nichts anderes mehr Gedanken. Konzentriere mich ganz auf ihn. Denke nur daran, wie es mir gelingen könnte, ganz schnell mit ihm allein zu sein, seine Hände auf mir zu fühlen …

Nach den gestrigen Ereignissen war ich außer mir vor Wut und Enttäuschung. Er hatte mich verletzt, und das machte mir unglaublich zu schaffen. Doch dann sagte ich mir, dass ich genauso gelogen hatte wie er. Wie konnte ich mir anmaßen, ihn zu verurteilen, wenn ich keinen Deut besser war? Ich hatte einfach nur Glück gehabt, dass ich beim Lügen nicht ertappt worden war.

Noch nicht.

Obwohl ich mir vornahm, ihn nicht zu suchen, konnte ich nicht anders. Ich versteckte mich vor ihm, hatte Angst, er würde mich finden, und noch mehr Angst, er würde mich nicht finden, und so gab ich meinem Verlangen nach. Offenbar kann ich mich einfach nicht von ihm fernhalten, und das ist okay. Ich stehe zu meinen Gefühlen für Max. Und ich beschloss, ehrlich zu ihm zu sein.

Und das gefiel ihm. Das verriet mir seine Körpersprache, seine raue Stimme. Sobald ich in seiner Nähe bin, verändert sich die Atmosphäre zwischen uns. Sie wird mit einer Energie aufgeladen, die ich nicht leugnen kann. Die ich nicht leugnen *will*. Mein Bedürfnis, ihm zu sagen, dass ich ihn begehre, war stärker als meine Angst und Unsicherheit.

Ich giere nach ihm. Und ich bin mir ziemlich sicher, dass es ihm umgekehrt genauso geht.

Mein Po brennt immer noch von seinen Schlägen. Ich mag das. Will mehr davon haben. Seine großen Hände wandern über meinen Körper, meinen sanft geschwungenen Rücken, meinen perfekt gerundeten Hintern. Seine Berührung ist sanft, aber beharrlich, gebieterisch, aber ehrfürchtig. Er ist immer noch angezogen, wohingegen ich total nackt bin, ganz dem Sonnenlicht preisgegeben. Jeder könnte am Strand an uns vorbeikommen. Im Staat Hawaii gibt es keine privaten Strände, doch der Zugang zu diesem speziellen Strandabschnitt ist begrenzt.

Aber er ist nicht völlig unzugänglich. Das Wissen darum, dass jederzeit jemand vorbeikommen und uns sehen könnte …

… erregt mich.

»Du bist klatschnass, Prinzessin«, knurrt Max, während er seine Finger in mich einführt und zwei-, dreimal zustößt. Hingebungsvoll schließe ich die Augen, klammere mich am Rand des Liegestuhls fest. Ich kauere nach wie vor auf allen vieren, und Max sitzt direkt hinter mir. »Und du wirst auch verdammt gut schmecken. Seit wir uns das letzte Mal gesehen haben, dürste ich nach deiner Möse.«

Ich blicke mich um und sehe, wie er sich seine Fingerspitzen in den Mund schiebt und daran saugt, und ein zittriger Seufzer durchfährt mich, lässt mich am ganzen Körper erbeben. Max nimmt seine Sonnenbrille ab, zeigt mir sein markantes Gesicht mit diesen wunderschönen Augen, in denen Leidenschaft und Verlangen stehen.

Verlangen nach mir.

»Du willst, dass ich dich ficke, stimmt's?«, fragt er.

Die Lippen zusammengepresst, nicke ich nur, wage es nicht, etwas zu sagen, aus Angst, ich würde mich wie eine stammelnde Idiotin anhören. Oder noch schlimmer, ich würde etwas sagen, was ich hinterher bereue. Ich bin völlig neben der Spur, beinahe schon schmerzhaft erregt, und meine Haut ist so angespannt, als könnte sie bei der kleinsten Berührung platzen.

Ich will unbedingt, dass er mich berührt. Ich brenne darauf.

»Von hinten?« Er fährt mit der Hand über meinen Hintern, seine Finger kommen meiner Möse gefährlich nah. Ich recke mich ihm entgegen, will diese Finger genau dort haben, wo ich sie brauche, doch er neckt mich, zieht seine Hand weg.

»Bitte«, flehe ich und erkenne meine eigene Stimme nicht mehr. Was ist nur über mich gekommen? Seit unserem dummen Streit steht mein Körper in Flammen. Ich sehne mich nach Max, möchte alles für ihn tun, was er gestern und vorgestern für mich getan hat, und noch viel mehr. Alles. Ich bin bereit, alles zu tun, was er will. Er hat mir die Finger in den Arsch geschoben, und das war etwas, was ich bisher noch keinem

Mann erlaubt habe, aber jetzt bin ich kurz davor, Max zu bitten, es noch einmal zu tun.

Er lacht leise. Scheint von meinen Bitten nicht beeindruckt zu sein, was ich unerhört finde. Doch ich bin zu erregt, um irgendetwas anderes oder gar Wut zu empfinden. Das wäre nur verschwendete Energie.

»Egal wie, Hauptsache, ich ficke dich, Prinzessin?«

»Ja. Nur ...« Abrupt verstumme ich, als er mit den Fingerspitzen federleicht an meiner Muschi entlangstreicht. »Bitte. Fick mich.«

»Schade, dass du so ungeduldig bist. Willst du es nicht ein wenig ausdehnen?«, fragt er so beiläufig, als würden wir uns über das Wetter unterhalten. »Vielleicht sollte ich dich erst einmal so zum Höhepunkt bringen.«

Oh, Gott, nein. Ich will seinen Schwanz. Ich möchte fühlen, wie er mich weitet, mich füllt. Ich möchte mich im Rhythmus unserer Körper verlieren, spüren, wie sein Schwanz wieder und wieder tief in mich hineinstößt ...

Ich will die Nähe. Den Hautkontakt, den Blickkontakt. Ich möchte das als Erinnerung mit nach Hause nehmen, damit ich ihn nie, niemals vergessen werde.

»Komm her.« Er zieht mich an den Hüften zu sich. Bereitwillig überlasse ich mich seiner Führung und schnappe nach Luft, als er mich wie eine Puppe umdreht und meinen nackten Körper so auf seinem Schoß platziert, dass meine Beine sich automatisch um seine Hüften schlingen. »Lehn dich zurück und leg dich hin.«

Ich folge der Aufforderung und beobachte ihn mit schweren Lidern, während ich die Beine weit spreize und zu beiden Seiten der Liege abstütze. Er rückt ein Stück nach hinten, den Blick auf die Stelle zwischen meinen Schenkeln geheftet, und atmet scharf ein. Ich zittere am ganzen Körper, keuche und krümme vor Verlangen nach Erlösung die Zehen.

»Du siehst aus, als würdest du danach lechzen, Baby. Nach mir lechzen.«

Ja, das stimmt. Oh Gott, und ob ich nach ihm lechze! Ich gestehe es mir nur ungern ein, dass ich nicht einfach bloß zum Höhepunkt kommen will. Sondern ich will *ihn*. »Wenn du mich nicht anfasst, tue ich es«, drohe ich.

Sein Blick verfinstert sich, seine Kiefermuskeln spannen sich an. Er mag es nicht, wenn ich versuche, ihm die Führung zu entziehen. Max will bestimmen.

Ich habe nichts dagegen, habe Max bisher immer die Führung überlassen. Doch ich würde gern erleben, was er tut, wenn ich ihm die Zügel aus der Hand nehme.

»Das würde ich dir nicht raten, es sei denn, du willst dir Probleme einhandeln«, murmelt er voll dunkler Verheißung.

Ich habe Lust, mich ihm zu widersetzen. Ich möchte wissen, was er dann tut. Was er mit mir anstellt. Was für Probleme meint er? Ich fürchte mich vor nichts. Das war schon immer so. Seine Drohung ist also sinnlos.

Während ich Max tief in die Augen sehe, umfasse ich meine Brüste und streiche mit den Daumen über meine Brustwarzen. »Von welcher Art von Problemen sprichst du?«

Er beobachtet jede meiner Bewegungen. »Von solchen, vor denen du Angst haben solltest.«

»Du schüchterst mich nicht ein«, sage ich leicht spöttisch. Meine Brustwarzen sind zu empfindlich, als dass ich länger mit ihnen spielen könnte, also lasse ich eine Hand über meinen bebenden Bauch gleiten. Alles, was ich tue, fühle, will, konzentriert sich direkt auf die Stelle zwischen meinen Beinen. Meine Möse schmerzt vor Verlangen. Meine Klitoris pulsiert. Und als ich mit den Fingern über meine Spalte fahre, sie umfasse, würde ich am liebsten laut schreien, weil es sich so gut anfühlt. Aber ich bleibe stumm. Beherrscht. Die Glut in Max' Augen setzt mich in Flammen, lässt mich lichterloh brennen, aber ich höre nicht auf. Nicht einmal dann, als ich in seinem Blick Zorn aufflammen sehe und seine Hände sich zu Fäusten ballen. Auch er bemüht sich verzweifelt um Beherrschung, doch es fällt ihm schwer.

Es sieht aus, als würde ich gewinnen.

Ich reize meine Klitoris, streiche innen über meine Schamlippen und höre, wie feucht ich bin. Dann hebe ich die Finger an den Mund, lecke und sauge daran, ehe ich sie wieder zwischen meine Beine schiebe und richtig zu reiben beginne.

»Oh Gott«, höre ich Max murmeln und lächele, um gleich darauf zu wimmern, während ich meine geschwollene Klitoris besonders heftig bearbeite. Ich bin schon kurz davor, und das nur, weil Max mir zuschaut. Der Orgasmus ist quälend nah, und ich spanne meine Muskeln an, hebe mein Becken, werfe den Kopf in den Nacken …

Kräftige Finger umklammern mein Handgelenk, setzen meinen Bemühungen ein jähes Ende. »Auf keinen Fall wirst du jetzt einfach kommen.«

Ich reiße die Augen auf und funkele Max wütend an, versuche vergeblich, meine Hand seinem stählernen Griff zu entwinden. »Lass mich los!«

Max' Lächeln ist wild, fast raubtierartig. Er sieht nicht froh aus. Und wirkt auch nicht zufrieden. Er ist ... angepisst. Stocksauer auf mich, weil ich mich ihm widersetze, und ein lustvoller Schauer jagt mir über den Rücken, lässt mich erzittern.

»Nein.« Er zerrt mich am Handgelenk hoch, bringt mein Gesicht dicht an seines. »Ich habe dir gesagt, du sollst dich nicht anfassen, aber du hast es trotzdem getan.«

»Was wirst du jetzt mit mir machen?« Ich bin atemlos vor Erwartung, mein ganzer Körper bebt, ich sehe begierig seiner Antwort entgegen.

Sein Lächeln wird weicher, um seine Augen erscheinen kleine Fältchen, und mir stockt erneut der Atem. Er ist so attraktiv, so groß und männlich. Seine Wangen sind mit Bartstoppeln bedeckt, und mich überfällt die Erinnerung daran, wie diese rauen Wangen über meine Schenkel rieben, meine Möse ...

»Was soll ich denn mit dir machen?« Er nimmt meine Hand und riecht an ihr. »Verdammt, du riechst unglaublich gut.«

Bei seinen Worten wird mir vor Lust ganz schwummrig. »Hm, mich so oft zum Orgasmus bringen, bis ich ohnmächtig werde?«

Er lacht. »Klingt nicht gerade nach Bestrafung.«

»Ohnmächtig zu werden ist doch nichts Gutes«, erwidere ich und lecke mir die Lippen, während er meine Finger leckt. Mich schmeckt. *Oh Gott*, dieser Mann ist echt raffiniert.

»Wenn man von zu vielen Orgasmen ohnmächtig wird, ist das eine verdammt großartige Sache.« Er schüttelt den Kopf. »Ich werde dir nicht erzählen, was ich mit dir anstellen werde.«

Ich runzele die Stirn. »Ach nein?«

»Nein.« Sein Lächeln wird breiter. »Ich werde es dir zeigen. Und du wirst es lieben und hassen zugleich.«

Argwohn erfasst mich, begleitet von Furcht und Erregung. »O-kay.«

»Dann lehn dich jetzt zurück, leg dich wieder hin.« Ich tue, wie mir geheißen wurde, und dann packt er mich, schiebt die Hände unter meinen Hintern und hebt ihn an, sodass meine Möse direkt vor seinem Gesicht ist. »Schau zu, Kleine«, murmelt er, bevor er mich zu lecken beginnt.

Ein kleiner Schrei entfährt mir, und er hebt den Kopf und sieht mich böse an. »Sei still«, raunt er, und ich presse die Lippen aufeinander und schließe die Augen, als er mich weiterleckt. Und erneut innehält.

»Zuschauen, sagte ich«, herrscht er mich an, und ich öffne folgsam die Augen, warte gespannt und ein wenig ängstlich darauf, was als Nächstes geschieht.

Was er tut, macht mich vor Lust schier verrückt. Als ich kurz davor bin zu kommen, hört er auf, mich zu lecken, und drückt stattdessen Küsse auf die Innenseiten meiner Schenkel. Mit der Zungenspitze spielt er mit meiner Klitoris, stupst sie an, züngelt darüber, zieht sie zwischen die Lippen und saugt kurz daran. Dann lässt er von ihr ab, küsst meinen Bauch, streichelt meine Schenkel.

Auf die Weise treibt er mich an den Rand des Wahnsinns.

»Ein böses Mädchen wie du verdient keinen Orgasmus«, flüstert er an meiner Möse nach zehn Minuten köstlicher Folter. »Gierige Mädchen müssen lernen, Geduld zu haben.«

»Was …« Ich schlucke. Meine Kehle ist staubtrocken, was man von meiner Möse weiß Gott nicht behaupten kann. Max' Lippen glänzen feucht, und dieser Anblick törnt mich unglaublich an. Ich bin so erregt, dass ich befürchte, schon zu kommen, wenn er nur auf meine Klitoris hauchen würde. »Was ist, wenn ich meinen Orgasmus nicht unterdrücken kann?«

Seine Augen glitzern wie geschliffene Saphire. »Dann wirst du noch mehr Probleme kriegen.«

Er meint es ernst. Er wird etwas mit mir machen, was jenseits meiner Vorstellungskraft liegt. Und diese Folter, die er mir gerade zukommen lässt, hat es wahrlich in sich. Ich fühle mich, als würde ich eine außerkörperliche Erfahrung machen. Als würde ich von außen beobachten, wie er meinen Arsch mit seinen großen, beweglichen Händen packt und wie meine Muschi sich ihm wie ein Festmahl darbietet. Seine Zunge ist überall, wie auch seine Lippen, seine Zähne. Ich bin wie berauscht, habe jede Kontrolle über mich verloren und fürchte, dass ich gleich komme und er mich dafür verabscheuen wird.

Zugleich erregt mich die Vorstellung, dass ich gleich kommen könnte und er mich dann auf eine köstliche Art bestrafen würde.

»Du musst lernen, wie man sich fügt, Prinzessin«, murmelt er an meinem Schenkel und küsst mich dort. »Lernen, dich zu beherrschen und zu tun, was ich dir sage.«

Aber das ist schwer. Unfassbar schwer. Ich sehne mich danach, in sein Haar zu greifen und ihn an mich zu ziehen, ihm zu sagen, wo genau er lecken und saugen soll. Bei den anderen Männern in meinem Leben war immer ich diejenige, die den dominanten Part innehatte. Es war alles nur Spaß und Spielerei, aber ich hatte das Kommando. Die Typen machten, was ich ihnen sagte, und ich habe das ungemein genossen.

Bei diesem Mann ist es anders. Er würde niemals tun, was ich ihm sage. Er bestimmt, und ich ...

Ich liebe es. Hasse es. Will mehr davon.

»Möchtest du kommen?«, fragt er und saugt kurz an meiner Klitoris.

Ich nicke, sage nichts. Habe Angst, er könnte es mir verweigern, wenn ich das Falsche sage oder mache.

»Ich wette, du wirst dich aufbäumen und meinen Namen schreien.« Seine Stimme ist leise. Hypnotisch. Er schmiegt die Nase in meine Möse, atmet tief ein, verteilt süße, kleine Küsse, bringt mich zum Erzittern. »Vielleicht sollte ich die Finger in dich schieben, damit ich dich fühlen kann, wenn ich dir erlaube zu kommen.«

Gott, was immer er will, ich werde es ihm gewähren. Mit Freuden.

»Kein Protest, Prinzessin? Habe ich dich endlich gebrochen?«, sagt er, und ich werfe ihm einen kurzen Blick zu, blinzele den Ärger weg, der in mir aufsteigt. Das entgeht ihm nicht, und seine Miene verändert sich. Aber warum machen mich seine Worte so wütend? Liegt es an dem Ton? Oder an dem Wort *gebrochen*? Alle scheinen mich brechen zu wollen, mich irgendwie verändern zu wollen. Ich habe das so satt.

Kann er mich nicht einfach so nehmen, wie ich bin?

»Du willst nicht, dass ich dich breche, stimmt's?«, fragt er kopfschüttelnd. »Tja, Pech gehabt. Bis ich mit dir fertig bin, wirst du ein gehorsames kleines Mädchen sein, genauso, wie ich das mag.«

Es ist bescheuert, aber ich kann den Gedanken nicht ertragen, dass er mit anderen Frauen zusammen ist. Warum kümmert mich das überhaupt? Ich war mit einem Haufen Männern im Bett – das ist nichts, worauf ich stolz bin, aber ich kann es nicht abstreiten, weil fast alle meine Lover in den Social Media dokumentiert sind. Doch ich habe nie über sie gesprochen. Nie mit meinen zahlreichen Eroberungen geprahlt.

Gott, ich bin eifersüchtig. Dabei ist das ein Gefühl, das mir, zumindest in Bezug auf Männer, völlig fremd ist.

Ein leichte Brise kommt auf, kühlt meine erhitzte Haut, und ich schließe die Augen, nur um sie sofort wieder zu öffnen, als Max meinen Hintern knetet und murmelt: »Ich habe Kondome gekauft.«

Erleichtert atme ich auf. »Gott sei Dank.«

Er zieht mich wieder auf seinen Schoß, diesmal so, dass wir Nase an Nase sind. »Du bist nicht wütend auf mich, wie schön«, murmelt er, ehe er von meinem Mund Besitz ergreift.

Ich erwidere den Kuss, unsere Zungen stoßen aneinander, und der unverwechselbare moschusartige Geschmack meiner Möse macht mich noch heißer. Dieser Mann kennt keine Scham und ich auch nicht. Er ist grob und ein bisschen gemein und unfassbar sexy, und ich kann nicht genug von ihm kriegen. Zwischen uns besteht eine Verbindung, gegen die ich nicht ankämpfen will. Ich mag ihn. Ich würde gern mehr Zeit mit ihm verbringen, ihn besser kennenlernen.

Die Vorstellung macht mir Angst.

Jetzt legt er die Hände um meine Taille und drückt mich nach unten, sodass meine Möse sich gegen seine Erektion drängt, die seine Shorts zu sprengen droht. Sein Schwanz ist riesig und heiß, dick und lang, und ich reibe mich schamlos daran, wimmere, beschleunige das Tempo.

»Kommst du, Baby?«

Eine Antwort erübrigt sich, weil der Orgasmus mich in genau diesem Moment überwältigt. Ich schreie auf, schlinge die Arme um Max' Nacken, klammere mich an ihn, stoße die Hüften nach vorn und genieße die Reibung seiner Badeshorts an meiner Möse, während ich unter gewaltigen Zuckungen komme.

Es ist mir im Moment auch egal, ob ich gegen seine Regeln verstoße. Schlaff und am ganzen Leib bebend, liege ich in seinen Armen, und er sieht mich an, als wollte er mich zugleich an sich ziehen und wegstoßen.

»Du warst ungehorsam«, flüstert er und streicht mit den Fingerspitzen über meine Wangen.

Bei der zärtlichen Berührung schließen sich meine Augen wie von selbst, und mein Kopf neigt sich automatisch nach hinten, während meine Beine fest um seine Mitte geschlungen bleiben. Ich vergrabe die Hände in seinem Haar. »Tut mir leid.« Es klingt nicht reuevoll, weil es mir in Wahrheit nicht leidtut. Das war die totale Folter, und ich brauchte diese Erlösung.

Er umfasst meinen Nacken, zwingt mich, ihn wieder anzusehen. »Anscheinend kannst du nicht anders, als dich wie ein böses Mädchen zu benehmen.«

Ich lächele, obwohl seine Worte wie ein Messer in meinem Herzen sind. »Hast du immer noch nicht gemerkt, mit wem du es zu tun hast? Ich *bin* ein böses Mädchen. Ich tue, was ich will, wann immer ich will. Niemand kann mir vorschreiben, was ich zu tun habe.« Ich halte inne, betrachte sein schönes Gesicht, sehe in seinen Augen die vertraute Enttäuschung. Typisch. Ich mache niemanden glücklich. »Nicht einmal du«, füge ich leise hinzu.

Eindringlich sieht er mich an. In seinem Blick liegt keine Enttäuschung mehr, kein Zorn. »Bist du es nicht leid, immer nur allein zu sein? Du allein im Kampf gegen den Rest der Welt?«

Ich würde das gern verneinen. Es ist leichter, die toughe junge Frau zu spielen, die niemanden braucht, schon gar nicht einen Mann, der ihr sagt, was sie zu tun hat. Aber Max ist nicht so, nicht wirklich. Er behandelt mich wie seinesgleichen. Dass er es genießt, beim Sex die Führung zu haben, stört mich im Gunde nicht.

Ich finde das ... fast besser.

»Ja«, stoße ich schließlich mit belegter Stimme hervor. »Es ist schwer, immer allein zu sein.«

»Ich weiß.« Er streicht mir über die Wange. »Das finde ich auch.«

Soll ich noch mehr sagen? Zum Beispiel, dass wir nicht allein sein müssen, solange wir uns haben?

Nein, das ist uncool. Er wird ausflippen. Oder sich sogar über mich lustig machen. Die Sache ins Lächerliche ziehen.

Das würde er niemals tun, und das weißt du auch.

»Lass uns einen Gang runterschalten und ein wenig ausruhen«, sagt Max und tippt mir spielerisch auf die Nasenspitze. »Schließlich bleibt uns noch heute Nacht.«

In seiner Bemerkung schwingt eine Endgültigkeit mit, die mich zutiefst erschreckt. Heute Nacht ist nicht genug. Könnte niemals genug sein. Doch das kann ich nicht aussprechen.

Also schweige ich.

KAPITEL 18

Max

Ich habe Lily zum Abendessen ausgeführt, um mich selbst zu quälen und uns ein wenig von dem dringend benötigten Abstand zu verschaffen. Mein irrationaler Zorn auf sie, weil sie sich selbst zum Orgasmus gebracht hatte, indem sie sich frech an meinem Schwanz rieb, obwohl ich meine Badeshorts anhatte, schwelte immer noch in mir, was natürlich albern war. Aber es passte mir nicht, dass sie sich mir widersetzte und ihre Bedürfnisse befriedigte, trotz meines ausdrücklichen Befehls, es nicht zu tun.

Es war ihre erste Gehorsamsverweigerung, seit wir mit diesem kranken Spiel begonnen hatten, und es machte mich rasend. Gab mir das Gefühl, keine Kontrolle über die Situation zu haben. Und das gefiel mir nicht. Ganz und gar nicht.

Am liebsten wäre ich wortlos gegangen, aber das konnte ich nicht. Nicht nur, weil ich sie schlicht und einfach nicht verlassen kann, nein, ich habe auch einen Job zu erledigen, und das werde ich, verdammt noch mal, auch tun. Denn wenn ich den Job einfach hinschmeißen und Pilar ihre Scheißkohle zurückgeben würde, würde diese Hexe eben einen anderen Kerl auf Lily hetzen, und wer weiß, was dann passieren würde. Also beschütze ich Lily gewissermaßen.

Ja, ja, mach dir nur weiterhin was vor, du Komiker.

Die Vorstellung, dieses letzte Mal mit ihr nicht mehr zu bekommen, schmerzt mich mehr, als ich mir eingestehen möchte. Es war Lilys Vorschlag, den heutigen Abend platonisch zu verbringen, und ich Idiot habe zugestimmt.

»Keinen Sex«, hatte sie mit steinerner Miene und festem Blick gesagt. Doch ich habe das leichte Flackern in ihren Augen durchaus bemerkt. Wahrscheinlich fürchtete sie, ich hätte darauf keinen Bock und würde mich ausklinken. Als könnte ich das. »Wir scheinen uns nur anzunerven.«

Sie hatte leicht reden – ihren Orgasmus hatte sie ja bereits gehabt.

»Gut«, sagte ich, bereit, allem zuzustimmen, nur um sie wiedersehen zu können. Ich hätte es fast vergeigt, weil ich so wütend auf sie war. Doch das passiert nun mal, wenn man sich körperlich und emotional auf jemanden einlässt, von dem man besser die Finger lassen sollte.

Betonung auf *Finger*.

Wir gingen in eines der Hotelrestaurants, einen dunklen, teuren Schuppen, in dem starke, exotisch klingende Drinks serviert wurden. Lily hatte drei Drinks, ich zwei; sie war ein bisschen beschwipst und sehr schön, was mir half, meinen Zorn zu vergessen und den unangenehmen Gedanken an das, was ich heute Abend noch vorhabe, zu verdrängen.

Lily bestehlen. Sie verraten.

Ich habe eine Menge Dinge in meinem Leben getan, die ich nicht gut fand oder die ich nicht tun wollte, aber ich bin mir selbst gegenüber immer ehrlich gewesen, integer, obwohl manche Leute das nicht so sehen würden, vor allem nicht im Hinblick auf meine Zeit beim Militär. Dass ich so durchgedreht bin, ist mir nach wie vor peinlich, aber was geschehen ist, ist geschehen. Meine Familie hat mich wieder in ihren Schoß aufgenommen, auch wenn mein Bruder Sam mich anfangs für einen kompletten Versager hielt. Er hat seinen Militärdienst absolviert, ist nach vier Jahren ausgeschieden und arbeitet jetzt als Cop, genauso wie unser Dad. Er hat alles richtig gemacht.

Ich hingegen habe alles falsch gemacht. Ich schätze mal, Lily und ich haben mehr gemeinsam, als ich zunächst dachte.

Doch niemals habe ich etwas so Unehrliches, so Gemeines gemacht. Etwas so verdammt Riskantes, und zwar nicht nur für mich, sondern auch für Lily. Ich kann meine Zielperson nicht mit objektivem Blick betrachten. Ich habe sie sexuell auf jede nur erdenkliche Art gehabt. Ich kenne den Geschmack ihrer Lippen, den Geschmack ihrer Möse, und ich weiß, wie es sich anfühlt, wenn sie sich kurz vor dem Orgasmus um meinen Schwanz verkrampft. Ich bin Lily viel zu nah gekommen.

Ich mag sie. Sehr sogar. Wäre ich ihr unter anderen Bedingungen begegnet, hätte ich sie so lange angebaggert, bis ich sie erobert hätte. Also so ziemlich das Gleiche, was ich auch jetzt getan habe. Der Unterschied?

Ich habe keine Wahl. Ich muss Lily verlassen. Obwohl ich das nicht will.

Sobald ich bezahlt habe, stehe ich auf und biete Lily die Hand. Unsere Unterhaltung war anfangs extrem steif. Vorsichtig. Sie wusste, dass ich sauer war – obwohl ich eher wütend auf mich als auf sie war –, und das wiederum machte sie sauer. Wir hatten also eine Art Pattsituation, oder anders gesagt: Jeder schmollte in seiner Ecke.

Ich gab als Erster nach, denn ich wusste, ich brauche noch einmal die Chance, wieder in ihren Bungalow zu gelangen. Mit ihr allein zu sein. Als unsere Mahlzeiten serviert wurden und wir beide beim zweiten Drink waren, wurde die Unterhaltung lebhafter, von der Stimmung her mehr wie ein Flirt, und ich wusste, ich hatte Lily da, wo ich sie haben wollte.

Sie ist viel zu leicht herumzukriegen. Und ich komme mir wie ein Riesenarschloch vor, so etwas zu denken.

Einen dritten Drink verkniff ich mir, weil ich einen klaren Kopf behalten wollte und zu viel Alkohol bei mir dazu führt, dass ich danach in Tiefschlaf falle. Und das geht nicht, da ich länger als Lily wach bleiben muss, damit ich mir diesen verdammten Laptop holen kann.

»Danke für die Einladung«, sagt sie, nachdem wir das Restaurant verlassen haben, und legt die Hand auf meinen Arm. Ihre Berührung brennt wie Feuer auf meiner Haut, sodass ich ihr den Arm beinahe entzogen hätte. Aber stattdessen bleibe ich stehen, umfasse ihr Handgelenk und ziehe sie näher zu mir. Sie lässt es bereitwillig geschehen, die Augen weit aufgerissen, die Lippen geöffnet.

Verdammt sexy.

Es wird auch nicht besser dadurch, dass ihr hochgestecktes Haar ihren Hals enthüllt, der förmlich zum

Hineinbeißen einlädt, und dass sie ein trägerloses hellgrünes Kleid trägt, das ihre Haut golden schimmern lässt. Große, dünne Kreolen baumeln an ihren Ohren, und um ihren Hals hängt eine lange Goldkette, die zwischen ihren Brüsten endet.

Sie ist nicht einfach nur sexy, sie ist schön. Süß. Ich will mehr von ihr. So viel mehr ... aber das ist unmöglich.

»Ich hätte deinem Enthaltsamkeitsvorschlag niemals zustimmen dürfen«, murmele ich, während ich sie mit Blicken verschlinge.

Sie lacht, ihre Augen funkeln, und ihre Wangen röten sich ein wenig. Habe ich es etwa geschafft, das unanständige Mädchen wieder zum Erröten zu bringen? Sieh einer an. »Gehörst du zu denen, die immer das haben wollen, was sie nicht kriegen können?«

»Eigentlich nicht.« Nur im Hinblick auf sie wäre die Antwort auf diese Frage ein uneingeschränktes Ja. Ich verstärke den Griff um ihr Handgelenk. »Ich bin eher der Typ, der sich nimmt, was er will.«

Lily presst die Lippen zusammen, und ich spüre unter meinen Fingern, wie ihr Herzschlag sich beschleunigt. »Wie du es bei mir gemacht hast?«

»Genau.« Sie ist so nah, dass ich ihren süßen Duft einatmen kann. *Verdammt*, die Frau riecht wirklich gut. Zart und frisch und zugleich schwer und dekadent – eine widersprüchliche Kombination, die bewirkt, dass ich mehr möchte.

Ich will Lily noch einmal schmecken. Noch eine Nacht mit ihr.

»Aber ich setze mich niemals über die Wünsche einer Dame hinweg«, sage ich und trete einen Schritt zurück. Ein enttäuschter Ausdruck huscht über ihr Gesicht, der meine eigene Enttäuschung widerspiegelt. Ich meine, was ich sage, aber ich hoffe, nein, ich *bete*, dass sie einlenken wird und doch mit mir schläft. Wenigstens noch ein einziges Mal. »Ich bin vielleicht ein Arschloch, aber so ein Riesenarschloch nun auch wieder nicht.«

»Manchmal ...« Sie fährt sich mit der Zunge über die Lippen, und der Anblick ihrer feucht schimmernden prallen Unterlippe geht mir direkt in den Schwanz. »Manchmal entscheidet die Dame zu übereilt. Sie hat die schlechte Angewohnheit, die Dinge nicht gründlich zu durchdenken.«

Ein Fünkchen Hoffnung flackert in mir auf. Eine dumme, idiotische Hoffnung. Ich sollte sie sofort im Keim ersticken. Mir diese letzte Nacht versagen. Aber ich wünsche es mir so sehr. »Und hat die Dame jetzt darüber nachgedacht?«

»Oh, ja. Das tut sie immer. In der Regel endet es damit, dass sie etwas tut, was sie hinterher bereut. Sie neigt dazu, ständig Fehler zu machen«, gesteht Lily leise ein.

Ich weiß nicht, worauf sie anspielt. Auf vergangene Entscheidungen, die sie bereut? Vielleicht. Das verstehe ich. »Glaubt sie denn, dass das, was zwischen uns passiert, ein Fehler ist?«

Langsam schüttelt sie den Kopf, macht einen Schritt auf mich zu. Als ihr Körper mich streift, durchfährt es mich wie ein Stromschlag. »Vielleicht. Ich weiß nicht. Aber das ist egal. Gegen manche Dinge kann man nun mal nicht ankämpfen.«

Ich gebe meinem Verlangen nach und berühre sie.

Lege meine Hand auf ihre Wange, neige ihren Kopf nach hinten, und an der Art, wie sie die Lippen öffnet, erkenne ich, dass sie bereit ist und begierig darauf wartet, von mir geküsst zu werden. Ich liebe es, wie sie auf mich reagiert. Ich fühle mich dann, als könnte ich die ganze verdammte Welt erobern. »Ich werde nichts tun, solange du nicht das Zauberwort sagst.«

Ihre fein geschwungenen Brauen furchen sich. »Welches Wort meinst du?«

Ich beuge mich zu ihr vor, und mein Mund ist nur noch Millimeter von ihrem entfernt, als ich flüstere: »Ja.«

Ihr Atem streift meine Lippen, süß und nach Minze riechend von dem Stück Minzschokolade, das sie sich beim Verlassen des Restaurants in den Mund geschoben hat. »Lass uns in dein Zimmer gehen, Max«, flüstert sie.

Ich küsse sie, ohne mich um die Leute zu scheren, die aus dem Restaurant kommen oder hineingehen. Die aus den Lautsprechern plätschernde hawaiianische Musik und das Stimmengewirr treten in den Hintergrund. Für mich existiert nur noch Lily, der Inbegriff meiner Sehnsucht. Sie schmeckt himmlisch, öffnet bereitwillig den Mund, empfängt freudig meine Zunge.

Ehe der Kuss außer Kontrolle gerät, weicht sie zurück und sieht mich schweigend an. »Ist das ein Ja?«, frage ich.

Sie nickt und drückt mir einen Kuss auf die Wange. »Ja.«

Dummerweise konnte ich sie nicht überreden, zu ihr zu gehen. Sie wollte unbedingt mein Zimmer sehen, war nicht davon abzubringen. Frustration macht sich nun in mir breit, als ich Lily durch den Flur zu meinem Zimmers führe. Fieberhaft denke ich nach, versuche einen Plan B zu finden, aber dann sieht Lily mich an, mit einem sanften Lächeln und schimmernden Augen, und, verdammt, alle Überlegungen, wie ich an ihren Laptop gelangen könnte, treten in den Hintergrund.

Das Einzige, was wichtig ist, ist Lily.

Vielleicht muss ich den Laptop gar nicht stehlen. Ich könnte die Dateien zerstören und Pilar das irgendwie beweisen. Herrgott, ich könnte alles auf einen Stick kopieren und Pilar diesen Stick dann in die Hand drücken. Obwohl ihr das sicher nicht genügen würde. Sie will unbedingt den Laptop haben.

Im Zimmer angekommen, sieht Lily sich schweigend um, als suche sie nach Hinweisen. Hinweisen darauf, wie ich ticke. Sie ist sicher enttäuscht, weil alles so ordentlich ist; mein Koffer steht geschlossen auf der Ablage, fertig gepackt für meine Abreise morgen früh, von der Lily keine Ahnung hat.

Anders als in meinem Zimmer, war es in Lilys Bungalow immer ziemlich unordentlich. Überall lagen Klamotten herum, auf der Kommode war Schmuck verstreut, neben der Tür stapelten sich achtlos hingeworfene Schuhe, und auf der Ablage im Bad herrschte ein Durcheinander aus Cremes, Schminke und Hygieneartikeln.

Die Unordnung war aufschlussreich. Ein Hinweis auf ihr chaotisches Innenleben. Sie behauptet zwar, sie habe gern die Kontrolle über alles, doch ihre Gewohnheiten und ihr Verhalten verraten etwas anderes.

Ich könnte der Mensch sein, der sie führt. Der ihr Halt gibt. Ich hatte als Kind und Jugendlicher kein eigenes Leben. Immer wollte ich den Erwartungen meines Vaters gerecht werden. Eine andere Wahl blieb mir ohnehin nicht. Es wurde so gemacht, wie er es für richtig hielt, oder gar nicht. Das begriff ich sehr schnell. Bei meinen ersten sexuellen Erlebnissen mit Mädchen verstand ich mein Verlangen nach Dominanz noch nicht. Es ist nicht so, dass ich brutal gewesen wäre, aber ich war intensiv. Bin es immer noch.

Jetzt verstehe ich mein Bedürfnis, kann damit umgehen. Frauen finden, die das akzeptieren. Ich sehe es ihnen meist an. Die Art, wie sie sich an mich schmiegen, die Worte, die sie sagen, der Ausdruck in ihren Augen verrät sie.

Bei Lily habe ich das nicht sofort erkannt, erst später. Sie war für mich eine Herausforderung, der ich mich beharrlich gestellt habe.

»Hast du eine schöne Aussicht?«, fragt sie, während sie auf die Glasschiebetür zugeht, die auf den Balkon führt.

»Sie ist nicht so grandios wie bei dir, Prinzessin. Aber für mich reicht es«, antworte ich und lächele ihr zu, als sie mir über die Schulter hinweg einen Blick zuwirft.

Sie wirkt nervös. Unsicher. Deshalb werde ich ihr Zeit geben, sich in Ruhe bei mir umzusehen, und alles tun, was nötig ist, damit sie sich wohlfühlt. Ich brauche sie entspannt, vertrauensvoll, offen. Dann werde ich sie hart rannehmen, bis sie erschöpft ist, und mich anschließend, wenn sie schläft, aus dem Zimmer stehlen.

Mist, das verdoppelt das Risiko.

Lily öffnet die Schiebetür und tritt auf den Balkon hinaus. »Es ist schön hier«, ruft sie.

Ich gehe rasch ins Bad, nehme aus meinem Kulturbeutel, der immer noch am Waschbecken steht, ein Kondom heraus und stecke es in die Tasche. Ich möchte vorbereitet sein. Lily ist so nervös, dass vermutlich eine falsche Bewegung genügen würde, um sie zu verscheuchen. Und das darf nicht geschehen.

Ich trete zu ihr auf den Balkon und genieße die kühle Abendluft, die Lilys süßen Duft mit sich trägt. Sie lehnt am Geländer, sieht auf das Meer hinaus und auf die Palmen, die sich im Wind wiegen. »Gefällt dir der Blick?«, frage ich. Ich weiß schon jetzt, dass ich diese herrliche Aussicht zu Hause vermissen werde, wo ich nur auf den gegenüberliegenden Häuserblock schaue.

»Ja. Es ist wunderschön. Sieh nur, wie das Meer im Mondlicht leuchtet.« Sie spannt sich an, als ich mich hinter sie stelle, dreht sich jedoch nicht um. Ich hoffe, sie fühlt sich durch mich nicht bedrängt. Ich will keinesfalls, dass sie Angst vor mir hat. »Von hier oben hat man einfach eine tolle Aussicht. Stell dir vor, wenn du noch höher wohnen würdest.«

»Höher kann ich mir nicht leisten. Penthouse ist für mich leider nicht drin«, scherze ich und lege die Hände auf ihre nackten Schultern. Sofort versteift sie sich, und ich flüstere ihr ins Ohr: »Entspann dich. Mir tut wirklich leid, was heute Nachmittag passiert ist.«

»Mir tut es auch leid«, wispert sie und senkt den

Kopf, gewährt mir einen verführerischen Blick auf ihren Nacken. Ich erliege der Versuchung, presse den Mund auf ihren Nacken und küsse sie zart von dort bis zu ihrer Schulter. Mit jedem gehauchten Kuss entspannt sie sich ein wenig mehr. Sie bekommt eine Gänsehaut, und ein kleiner Seufzer entringt sich ihrer Kehle. Ich trete näher, lege die Hände rechts und links von ihr auf das Geländer, klemme sie praktisch ein.

»Was tust du da?«, fragt sie und dreht den Kopf zu mir um, und ich nutze die Gelegenheit, um sie auf den Mund zu küssen. Tief. Ich will nicht reden. Reden verursacht zwischen uns nur Probleme, und heute Abend möchte ich beenden, was ich begonnen habe. Sie legt eine Hand in meinen Nacken, verwühlt ihre Finger in meinem Haar und drängt sich an mich, während ich von ihren Lippen trinke.

»Ich will nur, dass du dich gut fühlst«, raune ich an ihrem Mund, und eine tiefe Befriedigung erfüllt mich, als ich ihr Erzittern spüre. Mein Schwanz ist bereits steif, und das nur durch Lilys Nähe. Ihren Duft, ihren Geschmack. Ich beende den Kuss, und sie dreht den Kopf weg, blickt wieder auf das Meer hinaus. Unten spaziert ein Paar Hand in Hand über den gewundenen Weg, und ich schlinge die Arme um Lily, umfasse mit den Händen ihre Brüste.

»Jemand könnte uns sehen«, flüstert sie, während sie ihre Brüste in meine Handflächen schmiegt. Ihre automatische Reaktion auf meine Berührung steigert das bereits in mir tobende Verlangen zu einer beinahe schmerzhaften Raserei. Wie kann ich Lily jemals verlassen?

Wie kann ich sie aufgeben?

»Max«, keucht sie, schiebt meine Hände jedoch nicht weg. »Ich meine es ernst.« Für mich hört sie sich nicht so an. Eher erregt. Angetörnt.

Offenbar gefällt ihr die Vorstellung, jemand könnte uns beobachten. »Ich glaube nicht, dass jemand zu uns hochsieht.« Ich zupfe an dem trägerlosen Oberteil ihres Kleides, ziehe es runter und entblöße ihren Busen. Ein Keuchen entfährt ihr, als ich mit den Handflächen über ihre harten Nippel streiche, ihre üppigen Brüste knete, und mit einem leisen Stöhnen drückt sie sich an mich, reibt ihren Arsch an meiner Hose, reizt meinen Schwanz.

»Und wenn doch?«, japst sie.

»Dann werden wir eine gute Show bieten«, flüstere ich ihr ins Ohr und küsse und lecke ihren Hals. Mit einer Hand greife ich nach dem Rock ihres Kleides, dann weiche ich ein Stück zurück, um besser sehen zu können, und schiebe ihr den Rock über ihren perfekten Arsch hoch. Bei dem herrlichen Anblick, der sich mir daraufhin bietet, stockt mir der Atem.

Ein weißer Stringtanga zieht sich durch ihre Arschritze, sodass die prallen Backen unverhüllt vor mir liegen, und ich streiche über diese einladenden Rundungen, spüre einen wilden Triumph, als Lily sich meinen Händen entgegendrängt. Nun knete ich ihre Arschbacken, hinterlasse Abdrücke auf ihrer Haut, und dann schlage ich sie, verpasse ihr einen leichten Klaps, woraufhin sie hörbar die Luft einzieht.

Ich schiebe die Hand zwischen ihre Beine, wo der dünne Stoff ihres Höschens bereits total durchnässt ist, und sie stöhnt meinen Namen, als ich beginne, sie mit dem Finger zu ficken.

»Gefällt dir das, Prinzessin?«, frage ich, während ich mit der anderen Hand ihre Brüste drücke. Sie nickt wild, als wäre sie zu erregt, um zu sprechen, und ich schiebe einen zweiten Finger in ihre enge Möse. »Ich möchte dich genau hier auf dem Balkon ficken«, knurre ich, überwältigt von meinem tiefen Verlangen nach ihr. Ich berühre sie, küsse sie, und alles, woran ich denken kann, ist, sie zu erobern. Sie einzunehmen.

Sodass sie ganz und gar mir gehört.

»Tu es«, ächzt sie und bewegt die Hüften, um meine Finger tiefer zu befördern. »Fick mich.«

»Dann müsste ich meine Finger herausziehen, und das will ich noch nicht.« Zu meiner Überraschung protestiert sie nicht und stellt auch keine Forderungen. Das ist unser größtes Problem, wenn wir Sex haben. Es ist ein Machtkampf, bei dem es darum geht, wer letzten Endes bestimmt. Das macht mich total wahnsinnig, und ich weiß, ihr geht es genauso.

Andererseits passen wir so verdammt gut zusammen. Sie ist so empfänglich, so süchtig nach meinen Berührungen, meinem Mund, meinem Schwanz. Jetzt drängt sie sich mit schlängelnden Bewegungen an mich, ihre Muschi ist patschnass, und ihre inneren Muskeln ziehen sich rhythmisch zusammen. Sie ist kurz davor zu kommen, ihre Hände umklammern das Metallgeländer, und ihr Arsch reckt sich mir schon beinahe obszön entgegen.

Herrgott, wenn ich nicht aufpasse, werde *ich* gleich kommen. Mein Schwanz drängt sich so hart gegen den Schlitz meiner Hose, dass der verfluchte Reißverschluss einen Abdruck auf meiner Haut hinterlassen wird, wenn ich meinen Schwanz nicht sehr bald befreie. Es ist, als könnten Lily und ich einander nicht widerstehen.

Und ich will ihr auch nicht widerstehen.

Ich glaube, sie empfindet das genauso.

»Bitte«, wimmert sie und kommt meiner Hand noch weiter entgegen. Das Flehen in ihrer Stimme ist unüberhörbar, und ich schlinge den freien Arm um ihre Taille, während ich die Finger der anderen Hand nach wie vor in ihre Möse stoße.

Ich beuge mich vor, lege die Wange an ihre und frage leise: »Bitte ... was, Kleine?«

»Bitte, lass mich kommen«, sagt sie und schreit leise auf, als ich aufhöre, meine Finger in ihr zu bewegen.

Es ist dieses *Lass mich kommen*, was mich total umhaut. Als würde sie um Erlaubnis bitten. Als hätte sie endlich erkannt, wer hier das Sagen hat, und das ist nicht sie.

Wow.

»Willst du nicht auf meinen Schwanz warten?«, frage ich.

Jetzt ist sie diejenige, die in ihren Bewegungen innehält, wenngleich sie am ganzen Körper zittert. »Doch. Aber ...«

»Du willst jetzt kommen«, beende ich den Satz für sie.

Sie nickt. »Entschuldige.«

Okay, genug ist genug. Sie gibt mir alles, wonach ich mich sehne, sagt all die richtigen Dinge, reagiert genau richtig. Sollte sie absichtlich versuchen, mich um meinen verdammten Verstand zu bringen, so gelingt ihr das sehr gut. »Du musst dich nicht entschuldigen«, versichere ich ihr. »Ich werde dir geben, was du brauchst.«

Ehe sie etwas sagen oder tun kann, reibe ich mit dem Daumen über ihre geschwollene Klitoris und drücke fest zu. Ein erleichtertes Seufzen entfährt ihr, und sie lässt die Hüften kreisen, presst keuchend ihre Möse gegen meine Hand. Sie strebt ihrem Höhepunkt entgegen, rast darauf zu, und ich beschließe, ihr dabei zu helfen.

»Du bist so verdammt eng, Prinzessin«, murmele ich. »Magst du es, wie meine Finger dich ficken? Magst du sie lieber als meinen Schwanz?«

»I-ich mag b-beide«, stammelt sie, und ich bin beeindruckt, dass sie überhaupt imstande ist zu sprechen.

»Ich werde dir beides geben. Dich mit den Fingern ficken, bis du kommst, und dann mit meinem Schwanz. Willst du das?«

»Oh Gott ... ja«, stöhnt sie, und ich spüre, wie ihre Möse sich um meine Finger zusammenkrampft, ehe Lily mit einem Schluchzen geradezu explosionsartig kommt. Sie zittert in meinen Armen, überschwemmt meine Finger mit ihrem Saft. Als sie matt gegen mich sinkt, ziehe ich behutsam die Finger aus ihr heraus, nehme das Kondom aus der Hosentasche, lasse meine Hose herunter und streife sie ab.

Mit den Zähnen reiße ich die Packung auf und ziehe das Gummi heraus, während ich gleichzeitig Lilys Beine weit spreize. Einen Moment halte ich inne und starre auf ihre Möse. Sie ist rosa, feucht glänzend und perfekt für mich erkennbar, und als ich mich von dem faszinierenden Anblick losreiße, ertappe ich Lily dabei, wie sie mich über die Schulter hinweg ansieht.

Ihr Atem geht immer noch abgehackt. Ihre Lippen sind feucht und geöffnet, und ihre Augen sind riesengroß und leuchten geradezu. Ich beuge mich vor und küsse sie heftig, spüre wie sie die intensive Verbindung, die zwischen uns besteht.

»Du bist so verdammt schön, Prinzessin«, sage ich und streife mir das Kondom über, ohne den Blickkontakt zu unterbrechen.

Stimmen ertönen, und keuchend dreht sie sich weg und späht nach unten. Vier Leute gehen vorbei; wie es aussieht, zwei Paare. Sie lachen und unterhalten sich lauthals, sind wahrscheinlich ein wenig betrunken. Lily beugt sich über das Balkongeländer, sodass ihre Brüste praktisch über dem Geländer baumeln, und ich nutze diesen Moment, um in sie einzudringen.

Sie schwankt ein wenig, gibt ein kehliges Stöhnen von sich.

Schlagartig hört unten die Unterhaltung auf, und wir erstarren, während mein Schwanz ungeduldig in ihrer engen Möse pocht. Mit angehaltenem Atem warte ich ab, streiche mit einer Hand über ihren Arsch und halte mit der anderen ihre Taille umfangen. Langsam beginnt sie, sich zu bewegen, und ich blicke zu der Stelle hinunter, wo wir verbunden sind, beobachte gebannt, wie ihre Möse über meinen Schwanz gleitet, ihn tiefer und tiefer in sich aufnimmt, bis er ganz in ihr verschwunden ist, und ihn dann langsam wieder freigibt, bis nur noch die Spitze in ihr ist.

Ich atme aus, versuche mich zu beherrschen, obwohl ich nichts lieber will, als meinen Schwanz wild in sie zu rammen, bis wir beide zerspringen. Sie reitet auf meinem Schwanz, ihre Brüste schwingen hin und her, ihr Arsch drängt sich an meinen Unterleib, bis ich bis zu den Eiern in ihrer engen heißen Spalte stecke.

»Verdammt, du fühlst dich so gut an«, sage ich, was sie noch mehr anspornt. Die Leute sind verschwunden. Vor Begeisterung darüber, wie sie mich fickt, habe ich das gar nicht mitbekommen. Denn im Moment ist definitiv sie diejenige, die fickt. Ich überlasse es ihr, Tiefe und Tempo zu bestimmen, weil ich so fasziniert von ihren Bewegungen bin, von der Form ihres Arsches, von der zügellosen und zugleich kontrollierten Art, wie sie mich reitet.

Sie dreht den Kopf zu mir um, ihre Ohrringe blitzen auf; ihre Augen sind dunkel und ihr Mund geöffnet, als würde sie nach Atem ringen. Ich greife in ihr Haar, packe ein Büschel und ziehe Lilys Kopf zu mir. Dann küssen wir uns mit Zungen und Zähnen, während mein Schwanz nach wie vor in ihr steckt, und sie stöhnt so laut, dass ich Angst habe, man könnte uns hören.

Aber nicht genug Angst, um aufzuhören. Es hat etwas Befreiendes an sich, hier oben zu sein, wo jeder uns sehen könnte, unsere nackten Körper in Mondlicht getaucht. Dazu Lilys kehliges Stöhnen, mein heiseres Knurren und die leichte Brise, die über unsere vereinten Körper streicht, unsere erhitze Haut kühlt.

»Macht es dir Spaß, beim Ficken die Kontrolle zu haben?«, frage ich, nachdem ich den Kuss beendet habe. »Bist du damit einverstanden, dass ich jetzt die Führung übernehme?«

»Gefällt dir nicht, was ich tue?« Sie zieht diese samtigen inneren Muskeln um meinen Schwanz zusammen, entlockt mir ein Stöhnen, und dann drücke ich sie nach vorn, sodass sie wieder gebückt dasteht und sich am Geländer festhält. Eine Hand in ihrem Haar und die andere auf ihrer Hüfte, beginne ich, sie zu ficken. Sie zu nehmen.

Sie als meinen Besitz zu markieren.

Sie kommt keinmal aus dem Takt, ihr Körper bewegt sich im Rhythmus mit meinem, ihre Beine spreizen sich weiter, und ich dringe noch tiefer in sie ein. Ich lasse ihr Haar los, packe sie mit beiden Händen an den Hüften und stoße so fest zu, dass mein Bauch gegen ihren Arsch klatscht. Und noch einmal. Härter. Meine Eier streifen ihre Möse, während ich sie weiter und weiter ficke.

»Oh, ja«, seufzt sie, ehe ihre Möse sich zuckend um meinen Schwanz zusammenzieht und ein heftiges Beben ihren Körper durchläuft. Ich halte sie fest, begleite sie durch ihren Orgasmus, flüstere ihr zärtliche und obszöne Worte ins Ohr, die sie noch mehr erbeben lassen, während sie sich an mich schmiegt. Ich bin total angespannt, mir ist schwindlig, mein Herz rast, mein Schwanz pulsiert vor Verlangen nach Erlösung, und als Lily schließlich ruhiger wird und ein letztes zittriges Keuchen ausstößt, beginne ich, mich wieder in ihr zu bewegen.

»Beug dich vor, und halt dich fest, Prinzessin«, ordne ich an, und bereitwillig folgt sie der Aufforderung. »Ich werde dich jetzt hart ficken.« Es soll eine Warnung sein, aber ich glaube nicht, dass sie Angst hat.

Nein, Angst hat sie weiß Gott nicht. Sie wackelt

verführerisch mit ihrem süßen Arsch, und ich gleite noch tiefer in sie hinein, so tief ich kann. Ich nehme sie ohne jede Rücksicht, benutze sie mit jedem rasenden Stoß meiner Hüften. Ich rammle sie wie ein wildes Tier, entfesselt, zügellos, bis das vertraute Kribbeln am unteren Ende meiner Wirbelsäule einsetzt und sich ins Unerträgliche steigert, ehe ich explodiere, in Abertausend Teile zerspringe.

Und ich frage mich zum ersten Mal in meinem Leben, ob ich je wieder ganz werden kann.

KAPITEL 19

Max

Schäbiger Mistkerl, der ich bin, brachte ich sie zu ihrem Bungalow, unter dem Vorwand, sie ins Bett bringen zu wollen.

»Kann ich nicht bei dir übernachten?«, hatte sie geflüstert, während sie mit den Händen über meinen Oberkörper strich und ihren sexy Körper an mich schmiegte.

Ich schlüpfte aus dem Bett, sammelte ihr Kleid und ihren Tanga ein und warf ihr beides zu. »Zieh dich an, Prinzessin«, sagte ich, ohne auf ihre Frage einzugehen. Sie war immer noch ein wenig beschwipst, zu benommen, um nachzuhaken.

Am Bungalow angekommen, schließt sie die Tür auf – Gott sei Dank lässt sie die Schiebetür inzwischen nicht mehr unverschlossen –, und ich steuere sofort auf ihr Schlafzimmer zu, helfe ihr beim Ausziehen, fasse sie an den Schultern und befördere sie sanft in ihr Bett.

»Geh nicht fort.« Sie streckt die Arme nach mir aus, und die Decke rutscht ihr auf die Taille herab, enthüllt ihre spektakulären Brüste. Ich erspähe ein rotes Mal an ihrem Hals und weiß, dass es von meinen Lippen stammt. Stolz erfüllt mich, jäh und intensiv, und ich sage mir, was für ein Arschloch ich bin, dass es mich derart antörnt, dass ich sie quasi gebrandmarkt habe, aber das ändert nichts an meinem Hochgefühl.

Es ist ein primitives, archaisches Gefühl, das mit dem Wunsch einhergeht, mir auf die Brust zu trommeln, Lily bei den Haaren zu packen und der ganzen Welt zu verkünden, dass sie mir gehört.

Total bescheuert.

»Komm her.« Ich lege mich neben sie, aber auf die Zudecke, denn wenn ich mit unter die Decke schlüpfen würde, könnte ich nicht anders, als Lily wieder zu berühren, und dann wäre ich hinterher zu erschöpft.

Lily kuschelt sich in meine Arme, bettet mit wohligem Seufzen den Kopf auf meine Brust. Ich drücke ihr einen Kuss auf den Scheitel, lege das Kinn auf ihren Kopf und widerstehe der Versuchung, obwohl sie sich so gut anfühlt, so gut riecht. Ich habe sie vor noch nicht einmal zwanzig Minuten gehabt. Wir hatten dreimal Sex innerhalb von eineinhalb Stunden, und jedes einzelne Mal war verdammt großartig.

Doch dann begann sie müde zu werden. Gähnte ständig. Kicherte ein paarmal, die Augen fielen ihr zu, und sie schlang die Arme um das Kissen. Der viele Alkohol zeigte seine Wirkung, und ich wusste, dass dies womöglich meine einzige Chance war, in ihren Bungalow zu gelangen. Und da liegt sie nun in meinen Armen, weich und süß und vertrauensvoll, und ich komme mir wie das gemeinste Arschloch auf Erden vor.

Ich fasse es nicht, dass ich das jetzt tatsächlich durchziehen werde. Ich habe jede Menge Chancen gehabt und jede einzelne absichtlich – und aus purem

Egoismus – vertan. Ich habe mir eingeredet, es sei noch zu früh. Jedes Mal, wenn ich in ihrem Bungalow war und sich die Gelegenheit bot, habe ich gekniffen. Noch einen Tag mit Lily, habe ich mir gesagt. Noch eine Nacht. Noch einen Kuss, noch einmal Sex mit ihr ...

Warum braucht Pilar diesen Scheißcomputer so dringend? Was könnte darauf gespeichert sein? Was hat Lily über die Geliebte ihres Vaters herausgefunden? Sie hat gegen Pilar irgendetwas in der Hand, so viel steht fest. Lily ist clever. Die verfluchte Pilar aber auch. Und Pilar ist obendrein berechnend. Bösartig.

Gefährlich.

»Versprich mir, dass wir uns morgen sehen«, murmelt Lily schläfrig.

Ich spüre einen Stich im Herzen. »Versprochen.«

Lügner.

»Versprich mir, dass wir uns nicht streiten werden.«

»Versprochen.« Das ist keine Lüge. Wie können wir uns streiten, wenn wir uns nicht sehen?

»Gut.« Sie seufzt und küsst mich auf die Brust; ihre Lippen sind feucht und warm, und es geht mir durch und durch. »Ich hab dich gern, Max. Sehr gern.«

Ich fühle mich elend. Warum muss sie so etwas sagen und sich in mein hart gepanzertes Herz schmuggeln? Verdammt, ich wollte das nicht ... wollte mich nicht in sie verlieben. Na ja, ich bin nicht wirklich in sie verliebt. Es ist eher so, dass ich mich körperlich sehr zu ihr hingezogen fühle und ihr nur schwer widerstehen kann.

Gib zu, dass du dich in sie verliebt hast, du herzloser Mistkerl.

Okay. Botschaft verstanden. Aber ich bin nicht herzlos. Mein Herz schlägt wie verrückt, pocht in einem Rhythmus, in dem ihr Name fast hörbar mitschwingt. *Li-ly, Li-ly.* Das ist total verrückt. Ich bin verrückt.

Verrückt nach ihr.

Seufzend starre ich auf das Fenster in der gegenüberliegenden Wand, bis mir alles vor Augen verschwimmt und ich die Lider schließe. Lilys Körper wird immer schwerer, und bald verrät ihr gleichmäßiger Atem, dass sie eingeschlafen ist.

Noch ein paar Minuten, sage ich mir. Ich werde noch ein paar Minuten bei ihr bleiben und warten, bis sie im Tiefschlaf ist. Und dann werde ich mich mitsamt dem verfluchten Laptop aus dem Staub machen.

Das Problem ist, dass ich ebenfalls für ein paar Stunden wegdöse. Und grässliche Träume habe, die sich schrecklich real anfühlen: Den Laptop in den Händen, fliehe ich aus dem Bungalow und werde von Lily ertappt. Tränen strömen ihr über das Gesicht, und sie schreit, wie sehr sie mir vertraut und wie sehr ich sie verletzt habe. Dass sie mich hasst. Mich so sehr hasst, dass sie mich nie wieder sehen will.

Ich flehe sie an, mir zu verzeihen. Will ihr den Laptop zurückgeben, doch sie nimmt ihn nicht an. Je mehr sie sich weigert, desto beharrlicher werde ich, reiche ihr den verdammten Laptop, drücke ihn ihr in die Arme …

Und dann verwandelt sie sich in Pilar und lacht mich aus, spöttisch und schrill. Sie reißt mir den Laptop aus den Händen, und ich halte mir die Ohren zu und drehe mich weg, damit ich sie nicht ansehen muss, aber irgendwie kann ich ihr nicht entkommen. Sie lacht und lacht, ihr offener Mund wird immer größer, wie ein schwarzes Loch, und dann kommt sie auf mich zu und erhebt den Laptop über ihren Kopf, als wollte sie mich damit schlagen.

Ruckartig wache ich auf, hebe den Kopf und unterdrücke ein Stöhnen, weil mir der Nacken, weil ich so unbequem gelegen habe, wehtut. Lily ist immer noch an mich gekuschelt, ihr Kopf ruht auf meiner Schulter, und vorsichtig rutsche ich Zentimeter für Zentimeter unter ihr weg. Sie schläft tief und fest weiter, und ich stehe leise auf, ziehe die Bettdecke hoch und decke Lily bis zum Hals zu.

Einen Moment lang stehe ich neben dem Bett und blinzele heftig, um wach zu werden. Sie sieht so schön aus, so friedlich. Ihre Lippen sind leicht geöffnet, ihr prächtiges Haar ist wild zerzaust. Selbst im Schlaf ist sie hinreißend.

Ich möchte nicht gehen. Ich möchte Lily behalten. Mit ihr zusammen sein. Wir könnten die Welt aus den Angeln heben, Lily und ich. Das weiß ich. Wir sind uns ähnlicher, als ich mir eingestehen will. Ich glaube, wir würden einander guttun.

Aber das geht nicht. Ich muss den Auftrag ausführen. Das ist mein Job. Und mein Job – meine Firma – ist alles, was ich habe. Was auch immer ich für Lily empfinden mag, ich habe keine anderen Sicherheiten. Ich muss diesen verfluchten Laptop beschaffen, obwohl mir das jetzt, da ich Lily kenne, total gegen den Strich geht. Ich hasse Pilar Vasquez und ihre beschissenen Forderungen.

Ich schließe die Augen, balle die Hände zu Fäusten

und atme tief durch. Herrgott, ich bin total irrational. Diese Frau ... Ich weiß nicht, was sich zwischen uns entwickeln könnte, aber das Ganze ist so unwirklich. Ich bin so anders. Dieses Tropenparadies und das vermeintliche Urlaubsgefühl haben mich total weichgespült. Wenn Lily die Wahrheit herausfindet, bin ich geliefert. Ich muss gehen. Mir den Scheißlaptop krallen und abhauen. Aber das ist das letzte Mal, dass ich bei ihr bin, sie ansehen kann, sie berühren kann ...

Langsam strecke ich die Hand aus, streiche mit den Fingerspitzen über ihre Wange. Sie bewegt sich und seufzt, ihre Augenlider flattern, und sofort ziehe ich die Hand wieder weg und bete, sie möge nicht aufwachen.

Sie schläft weiter. Ich bin erleichtert, aber gleichzeitig auch ein wenig enttäuscht. Wäre sie wach geworden, hätte ich bei ihr bleiben müssen.

Auf Zehenspitzen schleiche ich nun zum Schrank und schiebe leise die Tür auf. Blind taste ich nach dem Laptop und bin keineswegs überrascht, ihn an genau derselben Stelle vorzufinden, wo ich ihn das letzte Mal gesehen habe.

Den Laptop fest an die Brust gedrückt, stehle ich mich aus dem Bungalow.

Und blicke nicht ein einziges Mal zurück.

KAPITEL 20

Lily

»Maui hat dir gutgetan«, sagt Violet zur Begrüßung, und ich renne ihr entgegen, stürze mich förmlich in ihre ausgebreiteten Arme. Während ich sie an mich drücke, schließe ich kurz die Augen und nehme ihre Wärme und Liebe in mich auf, unendlich dankbar dafür, wieder bei ihr zu sein.

»Es ist ewig her, dass wir uns zuletzt gesehen haben«, sage ich und gehe, ohne Violet loszulassen, einen kleinen Schritt zurück.

»Stimmt«, antwortet Violet lächelnd. Sie sieht großartig aus. Ihr volles dunkles Haar fällt ihr in üppigen Locken über den Rücken, ihre dunklen Augen funkeln und blitzen genauso wie der Diamant an ihrem Finger. Ich erinnere mich nicht, Violet jemals so glücklich erlebt zu haben.

Vor Freude kommen mir fast die Tränen. Bis jetzt war mir gar nicht bewusst, wie sehr ich meine Schwester vermisst habe. »Skype ist einfach kein Ersatz«, stoße ich heiser hervor und räuspere mich, um gegen den Kloß in meiner Kehle anzukämpfen.

Violet zieht eine Grimasse und nickt. »Da bin ich absolut deiner Meinung. Aber weißt du was? Du hast mich jetzt ständig am Hals. Wir werden nicht mehr nach London zurückgehen, außer zu Besuch.«

Ich bin für diesen herzlichen Empfang so dankbar, dass meine Anspannung langsam nachlässt. Als ich heute Morgen zu Fleur aufbrach, hatte ich eine Heidenangst. Ich freute mich wirklich nicht darauf, Daddy, Grandma, Rose, Violet und vor allem diese böse Hexe Pilar wiederzusehen, wobei »nicht freuen« mehr als untertrieben ist.

Nein, ich hatte richtig Bammel davor, was sie alle sagen würden. Am liebsten wäre es mir, wenn meine überstürzte Reise nach Maui unter den Teppich gekehrt werden würde. Ich wollte meinen Problemen entfliehen, insbesondere einem Problem, das ich nicht öffentlich machen will und Pilar sicher genauso wenig.

Am liebsten würde ich überhaupt nicht mehr über Maui reden. Über den Mann, den ich dort kennengelernt habe. Den Mann, der mich hintergangen, mich bestohlen hat …

Ich habe so meine Vermutung, warum Max das getan hat. Es ist noch nicht bewiesen, aber … *hey*. Ich hatte Schmuck in meinem Koffer, wertvollen Schmuck. Bargeld in der Handtasche und in meiner Reisetasche. Dennoch nahm er nur meinen Laptop. Das Arschloch hat ihn mir *geklaut*.

Warum?

Wäre es möglich, dass er für Pilar arbeitet?

Nein. Ausgeschlossen, das glaube ich nicht. Vielleicht hat nicht er den Laptop gestohlen, sondern einer der Hotelangestellten. Ich hatte nie nachgesehen, ob der Laptop noch da war. Er könnte schon Tage vorher verschwunden gewesen sein.

Das ist das Problem. Ich weiß nicht sicher, wann er

gestohlen wurde und warum. Natürlich kommt Max als Täter infrage. Darauf würde eine Menge hindeuten. Er hielt mich in den Armen, bis ich eingeschlafen war, und als ich morgens benommen und verkatert erwachte, war Max weg. War verschwunden, als hätte es ihn nie gegeben. Er hat nicht einmal ein paar Zeilen hinterlassen. Ich suchte ihn überall. Am Pool, in der Lobby, am Strand, im Restaurant, doch er war nirgendwo zu sehen.

Schließlich ging ich zu seinem Hotelzimmer. Die Tür stand einen Spalt offen, und die Zimmermädchen machten gerade sauber. Max' Sachen waren weg. Ein Zimmermädchen teilte mir mit, Max habe bereits am frühen Morgen ausgecheckt.

Er hat sich nicht einmal die Mühe gemacht, sich von mir zu verabschieden.

Es tut weh, dass ich ihm nicht einmal einen Abschiedsgruß wert war. Und dass er mich bewusst angelogen hat, als er sagte, wir würden uns am nächsten Tag sehen. Ich kapier das alles nicht.

Was habe ich falsch gemacht? Als wir an jenem letzten Abend Sex hatten, habe ich versucht, ihm alle seine Wünsche zu erfüllen. Ich wollte ihn zufriedenstellen, mich ihm unterwerfen, nicht nur, um ihn glücklich zu machen, sondern auch deshalb, weil es mich angetörnt hat. Es gefiel mir, Max die Führung zu überlassen, mich ganz auf meine Lust zu konzentrieren. Seine dominante Art erregte mich, die Worte, die er sagte, die Befehle, die er mir erteilte. Ich wollte mehr. Wollte alles von ihm haben ...

Und er wollte mich überhaupt nicht haben.

Der Gedanke, wieder nach Hause fahren zu müssen, machte mich total nervös. Allein schon bei der Buchung des Rückflugs bekam ich fast eine Panikattacke. Auf dem Flug schluckte ich dann zur Entspannung ein Beruhigungsmittel, was dazu führte, dass ich praktisch während des gesamten Fluges schlief. Zu Hause angekommen, fiel ich sofort ins Bett, nur um dann um drei Uhr früh wieder hellwach zu sein, weitäugig und starr vor Angst. Da jeder Versuch, wieder einzuschlafen, sinnlos gewesen wäre, stand ich auf, legte mir mein Outfit zurecht, duschte dann lange und heiß, und während ich mir anschließend das Haar trocken föhnte, spielte ich in Gedanken immer wieder durch, was ich zu jedem sagen würde, und hoffte inständig, ich würde mich nicht komplett zur Idiotin machen.

Violet ist das erste Hindernis auf dem vor mir liegenden Weg, und mit ihr lässt es sich schon einmal gut an.

»Ich dachte, du wolltest für unbegrenzte Zeit in London bleiben«, sage ich, als Violet sich wieder hinter ihren Schreibtisch setzt, als wäre sie niemals aus Fleurs Hauptzentrale in Manhattan weg gewesen. Während ihrer Abwesenheit hatte man ihr Büro unverändert erhalten, und das aus gutem Grund. Violet ist ein wesentlicher Bestandteil der Firma und wird sie sehr wahrscheinlich eines Tages leiten. Daddy hatte sicher schnell erkannt, dass sie nicht allzu lange würde wegbleiben können.

Ich setze mich auf den Stuhl vor ihrem Schreibtisch und grinse innerlich über Violets übertriebene Art, ihr Gesicht zu verziehen. »Wir wollten mit Pilar nichts zu tun haben und möglichst lange in London bleiben.

Das hielten Ryder und ich für das Beste. Aber dann begann hier das Gemurre laut zu werden. Wir hörten, die Leute seien nicht zufrieden mit Pilars Führungsstil und mit der Richtung, in die sie die Firma lenkt. Und schließlich fing Vater an, die Marketing- und Vertriebspläne für unsere Parfüms endgültig auszuarbeiten, und er lag mir ständig in den Ohren, wie sehr er mich hier brauchte. Sogar Grandma rief an und bat mich zurückzukommen.«

Bei der Erwähnung von Pilars Namen habe ich mich automatisch angespannt. Ich vergesse immer, dass Pilar und Ryder mal was miteinander hatten, obwohl ich das nicht vergessen sollte, weil ... *hallo?* Das ist echt ein dickes Ding. Und sehr seltsam. Doch ich habe an Ryder nichts auszusetzen, seit Violet mir etwas über seinen Hintergrund erzählt hat und unter was für beschissenen Verhältnissen er aufgewachsen ist.

»Man murrt über die Richtung, in die Pilar die Firma lenkt? Wie das? Wie viel Mitspracherecht hat sie überhaupt?«, frage ich neugierig. Wenn es nach Pilar ginge, würde sie uns alle rauswerfen und die Firma ganz übernehmen. Ich bin an sich keine Bedrohung, weil ich nicht bei Fleur arbeite, doch mir gehören nach wie vor Firmenanteile, und ich weiß, dass sie das unglaublich wurmt.

Sie betrachtet uns drei Schwestern als Feinde. Deshalb intrigiert und plant sie, ersinnt Möglichkeiten, uns loszuwerden – und Violet ist ihr der größte Dorn im Auge.

Ich sollte meiner Schwester von meinem Verdacht erzählen. Ich sollte sie davon unterrichten, dass Pilar wahrscheinlich vorhat, Betriebsgeheimnisse an Fleurs Konkurrenz zu verkaufen. Aber wie soll ich ihr das beibringen, ohne dass sie komplett ausrastet und Ryder auf einen Rachefeldzug schickt? Das kann ich nicht riskieren.

Also halte ich den Mund. Ich habe meine eigenen Pläne. Und nun, da ich zurück bin, ist es für mich an der Zeit, ein paar Dinge anzuleiern.

»Es gibt eine Menge Gerede über Expansion, und darüber ist niemand erfreut, am wenigsten Ryder und ich.« Jedes Mal, wenn Violet den Namen ihres Verlobten ausspricht, lächelt sie. Ich frage mich, ob sie sich dessen überhaupt bewusst ist. »Pilar will zu schnell expandieren, und das könnte der Infrastruktur der Firma schaden. Ihre größenwahnsinnigen Pläne sind völlig außer Kontrolle geraten, und ich hielt es nicht aus, mir das noch länger mit anzuhören. Ryder ging es genauso. Deshalb sind wir zurückgekommen. Wir wollen Pilar stoppen, bevor sie Fleur endgültig ruiniert.«

Nachdenklich sehe ich sie an. »Ihr seid also zurück, um Pilars Pläne zu untergraben.« Das ist Pilar sicher bewusst. Deshalb tritt sie auch nach allen Seiten und schmiedet ihre bösen Pläne.

Violet lächelt schief. »So gut wir können. Wir dürfen doch nicht zulassen, dass sie unser Erbe kaputt macht, oder?« Sie unterbricht sich, ihre Augen funkeln schalkhaft. »Mir ist übrigens zu Ohren gekommen, dass es im Paradies Ärger gibt.«

»Erzähl!« Erwartungsvoll beuge ich mich vor, um den neuesten Klatsch über Daddy und Pilar zu erfahren. Ich will alle Informationen, die ich erhalten kann, sammeln, um sie später womöglich gegen Pilar zu verwenden.

Violet blickt kurz zur Tür, um sich zu vergewissern, dass sie geschlossen ist. Es wäre zu peinlich, wenn man sie dabei ertappen würde, wie sie solchen Klatsch verbreitet. »Sie drängt auf eine baldige Hochzeit, und er will nicht. Zugegeben, er hat ihr einen Verlobungsring geschenkt, aber in erster Linie, damit sie endlich Ruhe gibt. Jetzt wird sie langsam unruhig«, sagt Violet mit verschwörerisch gesenkter Stimme, als wäre ihr Büro verwanzt. »Grandma hat mir erzählt, dass er zu ihr kam und jammerte, er sei noch nicht bereit, wieder zu heiraten.«

»Echt?« Es überrascht mich, dass er so etwas seiner Mutter, unserer Großmutter, anvertraut. Unser Vater liebt es nämlich, sich permanent damit zu brüsten, wie toll sein Leben doch sei. Er hat Pilar den Ring nicht nur geschenkt, damit sie beruhigt ist, sondern auch, weil er sich gern mit einer schönen, jüngeren Frau an seiner Seite schmückt, die obendrein auch noch seine Geschäftspartnerin ist. Eine Komplizin, ausgebufft, eigenwillig und mehr als bereit, Fleur auf ein neues Niveau anzuheben. Was kümmern ihn da seine Töchter, die Fleur ebenfalls weiterentwickeln wollen.

Oder vielmehr seine *Tochter*. Ich habe kein Interesse an der Firmenleitung, und ich glaube, Rose geht es mittlerweile genauso.

Er hasst es, wenn wir Mädchen ihm irgendwelche Probleme machen – dabei wurde ich doch nur geboren, um ihm Probleme zu machen – oder Skandale verursachen. Dad war nicht gerade glücklich über

Roses neuen Gatten mit der etwas dubiosen Vergangenheit und ihre total überraschende Schwangerschaft. Und dass Violet ihren Zachary fallen ließ, um sich sofort in eine Beziehung mit Ryder McKay zu stürzen, fand er anfangs auch nicht gerade prickelnd.

Mal ganz zu schweigen davon, wie oft ich seinen Unmut hervorgerufen habe. Nahezu täglich.

»Keine Ahnung, wie lange die beiden noch zusammenbleiben werden, aber es sieht nicht gut aus. Und ich glaube, Pilar ist sich dessen bewusst«, erzählt Violet weiter. »Mir soll es recht sein. Du weißt ja, wie ich über Pilar denke.«

Ich setze eine unschuldige Miene auf. »Du findest sie großartig, nicht wahr?«

»Ha.« Violet verzieht das Gesicht. »Ich hasse sie«, knurrt sie, und ich weiß, dass Violet normalerweise niemanden hasst.

»Das gilt, glaube ich, für uns alle«, antworte ich.

Violet winkt ab. »Beenden wir das Thema Pilar. Wie war dein Urlaub? Wie ist Maui so? Hattest du eine gute Zeit?«

Urlaub. So habe ich das in der SMS genannt, die ich ihr vor der Abreise nach Maui geschickt habe. Was hätte ich Violet sonst sagen sollen?

Ich bin auf der Flucht vor Pilar, weil ich Beweise für ihre Untreue habe und die starke Vermutung, dass sie unser Familienunternehmen ruinieren will?

Nein, damit hätte ich nur die Pferde scheu gemacht. Ich werde so lange den Mund halten, bis ich hundertprozentige Sicherheit habe. Es ist eine Sache, Pilar zu beschuldigen, meinen Vater mit anderen Männern zu betrügen – den Beweis dafür habe ich in Form von

E-Mails. Aber der Vorwurf, dass sie Firmengeheimnisse an einen von Fleurs Konkurrenten verkauft? Dafür habe ich keinen Beweis.

Das sind bloße Vermutungen.

»Es war nett. Erholsam.« Lügen. Ich bin so fertig wie selten zuvor. Und ich werde definitiv nichts über meine Liaison mit Max verlauten lassen. Einen Mann, dessen Nachnamen ich nicht einmal kenne. Von dem ich nicht einmal weiß, was er beruflich macht, außer, dass es geheim ist. Oder ob er tatsächlich Single ist, wie er behauptet hat. Er könnte genauso gut verheiratet sein, Kinder haben und eine Art Doppelleben führen.

Was ich weiß, ist, dass er traumhaft gut küssen konnte und dass ich jedes Mal dahingeschmolzen bin, wenn er mich auch nur ansah. Und dass er, wenn er mich gefickt hat, total über meinen Körper bestimmt und verfügt hat.

Was mir sehr gut gefiel.

Erinnerungen an jene letzte Nacht mit ihm stürmen auf mich ein. Indem ich ihm die absolute Kontrolle über mich überließ, habe ich mich in Bereiche vorgewagt, die ich bis dahin nicht kannte. Ich war verloren, auf die köstlichste, wunderbarste Art verloren. Mein Kopf war völlig leer, als er mich berührte, mir das Kleid bis zur Taille hochschob und mir dann binnen Minuten nicht nur einen, sondern zwei Orgasmen verschaffte. Und das alles auf dem Balkon seines Hotelzimmers, wo uns jeder sehen konnte.

Der schärfste Sex meines Lebens.

Und alles ruiniert, weil er mich ohne Abschied verlassen hat. Mich bestohlen hat.

Gott, wie konnte ich nur so leichtgläubig sein?

»Nett? Mehr hast du dazu nicht zu sagen?« Sie stützt die Ellbogen auf den Schreibtisch, das Kinn auf die Hände und mustert mich. »Ich habe Ryder vorgeschlagen, unsere Flitterwochen in Hawaii zu verbringen, aber er will lieber in die Karibik. Du musst mir irgendwann Genaueres über die Hotelanlage erzählen, dann kann ich Ryder vielleicht noch umstimmen.«

»Aber in der Karibik ist es doch auch schön«, wende ich ein. Ich werde ihr auf keinen Fall zu dem Hotel raten, in dem ich war. So etwas wie der Faunus-Club würde sie zu Tode erschrecken.

»Mich zieht es eher nach Hawaii. Ich muss Ryder nur noch davon überzeugen, dass das für unsere Flitterwochen die bessere Wahl ist.« Sie grinst. »Und, was hast du auf Maui so getrieben? Sehenswürdigkeiten besichtigt? Faul am Strand gelegen? Hast du jemanden kennengelernt? Ich war noch nie allein im Urlaub. Ich wüsste wahrscheinlich gar nichts mit mir anzufangen.«

»Ähm …« Ich suche nach Worten. *Mit einem Fremden herumgevögelt?* Das würde nicht gut ankommen. »Es war super erholsam. Die meiste Zeit habe ich einfach nur am Pool gelegen.« Ich erzähle nicht, dass ich am ersten Tag beinahe ertrunken wäre und mich an der Hand verletzt habe. Denn dann müsste ich Max erwähnen und würde mich womöglich verplappern.

»Du bist jedenfalls schön braun geworden.« Sie blickt zu den mit Sichtfenstern versehenen Wänden ihres Büros. »Oh, da ist Rose.« Sie winkt, und Sekunden später geht die Tür auf, und unsere schwangere kleine Schwester spaziert herein.

Ich springe von meinem Stuhl auf, Violet schießt hinter ihrem Schreibtisch hervor, und dann kämpfen wir darum, wer Rose als Erste umarmen darf. Lachend schlingt Rose die Arme um unsere Schultern, zieht uns zu einer gemeinsamen Umarmung an sich, und ich bin vor Liebe zu den beiden so überwältigt, dass mir schon wieder fast die Tränen kommen.

Doch dann schiebt Rose uns lachend von sich, und meine rührselige Stimmung schwindet, als ich Roses Babybauch sehe.

»Rosie!« Ich streiche über ihren Bauch. »Das gibt's doch nicht! Du bist so ...«

»Ich weiß, ich bin so *fett*«, stöhnt sie, lächelt jedoch dabei. Besser gesagt, sie strahlt. Sie ist hübscher denn je, und Rose sieht sowieso schon hinreißend aus.

»Du bist nicht fett«, beruhigt Violet sie und legt ebenfalls die Hand auf ihren Bauch. »Du trägst ein Kind in dir.«

Auf Roses Gesicht tritt ein verträumter Ausdruck. »Glaubt mir. Ich fühle mich fett, komme mir plump und tollpatschig vor, was total peinlich ist. Caden findet, ich sehe mit seinem Baby im Bauch sexy aus. Und meine Libido ist derzeit außer Rand und Band – oh, Gott. Wenn er von der Arbeit nach Hause kommt, würde ich am liebsten sofort über ihn herfallen.«

»Hey, krass. Ist das ansteckend?«, fragt Violet wie eine alberne Dreizehnjährige, woraufhin wir uns biegen vor Lachen.

»Du siehst gut aus, Lily«, sagt Rose, als wir dann alle rund um Violets Schreibtisch sitzen. »Maui hat dir gutgetan.«

Lächelnd streiche ich mir das Haar aus dem Gesicht. Ich bin froh, dass ich wie meine Schwestern ein Kleid anhabe. Man könnte meinen, ich würde tatsächlich hier arbeiten, obwohl das für mich niemals infrage käme. Rose ist hier, weil sie nachmittags ein Meeting hat.

Ich bin hier, weil ich wusste, dass die beiden in der Firma sind und wir zusammen zum Mittagessen gehen würden.

»Sie hält sich in Bezug auf Maui sehr bedeckt«, sagt Violet zu Rose, und beide mustern mich skeptisch. Ich fühle mich ertappt. Aber ich hätte es wissen müssen. Meine Schwestern sind nun mal extrem neugierig. »Da stellt sich mir die Frage, ob auf Maui noch etwas anderes passiert ist.«

»Ich bin, wie versprochen, abstinent geblieben«, sage ich und hebe die Hand zum Pfadfinderschwur. »Ich habe nicht wirklich viel getrunken. Nicht gefeiert.« Das ist die Wahrheit, wenn auch nicht die ganze.

»Nachdem du verschwunden warst, haben die Medien das Interesse an dir verloren. Wahrscheinlich haben sie sich auf jemand anderen eingeschossen«, bemerkt Rose mit ernster Miene. »Das wäre jedenfalls wünschenswert.«

»Definitiv«, erwidere ich. Ein Gefühl der Erleichterung durchströmt mich. Als ich gestern am JFK ankam, hatte ich mich so unkenntlich wie möglich gemacht. Das Haar auf dem Kopf zu einem schlampigen Knoten gezwirbelt, eine große Sonnenbrille, dazu ein langweiliger schwarzer Jogginganzug mit Kapuzenjacke. Ich wollte unauffällig sein, wollte aussehen wie die anderen Frauen meines Alters im Flugzeug, und das ist mir gelungen. Keine Paparazzi lauerten mir auf, keine Blitzlichter blendeten mich.

»Ich glaube nicht, dass die Medien von meiner Rückkehr Wind bekommen haben«, sage ich.

»Und dabei sollte es bleiben«, sagt Violet bestimmt. »Du willst Daddy doch nicht verärgern oder uns schlechte Publicity bescheren. Er war stocksauer, dass du einfach verschwunden bist. Und auch besorgt. Obwohl er sich bestimmt wieder eingekriegt hat, zumal er nun weiß, dass du in Sicherheit bist.«

»Nie und nimmer hat er sich eingekriegt«, murmele ich, sehr zur Erheiterung meiner Schwestern. Aber es wäre schön, wenn es so wäre. »So, Ladys, jetzt ist Mittagessen angesagt. Ich sterbe vor Hunger.«

Irritiert über meinen abrupten Themenwechsel, runzeln beide Schwestern die Stirn. »Du kommst doch aber anschließend zu dem Meeting mit, nicht wahr?«, fragt Rose.

»Auf keinen Fall. Ich gehöre nicht hierher.« Entschieden schüttele ich den Kopf. Ich will Pilar nicht gegenübertreten, und schon gar nicht hier. Mir mag zwar ein Teil der Firma gehören, aber Pilar arbeitet bereits seit Jahren hier und hat das Gefühl, Fleur gehöre ihr. Sie würde mich in Stücke reißen.

»Wir wollen über die Parfüms sprechen und die Duftproben testen, und du bist ein wesentlicher Bestandteil dieses Projekts«, erklärt Violet. »Ryder ist Beisitzer, da er die Idee zu dieser Sache hatte. Pilar hat nichts damit zu tun, deshalb wird sie auch nicht anwesend sein. Das ist unser Projekt. Ryder und ich haben von Beginn an klargemacht, dass Pilar an diesem Projekt niemals beteiligt sein wird. Vater versteht unsere

Haltung.« Violet lächelt. »Also mach dir ihretwegen keine Sorgen.«

»Wie bin ich froh, dass dieses Miststück nicht daran beteiligt ist! Wenn sie bei dem Meeting dabei wäre, würde ich nicht hingehen«, sagt Rose in ihrer unverblümten Art. »Gott, ich hasse diese Hexe so sehr.«

Pilar ist heimtückisch. Wie eine schlimme Krankheit, die versteckt im Körper lauert, jederzeit zum tödlichen Angriff bereit. Oder wie Unkraut, das in einem Garten die schönen Blumen umschlingt und erwürgt, bis sie absterben.

Das Telefon auf Violets Schreibtisch klingelt. Sie nimmt den Anruf entgegen, gibt ein paar unverbindliche Antworten, ehe sie das Gespräch mit einem knappen »Das werden wir bei dem Meeting diskutieren« beendet. Sie legt auf und wendet sich mir zu. »Vater hat gefragt, ob du an dem Meeting teilnimmst. Er möchte dich dabeihaben, Lily. Ich glaube, es wäre auch in deinem eigenen Interesse. Allerdings muss ich dich warnen: Alles, was wir heute Nachmittag besprechen, ist absolut geheim. Niemand weiß von dem Projekt, und Vater will nicht, dass irgendetwas durchsickert.«

Angst macht sich in mir breit, und ich stehe auf, streiche mit zitternden Händen mein Kleid glatt. »Ich will da nicht hingehen«, platze ich hilflos heraus.

Überrascht sieht Rose mich an. »Warum nicht? Das ist keine große Sache, Lily. Wir diskutieren nur über die Duftproben und geben jeder unsere Meinung dazu ab. Ist das so schwer?«

»Aber Daddy wird da sein. Ihm unter die Augen zu treten macht mich … nervös.« Tränen schieße mir in die Augen, doch ich kämpfe entschlossen dagegen an. Ich weigere mich zusammenzubrechen. Nicht jetzt, bevor ich ihm begegne und er versuchen wird, auf mir herumzuhacken.

Nach der Geschichte mit Max bin ich extrem dünnhäutig. Ich habe mich nie so ungeliebt, so unerwünscht gefühlt wie in diesem Moment.

Was absurd ist, weil ich von Liebe und Unterstützung in Gestalt der mir wichtigsten Menschen umgeben bin.

Meinen Schwestern.

»Er wird darüber hinwegkommen.« Violet nimmt meine Hand und drückt sie. »Geh einfach hin, und sei ganz du selbst. Die wirkliche Lily. Nicht das Partygirl, dem alles egal ist, solange es seinen Spaß hat.«

Ich spüre einen Kloß im Hals. Meine Schwester kennt mich einfach viel zu gut und durchschaut mich.

»Du hast es drauf«, fährt Violet fort. »Du bist klug. Du kennst dich mit Mode und Kosmetik aus, bist immer auf dem neuesten Stand. Du wirst für das Parfüm, das deinen Namen tragen wird, den perfekten Duft auswählen. Ich glaube an dich. Wir alle glauben an dich. Du musst nur lernen, an dich selbst zu glauben.« Sie drückt meine Hand noch einmal und lässt sie dann los.

»Ja, genau. Hab keine Angst«, stimmt Rose mit ein. »Wenn Daddy dir blöd kommt, werde ich ihm sagen, er soll sich zum Teufel scheren.«

Wir lachen. »Das lässt du besser bleiben«, sagt Violet streng und droht Rose mit dem Finger.

»Danke euch beiden«, sage ich, nehme sie an den Händen und ziehe sie an mich. »Dieses Motivationsgespräch habe ich echt gebraucht. Ich fühle mich bei Fleur nicht so zu Hause wie ihr.«

»Fleur gehört genauso zu dir wie zu mir«, sagt Violet. »Und wie zu Rose. Wir sind hier alle gleichberechtigt. Vergiss das nie, Lily.«

Ich werde mich bemühen, ihren Rat zu befolgen.

KAPITEL 21

Max

»Uns bleibt kaum noch Zeit.« Ich setze mich auf den Stuhl neben meinen Freund und Computerexperten Levi Cates. Er sitzt gekrümmt über Lilys Laptop, den er an seinen eigenen Laptop angeschlossen hat, und starrt auf die endlosen Chiffrenströme, die über den Bildschirm gleiten. »Schon was gefunden?«

»Ja, ziemlich viel sogar. Ich sammle es, damit ich dir dann alles auf einmal um die Ohren knallen kann«, sagt Levi, lehnt sich zurück und verschränkt die Arme hinter dem Kopf. Er ist ein verdammtes Großmaul und ein klasse Typ. Wir waren zusammen beim Militär, und jetzt hilft er mir bei komplizierten Computergeschichten. Ich weiß eine Menge über Codes und wie man in ein System gelangt, und ich habe auf Lilys Laptop vieles entdeckt, aber es gab verschlüsselte Bereiche, in die ich nicht hineinkam, und da habe ich Levi um Hilfe gebeten.

»Wie zum Beispiel?« Ich öffne die Wasserflasche, die ich mitgebracht habe, und trinke ein paar Schlucke, um meine Nerven zu beruhigen. Die 48-Stunden-Frist ist abgelaufen, worauf Pilar mich freundlicherweise vor wenigen Stunden in Form einer unfreundlichen Nachricht auf meiner Mailbox hingewiesen hat. Sie will am frühen Abend in meinem Büro vorbeikommen.

Ich habe ihr nicht sofort erzählt, dass ich den Laptop habe, sondern ihr nur lapidar mitgeteilt, der Job sei erledigt. Ich wollte erst herausfinden, was sich auf der Festplatte befindet, ehe ich ihr den Laptop aushändige.

»Erstens: Die Besitzerin dieses Laptops ist Expertin darin, in fremde Computer einzudringen. Mit anderen Worten, sie ist eine geübte Hackerin«, sagt Levi, während er, den Blick auf den Monitor geheftet, auf der Tastatur herumtippt.

»Das habe ich bereits herausgefunden.« Und diese Erkenntnis hat mich total schockiert. Ich hätte nie gedacht, dass Lily so etwas kann. Obwohl ich gewiss nicht der Erste bin, der Lily unterschätzt hat.

»Sieh an.« Levi drückt ein paarmal auf die Enter-Taste und wendet sich mir dann zu, seine dunkelbraunen Augen klug hinter den Brillengläsern. »Sie ist in mehrere E-Mail-Accounts einer gewissen Pilar Vasquez eingedrungen.«

»Meine Klientin.« Ich habe Levi absichtlich keine Vorabinformationen gegeben. So halten wir das meist. Er soll unbeeinflusst an die Dinge rangehen, es sei denn, er benötigt bestimmte Hinweise. »Moment mal. Mehrere Accounts? Ich habe nur einen gefunden.«

»Pilar Vasquez ist also deine Klientin? Interessant.« Levi wendet seine Aufmerksamkeit wieder dem Laptop zu. Er drückt ein paar Tasten, woraufhin ein E-Mail-Account erscheint. »Sie arbeitet für Fleur, richtig? Ist das der Account, den du gefunden hast? Nicht viel zu holen – ein paar pikante E-Mails zwischen ihr und Forrest Fowler. Ich habe ihn gegoogelt, er ist der Generaldirektor von Fleur.«

»Ja, und er ist mit Pilar zusammen«, füge ich hinzu.

»Das habe ich dem E-Mail-Verkehr entnommen. Aber da ist noch etwas Interessantes.« Levi streicht mit dem Zeigefinger über das Mausfeld und öffnet einen Ordner mit dem Namen *Home Design*. Die meisten E-Mails, die erscheinen, sind älteren Datums, aber es gibt auch eine Reihe neuerer Mails, einschließlich einer, die nur wenige Wochen alt ist. »Sie hatte zu einem gewissen Zachary Lawrence Kontakt, einem Mitarbeiter von Fleur, der offenbar in ganz Europa beruflich unterwegs ist und gegenwärtig in Frankreich lebt. Die E-Mails zwischen Pilar und ihm sind ziemlich eindeutig.«

»Das gibt's doch nicht.« Ich ziehe mein Handy aus der Tasche und klicke eine meiner alten Suchanfragen an, die Violet Fowler betraf. Es ist genauso, wie ich es mir gedacht hatte. »Das ist Violets Exfreund.« Ich könnte mir in den Hintern treten, weil ich die in Pilars Account abgelegten Ordner ignoriert habe, in der Annahme, sie seien nicht wichtig. Da ich schnellstens so viele Informationen wie möglich zusammentragen wollte, um Lily helfen zu können, habe ich es versäumt, genauer nachzuforschen.

»Das ist eine von Forrests Töchtern«, sagt Levi mit hochgezogenen Brauen.

»Die Tochter, die irgendwann die Leitung von Fleur übernehmen wird«, erkläre ich.

»Hm, aber sie ist von diesem Zachary getrennt, richtig? Weil er deiner Klientin nämlich jede Menge anzüglicher Mails schickt, in denen er detailliert beschreibt, was er alles mit ihr anstellen wird, wenn er sie wiedersieht. Hier ist eine kleine Kostprobe.« Er klickt eine der E-Mails an.

> Ich vermisse den Geschmack deiner Haut, das Gefühl deiner Nippel zwischen meinen Lippen, die Art, wie du meinen Namen schreist und an meinem Haar ziehst, wenn ich dich lecke und dein Saft in meinen Mund spritzt.

Spritzen? Hey. Das ist nicht sexy. »Ähm, ich muss das nicht lesen«, sage ich und ziehe eine Grimasse.

Levi schließt die Mail. »Also ich dachte, wenn ich mir das reinziehen muss, kannst du das auch tun. Zumal du diese Mails bei deiner Suche nicht gefunden hast.«

Ja, ja, ich fühle mich auch so schon wie ein kompletter Loser, schönen Dank auch. »Klar. Du hast recht«, murmele ich. »Ihr Alter, also Fowler, würde sicher nicht erfreut sein, wenn er das zu lesen bekäme.«

»Das ist nur die Spitze des Eisbergs.« Vor Aufregung zappelt Levi auf seinem Stuhl herum. Er ist total in seinem Element. Mit ein paar Klicks öffnet er einen weiteren E-Mail-Account. »Das ist Pilars privater Gmail-Account. Und glaub mir, da sind die richtig guten Sachen drin.«

»Wie zum Beispiel?« Ich beuge mich vor, spähe auf den Monitor und betrachte die endlose Liste der Posteingänge. »Mistet sie ihre Mails denn nie aus?«

»Wie es aussieht, nein, und genau deshalb ist das eine wahre Fundgrube. Ich bin mir sicher, deine kleine Hackerin hatte ihren großen Tag, als sie das entdeckte.«

»Woher weißt du eigentlich, dass ich den Laptop einer Frau an mich genommen habe?«, frage ich und sehe Levi finster an.

Er lacht. »Also wirklich! Ich weiß, dass dieser Laptop Lily Fowler gehört, Forrest Fowlers ältester Tochter.«

»Das kann man erkennen?« Wir hatten auch schon mit Computern zu tun, bei denen Levi den Besitzer nicht genau bestimmen konnte, da die persönlichen Informationen zu gut verschlüsselt waren. Es gibt eine Menge paranoider Leute.

Aber Lily Fowler gehört offenbar nicht dazu.

»Ja, die Kleine hat ihre Identität nicht einmal ansatzweise verschleiert. Ganz schön kühn, muss ich sagen.« Levis Beschreibung ist so zutreffend, dass ich Lily sofort vermisse. Mein ganzer Körper verlangt nach ihr, und das nicht nur wegen dem Sex, obwohl der zwischen uns echt verdammt gut ist.

Sie fehlt mir einfach. Der Klang ihrer Stimme, ihr süßes, sexy Lachen. Die Art, wie sie mich ansah, die Dinge, die sie sagte. Ihr Vertrauen in mich. Und ich habe ihr Vertrauen wie ein gewissenloses Arschloch missbraucht.

Ein Arschloch, das, um die Wahrheit zu sagen, halb in sie verliebt ist. Ich kenne sie kaum, aber ich kenne sie gut genug. Sie liegt mir am Herzen, und das macht mein schäbiges Verhalten noch schlimmer.

Während des gesamten Heimflugs habe ich mich total schlecht gefühlt. Zu meinen Füßen stand der neue Rucksack, den ich am Flughafen erstanden hatte, und darin befand sich der Laptop. Verhöhnte mich, gab mir das Gefühl, der hinterhältigste Dreckskerl auf Erden zu sein.

Ich versuchte zu schlafen, aber meine Schuldgefühle ließen das nicht zu. Lily allein in ihrem Bett zurückzulassen und obendrein auch noch ihren Scheißlaptop zu klauen, das war das Härteste und Mieseste, was ich jemals getan habe.

Sie muss mich hassen. Und das kann ich ihr nicht verübeln. Ich habe ihr wehgetan. Sie bestohlen.

Sie *sollte* mich hassen. Ich hasse mich selbst dafür. Aber habe ich sie wirklich bestohlen? Oder habe ich ihr einen verdammten Gefallen getan?

»Pilar Vasquez verbirgt ihre Identität genauso wenig«, brummt Levi kopfschüttelnd. Ein leichtes Lächeln umspielt seine Mundwinkel – ein seltener Anblick. Er ist eher der ernste Typ. »Es hat mich total umgehauen, als ich diesen ganzen Scheiß gelesen habe. Und du kennst mich. Mich bringt so schnell nichts in Verlegenheit.«

Levi hat schon öfter irgendwelches Zeug auf Festplatten entdeckt, das mich schockierte, ihn jedoch kalt ließ. In der Regel ist er verdammt cool und nicht aus der Ruhe zu bringen – deshalb arbeite ich auch so gern mit ihm zusammen. Er macht seinen Job und lässt seine Gefühle außen vor.

»Eklige Sachen?«, frage ich neugierig.

»Eher bösartige. Sie ist ein gemeines Aas. Und ich habe das unangenehme Gefühl, als würde sie angriffsbereit irgendwo lauern.« Levi fährt sich durch sein dichtes, dunkles Haar, verstrubbelt es noch mehr. Er sieht aus, als hätte er seit Tagen nicht geschlafen und sich nicht rasiert, was vermutlich auch stimmt. Er war zu beschäftigt. Ich habe ihm den Laptop wenige Stunden nach meiner Ankunft in New York übergeben, nachdem ich mit meinen eigenen Bemühungen gescheitert war, und seitdem sitzt er daran. »Eines sage ich dir. Ich würde mich mit dieser Kleinen nicht anlegen wollen. Lily Fowler hat Eier.«

Anlegen? Herrgott, ich will diese Kleine vögeln! Aber ich habe auch Eier. »Also schieß los. Ich brauche Infos.« Ich will endlich wissen, was zwischen Lily und Pilar läuft.

»Okay, ich erzähl dir, was ich bisher herausgefunden habe. Konzentrieren wir uns zunächst auf Fleur.« Levi räuspert sich und lehnt sich zurück. »Nennen wir deine Klientin der Einfachheit halber PV. PV arbeitet im Management von Fleur. Und sie vögelt mit dem Generaldirektor. Es sieht so aus, als hielte sie noch einen Fleur-Mitarbeiter bei der Stange, aber der ist im Ausland, deshalb weiß ich nicht, ob er wichtig ist.«

»Sie war auch mal mit einem anderen Mitarbeiter von Fleur liiert«, werfe ich ein, da Levi alle Details wissen sollte, die mit dem Fall zu tun haben. »Ryder McKay. Violet Fowlers jetzigem Verlobten.«

Levi stößt einen leisen Pfiff aus. »PV scheint es ja wild zu treiben. Das gibt dem Ganzen eine interessante Wendung. Erklärt einiges.« Versonnen streicht er sich über sein stoppeliges Kinn. »Sie hasst die Fowler-Schwestern, so viel steht fest. Vor allem Violet, und jetzt verstehe ich auch, warum. Die ist mit Ryder verlobt, PVs einstigem Lover.«

»Die reinste Seifenoper«, bemerke ich kopfschüttelnd.

»Auf jeden Fall gibt es etliche Verstrickungen. Okay, und jetzt wird es ... übel. Zu der Tatsache, dass PV mit Violets Ex in einer Art erotischem E-Mail-Kontakt steht und vermutlich einen Hass auf Violet schiebt, weil diese mit PVs Ex verlobt ist, kommt noch etwas anderes hinzu.« Levi hält inne und öffnet eine E-Mail. »Pilar hat sich vor Kurzem mit einer gewissen Felicity Winston angefreundet, der Chefin von Jayne Cosmetics, einer ähnlichen Firma wie Fleur. Die Firma wurde nach Felicitys Mutter, Jayne, benannt, die vor vielen Jahren an Brustkrebs starb. Ihre Tante Laura Winston ist kürzlich in den Ruhestand getreten und hat Felicitiy die Leitung übertragen. Felicity hat noch einen jüngeren Bruder und eine jüngere Schwester, die ebenfalls bei Jayne Cosmetics arbeiten«, führt Levi weiter aus, und ich werde langsam ungeduldig. Er soll endlich auf den Punkt kommen, statt mich mit Infos zu überhäufen.

»Und?«, frage ich. »Freundschaftliche Konkurrenz ist doch normal.« Ich pflege auch mit anderen Privatdetektiven in der Stadt freundschaftlichen Umgang. Und Levi genauso.

»Das geht darüber hinaus«, antwortet Levi. »Es fängt ganz harmlos an. Da, lies mal diese E-Mail.«

Du bist ein echter Schatz. Danke noch mal, dass du mich vergangenen Samstag zu deiner Party eingeladen hast. Es hat mir so viel Freude gemacht, etwas mehr Zeit mit dir und deiner Schwester zu verbringen. Unser Fachsimpeln habe ich sehr genossen. Ich hoffe, wir sehen uns bald wieder.
Beste Grüße
Pilar

»Das ist die erste E-Mail, die sie Felicity geschrieben hat. Das war vor vier Monaten. Sie haben sich danach weiterhin gemailt, aber nur belangloses Zeug. Doch vor etwa zwei Monaten kam ein neuer Ton hinzu«, erklärt Levi.

> Ich hasse es dort so sehr. Forrest ist so widerlich und versucht, jeden meiner Schritte zu kontrollieren, und er ist so fixiert auf Violets Meinung über alles, dass es mir langsam so vorkommt, als dürfte ich nichts mehr allein entscheiden. Dahlia kommt gelegentlich in die Firma gewackelt und führt sich auf, als hätte sie noch irgendwas zu sagen, diese alte Hexe. Ich bin es so leid. Forrest untergräbt meine Autorität genauso wie Violet, und die ist, verdammt noch mal, in London! Ich weiß, du hast im Moment keine freie Stelle für jemanden mit meiner Qualifikation, aber gib mir bitte Bescheid, sobald dir etwas zu Ohren kommt.
> Eine große Umarmung
> P

Der Tenor dieser E-Mail ist unmissverständlich. Sie will von Fleur weg. Und sie macht Violet für ihre Probleme verantwortlich.

»Einige Wochen lang geht es in diesem Stil weiter, bis sich auf einmal alles verändert«, fährt Levi mit grimmiger Miene fort.

»Was heißt das?«, frage ich. »Sie wollte weg von Fleur. Okay, und? Wäre das nicht in Lilys Sinn?«

»Ich glaube nicht, dass Lily den Inhalt der restlichen E-Mails kennt. Ich sehe, welche Mails geöffnet wurden und welche nicht; man hinterlässt im Netz Spuren, und schlau, wie ich nun mal bin, kann ich diese Spuren lesen.« Levi grinst selbstgefällig, und ich boxe dem alten Angeber in die Schulter. »Die letzte E-Mail, die Lily gelesen hat, war die von eben. Die Posteingänge, die danach kommen, wurden erst wieder von mir geöffnet.«

»Und was steht in diesen E-Mails?«

»Da ist besonders eine, die du lesen musst. Vermutlich ist sie der Grund, weshalb Pilar diesen Laptop so dringend haben wollte«, erklärt Levi, während er die E-Mail öffnet.

Felicity,
ich verstehe, dass du nervös bist, aber vertrau mir. Ich schwöre, niemand wird jemals etwas darüber herausfinden. Bitte bestätige den Erhalt der Informationen, die ich dir hiermit, wie versprochen, geschickt habe.
Ich umarme dich
P

»Im Anhang befinden sich Informationen über Fleurs neue Linie. Die neuen Kosmetikfarben, die Namen, die neuen Parfüms, die nach den Schwestern benannt wurden. Alles«, sagt Levi.

Teufel noch mal. Meine Kehle ist auf einmal staubtrocken, und ich trinke noch einen Schluck Wasser. Pilar bezichtigt Lily, den Familienfrieden zu stören, gibt aber selbst Firmengeheimnisse an die direkte Konkurrenz weiter und hat obendrein eine Affäre mit Zachary Lawrence, Violets Exfreund.

Was für ein ekelhafter Scheiß.

»Sie muss Violet wirklich hassen«, sage ich. »Oder vielmehr alle Fowlers.«

»Was du nicht sagst, Sherlock«, erwidert Levi feixend. »Aber das ist kein Spaß, ganz und gar nicht. Deine Klientin ist ein durchtriebenes und gefährliches Miststück.«

Ein Miststück, das ich von Lily fernhalten muss. Ich sollte Lily anrufen. Ihr eine SMS schreiben, auch wenn sie mir wahrscheinlich nicht antworten wird. Oder doch? Nein, eher nicht. Sie würde mir vermutlich kein Wort glauben und sagen, ich solle sie in Ruhe lassen. Was verständlich wäre.

»Die Fowlers müssen das unbedingt erfahren. Felicity Winston hat auf Pilars E-Mail, die nun schon eine ganze Weile zurückliegt, nie geantwortet. Pilar muss total die Panik schieben, weil Felicity sie ignoriert und weil sie annimmt, dass Lily Bescheid weiß. Da braut sich was ganz Gefährliches zusammen, mein Freund«, sagt Levi.

»Ich werde als Erstes mit Lily reden«, murmele ich, während ich mir nervös das Kinn reibe. Meine Gedanken rasen. Ich muss Lily alles erzählen. Muss sie sehen. Aber wie soll ich mich ihr nähern? Sie wird furchtbar wütend auf mich sein.

Levi mustert mich kopfschüttelnd. »Das ist echt Kacke, Alter. Du arbeitest für die falsche Person.«

Seufzend stütze ich die Ellbogen auf den Schreibtisch und raufe mir tatsächlich das Haar. »Ich weiß. Aber wie komme ich aus der Nummer raus? Pilar wird jeden Moment hier auftauchen und verlangen, dass ich den Laptop herausrücke.« Ich stöhne, sinne fieberhaft über eine Alternative nach.

»Dann gib ihr den Laptop einfach nicht.«

Bei ihm klingt das so leicht. Als brauchte ich Pilar

nur zu sagen, sie solle sich zum Teufel scheren. Um den Laptop braucht sich Pilar gar nicht so große Sorgen zu machen. Es geht eher darum, dass Lily in ihren privaten E-Mails herumgeschnüffelt hat und einiges über Pilars Lebenswandel weiß, einschließlich einiger belastender Details. Der ganze Mist, all die Lügen, die Intrigen und Ränke, um der Firma durch die Preisgabe von Betriebsgeheimnissen zu schaden, in der Hoffnung auf eine neue Stelle.

Wenn Pilar in den Besitz dieses Laptops gelangt, sind ihre Probleme noch lange nicht gelöst. Dazu müsste sie Lily ausschalten, und ich fürchte, dass sie das vorhat.

»Gibt es auf dem Laptop noch weiteres belastendes Material?«, frage ich.

»Nein, mit Ausnahme einer Sache.« Levi seufzt. »Hey, ich weiß, Lily Fowler ist ein Promi. Ich habe sie mal in so einer TV-Show gesehen. Mir ist jedoch schleierhaft, warum alle so fasziniert von ihr sind. Okay, sie sieht scharf aus. Aber was tut sie? Für mich ist sie in derselben Liga wie die Kardashians und Hiltons, nutzlose Promis, die neben ihrem guten Aussehen und diversen Skandälchen nichts vorzuweisen haben.«

Ich presse die Lippen zusammen, um nicht herauszuplatzen, dass Lily weit mehr zu bieten hat als gutes Aussehen und Skandale. Sie ist süß und unkompliziert. Sie hat auf Maui nie versucht, Aufmerksamkeit zu erregen. Als ich mit ihr zusammen war, war nichts von dem Partygirl-Image zu spüren, das man aus den Medien kennt. Aber Levi weiß nicht, dass ich Lily kennengelernt habe und mit ihr Sex hatte.

Das muss er auch nicht wissen. Er ist zwar mein Freund, doch ich will nicht wie ein kompletter Versager dastehen.

Andererseits kann man es nur als Versagen bezeichnen, wenn man mit der Person vögelt, die man beschatten soll.

»Was hat das jetzt damit zu tun?«, frage ich so sachlich wie möglich. Als wäre Lily mir piepegal.

»Du wolltest doch wissen, ob sich auf dem Laptop noch etwas Belastendes befindet, oder? Tja, kann man so sagen – belastend für die Besitzerin. Ich habe einige verschlüsselte Ordner gefunden, die Lily vor über einem Jahr angelegt hat, und diese ebenfalls gehackt.« Levi mustert mich mit schmalen Augen. »Was genau hat sie auf Maui gemacht? Jedenfalls hat sie nicht versucht, mehr Beweise gegen Pilar zu sammeln. Die letzten E-Mails zwischen Pilar und Felicity sind ihr völlig entgangen, was ich ziemlich seltsam finde. Aber vielleicht hat ihr das, was sie bereits hatte, gereicht. Bevor Pilar sich auf das schmutzige Geschäft einließ, deutete Felicity an, sie würde gern etwas über den aktuellen Stand der neuen Produktreihen von Fleur erfahren, aber Pilar ging zunächst nicht darauf ein. Es kam mir so vor, als würden die beiden einander belauern und darauf warten, wer als Erste nachgibt und ein Angebot macht.«

»Lily hat viel Zeit am Strand verbracht«, schwindele ich. In Wahrheit hat sie viel Zeit mit mir verbracht.

»Hm.« Levi reibt sich das Kinn. »Auf dem Laptop sind Nacktfotos.«

»*Was?*«, rufe ich entgeistert. »Von Lily?«

Levi nickt. »Eine Menge Fotos. Oben ohne, Fotos von ihrem Arsch, Ganzkörperfotos – total bescheuert von der Kleinen, solche Fotos auf der Festplatte zu speichern. Manche wurden von einem alten Handy auf die Festplatte übertragen. Die meisten Fotos sind älteren Datums. Ich dachte, sie wären alle in ihrer Cloud gespeichert, aber wie es aussieht, hat sie die Fotos nur zu Hause auf der Time Capsule gesichert.

Ach, Lily. Wieso lässt sie Nacktfotos auf ihrem Laptop? Was zum Teufel hat sie sich nur dabei gedacht? Aber wenigstens sind sie nicht in der Cloud wie all die anderen Prominentenfotos, die vor Kurzem an die Öffentlichkeit gerieten. »Pilar wird sich die Hände reiben, wenn sie diese Fotos sieht.«

»Und sie wahrscheinlich sofort im Internet veröffentlichen«, fügt Levi hinzu.

»Ich kann ihr den Laptop nicht geben«, sage ich seufzend.

»Nein, auf keinen Fall«, stimmt Levi heiter zu.

KAPITEL 22

Lily

»Oh Gott«, stöhne ich, sacke an dem kleinen Schreibtisch in meinem Schlafzimmer regelrecht in mich zusammen und starre auf den riesigen Bildschirm meines iMac. Als ich von Maui zurückkam, war ich so müde, so verdammt deprimiert und wütend, dass ich sofort ins Bett gefallen bin und stundenlang geschlafen habe. Fast einen ganzen Tag lang. Ich schaffte es, mich irgendwie vorzeigbar herzurichten, und ging dann los, um Rose und Violet in der Firma zu treffen, aber das geplante Mittagessen zog sich bis in den späten Nachmittag, und danach fand noch das Meeting statt …

Das überraschenderweise sehr gut verlief. Daddy war freundlich. Grandma war nicht da, was für mich ein Problem weniger bedeutete. Ich liebe Grandma, aber sie versteht es meisterlich, einem Schuldgefühle einzuflößen.

Und zwar in solchen Mengen, dass man daran fast erstickt.

Nach dem Meeting ging ich sofort wieder ins Bett und schlief die ganze Nacht durch. In der Früh stand ich auf, kochte eine Kanne Kaffee und machte mich endlich daran, die in meinem Router befindliche Festplatte zu öffnen, um zu sehen, was auf meinem gestohlenen Laptop gespeichert ist.

Und jetzt bin ich kurz davor durchzudrehen.

Mit der Hand auf der Maus öffne ich den Ordner mit dem Namen *Unanständig*, den Ordner, den ich schon völlig vergessen hatte, und klicke die zahllosen Fotos von mir durch ... Nacktfotos. Bei dem Anblick krümme ich mich förmlich, und mir zieht sich der Magen zusammen. Es sind zum Großteil Oben-ohne-Fotos, gemischt mit einigen Aufnahmen von meinem Hintern. Daneben gibt es eine ganze Fotoreihe, bei der ich nackt mit dem Rücken zur Kamera stehe und mich, die Hände auf den Hüften, mit einem frechen Lächeln umblicke.

Ich weiß noch genau, für wen ich diese Fotos gemacht habe. Für einen Typen namens John. Er war zehn Jahre älter als ich, reicher als mein Daddy, und er gab mir das Gefühl, etwas Besonderes zu sein. Er verwöhnte mich maßlos, ging mit mir shoppen, kaufte mir sexy Schuhe, sexy Unterwäsche ...

Er liebte es, mich nackt zu sehen, besonders meinen nackten Hintern. Meinte, er bekäme davon gar nicht genug.

Als großzügige Freundin oder auch Geliebte – wir waren nicht unbedingt ein Paar, aber wir waren zusammen – beschloss ich am Valentinstag, ihm diese Fotos per MMS zu senden.

Zu blöd, dass seine damalige Freundin die Fotos entdeckte. Die Freundin, von deren Existenz ich nichts wusste. Die umgekehrt von meiner Existenz nichts wusste. Zum Glück löschte John alle Fotos, ehe sie damit Unheil anrichten konnte.

Habe ich aus dieser Lektion etwas gelernt? Hm, nein, sieht nicht so aus. Nicht, wenn ich mir das letzte detailgenaue Foto ansehe, das auf meinem Bildschirm erscheint. Ich sitze auf meinem Bett, den Kopf zur Seite geneigt, sodass mein Haar über meine Schulter und Brust fällt und der Nippel durch die Strähnen hervorlugt. Ein laszialbes Lächeln umspielt meine Lippen, meine Beine sind weit gespreizt, die Knie angezogen, und meine Möse ist schamlos zur Schau gestellt ...

Ich schlage die Hände vor das Gesicht und stoße einen unartikulierten Laut aus, versuche mir einzureden, dass alles gut wird. Dass diese Fotos, obwohl der Laptop weg ist, nirgendwo auftauchen werden. Wenigstens habe ich sie nicht in der Cloud gesichert. Ich traue der Cloud nicht, und das aus gutem Grund. Aber, hey, alles kein Problem. Absolut kein Problem.

Ich atme tief ein und aus, um meinen rasenden Herzschlag zu beruhigen. Aber es ist sinnlos. Wer auch immer meinen Laptop hat — *dieses Arschloch Max* –, hat Zugang zu diesen Fotos.

Diesen schlimmen, rufschädigenden Fotos, auf denen ich ganz klar zu erkennen bin.

Meine Familie wird ausflippen, sollten diese Fotos irgendwo veröffentlicht werden. Daddy wird mich verstoßen, Grandma wird wahrscheinlich einen Herzinfarkt kriegen, und meine Schwestern werden unglaublich enttäuscht von mir sein ... Ich weiß nicht, ob ich das durchstehen kann.

Und die Schuld an dieser Misere liegt einzig bei mir.

Ich schreie, so laut ich kann, die Hände vorm Mund, fühle mich jedoch danach kein bisschen besser. Mein Herz klopft wie verrückt, meine Hände zittern, und würde Max jetzt, in diesem Moment vor mir auftauchen, würde ich ihm erst eine knallen und ihm dann einen Tritt in die Eier verpassen.

Diese Gewaltfantasie verschafft mir absolut keine Genugtuung.

Das Klingeln meines Handys lässt mich hochschrecken, und ich blicke auf das Display, um zu sehen, wer der Anrufer ist.

Rose.

Von Panik erfüllt, melde ich mich mit einem zögerlichen »Hallo« und hoffe inständig, dass die Sache noch nicht ins Rollen gekommen ist. Wäre das innerhalb dieser kurzen Zeit denn möglich? Angesichts dessen, wie schnell Informationen sich heutzutage verbreiten, ja, durchaus. Mein nackter Arsch könnte bereits auf einer Anzeigentafel am Times Square prangen.

»Was machst du gerade?«, fragt Rose heiter, als wäre alles in Ordnung.

Demnach *ist* alles in Ordnung.

»Nichts Besonderes«, antworte ich ausweichend. »Ich ... spiele nur ein wenig am Computer herum.«

»Aber du pfuschst hoffentlich nicht an irgendwelchen Examensnoten herum«, bemerkt Rose lachend. Sie weiß, was ich früher getan habe, kennt all die alten Geschichten. »Solche Sachen machst du inzwischen nicht mehr, oder?«

»Also ...« Ich schlucke, bin mir nicht sicher, wie viel ich beichten soll. Oder ob ich überhaupt etwas beichten soll.

»Lily, steckst du in Schwierigkeiten?« Roses heiterer Ton schlägt sofort um, wird besorgt und bekümmert.

»Nein, nein«, sage ich schnell – zu schnell. »Wieso? Ist irgendwas passiert?« Beklommen warte ich auf ihre Antwort.

»Nein, es ist nur … Ach, keine Ahnung.« Verschwörerisch senkt Rose die Stimme, als würde sie mir gleich ein dunkles Geheimnis verraten. »Caden meint, ich würde seit Neuestem ständig vorschnelle Schlüsse ziehen, und das sei ganz untypisch für mich. Er hat das Gefühl, er sei bei unseren Gesprächen immer in der Defensive, selbst bei belanglosen Themen wie dem Wetter. Ich habe gesagt, mir sei wirklich nicht klar, worauf er anspielt.«

Jetzt bin ich besorgt. Was, wenn Roses attraktiver, teuflisch charmanter Ehemann nichts Gutes im Schilde führt? »Benimmt er sich irgendwie verdächtig?«

»Nein, nein. Er ist ein Schatz. Fast zu fürsorglich, aber darüber sollte ich mich nun wirklich nicht beschweren, oder? Er liebt mich.« Rose seufzt. »Das ist ja das Komische. Es liegt allein an mir. Ich bin diejenige, die sich schräg benimmt. Wenn Caden etwas sagt, weiß ich immer genau, was er meint, tue aber so, als hätte ich nicht die leiseste Ahnung.«

Die Worte meiner Schwester ergeben für mich absolut keinen Sinn. »Ist alles mit dir in Ordnung, Rose? Mal ernsthaft. Du bist irgendwie seltsam.«

»Pff, wem sagst du das! Das muss an dem Baby liegen. Das kleine Monster macht mich total irre«, flüstert Rose. »Ich liebe den kleinen Racker, der in meinem Bauch wächst, aber dieser Stuss, den ich von mir gebe! Ich höre mich an, als wäre ich verrückt.«

Stimmt. Sie redet wirklich wirres Zeug. Dennoch bin ich dankbar für das Gespräch, weil dadurch meine eigenen Probleme in den Hintergrund treten und ich mich auf meine verrückte schwangere Schwester konzentrieren muss.

»In Wahrheit rufe ich an, weil ich frühstücken gehen möchte.« Rose hält inne. »Und ich möchte, dass du mitgehst.«

»Okay«, sage ich gedehnt und mit einem mulmigen Gefühl. »Wann?«

»Jetzt gleich? Bist du angezogen? Ich sitze bereits in einem Taxi und bin auf dem Weg zu dir.«

Ich blicke an mir hinunter. Ich trage noch meinen kurzen Schlafanzug mit dem Tanktop. Mein Haar ist eine Katastrophe, und um die Augen sehe ich wahrscheinlich aus wie ein Waschbär, weil ich gestern, ohne mich abzuschminken, ins Bett gegangen bin.

Wenn Grandma das wüsste, würde sie einen Anfall kriegen.

»Ich brauche ein paar Minuten«, sage ich. »Wollen wir uns irgendwo treffen?«

»Ja, in der kleinen Bäckerei bei dir um die Ecke.« Rose seufzt. »Die haben dort die besten Cupcakes.«

»Cupcakes zum Frühstück? Krass.« Wenigstens haben sie dort guten Kaffee.

»Ich lechze nach der Glasur. Und bitte keinen Kommentar.«

Glasur? Auch krass. Die Schwangerschaft macht meine Schwester ganz schön seltsam. »Gib mir zwanzig Minuten.«

»Perfekt. Bis dann.«

»Oh. Mein. Gott.« Rose vergräbt die Zähne in einem absurd großen Cupcake, der von einer dicken pinkfarbenen Glasur gekrönt ist. Sie kaut langsam und genießerisch, schließt die Augen und stöhnt leise, was mir etwas unangenehm ist.

Als würde ihr der Genuss des Cupcakes eine Art erotisches Vergnügen bereiten.

»So gut schmeckt es?« Ich winde mich auf meinem Stuhl, blicke überall hin, nur nicht zu meiner Schwester, als diese mit verträumter Miene ihre Finger ableckt und sie dann mit einer Serviette abwischt.

»Zum Glück bist du rechtzeitig hier aufgetaucht. Ich war drauf und dran, ein ganzes Dutzend dieser Kalorienbomben zu kaufen und damit schnell nach Hause zu gehen.« Rose starrt ihren Cupcake an, als wollte sie nur so darüber herfallen. Ich hoffe, sie überlegt sich das noch einmal. »Wie ist dein Muffin?«

Ich habe einen Blaubeermuffin gewählt, habe jedoch überhaupt keinen Hunger. Mit spitzen Fingern picke ich einen Krümel von der Oberfläche und lasse ihn dann auf den Teller fallen. »Ich habe keinen Appetit.«

»Hm.« Gierig blickt sie auf meinen Teller, wendet ihre Aufmerksamkeit dann wieder ihrem Cupcake zu und bohrt den Finger in die Glasur. »Was ist los mit dir, Lily?«

»Nichts.« Ich schenke ihr ein mattes Lächeln, trinke einen Schluck Kaffee und verschlucke mich fast daran, als ich Roses Blick bemerke.

Als würde sie meine Lüge durchschauen.

»Raus mit der Sprache«, sagt sie leise und beugt sich über den runden Tisch zu mir vor. Wobei … richtig nach vorn beugen kann sie sich nicht, da ihr dabei ihr riesiger Bauch im Weg ist. »Seit du von Maui zurück bist, benimmst du dich irgendwie seltsam. Ich weiß immer noch nicht, warum du überhaupt dort warst.«

»Urlaub«, sage ich und winde mich innerlich unter ihrem spöttischen Blick.

»Du hast von mir verlangt zu lügen, so zu tun, als hätte ich keine Ahnung, wo du bist, obwohl ich das die ganze Zeit wusste!« Rose schlägt mit der Hand auf den Tisch, dass die Teller klirren, und zieht ihren Cupcake näher zu sich heran, als müsse sie ihn in Sicherheit bringen. »Also, warum bist du nach Maui abgehauen?«

»Das kann ich dir nicht erzählen«, flüstere ich, aber Rose schüttelt den Kopf, lässt meine Antwort nicht gelten.

»Blödsinn. Also, ich höre.«

Ich versuche eine andere Taktik. »Hallo, wer ist hier die große Schwester? Wenn hier jemand bestimmt, dann ich.«

»Nicht, wenn ich von uns dreien die einzige bin, die schwanger und verheiratet ist. Ich bin Violet und dir um Längen voraus. Jetzt red endlich«, zischt sie.

Ich sehe mich kurz um, um sicherzugehen, dass uns niemand belauschen kann, ehe ich stockend zu erzählen beginne. Warum ich nach Maui geflogen bin, wen ich dort kennengelernt habe und was mir, vermutlich von diesem Typen, gestohlen wurde. Alles in allem benötige ich eine Viertelstunde für meine traurige Geschichte, und als ich am Ende angelangt bin, hat Rose ihren Cupcake bis auf den letzten Krümel verschlungen und starrt mich mit offenem Mund an.

»Und das ist kein Witz?«, stößt sie schließlich hervor.

Ich schüttele den Kopf und trinke einen Schluck von meinem mittlerweile kalten Kaffee. »Das Schlimmste habe ich dir noch gar nicht erzählt.«

»Wie viel schlimmer kann es denn noch werden?« Nachdenklich starrt sie vor sich hin, blinzelt ein paarmal und wendet sich mir dann wieder zu. »Hattest du vor, Pilar zu erpressen? Ich meine, hey, sie hat Kontakt mit Felicity Winston. Herrgott, sie ist der Feind.«

»Ja, ursprünglich wollte ich Pilar damit unter Druck setzen, aber dann wurde sie mir gegenüber so sonderbar. Dieses Telefongespräch mit ihr war echt gruselig. Ich fühlte mich total bedroht, also bin ich abgehauen. Sicher, das war ein Fehler, aber ich hatte Panik.« Seufzend verschränke ich die Arme vor der Brust. »Sie vögelt immer noch mit diesem Arschloch Zachary. Daddy würde ausflippen, wenn er das erfährt.«

»Das musst du ihm unbedingt erzählen«, sagt Rose streng.

»Er würde mir wahrscheinlich nicht glauben«, sage ich deprimiert. Ich habe früher oft gelogen, sehr oft. Und da es um Pilar geht, würde Daddy mir erst recht nicht glauben. Mir nicht glauben *wollen*. »Ohne Laptop habe ich ja keinerlei Beweise.«

Sie nickt, versucht nicht einmal zu widersprechen. Ihr ist auch klar, dass Daddy mir nicht glauben würde. Sie kennt meine Vergangenheit, weiß, wie oft ich gelogen habe, um die Gunst meines Vaters zu erlangen. Meine Lügen gingen immer nach hinten los. Und jetzt, da ich die Wahrheit sagen will, wird mir niemand glauben. »Du sagtest vorhin, dass es noch schlimmer kommt. Kann ich mir kaum vorstellen.«

»Auf diesem Laptop befinden sich Nacktfotos von mir«, flüstere ich verzagt.

Roses Züge entgleisen. »Oh, Lily.«

»Ich weiß, ich weiß.« Ich winke ab, habe keine Lust auf eine Standpauke. »Es war dumm von mir. Ich hätte solche Fotos nie machen sollen, doch es sind größtenteils alte Fotos. Aus meiner Zeit mit John. Erinnerst du dich an ihn?«

Sie zuckt die Achseln, schüttelt dann den Kopf.

»Ich habe für ihn ein paar Fotos als Geschenk gemacht. Und danach vergessen, sie zu löschen.«

»Wie konntest du nur!« Missbilligend schüttelt Rose den Kopf. »Caden hat mit dem Handy vor einiger Zeit auch ein paar Nacktfotos von mir gemacht, aber er musste sie danach wieder löschen. Auch aus dieser Cloud musste er sie löschen. Sonst bleiben die Fotos bis in alle Ewigkeit dort gespeichert.«

»Zum Glück speichere ich nichts in meiner Cloud. Aber die Fotos waren auf meiner Time Capsule, das heißt, sie waren auf meinem Laptop«, sage ich niedergeschlagen. »Wenn mal was im Netz ist, ist es verdammt schwer, es wieder zu entfernen. Das ist nicht wie früher, als man ein Foto einfach zerreißen und das Negativ zerstören konnte.«

»Alles bleibt für immer im Internet«, sagt Rose.

»Genau. Das ist echt beschissen.«

»Also Pilar ist mit Fleurs Konkurrenz in Kontakt, sendet Zachary anrüchige E-Mails ... und was noch? Führt sie auch gegen mich etwas im Schilde?«, fragt Rose.

»Nein, dich hat sie nicht auf dem Schirm. Sie hat es immer nur auf Violet abgesehen. Sie war scharf auf Violets Stellung bei Fleur. Und als sie den Posten nicht kriegen konnte, beschloss sie, bei der Konkurrenz anzufragen und ihr Insiderwissen als Gegenleistung für eine gute Stelle anzubieten.«

»Hast du Beweise dafür, dass sie Firmengeheimnisse an Felicity Winston weitergegeben hat?«

»Nein.« Betrübt schüttele ich den Kopf. »Die E-Mails der beiden kreisten um das Thema, ohne es direkt anzusprechen, mehr war da nicht. Ich wollte gerade wieder in Pilars Posteingang gehen, als du angerufen hast.« In Wahrheit war ich durch die Nacktfotos zu abgelenkt. Ich muss so bald wie möglich nach Hause zurückkehren und nachforschen, was sich auf meinem gestohlenen Laptop befindet. Herausfinden, ob Pilar tatsächlich Insiderwissen verraten hat. Ich will es nicht glauben, aber zuzutrauen wäre es ihr allemal.

Pilar geht über Leichen. Sie würde alles tun, um zu bekommen, was sie will.

Ich blicke auf und sehe, dass Rose mich mit ernster Miene mustert. »Du solltest jetzt besser nach Hause gehen und nachsehen, ob du noch etwas in Pilars E-Mails findest«, sagt sie bestimmt. »Und danach musst du mit Daddy und Violet reden.«

Ich seufze. »Sie werden wütend sein.«

»Aber nicht auf dich«, wendet Rose ein, »sondern auf Pilar, und das zu Recht. Was dieses Miststück da treibt ...«

»Ja. Sie ist eine tickende Zeitbombe, aber ...« Ich halte inne, denke kurz nach. »Ich will es den beiden noch nicht erzählen. Erst brauche ich einen wasserdichten Beweis.«

»Gut. Aber sobald du den hast, weihst du die Familie ein. Herrgott, diese Sache könnte uns ruinieren, Lily. Jayne Cosmetics könnte die neuen Farben vor uns auf den Markt bringen, mit denselben Namen und allem, und dann sähe es so aus, als würde Fleur sie kopieren. Das könnte übel werden. Richtig übel.« Rose lehnt sich zurück und streicht mit der Hand über ihren Bauch. »Je eher du es ihnen erzählst, desto eher können wir dem Ganzen ein Ende setzen.«

»Ich werde mit Pilar reden.« Das ist das Letzte, wonach mir der Sinn steht, aber es muss sein. Ich will sie auffordern, bei Fleur zu kündigen und sich aus unser aller Leben zu entfernen, bevor ich meinen Vater über ihr in mehrfacher Hinsicht doppeltes Spiel informiere. Das wird sie dazu bringen, es sich zweimal zu überlegen, ob sie eine neue Intrige gegen uns starten will.

»Das wäre totale Zeitverschwendung, und das weißt du auch.« Plötzlich richtet Rose sich auf, und ihre Augen weiten sich. »Was, wenn dieser Typ, den du auf Maui kennengelernt hast, für Pilar arbeitet? Vielleicht hat er den Laptop in ihrem Auftrag geklaut. Hast du das je in Erwägung gezogen?«

Ja. Nein. Okay, ja. Natürlich habe ich daran gedacht. »Ich weiß nicht, was ich von ihm halten soll.« Ich hasse ihn. Wenn er jetzt zur Tür hereinkäme, würde ich echt auf ihn losgehen und ihm in die Eier treten.

Meine Rachefantasien scheinen sich besonders auf seine Eier zu konzentrieren.

»Du hast mir kaum etwas erzählt, aber das wenige, was ich weiß, und das, was ich sehe … Es kommt mir nicht so vor, als wäre es nur eine flüchtige Begegnung gewesen.« Rose mustert mich scharf. »Du mochtest ihn, stimmt's? Das sehe ich in deinen Augen.«

»Ja, du hast recht. Ich mochte ihn. Er war anders.« *Er hat Gefühle in mir geweckt, Verlangen ... ohne Ende.* Ich räuspere mich, komme mir wie eine Närrin vor. »Aber er hat mich betrogen. Falls er tatsächlich für Pilar gearbeitet hat, könnte ich ihm das niemals verzeihen.«

Niemals.

KAPITEL 23

Max

Ich warte in Lilys Wohnung, tigere in ihrem riesigen Schlafzimmer auf und ab. Und die ganze Zeit über spitze ich die Ohren, warte auf das Geräusch ihres Schlüssels im Schloss. Im Schlafzimmer wird sie mich nicht sofort sehen, und ich will den Überraschungseffekt nutzen, damit sie mich nicht umgehend rausschmeißt.

Wiewohl ich ihr das nicht krummnehmen könnte, nach allem, was ich getan habe. Natürlich wird sie wütend auf mich sein, weil ich in ihre Wohnung eingebrochen bin, aber ich konnte es nicht riskieren, mich ihr in der Öffentlichkeit zu nähern. Wer weiß, wie sie reagiert hätte. Vielleicht hätte sie mir eine Szene gemacht, mich beschimpft, die Bullen gerufen. Oder, schlimmer noch, sie wäre vor mir weggelaufen.

Es ist ein Risiko, hier zu sein, aber ich muss es eingehen. Sie könnte auch hier die Polizei rufen, doch ich glaube, ich werde sie überzeugen können, es nicht zu tun.

Herrgott, das hoffe ich jedenfalls.

Ich schiebe die Hände in die Taschen meines Sweatshirts und sehe mich um, entdecke den dicken iMac auf ihrem Schreibtisch. Ich gehe hin, bewege die

Maus, und der Monitor erwacht zum Leben, ohne dass ein Passwort verlangt wird.

Und auf dem Bildschirm erscheint Lily in all ihrer gloriosen Nacktheit. Lasziv lächelnd, sitzt sie auf dem Bett mit gespreizten Beinen und schamlos zur Schau gestellter Möse. Sie so zu sehen bringt mein Blut in Wallung. Und das Wissen, dass sie diese Fotos für einen anderen Typen gemacht hat, weckt in mir Mordgelüste.

Außer mir soll niemand sie so sehen.

Knurrend reiße ich mich vom Monitor los und erhasche in dem großen Spiegel über der Kommode einen Blick auf mein Spiegelbild. Hilfe! Ich trage alte Jeans und ein schwarzes Sweatshirt und habe mich seit Tagen nicht rasiert. Meine Augen sind trüb und meine Laune im Keller.

Die gestrige Begegnung mit Pilar war extrem anstrengend. Wie ein erbärmlicher Feigling bat ich Levi, im Büro zu bleiben, damit ich mit Pilar nicht allein wäre. Nicht, dass ich Angst vor ihr hätte – obwohl Levi hinterher meinte, mit ihr sei wahrlich nicht zu spaßen –, nein, ich wollte einen Zeugen dabeihaben, wenn ich mit dieser Irren verhandle.

Als ich ihr sagte, ich hätte den Laptop doch nicht, drehte sie durch, beschimpfte mich, drohte mir mit der Faust, versuchte, mich am Hemdkragen zu packen. Und da wurde es mir zu bunt. Ich sagte ihr, sie solle besser die Hände von mir lassen, denn ich würde Frauen zwar nicht schlagen, aber sie fordere ihr Glück heraus.

Meine Drohung juckte sie gar nicht. Die Frau ist verrückt. Und wild entschlossen, ihre Wut an Lily auszulassen.

Natürlich verriet ich nicht, dass ich das belastende Beweismaterial kannte, das auf dem Laptop gespeichert war. Ich erzählte einfach, ich hätte Lilys Tasche an mich genommen, in der irrigen Annahme, der Laptop befände sich darin. Erst auf dem Heimflug hätte ich entdeckt, dass der Laptop fehlte.

Sie bedachte mich mit einem skeptischen Blick und bezeichnete mich als Trottel. Dann verlangte sie ihr Geld zurück, wozu ich mich sofort bereit erklärte. Lieber nehme ich den finanziellen Verlust in Kauf, als für den Schaden, den sie der Familie Fowler zufügen will, verantwortlich zu sein.

Ich ziehe mein Handy aus der Tasche, um nach der Uhrzeit zu sehen. Gleich elf. Wo bleibt Lily nur? Ich habe beobachtet, wie sie vor einiger Zeit eilig aus dem Haus gerannt ist, in Jeans und einem weiten schwarzen Pullover, das noch nasse Haar auf dem Kopf zu einem Knoten gedreht, eine große schwarze Handtasche am Arm.

Bei ihrem Anblick wurde mein Mund trocken.

Ich habe sie in einem winzigen Bikini gesehen, in einem sexy Kleid, in Shorts und Tanktop, nackt, viele, viele Male nackt, doch all das war nichts gegen dieses Gefühl, Lily nach Tagen zum ersten Mal wiederzusehen. Ich fühlte mich wie ein Verdurstender beim Anblick einer sprudelnden Quelle. Mir war nicht klar gewesen, wie sehr ich sie vermisst habe, bis sie, tief in Gedanken versunken, mit raschen Schritten und laut klappernden Stiefelabsätzen direkt an mir vorbeiging.

Es war kein Problem, ihr zu folgen. Die Gehwege waren bevölkert, und Lily bahnte sich zielstrebig ihren Weg durch die Menge, sah sich kein einziges Mal um.

Sie schien meine Gegenwart überhaupt nicht wahrzunehmen, was mich seltsam enttäuschte.

Bescheuert, aber wahr.

Sie ging in eine Bäckerei, die einige Blocks von ihrer Wohnung entfernt war, und wurde von einer schwangeren Frau, die ähnliche Züge wie sie aufwies, mit einer Umarmung begrüßt.

Das war ihre Schwester. Rose.

Die beiden saßen an einem Fenstertisch. Verdammt gefährlich. Was, wenn Pilar bereits jemand anderen auf sie angesetzt hat, der ihr nachspioniert? Sie bot eine perfekte Zielscheibe, und am liebsten wäre ich in die Bäckerei gestürmt, um Lily zu beschützen.

Doch ich beherrschte mich, bewegte mich nicht von der Stelle. Es war seltsam faszinierend, Lily bei der Unterhaltung mit ihrer Schwester zu beobachten, und mir fiel auf, dass dieses Strahlen, das Lily sonst hatte, verschwunden war. Rose verschlang gierig einen Cupcake, wohingegen Lily an ihrem Muffin lediglich herumpickte. Sie wirkte traurig, geistesabwesend, bedrückt. Mein Herz verlangte danach, zu ihr zu gehen und sie zu trösten.

Aber ich vermute mal, sie hätte mir eine geknallt und gesagt, ich solle mich verpissen.

Die Schwestern blieben über eine Stunde in der Bäckerei, bis es dort ziemlich leer wurde und nur gelegentlich noch jemand hereinschneite, um sich einen Coffee-to-go zu holen oder Kuchen zu kaufen. Ich trieb mich die ganze Zeit über draußen herum, ging auf und ab, verdrückte mich auf die andere Straßenseite und gab mir Mühe, möglichst unauffällig zu bleiben. Lily durfte mich auf keinen Fall entdecken.

Noch nicht.

Als die beiden sich zum Aufbruch bereit machten, eilte ich zu Lilys Wohnung zurück. Ich muss dringend mit Lily reden, aber innerhalb ihrer vier Wände, auch wenn ich keine Ahnung habe, wie sie auf mein Eindringen reagieren wird. Weiß sie, dass ich ihren Laptop gestohlen habe? Sie muss es wissen. Und wird sie sich überhaupt anhören, was ich ihr zu sagen habe?

Vermutlich nicht. Aber ich muss es zumindest versuchen. Ich muss ihr sagen, dass sie sich in Gefahr befindet.

Und dass es mir leidtut. Dass ich sie vermisse. Dass ich mich selbst für das hasse, was ich getan habe. Ich will sie um Vergebung anflehen und sie um eine zweite Chance bitten. Ich möchte ihr sagen, dass ich sie brauche, dass ich sie nicht aufgeben kann, dass ich *uns* nicht aufgeben kann, obwohl sie mich wahrscheinlich hassen wird.

Kopfschüttelnd schließe ich die Augen und hole tief Luft. Sogleich steigt mir ihr Duft in die Nase, süß und betörend. Ich hoffe bei Gott, sie wird mich anhören. Wenn nicht, weiß ich nicht, was ich tun werde.

Jetzt wird die Tür aufgeschlossen, geöffnet, und gleich darauf ertönt das Klackern von Absätzen auf dem Holzboden. Sodann wird die Tür wieder geschlossen und zugesperrt, und ich bin für diese Schutzmaßnahme extrem dankbar. Mein Bedürfnis, mich um Lily zu kümmern, sie zu beschützen, wird immer stärker. Hätte sie die Tür nicht zugesperrt, wäre ich womöglich aus dem Schlafzimmer gekommen und hätte mein Versteck verraten.

Ich höre, wie die Schlüssel klappernd auf einem

Tisch oder in einer Schale landen und Lily dann mit einem Stöhnen ihre Stiefel auszieht und auf den Boden fallen lässt. Rasch sehe ich mich im Schlafzimmer um, spähe in den Schrank, um zu prüfen, ob er sich notfalls als Versteck eignen würde, doch ein Blick genügt, um diese Idee sofort zu verwerfen.

Der Schrank ist extrem geräumig. So groß wie Wohnzimmer und Küche meines winzigen Apartments zusammen, vielleicht sogar noch größer. Und alles voller Klamotten, Schuhe, extra Regalen für Taschen, Schals, Schmuck …

Meine Fresse, die Frau hat wirklich eine Menge Zeug.

Ich mache die Schranktür wieder zu und beschließe, Lily einfach ganz offen im Schlafzimmer zu erwarten. Ich möchte sie nicht erschrecken. Aber ich will auch nicht, dass sie mich mit dem nächstbesten Gegenstand attackiert, wenn sie meiner ansichtig wird.

Sie bewegt sich in der Wohnung umher. Und plötzlich kommt sie ins Schlafzimmer, stellt sich vor die Kommode, nimmt ihre Kreolen ab und legt sie in eine kleine Schale.

Jetzt ist der Zeitpunkt für mich gekommen. Langsam löse ich mich von der Wand und murmele ihren Namen.

»Lily.«

Mit einem kleinen Aufschrei hebt sie den Kopf und begegnet im Spiegel meinem Blick. Ich stehe nur ein, zwei Meter hinter ihr und beobachte im Spiegel, wie ihre Augen sich weiten, ihre Brust sich hebt und senkt, ihr Mund sich vor Schreck öffnet. Und dann wirbelt sie herum, schießt, die Hände zu Fäusten geballt, wie ein Tornado auf mich zu und bombardiert mich mit Schimpfwörtern, boxt mich wieder und wieder in die Brust.

»Beruhige dich.« Ich packe sie am Handgelenk, doch sie reißt sich los. »Lily, bitte.«

Sie weicht zurück, legt die Hände auf meine Brust und versucht mich wegzuschieben. Unwillkürlich entfährt mir ein Ächzen. *Verdammt*, die Kleine ist stärker, als sie aussieht. »*Bitte?* Du hast den Nerv, mich zu *bitten?* Zur Hölle mit dir!«

Ich greife nach ihren Handgelenken, halte sie fest, und sogleich streichen meine Daumen über ihre Haut, als könnten sie nicht anders. Ihre Haut ist so wunderbar weich. So weich und warm. Ihr Körper bebt vor Zorn, und in ihren Augen flackert unverhüllter Hass. Wenn Blicke töten könnten …

Dann wäre ich jetzt ein toter Mann.

»Hände weg«, stößt sie zwischen zusammengebissenen Zähnen hervor, während sie sich loszureißen versucht.

»Du musst mich anhören, Lily. Es geht um Pilar«, sage ich, ohne sie loszulassen. Denn würde ich das tun, wäre sie weg. Sie würde aus der Wohnung rennen und die Polizei rufen.

»Was soll ich mir anhören? Noch mehr Lügen?« Ihre Stimme trieft vor Abscheu, und ich fühle mich beschissen. Trotzdem will ich sie nicht loslassen. »Gut, du willst reden? Dann möchte ich dir eine Frage stellen.«

»Frag mich, was immer du willst«, stimme ich zu, in der Hoffnung, sie wird zur Vernunft kommen und sich anhören, was ich ihr zu sagen habe. Danach können wir einen Plan ersinnen und uns überlegen, wie wir Pilar am besten überführen. Levi habe ich bereits an Bord. Sein Computerwissen wird uns gewiss nützlich sein.

»Hast du die ganze Zeit, als wir auf Maui waren, für Pilar gearbeitet? Hast du meinen Laptop in Pilars Auftrag gestohlen?« Sie hört auf, gegen mich anzukämpfen. Die Spannung weicht aus ihren Armen, aber ich halte sie weiterhin fest, während ich innerlich bei ihren Worten erstarre.

Scheiße. Aber eigentlich sollte es mich nicht überraschen, dass sie eins und eins zusammengezählt hat. Sie ist verdammt schlau. Schlauer, als alle – einschließlich mir – ihr zutrauen.

Ich muss ihr gegenüber aufrichtig sein. Keine Lügen mehr. Wenn ich sie zurückhaben will, muss ich ehrlich sein. Es geht jetzt um alles oder nichts.

»Ja«, sage ich leise.

Sofort beginnt sie wie verrückt zu zappeln, und es gelingt ihr, eine Hand freizubekommen. »Ich *wusste* es! Arschloch! Lass mich los! Du verdammter Wichser, loslassen!«

Ich reiße sie an mich, schlinge die Arme um sie und sage, den Mund an ihrem Ohr: »Hör verdammt noch mal auf, gegen mich zu kämpfen. Ich muss mit dir reden. Es gibt ein paar Dinge, die du wissen solltest, Prinzessin.«

»Was gibt es da noch groß zu wissen? Du arbeitest für den Feind. Ich fasse es nicht, dass du mich derart hintergangen hast! Gott, ich bin so dumm. So unglaublich dämlich.« Ihre Stimme wird brüchig, und für den Bruchteil einer Sekunde lehnt sie sich an mich.

Gerade lange genug, um mich wieder daran zu erinnern, wie sie sich in meinen Armen anfühlt. Der Duft ihrer Haare steigt mir in die Nase, zart und betörend. Löst Verlangen in mir aus.

»Ich habe ihr den Laptop nicht gegeben«, flüstere ich, während ich über Lilys Rücken streiche. Ich will sie trösten, obwohl ich weiß, dass sie das ablehnen wird, weil sie einfach so verdammt stur ist. »Er ist noch immer in meinem Besitz.«

Lily hebt den Kopf und … *ach, verflucht,* ihre Augen schimmern vor ungeweinten Tränen. Ihre Traurigkeit ist förmlich mit Händen greifbar, und es bricht mir das Herz, dass ich dafür verantwortlich bin. »Willst du mich erpressen?«, stößt sie verächtlich hervor. »Bist du bei mir eingebrochen, um den Laptop zu Geld zu machen? Weißt du was? Du kannst mich mal! Ich will ihn nicht haben. Nur zu, gib ihn Pilar. Ist doch egal, wenn sie mein Leben ruiniert. Und das meiner Familie.«

»Hey, ich will dein Geld nicht, Lily. Ich will …« Ich atme aus, ziehe Lily enger an mich. Sie wehrt sich nicht, sieht mich nur unsagbar enttäuscht und traurig an. Ich hebe die Hand, streiche mit den Fingern zart über ihre Wange. Sie zuckt sichtlich zurück, als würde meine Berührung sie anekeln, und ich lasse die Hand sinken, kämpfe gegen die Enttäuschung an, die in mir aufsteigt.

Es steht mir nicht zu, enttäuscht zu sein. Ich habe mir das alles selbst zuzuschreiben. Ich habe es kaputtgemacht.

Das zwischen uns kaputtgemacht.

»Was willst du?«, fragt sie argwöhnisch.

»Dein Vertrauen.«

Sie lacht auf, spöttisch und bitter. »Das hast du für immer verloren.«

Ich werde es zurückgewinnen. Irgendwie. Das muss ich. »Soll ich dir erzählen, was ich auf deinem Laptop gefunden habe?«

»Nicht hier. Ich möchte mich in meiner Wohnung nicht mit dir unterhalten, egal, worum es geht.« Energisch schüttelt sie den Kopf, als könnte sie den Gedanken nicht ertragen, dass ich mich in ihren geheiligten Räumen aufhalte.

»Dann lass uns in ein Lokal gehen. Irgendwohin, wo es ruhig ist und wir einigermaßen ungestört sind. Ich habe dir eine Menge mitzuteilen.« Ich sehne mich danach, Lily erneut zu berühren, aber ich beherrsche mich. Es ist so schön, sie in den Armen zu halten. Ihr Körper passt so perfekt zu meinem. Merkt sie das nicht? Fühlt sie das nicht?

Oder habe ich es komplett vergeigt?

»Ich möchte nicht mit dir reden. Du solltest besser gehen«, erwidert sie. »Es gibt nichts mehr zu sagen.«

»Und ob. Es ist sehr wichtig.« Ihr verächtlicher Blick lässt mich für einen Moment verstummen, doch ich fange mich sofort wieder. Ich muss reinen Tisch machen. Nur dann gibt es für uns vielleicht, aber auch nur vielleicht, noch eine zweite Chance. »Du musst erfahren, was ich entdeckt habe.«

Ein Schatten huscht über ihr Gesicht. »Das weiß ich selbst. Schließlich ist es mein Laptop, du Arschloch.« Sie senkt den Kopf, blickt zu Boden. »Die Nacktfotos. Darauf spielst du doch an, nicht wahr? Sie wurden vor langer Zeit gemacht.«

»Die Fotos sind mir egal.« Ich schüttele Lily leicht, und sie hebt den Blick wieder zu mir. »Wir haben Pilars E-Mail-Accounts gefunden. Diejenigen, die du gehackt hast. Wir wissen, was Pilar vorhat.«

»Wir? Wer ist ›wir‹?«, fragt sie verwirrt. Es hilft nichts: Wir müssen uns endlich aussprechen. Ich bin mir ziemlich sicher, dass Pilar jemanden beauftragt hat, Lily im Auge zu behalten und diesen Laptop zu beschaffen, der mir angeblich durch die Lappen gegangen ist. Lilys Leben könnte in Gefahr sein.

Das kann ich nicht riskieren. Ich muss Lily beschützen.

»Komm. Lass uns ein Taxi nehmen und irgendwohin fahren, wo ich dir alles erzählen kann.« Eindringlich sehe ich sie an, in der Hoffnung, dass sie erkennt, wie ernst es mir ist. Dass ich alles tun werde, um ihr zu helfen, sie zu beschützen. Natürlich könnte ich ihr das sagen, aber sie würde mir nicht glauben. Sie muss es spüren, fühlen. »Bitte, Lily.«

Sie erwidert meinen Blick. Ihre Augen sind weit geöffnet, ihre Finger liegen auf meiner Brust, drücken sich in mein Sweatshirt. Ihre Berührung brennt auf meiner Haut, selbst durch den dicken Stoff hindurch, und mit aller Willenskraft schiebe ich die aufsteigende sexuelle Erregung beiseite. Ich begehre sie. Werde sie immer begehren. Doch jetzt haben wir für so etwas keine Zeit. »Du siehst schrecklich aus«, sagt sie schließlich. »Wie ein Penner.«

Ich grinse, kann nicht anders. »Ich habe ein paar ziemlich harte Tage hinter mir.«

»Ich auch«, gesteht sie, ihre Stimme so sanft wie ihr Blick. »Also gut. Aber nur reden, mehr nicht«, fügt sie streng hinzu. »Ich bin stinksauer, dass du einfach bei mir eingebrochen bist, Max. Das geht echt zu weit.«

»Stimmt.« Ich nicke. »Tut mir leid.«

»Und du musst mir wirklich alles erzählen«, sagt sie.

»Genau das habe ich vor«, antworte ich und dirigiere Lily aus dem Schlafzimmer. Wir gehen durch den kurzen Flur in den Eingangsbereich, wo ihre Stiefel stehen. »Hast du vor dem Haus jemanden bemerkt, der irgendwie verdächtig aussah? So, als würde er dir ... nachspionieren?«

Sie schnappt nach Luft. »Nachspionieren? Was redest du da?«

»Ich arbeite nicht mehr für Pilar. Deshalb bin ich mir sicher, dass sie jemand anderen auf den Fall angesetzt hat«, erkläre ich, während ich Lilys Stiefel vom Boden aufhebe und sie ihr reiche.

»Was für ein Fall?«

Ich sehe ihr zu, wie sie in ihre Stiefel schlüpft. »Es geht um dich, Lily. Sie hat es auf dich abgesehen.«

KAPITEL 24

Lily

Das Taxi fährt im Schneckentempo durch den dichten Verkehr, der immer wieder unter lautem Gehupe, untermalt von kreischenden Bremsen, zum Erliegen kommt. Wir befinden uns bereits seit über zwanzig Minuten in dem Wagen, und wie es den Anschein hat, ist noch kein Ende abzusehen. Max hat dem Fahrer als Ziel eine mir unbekannte Adresse genannt, ehe er sich neben mich setzte. Zwischen uns sind etliche Zentimeter Abstand, was bei Weitem nicht genug ist. Doch selbst wenn der Grand Canyon sich zwischen uns befände, würde ich immer noch Max' Gegenwart fühlen, seinen männlichen Geruch riechen, die Wärme spüren, die von seinem großen, kräftigen Körper ausgeht.

Ich würde gern die Hand nach ihm ausstrecken und ihn berühren, so dumm das auch ist. Denn ich hasse ihn für das, was er mir angetan hat. Ich möchte ihn schlagen, ihn boxen und treten, bis er blutet. Er soll genauso leiden, wie ich gelitten habe, und noch mehr. Ich kann ihn nicht ausstehen. Er hat mich auf die übelste Weise betrogen, die es gibt.

Das mache ich mir unentwegt klar, während ich stocksteif dasitze, die Hände zu Fäusten geballt, die Zähne zusammengebissen, und mühsam nach Luft ringe.

Den Großteil der Fahrt drehe ich den Kopf zur Seite und starre aus dem Fenster, ohne jedoch etwas wahrzunehmen. Meine Gedanken sind so verschwommen wie meine Sicht, und in meinem Inneren herrscht Chaos. Es fällt mir schwer, mir zu vergegenwärtigen, was gerade passiert.

Max sitzt neben mir. Der Mann, der ein falsches Spiel mit mir getrieben und für die verfluchte Pilar gearbeitet hat, sitzt neben mir und will mir irgendwas erzählen. Angeblich etwas Wichtiges. Als ich ihn plötzlich wie einen verdammten Einbrecher in meinem Schlafzimmer vorfand, war ich zunächst schockiert, dann aber auch besorgt, weil er so elend aussah.

Mit seiner fahlen Haut, den Bartstoppeln, den dunklen Ringen unter den Augen, dem schwarzen Sweatshirt und der Jeans sah er wie ein Verbrecher aus. Mein erster Instinkt war, ihn zu fragen, ob ihm etwas fehle.

Dumm. So unfassbar dumm.

Dann wurde ich wieder klar im Kopf und total wütend. Und darauf habe ich mich ungefähr zwei Minuten lang konzentriert: auf meine Wut. Danach war es plötzlich vorbei mit meinem Kampfgeist, und ich sackte in seinen Armen förmlich zusammen, fühlte mich wie eine absolute Versagerin.

Und unglaublich schwach.

Die Spannung zwischen uns scheint sich immer mehr zu verdichten, und als ich aus dem Augenwinkel einen Blick in seine Richtung riskiere, sehe ich, dass er mich beobachtet. Er sitzt breitbeinig da, im Sitz zurückgelehnt, den einen Arm auf der Armstütze an der Tür. Den anderen Arm hat er der Länge nach auf der

Rückenlehne der Rückbank ausgestreckt, und seine Hand ist irritierend nah an meinem Gesicht, also rutsche ich etwas weiter weg, bis ich praktisch in der Ecke klebe.

Er gibt ein Seufzen von sich, und seine Brust hebt und senkt sich, was eine süße Erinnerung in mir wachruft. In jenem kurzen, wunderbaren Moment, als ich den Kopf an seine Brust gelehnt habe, habe ich mich unendlich … sicher gefühlt. Ich wollte all die Lügen und den Verrat vergessen und mich diesem Mann vertrauensvoll hingeben. Er hatte mich ja bereits vor dem Ertrinken gerettet.

Aber warum hat er mich gerettet? Wenn er für Pilar arbeitete … Er hätte mich getrost meinem Schicksal überlassen können. Doch das tat er nicht.

Warum? Diese Frage geht mir unablässig durch den Kopf.

Warum, warum, warum?

»Ich finde es schrecklich, dass du mich so hasst«, sagt er, und seine tiefe Stimme ist wie eine Berührung, veranlasst mich dazu, ihn anzusehen.

»Das kann dir doch egal sein«, antworte ich patzig, wenn auch mit etwas zittriger Stimme. Ich räuspere mich, schlinge die Arme um meinen Oberkörper.

Ein bekümmerter Ausdruck huscht über sein Gesicht. »Du bist mir alles andere als egal.«

Schweigend starren wir uns an, und ich brenne darauf, ihn zu fragen, warum ich ihm nicht egal bin. Aber ich beherrsche mich. Im Moment würde er alles sagen, um wieder in meiner Gunst zu steigen. Ich denke an all das, was wir auf Maui erlebt haben, und frage mich, wie viel davon eine Lüge war.

Alles?

Wahrscheinlich.

Den Rest der Fahrt schweigen wir, und als wir an dem Lokal ankommen, das Max gewählt hat, bin ich erleichtert, der Enge des Wagens zu entrinnen. Bei dem Lokal handelt es sich eher um ein Pub mit einer dunklen Holzfassade, einer rustikalen Holzverkleidung im Inneren und schummrigem Licht. Max wechselt ein paar Worte mit dem Wirt, der uns begrüßt, als wäre Max ein alter Freund, ehe er uns zu einem abseits gelegenen Ecktisch geleitet, den Stuhl für mich hervorzieht und uns jeweils eine Karte mit den Tagesgerichten reicht.

»Unsere Tageskarte ist recht simpel, aber ich hoffe, Sie finden etwas, was Ihnen zusagt, Miss«, sagt der Wirt und blinzelt mir zu, ehe er sich Max zuwendet, ihm einen beredten – beifälligen? – Blick zuwirft und uns dann allein lässt.

»Du kennst ihn«, bemerke ich, sobald der Mann außer Hörweite ist.

»Ich kannte seinen Sohn«, erklärt Max. »Wir haben zusammen in Afghanistan gekämpft.«

»Oh.« Verlegen senke ich den Blick auf die Tageskarte, fühle mich unwohl bei diesem Verweis auf seine Vergangenheit. Demnach muss er die Wahrheit gesagt haben, als er mir von seinem Tattoo erzählte. »Du sagtest, du *kanntest* ihn?«

»Ja.« Max hat den Blick ebenfalls auf die Tageskarte geheftet. »Er ist gefallen.«

Dieser nette, freundliche Mann hat seinen Sohn verloren. Ich wage mir kaum vorzustellen, wie schrecklich das sein muss. Trotzdem ist er so heiter, so positiv. »Hier isst man sicher gut«, sage ich, um das Thema zu wechseln.

»Sehr gut sogar«, bestätigt Max. »Vor allem die Hamburger sind lecker, obwohl du so was wahrscheinlich nicht isst.«

»Doch, ich nehme den Hamburger.« Erst jetzt wird mir bewusst, wie hungrig ich bin. Von dem Muffin habe ich so gut wie nichts gegessen, und von Kaffee allein wird man nicht satt. Ich lege die Tageskarte auf den Tisch. »Mit Käse. Und Pommes.«

Verblüfft sieht Max mich an. »Die Zwiebelringe sind auch köstlich.«

Aber dann riecht mein Atem nach Zwiebel. Nicht, dass ich vorhabe, Max zu küssen. Ich finde nach wie vor, dass er ein Arschloch ist. Zumindest teilweise. »Ich liebe Zwiebelringe«, sage ich lächelnd.

»Ich auch.« Er legt seine Tageskarte ebenfalls beiseite und sieht mich aufmerksam an. Es kommt mir so vor, als hätten wir eine Art Pattsituation, was seltsam ist. »Burger und Zwiebelringe gehören einfach zusammen.«

»Und Cola. Mit viel Eis«, füge ich, zunehmend entspannt, hinzu.

»Zero?«

»Nein. Die volle Zuckerladung.« Ich bin zwar schon ohne den ganzen Zucker aufgeputscht genug, doch das ist mir egal. Irgendwie habe ich das Gefühl, ich müsste Max etwas beweisen – was genau, weiß ich nicht. Aber hier bin ich nun, mit all meinem Mut, Cheeseburger und Zwiebelringen und meinem Kummer darüber, was mit diesem Mann hätte sein können, aber nicht möglich war.

Meinem Mitgefühl für diesen Mann, der seinen Freund im Krieg verloren hat, und für den anderen Mann, der seinen Sohn verloren hat. Meiner Trauer über das, was auch ich verloren habe.

Mich selbst.

Ein leichtes Lächeln umspielt Max' Mund. »Ich habe dich vermisst, Lily.«

Seine Worte erinnern mich wieder an das, was er getan hat. Ich straffe die Schultern, und an die Stelle von Mitgefühl und Trauer tritt kalter Zorn. »Was willst du mit mir besprechen, Max?«

Der Wirt erscheint, nimmt unsere Bestellungen entgegen, und als Max zu ihm sagt, er wolle ungestört mit mir reden, nimmt der Mann ihm das keineswegs krumm. Freundlich erwidert er, er werde uns rasch unsere Getränke bringen und uns dann in Ruhe lassen, bis die Burger fertig seien.

Sobald er weg ist, werfe ich Max einen finsteren Blick zu. Ich habe den ganzen Blödsinn satt und will definitiv nicht in Erinnerungen schwelgen. Das würde zu sehr wehtun.

»Wo soll ich beginnen?«, fragt er, als könnte er meine Gedanken lesen.

»Beim Anfang. Wann war Pilar bei dir?« Ich will jedes einzelne schmutzige Detail erfahren. Damit ich ihn noch mehr hassen kann? Vielleicht.

Er atmet tief aus und lächelt dem Kellner zu, der aus dem Nichts auftaucht, die Getränke serviert und sofort wieder verschwindet. »Vor etwa zwei Wochen. Sie sagte, ich solle eine Person beschatten, die ihr etwas weggenommen hat. Und das wolle sie wieder zurückhaben.«

»Also dachtest du, der Laptop gehört ihr.«

»So dumm bin ich nun auch wieder nicht.« Er schenkt mir einen vielsagenden Blick. »Mir wurde schnell klar, dass es nicht ihr Laptop ist. Wie immer begann ich zunächst zu recherchieren, und dann rief Pilar an und teilte mir mit, dass du verreisen wirst. Sie wollte, dass ich dir nach Maui folge, also buchte ich mir einen Flug.«

Also hat sie Max kurz nach Erhalt meiner E-Mail engagiert. Nachdem ich ihr gesteckt hatte, dass ich über ihre Machenschaften Bescheid wüsste.

Überwältigt von Erinnerungen, schließe ich die Augen. Wie dumm ich war. Wie arrogant. Was hatte ich denn erwartet, wie Pilar reagieren würde, wenn sie die E-Mail erhält? Dass sie zusammenbricht und mir erlaubt, Daddy zu erzählen, was sie in den letzten Monaten getrieben hat?

Ich hatte mich nur auf ihre Affäre mit Zachary bezogen. Und den offenbar harmlosen E-Mail-Verkehr mit Felicity Winston von Jayne Cosmetics.

Pilar rief mich an, drohte mir Gewalt an, beschimpfte mich als großmäulige Schlampe, die die Familie zerstört. Und da bin ich wie ein Feigling abgehauen.

Ich öffne die Augen wieder und starre Max geistesabwesend an, der redet und gestikuliert. Ich greife nach meinem Glas und trinke einen Schluck zur Beruhigung. Das eiskalte, süße Getränk betäubt meine Zunge, und ich schlucke hart, während ich versuche, Max' Worten zu lauschen, aber es ist, als hätte ich Watte in den Ohren.

»Was genau machst du eigentlich beruflich?«, falle ich ihm jäh ins Wort.

Er unterbricht sich, neigt den Kopf zur Seite und mustert mich auf seine typische, kühl abschätzende Art. Ich fühle mich unwohl unter seinem Blick und würde mich am liebsten in einem Mauseloch verkriechen. »Alles in Ordnung mit dir?«

Ich zucke die Achseln, versuche, es herunterzuspielen. Doch mir ist schwindlig, und vor meinen Augen tanzen Punkte. Hilfe suchend halte ich mich an der Tischkante fest und sage: »Mir geht's gut. Würdest du meine Frage jetzt bitte beantworten?«

Er weicht nicht aus, will es sich wahrscheinlich mit mir nicht verderben. »Ich bin Privatdetektiv. Ich habe eine eigene Firma und arbeite für ganz unterschiedliche Klienten.«

»Wie zum Beispiel für Pilar«, merke ich an.

»Ja. Wiewohl sie, offen gesagt, anders ist als alle anderen Klienten, die ich je hatte.« Er schüttelt den Kopf, verzieht die Lippen zu einem schiefen Lächeln. Ich liebe diese Lippen. Vor allem, wenn sie mich küssen …

Nein. So etwas darf ich nicht denken. Die Erinnerung an seine Küsse ist der direkte Weg ins Verderben.

»Inwiefern?«, frage ich und trinke einen Schluck Cola, in der Hoffnung, die klebrige Süße wird meine Benommenheit vertreiben. Tut sie aber nicht. Also atme ich tief durch, kämpfe gegen mein Schwindelgefühl an. Doch vergebens. Es funktioniert nicht.

Ich fühle mich wie auf einem schwankenden Schiff, das führerlos auf rauer See dahintreibt.

Max verzieht keine Miene. »Lily, lass uns Klartext reden. Pilar ist komplett durchgeknallt. Und wenn du meine Meinung hören willst – ich fürchte um deine Sicherheit. Und um Violets. Herrgott, was diese Frau angeht, ist deine ganze Familie in Gefahr.«

Panik überfällt mich, und mein Gesichtsausdruck scheint das zu spiegeln, denn Max berichtigt sich sofort.

»Ich weiß, Violet ist sicher, weil sie Ryder McKay an ihrer Seite hat. Und Rose ist verheiratet und hat ihren Mann, der sie beschützt. Aber du?« Er holt tief Luft, sieht mich unverwandt an. »Ich möchte nicht, dass du allein bist. Nicht, solange diese Geschichte nicht abgeschlossen ist.«

»Aber warum nicht?«, flüstere ich beklommen. Ich wage mir gar nicht auszumalen, was hinter seinen Worten steht. Ich habe Angst. Ich bin zwar vor Pilar nach Maui geflohen, aber hatte ich tatsächlich jemals richtig Angst vor ihr? Oder davor, dass sie mir etwas antun könnte?

Ein klares Nein. Oh Gott, ich war so dumm!

»Gegen Ende meines Aufenthalts auf Maui drohte Pilar mir am Telefon, sie werde jemand anderen damit beauftragen, den Laptop zu besorgen, wenn ich den Job nicht erledige.«

»Aber du hast ihn erledigt und mir den Laptop gestohlen«, stelle ich klar. »Oder etwa nicht?«

Er wirkt verlegen. In die Enge getrieben. Ich kenne dieses Gefühl. »Ja, stimmt. Aber ich habe ihr den Laptop nicht gegeben. Das war ausgeschlossen, nachdem Levi und ich entdeckt haben, was für brisantes Material darauf gespeichert ist.«

Ich runzele die Stirn. »Wer?«

»Levi arbeitet für mich. Er ist Computerspezialist

und vermutlich genauso gut wie du.« Er legt eine vielsagende Pause ein. »Ich hatte keine Ahnung von deinen IT-Fähigkeiten.«

»Du hast nie danach gefragt.« Das ist ein Thema, über das ich nicht gern spreche, vor allem nicht mit ihm ... einem Urlaubsflirt, mit dem ich ein paarmal gevögelt habe.

Er ist mehr als das, und das weißt du auch.

Max bohrt nicht nach, sondern kommt wieder auf das eigentliche Thema zu sprechen. »Als du Pilar herausgefordert hast, hast du mit dem Feuer gespielt, Lily. Und jetzt ist sie ein Flammenmeer, bereit, dich zu verschlingen. Und mich, denn ich habe sie verärgert, und das wird sie mir nicht vergessen.«

»Inwiefern hast du sie verärgert?«

»Das sagte ich doch. Ich habe ihr den Laptop nicht gegeben.«

»Demnach hast du ihn noch.«

Er nickt. »Er befindet sich sicher in meiner Wohnung.«

Ich würde seine Wohnung liebend gern einmal sehen, obwohl mir seine Wohnung piepegal sein sollte. Von Rechts wegen müsste ich Max für seinen Verrat bis in alle Ewigkeit hassen. Und trotzdem würde ich gern mal einen Blick in Max' privates Reich werfen ... Hey, ich kenne ja noch nicht einmal seinen Nachnamen. »Warum hast du ihn behalten?«

»Lily.« Seine Stimme ist so sanft wie der Ausdruck in seinen Augen. »Ich konnte ihr deinen Laptop nicht aushändigen, nicht, nachdem ich auf ihm dieses Material gefunden hatte.«

»Du meinst die Fotos?« Klar, es ist mir peinlich,

dass er die Fotos entdeckt hat, doch er hat mich bereits in echt und aus nächster Nähe nackt gesehen, also sollte das kein großes Ding sein.

Doch das ist es. Ich fühle mich blamiert. Es war so dumm von mir, diese Fotos aufzuheben. Sie sind alt, ein Stück Vergangenheit, und es kommt mir so vor, als wäre die Frau auf diesen Fotos eine fremde Person, die nichts mit mir zu tun hat.

Seine Wangen röten sich leicht, als wäre er verlegen. »Ich habe die Fotos gesehen. Und Levi auch.«

Oh, Gott! Ein Fremder hat diese Fotos gesehen? Wie unglaublich peinlich. »Toll«, brumme ich verstimmt.

»Keine Bange. Levi ist der anständigste Typ, den ich kenne. Er wird niemandem etwas davon erzählen, er wird die Fotos nicht kopieren, nichts dergleichen. Solltet ihr beiden euch irgendwann kennenlernen – und das hätte ich gern –, wird er diese Fotos mit keinem Wort erwähnen. Das schwöre ich dir, Lily. Er ist moralisch absolut integer.«

Auf Max trifft das eher nicht zu, wenn man bedenkt, was er mir angetan hat. Er hat mich bestohlen, weil er dafür bezahlt wurde. Ist das moralisch integer?

Das erinnert mich an Rose und ihren Gatten, einen ehemaligen professionellen Dieb. Er war drauf und dran, ihr eine sehr wertvolle Kette zu stehlen, brachte es dann aber nicht über sich, weil er in sie verliebt war.

Okay, ich erwarte nicht, dass Max in mich verliebt ist, nur weil wir ein paar Tage zusammen auf Maui verbracht haben, aber habe ich ihm überhaupt etwas bedeutet? Hat er sein Handeln bereut? Bedauert?

Gut möglich, da er Pilar den Laptop nicht gegeben hat.

»Ich glaube dir.« Nachdenklich streiche ich mit dem Finger durch das Kondenswasser, das sich auf meinem Glas gebildet hat. »Ich habe die Fotos vor langer Zeit für einen ziemlich blöden Typen gemacht ... für mehrere blöde Typen.«

Er schweigt, und als ich schließlich zu ihm aufblicke, sehe ich, dass er mich beobachtet. »Sag etwas«, bitte ich, als er weiterhin stumm bleibt.

»Du siehst auf diesen Fotos sehr schön aus«, sagt er leise.

Okay. Mit solch einer Antwort habe ich nun wirklich nicht gerechnet. Ich sollte mich über das Kompliment nicht freuen. Nein, seine Worte sollten mich auf keinen Fall glücklich machen. Aber das tun sie. »Danke«, murmele ich verlegen.

»Ich weiß, du hast Angst«, fährt er fort. »Und ich weiß, du hasst mich. Du hast ja auch allen Grund dazu, doch ich schwöre, Lily, ich werde dir nicht von der Seite weichen, bis dieses Problem mit Pilar ein für allemal erledigt ist. Du musst zu deiner Familie gehen und ihr mitteilen, was da vor sich geht. Wir haben auf dem Laptop Informationen gefunden, die dir noch nicht bekannt sind.«

Er hat recht, ich muss meine Familie informieren, doch ich habe Angst. Angst, dass sie mir nicht glauben werden. »Was habt ihr gefunden?«

»Du kennst nicht den gesamten E-Mail-Verkehr zwischen Pilar und Felicity Winston. Pilar hat ihr Informationen zukommen lassen. Informationen über Fleurs neue Produktlinie«, sagt Max finster.

Fassungslos starre ich ihn an. »Was?«

Er nickt. »Pilar hoffte, Felicity würde ihr als Gegenleistung ein lukratives Jobangebot machen. Doch nachdem Felicity die Informationen erhalten hatte, beendete sie die Korrespondenz mit Pilar.«

Die Punkte sind zurück, tanzen wieder vor meinen Augen, und mir ist schwindlig. »Mist, Mist, Mist.« Ich schließe die Augen, reiße sie dann wieder auf. »Ich hätte niemals weggehen dürfen. Ich muss Dad unbedingt Bescheid geben.«

»Ich habe den Laptop mit den erforderlichen Beweisen, Lily«, sagt er ruhig. Genau diese Ruhe brauche ich jetzt. Ich könnte vor Wut aus der Haut fahren, bin völlig außer mir. »Außerdem hat Levi Screenshots von den Posteingängen und den E-Mails gemacht. Sie sind alle in einem Dropbox-Account gespeichert sowie auf einer externen Festplatte.«

Sprachlos sehe ich ihn an, finde keine Worte, um meinen Dank auszudrücken für das, was er getan hat. Was er für mich getan hat. Das war meine größte Angst, als der Laptop verschwunden war. Wie sollte Daddy mir glauben, wenn ich keine Beweise hatte? Obwohl mir jetzt bewusst wird, dass ich mir die Informationen auch mit meinem iMac hätte beschaffen können. Ich habe alles falsch angepackt. Alles.

Zum Glück hat Max sämtliche Beweise gesammelt. Jetzt kann ich allen in der Familie zeigen, was Pilar geplant hat. Und sie werden mir wohl oder übel glauben müssen.

Ich werde meinem Vater das Herz brechen. Er wird wahrscheinlich wütend auf mich sein. Ich werde Violet und Ryder erzürnen, vermutlich auch Rose und

Grandma, aber wenigstens werden sie erfahren, was vor sich geht.

Und ich werde mich ein für alle Mal aus Pilars Fängen befreien. Sie kann mir drohen, wie sie will, ich habe die Beweise für ihr schändliches Tun.

Und das verdanke ich einzig und allein Max.

KAPITEL 25

Max

»Sie verdammter Mistkerl, ich habe Sie mit ihr gesehen!«

Das Telefon am Ohr, schleiche ich in das an mein Schlafzimmer angrenzende Bad und schließe leise die Tür hinter mir. *Scheiß Pilar*. Ich will nicht mit ihr sprechen. Normalerweise würde ich Pilar sofort wegdrücken. Unsere Geschäftsbeziehung ist beendet. Ich habe ihr den Laptop zwar nicht geliefert, aber jeden einzelnen Cent, den sie mir bezahlt hat, zurückerstattet. Damit ist für mich die Sache erledigt.

Doch ich möchte hören, was sie zu sagen hat. Außerdem habe ich auf meinem Handy eine App zum Aufzeichnen von Gesprächen. Beweismittel sammeln, so nennt man das.

»Ich verstehe nicht, was Sie meinen«, sage ich unschuldig.

»Hören Sie auf, sich dumm zu stellen! Sie wissen genau, was ich meine.« Sie hält inne, eindeutig des dramatischen Effekts wegen. »*Lily*. Sind Sie wirklich so dumm? Warum sind Sie mit ihr in Kontakt? Wollen Sie ihr an die Wäsche oder was? Oder versuchen Sie immer noch, diesen verfluchten Laptop zu kriegen? Ich bin bereit, sehr gut dafür zu bezahlen.«

»Ich dachte, das sei erledigt.« Ich gehe mit keiner

Silbe auf die Bemerkung ein, ich wolle Lily an die Wäsche.

»Stimmt. In der Tat habe ich einen anderen Detektiv engagiert, um den Job zu beenden, für den Sie zu inkompetent waren«, zischt sie. Ich ignoriere die boshafte Spitze, obwohl es mir schwerfällt. »Von ihm weiß ich, dass Lily den Nachmittag mit einem Mann verbracht hat, und seine Beschreibung traf genau auf Sie zu. Dann schickte er mir Fotos, und – Wunder über Wunder – der Mann waren tatsächlich *Sie*.« Erneut legt sie eine Kunstpause ein. »Was zum Teufel geht da vor?«

»Wieso interessiert Sie das? Ich arbeite nicht mehr für Sie«, antworte ich mit fester Stimme.

»Aber falls Sie an diesen Laptop rankommen sollten …«

»Was hat es mit diesem Laptop auf sich? Hat Lily Fowler irgendetwas gegen Sie in der Hand?« Ich stelle mich dumm. Das gefällt ihr. Es gibt ihr ein Gefühl von Überlegenheit.

»Ja. Aber wenn sie glaubt, sie könne mich damit drankriegen, ist sie gewaltig auf dem Holzweg.« Sie lacht, und ich winde mich innerlich. Das Lachen dieser Frau ist verdammt schrill.

Und verdammt nervtötend.

»Was genau hat sie gegen Sie in der Hand?«

»Das geht Sie einen feuchten Kehricht an«, schnauzt sie mich an. »Also, sind Sie immer noch hinter dem Laptop her oder nicht?«

»Ich habe es satt, ständig über diesen blöden Laptop zu reden«, brumme ich, während ich mir mit der Hand über den Nacken streiche. Allein schon dieser Frau zuzuhören stresst mich gewaltig.

»Sie hatten einen Auftrag zu erfüllen«, sagt sie. »Und das haben Sie vermasselt. Das war einzig Ihr Verschulden.«

»Was kriege ich, wenn ich Ihnen den Laptop bringe?«, frage ich, während in meinem Kopf eine Idee heranreift.

»Das Doppelte des ursprünglichen Betrags«, sagt sie sofort.

»Abgemacht.« Ehe sie noch etwas sagen kann, beende ich das Gespräch.

Perfekt.

Ich schiebe mein Handy in die Hosentasche, verlasse das Bad und begebe mich ins Wohnzimmer, wo Lily auf der Sofakante sitzt und auf das erleuchtete Display ihres Handys starrt. Offenbar scrollt sie durch ihre Textnachrichten, und als sie sich mir nun zuwendet, ist ihr Blick voller Misstrauen.

Sie traut mir nicht, und das ist auch nachvollziehbar, doch es schmerzt mich trotzdem. Ich habe alles falsch gemacht, was man falsch machen kann. Dass sie jetzt in meiner Wohnung und bereit ist, mich anzuhören, ist ein kleines Wunder.

»Alles okay?«, fragt sie.

»Pilar hat gerade angerufen.« Ich habe die feste Absicht, von nun an absolut ehrlich zu ihr zu sein. Totale Transparenz. Ich möchte nichts mehr vor ihr verheimlichen.

Lily zieht eine Grimasse. »Warum das denn? Du hast ihr doch das Geld zurückgegeben, und euer Geschäft ist damit beendet.«

»Das ist richtig. Sie hat einen anderen Detektiv engagiert.« Ich gehe auf und ab, um besser nachdenken zu können. »Er beschattet dich bereits und hat uns beide heute miteinander gesehen. Und Pilar Fotos von uns geschickt.«

»Was?« Wutentbrannt springt Lily auf. »Das darf doch nicht wahr sein! Dieses gottverdammte intrigante Miststück ...«

»Was geschehen ist, ist geschehen. Da nützt es nichts, sich darüber aufzuregen.« Weiterhin durch den Raum tigernd, gehe ich in Gedanken die Möglichkeiten durch, die wir haben. Lily funkelt mich wütend an. Wahrscheinlich ärgert sie sich über meinen Kommentar, aber ich bin zu sehr damit beschäftigt, meine nächsten Schritte zu planen, um mir darüber Gedanken zu machen. »Ich werde ihr deinen Laptop geben.«

Entgeistert starrt sie mich an. »Was? Ich dachte ...«

Ich bleibe direkt vor ihr stehen, fasse sie bei den Schultern und schüttele sie leicht. »Natürlich werde ich die Festplatte vorher säubern. Oder eine andere Festplatte einbauen mit getürkten Informationen. Ich bin mir noch nicht sicher. Ich muss Levi anrufen.«

Sie sieht mich an, ihr Blick ist voller Traurigkeit. Sie wirkt ... verloren. Ich würde sie so gern trösten, doch das darf ich nicht. Ich kann von Glück reden, dass sie einverstanden war, nach dem Mittagessen mit zu mir zu gehen. Ich sagte, wir könnten bei mir in Ruhe besprechen, wie sie ihrer Familie die schlechten Nachrichten am besten beibringt.

Aber die Wahrheit lautet: Ich wollte sie einfach in meiner Nähe haben. Um sie in Sicherheit zu wissen und zu beschützen. Sie sollte besser nicht allein sein, zumal Pilar tatsächlich einen anderen Detektiv engagiert hat.

Wer weiß, wie weit dieser Typ gehen wird, um Pilar zufriedenzustellen.

»Warum hilfst du mir so?«, fragt Lily. »Das verstehe ich nicht.«

Und wieder ist es an der Zeit, absolut ehrlich zu sein. »Ich … hab dich gern, Prinzessin. Ich will nicht, dass du leidest. Oder dass deine Familie leidet, weil irgendeine bösartige Irre euch schaden will.«

Lily blinzelt mich an, als hätte sie mich nicht richtig verstanden, aber sie sagt kein Wort. Also rede ich weiter.

»Da sie jetzt einen neuen Detektiv auf dich angesetzt hat, müssen wir etwas unternehmen. Und ich kann dich nicht allein lassen, Prinzessin. Ich weiß, du bist sauer auf mich, und ich weiß, dass ich alles vermasselt habe, aber du schwebst in Gefahr. Deshalb werde ich auf dich aufpassen. Dich bewachen.«

Als sie mich weiterhin nur stumm anstarrt, frage ich irritiert: »Was ist denn?«

Erneut blinzelt sie und schüttelt den Kopf. »Du hast mich Prinzessin genannt. Zwei Mal.«

Meine Mundwinkel zucken. »Tut mir leid. Alte Gewohnheit.«

»Ich … ich mag das. Du musst dich nicht entschuldigen.« Sie wendet den Blick ab, und der magische Moment ist vorbei. »Außerdem sagtest du, dass du mich gernhast.«

»Das stimmt auch«, antworte ich leise, woraufhin sie mich abermals ansieht. »Ich habe jedes Wort so gemeint, wie ich es sagte.«

»Wir kennen uns kaum.«

»Ich kenne dich gut genug. Und ich werde nicht

zulassen, dass diese Person dich zerstört, weil sie sich in ihrem eigenen Netz aus Lüge und Verrat verfangen hat.« Ich massiere Lilys Schultern und spüre, wie ihre Muskeln sich langsam lockern. »Ich werde nicht zulassen, dass dir jemand etwas antut. Das schwöre ich. Ich bin auf deiner Seite.«

Schon wieder bleibt sie stumm, und dieses lange Schweigen macht mich total fertig. Ich massiere weiter ihre Schultern, wünsche mir, ich könnte ihre nackte Haut berühren, doch ich wage mich bereits sehr weit vor. Ein Wunder, dass sie mich noch nicht weggeschoben hat.

»Bis jetzt war noch nie jemand auf meiner Seite«, gesteht sie, und ihre Worte brechen mir das Herz, das ich immer für so robust gehalten habe.

»Du hast doch deine Schwestern, oder?« Auf ihr Nicken hin fahre ich fort: »Sie lieben dich. Und denk daran, was du auf dich genommen hast, um sie zu schützen.«

»Stimmt«, erwidert sie finster. »Ich bin abgehauen, als Pilar mir drohte. Aber ich hätte dableiben und zu Violet gehen sollen. Ich hätte ihr von Pilars Plänen erzählen sollen, statt wie ein Feigling die Flucht zu ergreifen. So gehe ich mit Problemen immer um. Ich haue ab und hoffe, sie werden sich irgendwie von selbst lösen.« Tränen schießen ihr in die Augen, fließen ihr die Wangen hinunter.

Der Anblick dieser verdammten Tränen zerreißt mir das Herz, und ich ziehe Lily an mich, sodass ihr Kopf an meiner Brust ruht, und schlinge die Arme um sie. »Du brauchst nicht länger wegzurennen, Baby. Wie gesagt, ich bin auf deiner Seite. Ich werde dir helfen.«

Sie gibt keine Antwort, aber ich fühle, wie ihre Schultern zucken und mein T-Shirt von ihren Tränen nass wird. Zärtlich streiche ich über ihr seidiges, weiches Haar, das sie zu meiner Freude offen trägt, und schiebe ihr ein paar Strähnen hinter die Ohren. »Warum tust du das?«

»Was denn?«, fragt sie schniefend.

»Weglaufen?«

Sie hebt den Kopf, sieht mich an. »Ich weiß es nicht. Es ist einfacher so. Wenn ich in Schwierigkeiten stecke, lassen mich alle im Stich, also renne ich aus Feigheit davon, statt mich den Problemen, die ich verursacht habe, zu stellen.«

»Hast du Angst, die anderen zu enttäuschen?«

»Wen?«

»Deine Familie. Deine Freunde. Menschen, denen gegenüber du dich vielleicht falsch verhalten hast.«

»Ich will nicht, dass man auf mich böse ist«, gesteht sie.

»Lily ...«

»Meine Mom war immer böse auf mich, wenn ich etwas angestellt hatte. Aber ich war nur deshalb so aufsässig, weil ich eifersüchtig auf meine Schwestern war, die so viel von Moms Zeit beanspruchten, vor allem Rose.« Lily senkt den Blick, macht ein zerknirschtes Gesicht. »Aber sie war nur ein Baby. Mir war nicht klar, unter welchem Stress meine Mutter stand, wie unglücklich sie war, wie sehr sie unter ... unter allem litt. Ich habe allen möglichen Blödsinn gemacht, um ihre Aufmerksamkeit zu erlangen, und negative Aufmerksamkeit ist besser als gar keine, oder?«

Oh, Mann, diese Frau schafft es echt, dass mir das Herz in tausend Teile zerspringt.

»Und dann hat sie sich umgebracht. Lange Zeit dachte ich, dass ich daran schuld bin. Weil ich so ungezogen war«, sagt sie in resigniertem Ton.

»Wie alt warst du?«

»Sechs.«

Ehe sie weitersprechen kann, ziehe ich sie wieder an mich und halte sie fest. Ich presse die Lippen auf ihre Stirn, atme den köstlichen Duft ihres Haars und ihrer Haut ein. »Es war nicht deine Schuld. Das weißt du doch, oder?«

»Hm, ja, schon«, antwortet sie wenig überzeugt. »Sie hatte auch eine Affäre. Das hat Rose vor Kurzem herausgefunden, als sie Moms altes Tagebuch las. Mom hat unseren Dad nicht geliebt. Sie wollte nicht mehr Teil unserer Familie sein.«

»Ich werde dich nicht im Stich lassen«, gelobe ich, und ich meine es ernst. Verdammt ernst. Ich mag Lily, mir liegt etwas an ihr. Wahrscheinlich habe ich mich in sie verliebt, so verrückt das auch ist. Doch im Moment habe ich keine Zeit, mir über Liebe und diesen ganzen Kram den Kopf zu zerbrechen.

Ich muss mich um Lily kümmern, um diese Frau, die in ihrem Inneren immer noch ein völlig geknicktes kleines Mädchen ist. Ich will sie retten, sie innerlich aufrichten. Ihr versichern, dass alles gut werden wird. Dass ich für sie da sein werde, egal, worum es geht.

Es ist unglaublich, wie schnell ich mich in sie verliebt habe, aber ich werde es nicht mehr abstreiten. Ich habe mir totale Offenheit gelobt. Und entsprechend werde ich mich Lily gegenüber von nun an verhalten. Sie verdient die Wahrheit, egal, worum es geht.

Sie schweigt, und ich befürchte, dass sie meine Worte für bedeutungslos hält. Dass sie das alles schon mal gehört hat und dennoch verletzt und einsam zurückgeblieben ist. Dieses ganze Reden bringt nichts, ich muss ihr beweisen, dass ich es ernst meine.

»Wollen wir jetzt zu dir nach Hause gehen, damit du ein paar Sachen einpacken kannst?«, frage ich.

Statt mir zu antworten, schlingt Lily langsam die Arme um mich, und ich schließe die Augen, gebe mich dem warmen Glücksgefühl hin, das mich durchströmt.

»Danke«, flüstert sie. »Danke für deine Hilfe.«

Ich lehne mich ein wenig zurück, lege ihr den Finger unter das Kinn und hebe ihren Kopf leicht an, sodass unsere Blicke sich begegnen. »Ich werde alles für dich tun, Prinzessin. Alles. Das sollst du wissen.«

Sie nickt, presst die Lippen zusammen. Ich möchte sie so gern küssen, aber nicht jetzt. Nicht so. Sie ist traurig. Wütend auf mich. Wenn ich sie bedränge, könnte sie mir das später zum Vorwurf machen. Und damit könnte ich nicht umgehen. Ich muss mich ihr ohne Hintergedanken nähern. Ihr zeigen, dass ich mich anständig verhalten werde. Welcher Anstrengungen es auch immer bedarf, ich werde ihr beweisen, dass wir zusammengehören.

»Alles«, wiederhole ich leise, ehe ich ihr eine Haarsträhne hinter das Ohr schiebe und mit den Fingern zart über ihre Wange streiche. Ihre Haut ist weich und warm, ihre Lider flattern, und ich muss mich schwer beherrschen, um sie nicht an mich zu reißen und zu küssen.

»Max«, murmelt sie, sagt jedoch nichts weiter. Schließt nur die Augen, als ich die Hand von ihrer Wange nehme. Sie lehnt den Kopf an meine Brust, schmiegt ihr Gesicht an mich, und ich halte sie fest. Koste das Gefühl ihrer Nähe aus.

Das ist es, was ich brauche, wonach ich mich, wie es mir scheint, mein Leben lang gesehnt habe. Ich hatte keine Ahnung, dass die Frau meines Lebens in Gestalt eines wilden, berühmt-berüchtigten Partygirls zu mir kommen würde, aber ich beschwere mich nicht.

Lily Fowler ist die Frau meines Lebens.

KAPITEL 26

Lily

Ich klopfe an die Tür, trete einen Schritt zurück und senke den Blick. Als ich mir das Haar hinter das Ohr streiche, bemerke ich, dass meine Finger zittern. Ich bin total nervös. Mein Herz rast, als hätte ich gerade einen Marathonlauf hinter mir, und meine Kehle ist so trocken, dass ich wahrscheinlich kein einziges Wort herausbringen werde.

»Alles wird gut.« Beruhigend drückt Max meine Schulter. Er steht genau hinter mir, wie mein eigener Schatten, und ich würde mich gern zu ihm umdrehen und mich bei ihm bedanken. Ihn zum Zeichen meiner Dankbarkeit umarmen und küssen.

Aber stattdessen bleibe ich einfach nur stehen und warte darauf, dass die Tür geöffnet wird.

Von drinnen sind Schritte zu hören, dann fliegt die Tür auf, und meine Schwester steht vor mir, ein einladendes Lächeln im Gesicht. »Lily! Du bist früh dran.«

»Ich konnte nicht länger warten«, erkläre ich und füge angesichts Violets fragenden Blicks in Max' Richtung hinzu: »Violet, das ist mein ... Freund Max Coleman.« Wenigstens kenne ich jetzt seinen Nachnamen.

»Hallo.« Höflich gibt sie ihm die Hand. Meine Schwester hat immer ein tadelloses Benehmen. Das bewundere ich an ihr. Ich bewundere viele Dinge an

Violet. An Rose auch. Habe ich das meinen Schwestern jemals gesagt? Nein.

Das muss ich unbedingt nachholen.

»Freut mich, Sie kennenzulernen«, sagt Max, seine Stimme ist tief, sein Handschlag fest. Ich bemerke, wie Violet ihn verstohlen mustert, und frage mich, was sie wohl sehen mag. Ich habe meinen Schwestern noch nie einen Mann vorgestellt. Violet kennt die Geschichte von Max und mir nicht. Rose hingegen weiß fast alles darüber. Glaubt Violet mir die Aussage, er sei ein Freund? Oder meint sie, ich würde sie in Begleitung einer flüchtigen Bekanntschaft besuchen, einem Typen, mit dem ich zurzeit Sex habe?

Nur habe ich keinen Sex mehr mit ihm ... Das ist noch etwas, was ich gern nachholen würde.

Sei nicht dumm. Er hat dich einmal hintergangen ...

Doch das wird er nicht wieder tun. Wenigstens hoffe ich das.

»Kommt rein«, sagt Violet mit einer einladenden Handbewegung, und wir treten ein. Max macht die Tür hinter sich zu und schließt ab, immer vorsichtig, immer auf Nummer sicher. »Wollt ihr etwas trinken? Wasser? Kaffee? Wein?«, fragt Violet.

»Ich nehme ein Glas Wein«, sage ich in der Hoffnung, mich durch den Wein ein wenig zu entspannen.

»Hältst du das für eine gute Idee?«, fragt Max leise.

Abrupt drehe ich mich zu ihm um. »Ich werde nur ein Glas trinken«, sage ich genervt.

»Ich frage dich nur deshalb, weil ich nicht will, dass du deinem Vater irgendwelche Munition lieferst«, erklärt er. »Du weißt doch, ich will auf dich aufpassen.«

Ich nicke und folge Violet in die Küche. Sie hat

schon eine Flasche bereitgestellt und holt nun zwei Gläser aus dem Schrank.

Ich würde gern wissen, warum Max so nett zu mir ist. Es muss irgendein Motiv geben. Er behauptet, er habe mich gern, doch stimmt das auch? Es fällt mir schwer, ihm zu glauben. Es fällt mir insgesamt schwer, es zu glauben, wenn jemand mir sagt, ich sei ihm wichtig. Ich hatte nie das Gefühl, jemandem wichtig zu sein.

»Wo ist Ryder?«, frage ich Violet.

Sie schenkt mir ein halbes Glas Wein ein und reicht es mir. »Noch unter der Dusche. Wie gesagt, du bist früh dran.«

»Tut mir leid«, sage ich und trinke einen Schluck. Der Wein ist kalt und der reinste Balsam für meine trockene Kehle. »Ich hoffe, das ist kein Problem für dich.«

»Niemals.« Violet lächelt. »Auf diese Weise können wir uns noch ein bisschen unterhalten, bevor Vater eintrifft.«

Beklommenheit befällt mich. Mir ist fast schlecht vor Aufregung, ihn in Kürze zu sehen.

Max geht an der Küche vorbei ins Wohnzimmer und steuert geradewegs auf die riesigen Fenster mit Blick auf die Stadt zu. Er steht mit dem Rücken zu uns und bewundert vermutlich die Aussicht. Violet wirft einen Blick zu ihm hinüber und flüstert dann: »Wer genau ist er? Warum hast du ihn mitgebracht? Und worüber willst du sprechen?«

»Er ist ein Freund. Ich habe ihn auf Maui kennengelernt.«

Violet schnappt nach Luft und boxt mich leicht in die

Schulter. »Das ist nicht dein Ernst. Du hast im Urlaub einen Mann kennengelernt und ihn nach Hause mitgenommen? Hm. Hätte nicht gedacht, dass er dein Typ ist, aber andererseits weiß ich gar nicht, was so dein Typ ist, da du uns deine Kerle nie vorgestellt hast.«

»Die waren es auch nicht wert«, erwidere ich achselzuckend.

»Aber dieser hier schon?«

»Ja.« Meine Antwort erfolgt ohne jedes Zögern. »Und ich habe ihn nicht aus dem Urlaub mitgenommen. Er lebt hier. Oder vielmehr in Brooklyn.«

»Soso.« Violet nippt an ihrem Wein, während sie Max über den Rand des Glases hinweg mustert. »Ich will mehr Details erfahren.«

»Es ist … kompliziert.« Ausnahmsweise ist das mal keine Ausrede. Meine Geschichte mit Max *ist* kompliziert.

»Irgendwann musst du mir alles erzählen. Weiß Rose Bescheid?«

»Worüber?«

»Über Max.«

»So in etwa«, sage ich diplomatisch, um Violet nicht zu kränken. Sie wird so wütend sein, wenn sie erfährt, was Pilar getan hat. Betriebsgeheimnisse verraten, einschließlich unserer Parfümreihe. Das muss man persönlich nehmen. Als Max mir die anderen E-Mails von Pilar und Felicity zeigte, wäre ich fast ausgerastet. Ich habe mich wieder ein wenig beruhigt, aber ich weiß, sobald ich darüber rede, wird alles erneut hochkommen.

Max hatte recht. Ich hätte keinen Wein trinken sollen.

»Klar, ihr erzählst du alles, aber mir nicht.« Violet scherzt, aber ich merke, dass sie ein wenig eingeschnappt ist.

Ich nehme sie am Arm. »Ich hätte es dir früher gesagt, aber es ging alles so schnell und ... Tut mir leid.«

Violet runzelt die Brauen, legt die Hand auf meine. »Ich habe dich doch nur aufgezogen, Lily. Ist mit dir alles in Ordnung?«

»Nicht wirklich«, flüstere ich und schüttele den Kopf, als sie den Mund öffnet, um nachzuhaken. Im Moment kann ich keine Fragen beantworten. Doch sie muss wissen, dass ich ihr nicht mutwillig etwas verschweige. »Es wird mir besser gehen, sobald ich erzählt habe, was ich herausgefunden habe.«

Jemand klopft an die Tür, und Violet eilt hin, um zu öffnen. Ich hoffe, es ist Rose, denn ich fühle mich noch nicht stark genug, um Daddy entgegenzutreten. Außerdem wäre es mir lieber, Max an meiner Seite zu haben, wenn Daddy die Wohnung betritt. Als ich aus der Diele Roses Stimme vernehme, trinke ich erleichtert einen großen Schluck Wein.

Mein Gemütszustand lässt nach wie vor zu wünschen übrig.

»Hey«, ertönt Max' Stimme hinter mir, und ich drehe mich zu ihm um. Auf seinem schönen Gesicht liegt ein besorgter Ausdruck. Er ist frisch rasiert, trägt ein dunkelblaues Button-down-Hemd und Jeans, und er sieht ... zum Anbeißen aus.

Ich sollte so etwas nicht denken. Aber irgendwie kann ich nichts dagegen tun.

»Hi.« Ich lächele zaghaft, und er kommt einen Schritt näher.

»Geht's dir gut?«

»Nein.« Ich hole tief Luft. »Aber wenn dies hier vorbei ist, wird es mir gut gehen. Hoffe ich zumindest.«

Er legt die Hand auf meine Schulter, streicht mir das Haar aus dem Nacken. Ein Schauer überläuft mich, und ich schließe die Augen und fahre mir mit der Zunge über die Lippen, wünsche mir so sehr, er möge mich küssen. Seit vierundzwanzig Stunden sind wir ununterbrochen zusammen. Ich habe bei ihm übernachtet, weil er mich auf keinen Fall nach Hause gehen lassen wollte. Er wollte nicht, dass ich allein bin, hatte zu viel Sorge, jemand könnte mich beobachten, auf mich warten. Er schlief auf der Couch und überließ mir sein Bett, das total nach ihm roch.

Unnötig zu sagen, dass ich kaum Schlaf bekommen habe.

»Lily.« Rose steht in der Küchentür, ihr Blick schweift zu meinem Weinglas, das ich auf der Theke abgestellt habe. »Wow, sieht verführerisch aus, ist aber für mich leider im Moment tabu.« Sie streicht über ihren Bauch.

Ich gehe zu ihr und umarme sie. »Wie geht es dir?«

»Viel wichtiger ist, wie geht es dir? Und ist dieser scharfe Typ, der meinem Mann gerade die Hand schüttelt, dein Max?«, flüstert sie mir ins Ohr.

»Ja.« Ich drücke sie noch einmal. »An der Geschichte ist mehr dran, als ich dir erzählt habe.«

»Das sehe ich selbst. Denn meines Wissens hast du Max zuletzt gesehen, als er auf Maui war und deinen Laptop geklaut hat.« Rose löst sich aus meiner Umarmung und geht zu Max, der mit Caden Small Talk macht. »Hi, ich bin Rose, Lilys neugierige kleine Schwester.«

Er schenkt ihr ein Lächeln, das mir schier den Atem raubt, und gibt ihr die Hand. »Ich bin Max. Freut mich, Sie kennenzulernen.«

Sie lässt seine Hand nicht los. »Sie sind aber nicht hier, um uns zu bestehlen, oder?«

Oh, Gott! Warum sagt sie das? Selbst Caden blickt unbehaglich drein, aber okay, er ist ein ehemaliger Dieb, und wann immer das Wort *stehlen* erklingt, windet er sich innerlich.

Max' Lächeln schwindet und macht einem ernsten Ausdruck Platz. »Nein. Ich werde mich von nun an Lily gegenüber anständig verhalten.«

Einige Sekunden mustert Rose ihn mit schmalen Augen, ehe sie seine Hand loslässt. Die Schwangerschaft hat aus meiner kleinen Schwester eine kleine Hexe gemacht. »Gut. Denn wenn Sie Lily noch einmal wehtun, reiße ich Ihnen die Eier ab.«

»Rose!«, mahnt Caden sie. Ich kann nichts sagen, weil ich mich so unsagbar schäme.

»Ist doch wahr«, brummt Rose und wirft mir einen bedeutsamen Blick zu. Ich glaube nicht, dass sie ihre Worte bereut.

»Es gefällt mir, dass Sie Ihre Schwester beschützen wollen«, sagt Max. »Und sollte ich Lily noch einmal hintergehen, verdiene ich es, dass man mir die Eier abreißt.«

Rose lacht und gibt Max einen Klaps auf die Brust. »Ich mag Sie.«

Erneut klopft es an der Tür, und wir erstarren, sehen einander an. Plötzlich taucht Ryder auf; sein dunkles

Haar ist noch feucht, und er nimmt Max kurz ins Visier, ehe er sich Violet zuwendet. »Alles okay?«

»Ich glaube, Vater ist da«, sagt Violet sanft und lehnt den Kopf kurz an Ryder, als er den Arm um ihre Taille legt und sie an sich zieht.

»Ich mache ihm auf«, sagt Ryder, drückt Violet einen Kuss auf die Stirn und geht zur Tür.

»Na, dann kann es ja losgehen«, bemerkt Rose mit gekünstelter Heiterkeit.

»Nein, ich ...« Daddy schluckt, beugt sich vor und mustert Max mit einer Intensität, die mir nur allzu vertraut ist. Es ist die Art von Intensität, unter der ich mich früher krümmte und schließlich all meine Sünden beichtete. »Ich kann das alles nicht glauben.«

Max zuckt nicht zurück, und ich bewundere ihn dafür nur noch mehr. Er überreicht meinem Vater sein iPad. »Das verstehe ich, Sir, doch Sie sollten sich dies einmal ansehen. Das ist der Beweis.«

Wir geben keinen Mucks von uns, als Daddy Pilars E-Mails an Zachary und an Felicity von Jayne Cosmetics liest. Violet liest die E-Mails auf ihrem eigenen iPad, da Max ihr vorhin einen Link zum Dropbox-Account gesendet hat. Ryder späht Violet über die Schulter, und in seiner Miene spiegelt sich kaum verhohlene Wut.

»Warum hat sie vertrauliche Informationen einfach so weitergegeben?«, fragt Violet. Sie sieht uns nacheinander an, und ihr Blick bleibt schließlich an Max hängen. Ich habe das Reden ihm überlassen, da er mir das auf dem Weg zu Violet netterweise angeboten hat. Okay, ich komme mir mal wieder wie ein Feigling vor, weil ich es nicht auf mich nehme, Daddy zu erklären, was es mit Pilar auf sich hat. Doch ich wusste, ich würde mich nicht klar genug ausdrücken können. Ich wäre zu emotional geworden, und Daddy hätte mich irgendwann angeschrien. Jeder hätte irgendwie Partei ergriffen, und das Ganze hätte in einem riesigen, hässlichen Chaos geendet.

Daddy hat Max kein einziges Mal angebrüllt, was sicher daran liegt, dass Max alles so gründlich, so objektiv schildert. Er berichtete, wie er von Pilar engagiert wurde, mir nach Maui folgte, mich kennenlernte, sich mit mir anfreundete und mir schließlich den Laptop stahl. Dann erzählte er, was Levi und er auf dem Laptop entdeckt haben und dass er Pilar anschließend vormachte, er hätte den Laptop gar nicht.

Und jetzt lässt er jeden selbst lesen, was er in Pilars E-Mail-Account gefunden hat. Es sind dieselben Informationen, über die auch ich gestolpert war und die beweisen, dass Pilar Fleur durch gezielte Sabotage zugrunde richten wollte. Ich kann immer noch nicht glauben, dass sie dazu die Chuzpe hatte.

Okay, ich kann es glauben. Wir reden hier über Pilar.

»Sobald Felicity die Informationen erhalten hatte, hat sie nie wieder Kontakt zu Pilar aufgenommen. Oder zumindest nicht per E-Mail«, erklärt Max. »Ich weiß nicht, warum Pilar die Infos so schnell herausgerückt hat, doch wie es aussieht, hat sie sich durch ihr vorschnelles Handeln selbst geschadet.«

Violet – ausgerechnet Violet, die sich sonst immer so perfekt benimmt – schnaubt. »Dann kriegt diese miese Hexe endlich das, was sie verdient. Wenn auch auf unsere Kosten.«

»Genau, und das macht mich auch so wütend«, meldet sich Ryder mit mühsam unterdrücktem Zorn zu Wort. »Sie ist heimlich zur Konkurrenz übergelaufen und hat alles einfach so ausgeplaudert. Eigentlich müsste sie wissen, dass man mich besser nicht verarschen sollte.«

Ein Frösteln durchläuft mich. Ich für meinen Teil würde mich auf keinen Fall mit Ryder anlegen wollen.

Daddy hebt den Kopf und starrt Violet an, als hätte sie den Verstand verloren. »Sie hat sich in letzter Zeit ständig über deine Inkompetenz beklagt.«

»Wer? Pilar?«, fragt Violet ungläubig, und ich hätte fast die Augen verdreht. Aber sie ist betroffen und kann offenbar nicht klar denken.

Daddy gibt ein Brummen von sich und wendet sich wieder der Lektüre der E-Mails zu. »Sie meinte, sie mache sich Sorgen, weil du dich angeblich nicht richtig konzentrieren kannst. Was ihrer Meinung nach daran liegt, dass du zu sehr mit deinen Hochzeitsplänen beschäftigt bist.«

»Dieses Miststück!«, murmelt Ryder kopfschüttelnd.

»Wie kann sie es wagen!«, keucht Violet.

Nun kann Rose nicht länger an sich halten und wendet sich wutschnaubend an Daddy. »Du musst sie rausschmeißen. Die Beziehung mit ihr beenden, und zwar beruflich und privat. Sie versucht, uns zu ruinieren. Und wie es aussieht, ist ihr das bereits gelungen. Gott allein weiß, was die bei Jayne Cosmetics jetzt vorhaben, da ihnen unsere zukünftige Produktreihe bekannt ist.«

»Und die Parfümreihe«, fügt Violet hinzu.

Daddy sagt nichts, und wir anderen sehen uns

schweigend an, signalisieren einander stumm, dass wir Roses Meinung teilen.

»Violet«, sagt Max, »ich glaube, wenn Sie zu Felicity Winston gehen und ihr sagen, Sie wüssten über Pilars Geheimnisverrat Bescheid, könnten Sie sie womöglich davon abhalten, Ihre Ideen zu klauen – falls sie das überhaupt vorhat.«

»Kann sein.« Violet räuspert sich. Sie sieht so traurig aus, und ich fühle mich schrecklich, weil ich Pilars üble Pläne nicht früher erkannt habe. Noch vor wenigen Wochen hätten wir alles stoppen können. »Ich kenne Felicity persönlich. Ich würde sie nicht als Freundin bezeichnen, aber zwischen uns herrschte immer eine freundschaftliche Konkurrenz. Ich hätte nie gedacht, dass sie zu etwas so Schäbigem imstande wäre.«

»Sie war vielleicht bereit, die Informationen anzunehmen, aber es war Pilar, die sie ihr quasi auf dem Silbertablett präsentiert hat«, stellt Ryder klar. »Vergesst das nicht.«

»Er hat recht. Sie sollten vorsichtig auf Felicitiy zugehen, vielleicht eine verhüllte Drohung fallen lassen. Nichts Böses – so etwas überlassen wir Pilar. Aber Felicity sollte erfahren, dass Sie Bescheid wissen«, sagt Max. »Wenn Sie ihr zum Beweis den E-Mail-Verkehr zeigen wollen, kann ich Ihnen dabei behilflich sein.«

Stolz erfüllt mich. Er ist so klug, so kompetent, so unglaublich stark und nett. Total bereitwillig bietet er an, meiner Schwester, meiner Familie zu helfen. Mir zu helfen.

Er ist ein anständiger Kerl. Der erste anständige Kerl, mit dem ich jemals zusammen war.

Ich möchte ihn nicht aufgeben.

»Das wäre schön, vielen Dank«, sagt Violet leise.

»Und was soll ich eurer Meinung nach jetzt tun?«, fragt Daddy, während er das iPad neben sich auf den Beistelltisch legt. Er sitzt immer noch vorgebeugt da und streicht sich unablässig durchs Haar.

Ich kann mich nicht entsinnen, meinen Vater jemals so verzweifelt gesehen zu haben. Mir war klar, dass wir ihm mit unserer Enthüllung das Herz brechen würden, aber ich hätte nicht gedacht, dass es auch mir das Herz brechen würde. Trotz aller Probleme, die wir miteinander hatten, hasse ich es, ihn so traurig zu sehen. Am liebsten würde ich zu ihm gehen, ihn umarmen und ihm sagen, dass alles gut wird.

Aber würde er das zulassen? Oder würde er mich wegstoßen? Immerhin bin ich – mal wieder – die Überbringerin der schlechten Nachricht.

»Ich weiß nicht, ob es der richtige Ansatz wäre, Pilar direkt mit der Sache zu konfrontieren«, beginnt Max.

»Wieso denn nicht?«, fragt Rose grimmig. »Das würde diese Schlampe verdienen. Sie weiß, was sie getan hat. Deshalb war sie ja auch so hinter Lily und diesem dämlichen Laptop her.«

»Ich hatte daran gedacht, ihr einen Laptop mit falschen Informationen und Screenshots von ihren Posteingängen zu übergeben«, erzählt Max. »Aber inzwischen halte ich das für sinnlos.«

»Wieso?«, fragt Rose. »Mir gefällt der Gedanke, Pilar auszutricksen.«

»Das wäre das Risiko doch nicht wert«, gibt Ryder zu bedenken. Ich sehe zu ihm hinüber, unsere Blicke treffen sich. Er ist jemand, der aus Erfahrung spricht.

»Wenn sie merkt, dass sie getäuscht wurde, könnte sie … durchdrehen. Ich will nicht, dass sie irgendetwas tut, was einem von euch schaden könnte. Oder Ihnen«, fügt er, an Max gewandt, hinzu.

»Danke«, sagt Max trocken.

»Ich werde mit ihr reden«, sagt mein Vater ruhig. »Das ist die einzige Möglichkeit. Ich werde sie in mein Büro bitten und ganz sachlich mit den Informationen konfrontieren, die Max mir gegeben hat. Sie wird in der Firma keine Szene machen – nicht, nachdem sie alles gehört hat. Ich werde ihr sagen, es sei in ihrem eigenen Interesse, zu kündigen und Fleur für immer zu verlassen. Ich werde ihr sogar ein Empfehlungsschreiben geben.«

»Was?« Jetzt explodiert Rose richtig. Erregt springt sie auf, woraufhin Caden ebenfalls aufsteht und ihr beruhigend über den Rücken streicht. Wütend schüttelt sie ihn ab, marschiert zu Daddy hinüber, stemmt die Hände in die Hüften und funkelt ihn an wie der Inbegriff rechtschaffenen Zorns. »Ein *Empfehlungsschreiben*? Geht's noch? Wie kannst du das überhaupt auch nur in Erwägung ziehen? Sie hat Firmengeheimnisse verraten! Soll sie dafür etwa mit einem Empfehlungsschreiben belohnt werden? Das werde ich nicht zulassen, Daddy. Ich bin dafür, wir zahlen ihr Gleiches mit Gleichem zurück. Ihr hinterhältiges Verhalten ist abscheulich und verdammenswert. Was immer ihr im Leben noch Schlimmes widerfahren wird, sie hat es absolut verdient.«

»Beruhige dich, Baby.« Caden legt den Arm um Rose und zieht sie an sich. »Du darfst dich nicht so aufregen.«

Sie lässt die Hände sinken, holt tief Luft und nickt. Mein Herz schlägt wie verrückt. Ich bin genauso aufgebracht wie Rose und wünsche mir so sehr, Max würde mich beruhigend in die Arme nehmen und nie wieder loslassen.

Die Tatsache, dass er mir beisteht und mir hilft, meiner ganzen Familie hilft, ist ein Beweis dafür, dass ihm etwas an mir liegt. Dass er sein früheres Verhalten wiedergutmachen will. Denn ich kann nicht abstreiten, dass ich wegen seines Verrats immer noch verletzt bin, aber letztendlich hat er Pilar meinen Laptop nicht gegeben, sondern ist stattdessen mir zu Hilfe geeilt. Ich kann ihm vergeben.

Aber ich will, dass er mich um Verzeihung bittet. Dass er ... vor mir zu Kreuze kriecht. Zumindest ein wenig. Macht mich das zu einem schlechten Menschen? Und wenn schon!

»Er hat recht«, sagt Ryder finster. »Sie ist es nicht wert, dass du dich ihretwegen aufregst, Rose. Überlassen wir es eurem Vater, sich der Sache anzunehmen, indem er ihr das nimmt, was sie am meisten begehrt.«

»Und das wäre?«, fragt Max.

Ryder entblößt die Zähne zu einem fast wölfischen Grinsen. »Ihren Job.«

KAPITEL 27

Max

»Ich bin total fertig«, sagt Lily, als sie meine Wohnung betritt.

Ich betätige den Schalter neben der Tür, um Licht im Wohnzimmer zu machen. Draußen beginnt es bereits zu dämmern. Wir sind stundenlang bei Violet gewesen, und ich muss Lily beipflichten – ich bin auch völlig k. o.

Es hat mir nichts ausgemacht, für Lily das Wort zu ergreifen und über Pilars Schandtaten zu berichten. Ich wusste, Lily würde es nicht schaffen, sachlich zu bleiben, und ich hatte das Gefühl, ihr Vater oder ihre Schwestern würden ihr ständig ins Wort fallen, sie nicht ausreden lassen. Nicht absichtlich – okay, ihr Vater vielleicht schon, da er nicht die beste Beziehung zu Lily hat –, sondern weil es Teil ihrer Familiendynamik ist. Jeder hat seine Rolle.

Lilys Rolle ist die der chaotischen Schlampe.

»Willst du was trinken?«, frage ich, sobald ich die Tür abgeschlossen und eine weitere Lampe angeknipst habe.

»Nein, danke. Ich bin schon ziemlich gut abgefüllt«, antwortet sie lächelnd, und ich nehme neben ihr auf der Couch Platz, aber nicht zu nah, so schwer mir das auch fällt.

In ihrer Nähe zu sein und sie nicht so berühren zu können, wie ich möchte, ist echt hart, vor allem, wenn sie so ein schönes Kleid trägt, das wie angegossen sitzt. Bevor sie gestern mit zu mir ging, hat sie ein paar Sachen eingepackt, und als sie heute, frisch geduscht und in dieses Kleid gehüllt, aus dem Schlafzimmer kam, um zu Violet zu gehen, war ich vor Bewunderung echt sprachlos.

Sie ist so verdammt schön, dass es fast wehtut. Die lebhafte, aufsässige Lily törnt mich an wie keine andere Frau, der ich je begegnet bin, doch die verletzliche, zarte Lily ist eine völlig andere Sache. Sie weckt sämtliche Beschützerinstinkte in mir. Ich bin nur noch von dem Wunsch beseelt, ihr beizustehen, sie zu behüten, ihr klarzumachen, dass sie mich braucht.

Sie ist sauer auf mich, und das weiß Gott zu Recht. Ich habe sie getäuscht, wofür ich mich hasse. Doch was geschehen ist, ist geschehen. Ich kann nur hoffen, mein Verhalten in den letzten Tagen beweist, dass ich für sie da bin, egal, was passiert.

»Ich möchte dir dafür danken, dass du meiner Familie und mir hilfst«, sagt sie leise, den Blick auf ihre im Schoß gefalteten Hände gesenkt. »Was du heute getan hast ... bedeutet mir eine Menge.«

»Das habe ich gern getan.« Ich halte inne. Soll ich ihr sagen, was ich fühle? *Scheiß drauf*, was habe ich schon groß zu verlieren? »Ich würde alles für dich tun, Lily. Ich hoffe, du weißt das.«

Ein kleines Lächeln umspielt ihre Lippen, doch sie sieht mich immer noch nicht an. »Aber ich verstehe nicht, warum du das tust. Wir kennen uns kaum ...«

Ich lege die Hand auf ihr nacktes Knie und spüre

sofort ein Kribbeln in den Fingern. »Gut genug. Ich fühle mich dir auf eine Weise verbunden, wie ich es bisher bei keiner Frau erlebt habe.«

Sie schweigt, aber sie schüttelt meine Hand nicht ab. »Ich bin nicht gut in Beziehungen.«

»Ich auch nicht.«

»Genauer gesagt, hatte ich noch nie eine Beziehung. Zumindest nicht über einen längeren Zeitraum«, gesteht sie und beißt sich auf die Unterlippe.

»Das Gleiche gilt für mich.« Ich drücke ihr Knie, bewege die Hand dann ein Stück nach oben und lasse sie auf dem Rock ihres Kleides ruhen. Noch immer wehrt sie mich nicht ab, und ich schwöre, ich wage kaum zu atmen, aus Angst, sie könnte mir sagen, ich solle mich verpissen, und würde dann selbst einfach gehen.

»Meine Schwestern haben die Liebe ihres Lebens gefunden, und ich denke oft, sie sind verrückt, weil sie sich auf eine Person festlegen. Aber Rose ist irre glücklich in ihrer Ehe und freut sich so auf ihr Kind, und Caden und sie sind immer noch unglaublich verliebt ineinander.« Sie seufzt. »Und dann Violet und Ryder. Ich hätte ihn für meine Schwester niemals ausgesucht, aber was kann ich tun? Sie wird Fleur eines Tages übernehmen, und Ryder wird ihr zur Seite stehen, die Firma zusammen mit ihr leiten.«

»Und was ist mit dir?«, frage ich. Sie klingt wehmütig, beinahe eifersüchtig, obwohl das nicht der richtige Ausdruck ist. Eher neidisch. Als wünschte sie, ein ähnliches Leben wie ihre Schwestern zu haben.

»Ich habe immer geglaubt, dass so etwas für mich nicht drin ist.« Endlich hebt sie den Kopf, sieht mich an. »Weißt du, was immer mein Motto war?«

»Was denn?« Ich habe fast Angst, es zu erfahren.

»Lebe wild, stirb jung.« Sie kneift die Augen zusammen, beobachtet meine Reaktion, und ich gebe mir Mühe, einen neutralen Gesichtsausdruck zu wahren, aber ... verdammt, das ist echt ein Scheißmotto. »Meine Mutter war der schönste Mensch, den ich je gesehen habe, und sie ist jung gestorben.«

Klar, weil sie sich das Leben genommen hat. Ist das für Lily ein Vorbild? Ich weiß, sie liebt und vermisst ihre Mom, doch sie sollte ihr nicht nacheifern. »Das ist ein schreckliches Motto.« Ha, die Untertreibung des Jahres!

»Ich weiß, aber ich kann nicht ewig so weiterleben. Ich baue nur Mist, fast so, als müsste ich das tun. Mein Dad bezeichnet das als Verschwendung.« Sie wendet den Blick ab, als wollte sie nicht sehen, wie ihre Worte bei mir ankommen.

Ärger wallt in mir auf. »Dein Dad bezeichnet dich als Verschwendung?« Und ich dachte, ich sei hier das Arschloch. Die Begegnung mit ihrem Dad hat mich nicht sonderlich beeindruckt, aber wenigstens glaubt er, was wir ihm über Pilar erzählt haben – wobei ihm ja auch nichts anderes übrig blieb. Bevor er ging, umarmte er Lily und bedankte sich für ihre Informationen, schüttelte dann mir die Hand und dankte mir ebenfalls.

Obwohl ihr Vater sie umarmt hatte, wirkte Lily traurig. Ich fragte nicht nach, um sie nicht noch betrübter zu machen. Zwischen ihrem Vater und ihr bedarf es noch einiger Anstrengungen, bis aller Groll und Zorn beseitigt sind.

»Nein, er hat nicht mich als Verschwendung bezeichnet, obwohl er das mitunter vielleicht so empfand. Es geht um meine Art zu leben. Er sagt immer, ich würde mein Leben vergeuden, wenn ich nicht etwas Sinnvolles tue. Und ich antworte dann: Hey, zumindest lebe ich mein Leben.«

»Und, stimmt das? Kostest du dein Leben wirklich aus?«

Sie sieht mich mit ihren schönen traurigen Augen an. »Einen Moment lang war das so. Als wir auf Maui waren. Das war das erste Mal seit Ewigkeiten, dass ich mich ... wie ich selbst gefühlt habe. Ich habe dir vielleicht manches verheimlicht, Max, wie auch du mir manches verheimlicht hast, doch als wir zusammen waren, war ich die wahre Lily. Die junge Frau, die du kennengelernt hast, das war wirklich ich.«

Ihr Geständnis rührt tief in meinem Inneren etwas an, erweckt die Erinnerung an alles, was wir gemeinsam durchgestanden haben, die Kämpfe, die Enttäuschungen, die Glücksmomente. Sie ist eine Frau, die sich, von ihrer Veranlagung her, gern unterordnen möchte, aber gleichzeitig extreme Angst vor Kontrollverlust hat.

Auch jetzt sehe ich den Kampf, der sich in ihrem Inneren abspielt. Ihr Gesichtsausdruck, ihre Worte ... Sie ist insgesamt einfach so verletzlich, vor allem nach diesem für sie emotional extrem anstrengenden Tag. Ich würde gern die wahre Lily wieder hervorlocken. Sie braucht mich.

Und ich brauche sie.

Die Zeit auf Maui war für uns beide ein Befreiungsschlag. Den sowohl sie als auch ich dringend brauchten. Wir haben uns gegenseitig herausgefordert, gestritten, aber wir haben das Potenzial für ein gutes Team.

Sieht sie das? Erkennt sie, was wir haben könnten? Das muss sie erkennen.

Ich rutsche näher zu ihr, lege den einen Arm hinten auf die Sofalehne und strecke die andere Hand nach ihr aus. Sanft berühre ich ihre Wange, streiche über ihre Haut, und sie fährt sich mit der Zunge über die Lippen, sieht mit weiten, ängstlichen Augen zu mir auf.

Verdammt. Sie versteht es echt, meinen Schwachpunkt zu treffen, und diese Erkenntnis beglückt mich und macht mir zugleich eine Heidenangst.

»Ich will dich«, flüstere ich, um einen ruhigen Ton bemüht, denn ich will sie nicht erschrecken und in die Flucht schlagen. »Sicher, ich habe viel Mist gebaut, und das tut mir leid, du kannst dir gar nicht vorstellen, wie sehr. Ich habe dir gegenüber eine Menge wiedergutzumachen, und das werde ich auch, aber ich begehre dich so sehr, Baby.«

Sie atmet aus. »Ich ... ich weiß einfach nicht, Max.«

»Das verstehe ich. Aber ich schwöre bei Gott, ich werde es nicht noch einmal verpatzen.«

»Ich habe Angst«, gesteht sie und befeuchtet sich erneut die Lippen. Wenn sie das noch länger macht, werde ich sie küssen, ob es ihr gefällt oder nicht, denn ich sehne mich so verzweifelt danach, sie zu schmecken.

»Warum?«, flüstere ich, den Mund an ihrem Ohr. Ich atme den Duft ihres Haars ein, ehe ich leise hinzufüge: »Sag mir, wie ich es machen soll. Wie ich dich überzeugen kann, mit mir ins Bett zu gehen.«

Es geht nicht nur darum, sie ins Bett zu kriegen. Ich begehre sie, das kann ich nicht leugnen, aber mir liegt auch ihr Wohl am Herzen. Ich möchte mich um sie kümmern und herausfinden, was sie glücklich macht. Und dann möchte ich sie so lange glücklich machen, wie sie es mir erlaubt.

Puh, bei dem Gedanken wird mir bewusst, dass auch ich ganz schön Schiss habe. Vor Lily und davor, was zwischen uns entstehen könnte. Doch mein Verlangen nach Lily überwiegt jede Furcht. Ich möchte nie mehr getrennt von ihr sein. Ich habe sogar überlegt, sie zu fragen, ob sie für mich – oder vielmehr für meine Firma – arbeiten möchte. Mit ihren Computerkenntnissen wäre sie für die Firma ein Riesengewinn. Aber würde sie das wollen?

Wer weiß. Doch dies hier ist nicht der richtige Zeitpunkt, um sie zu fragen. Ich habe sowieso schon zu viele Fragen gestellt.

Ernst sieht sie mich an. »Ich möchte dir vertrauen.«

»Und ich möchte mir dein Vertrauen verdienen«, stimme ich bereitwillig zu.

»Ich will in deiner Nähe nicht nervös sein. Mich nicht unsicher fühlen.« Sie beißt sich auf die Unterlippe, und jetzt ist es um mich geschehen. Ich beuge mich über sie und gebe ihr einen viel zu kurzen Kuss. Die kleine Kostprobe ihrer vollen Lippen ist bei Weitem nicht genug.

»Was war das?«, fragt sie, als ich mich wieder zurückziehe.

»Ich kann dir einfach nicht widerstehen«, erwidere ich kleinlaut und hoffe inständig, es nicht vermasselt zu haben. »Ich habe es versucht. Mir eingeredet, dass es mit uns nicht funktionieren würde, dass es nur ein Auftrag ist. Aber in Wahrheit habe ich das nie wirklich geglaubt. Ich mochte dich zu sehr. Verdammt, es ist, als wäre ich von dir abhängig.«

In ihren Augen blitzt Erregung auf, aber sie sagt nichts.

»Das Schicksal hat uns zusammengeführt«, fahre ich fort. »Es muss einen Grund dafür geben Prinzessin.«

Sie lächelt. »Hätte nie gedacht, dass du an Schicksal glaubst, Cowboy.«

Ich grinse, freue mich über den Spitznamen. »Normalerweise glaube ich auch nicht daran, aber wenn es um dich geht, ändere ich gern meine Ansichten.«

Sie wird ernst, in ihrem Blick glimmt Leidenschaft auf. »Gehen wir ins Bett, Max.«

KAPITEL 28

Lily

Vielleicht hätte ich Max nicht auffordern sollen, mit mir ins Bett zu gehen, doch ich konnte nicht anders. Schon gar nicht, als er sagte, ich sei es wert, dass er seine Ansichten ändert. Ich schmolz total dahin bei seinen Worten, seinem Blick und bei dem schnellen Kuss, den er mir auf dem Sofa gab, als könnte er mir nicht widerstehen.

Und er sagte, er könne mir nicht widerstehen. Das kann ich nachvollziehen. Mir geht es umgekehrt nämlich genauso. Als er, zum Anknabbern süß, neben mir saß und mit aufrichtiger, offener Miene all die richtigen Sachen sagte, wurde mir klar, dass ich mich lieber ins Unbekannte stürzen werde, als mir um das Risiko Gedanken zu machen.

Das entspricht meiner Lebensweise. Allerdings nicht, wenn es um Liebe geht. Ich riskiere für nahezu alles Kopf und Kragen, doch nicht für eine Beziehung mit einem Mann. Mein Herz ist zerbrechlich. Ich muss mich schützen.

Aber mit Max möchte ich fliegen und mich keinen Deut darum scheren, wo ich landen werde. Nach allem, was er heute und die Tage davor für mich getan hat, will ich nur noch ihn.

Er ist alles, was ich brauche.

Er steht da, bietet mir wortlos die Hand, und ich ergreife sie. In stillschweigendem Einvernehmen gehen wir aus dem Wohnzimmer und weiter durch den Flur zu seinem Schlafzimmer, doch plötzlich reißt er mich an sich, küsst mich am Hals und streicht mit der Hand über meinen Po. Ich spüre seine Erektion, die sich hart und fordernd gegen den Stoff seiner Hose drängt, und ich möchte ihn dort berühren, tue es aber nicht. Stattdessen schmiege ich mich seufzend an ihn und vergrabe die Hände in seinem Haar, während er meinen Hals mit Zunge und Zähnen liebkost. Ich lehne mich an die Wand, werfe stöhnend den Kopf zurück und gebe mich ganz dem Gefühl seiner Lippen, seines heißen Atems auf meiner Haut, seiner beharrlichen Hände hin.

»Das habe ich mir gewünscht, seit ich aus Hawaii zurück bin«, gesteht er mit dieser tiefen, rauen Stimme, die mir durch und durch geht.

»Ich auch«, stoße ich heiser hervor, da ich vor Erregung kaum sprechen kann. Trotz allem, was er mir angetan hat, und meines Zorns auf ihn war er in meinem Hinterkopf immer präsent. Ich war verrückt vor Verlangen nach ihm und gleichzeitig frustriert, weil ich ihn ja eigentlich hassen sollte.

»Wenn ich nachts allein im Bett lag, habe ich mir einen runtergeholt und dabei an dich gedacht. An unsere Erlebnisse auf Maui«, sagt er, und bei seinem Geständnis durchläuft mich vor Erregung ein Prickeln. Sein Mund ist dicht an meinem, und er sieht mir tief in die Augen. »Daran, wie du so fest an meinem Schwanz gesaugt hast, dass ich in deinem Mund gekommen bin. An den Geschmack deiner Möse und daran, wie einfach ich dich zum Höhepunkt und zum Schreien bringen konnte. Wie gut es sich anfühlte, wenn mein Schwanz in dir war und ich dich fickte.«

Ich erbebe bei seinen Worten. *Gott*, er sagt so gute Sachen. Ist so direkt, so schamlos. Ich liebe das. »Ist es nicht Zeitvergeudung, darüber zu reden, statt es einfach in deinem Bett zu tun?«, frage ich.

Er grinst, der Anblick raubt mir den Atem, berührt mein Herz. Er ist so großartig, so sexy und ganz der Meine. Ich löse mich aus seinem Griff, gehe auf das Schlafzimmer zu, und er folgt mir nach, schiebt sich von hinten an mich, die Hände auf meiner Taille, den Mund an meinem Nacken. »Max«, schelte ich ihn und fühle, wie er in meinem Nacken lächelt, während er die Arme um meinen Körper schlingt und sich an mich presst.

»Was denn, Prinzessin? Lenke ich dich zu sehr ab?« Er spreizt die Hände auf meinem Bauch, berührt dabei wie zufällig meine Brüste, und ich kämpfe gegen das Stöhnen an, das sich mir entringen will.

Seine Berührung fühlt sich so gut an, aber … ich bin mir nach wie vor nicht sicher …

»Du machst mich nervös«, gestehe ich.

»Warum?« Er streicht mir das Haar aus dem Genick, drückt zahllose kleine Küsse auf meinen Nacken, und ich zittere noch mehr. »Ich werde dir nicht wehtun.«

»Vielleicht nicht körperlich«, sage ich und bereue meine Worte, noch während sie mir über die Lippen kommen.

Verdammt. Das wollte ich ihm nicht unbedingt verraten. Andererseits sollte er erfahren, wie viel Angst ich davor habe, ihn nah an mich heranzulassen.

Max erstarrt für einen Moment, seinen Mund auf meinen Nacken gepresst, seine gespreizten Hände auf meinem Bauch. Ich verkrampfe mich ebenfalls, warte bang auf seine Antwort, habe Angst, er könnte Schluss machen, noch bevor es richtig begonnen hat.

Ich setze heute Abend alles auf eine Karte, und er macht es genauso. Normalerweise bin ich ein risikofreudiger Typ. Vor nicht allzu langer Zeit habe ich mein Leben jeden einzelnen Tag aufs Spiel gesetzt. Habe mich mit diversen Männern herumgetrieben, gefeiert, getrunken, bin um die Welt gereist, habe mir nie Gedanken darüber gemacht, ob ich andere mit meinem Verhalten verletze. Ich war leichtsinnig. Dumm. Doch diese Nacht mit Max fühlt sich wie das größte Risiko überhaupt an.

Und wenn er mich wegstößt, werde ich am Boden zerstört sein.

Langsam dreht er sich um, zieht mich dabei mit sich, sodass ich mit dem Rücken wieder an die Wand gepresst bin, und lässt die Hände auf meiner Taille liegen. Ich starre zu ihm empor, drehe mich ein Stück zur Seite und dränge die Hüfte gegen seinen Unterleib. Ich spüre seine Erektion und sehne mich danach, ihn dort zu berühren. Zu streicheln.

Doch ich warte, dass er den ersten Schritt macht.

»Prinzessin.« Er stützt eine Hand neben meinem Kopf gegen die Wand, versperrt mir den Fluchtweg. »Ich betrete hier Neuland, aber glaub mir, ich werde verdammt noch mal alles tun, um dich zu beschützen. Besonders deinen hübschen Körper.« Sanft drückt er bei diesen Worten meine Taille, und ich lächele ihn an, freue mich über seine Worte.

Sein Blick ist ernst, und mir wird klar, dass er noch mehr zu sagen hat. »Und dein Herz. Ich verspreche, auch dein Herz, so gut ich kann, zu hüten«, flüstert er, ehe er mir den zärtlichsten, süßesten Kuss auf die Lippen drückt.

So süß, dass ich fast weinen muss. Ich muss mich zusammenreißen, um nicht total zusammenzubrechen, und ich lasse meine Lippen auf seinen verweilen, will diese zarte Verbindung, die gerade zwischen uns besteht, nicht unterbrechen.

Sie fühlt sich so … fragil an.

So real.

Ich kann nicht sprechen, finde keine Worte. Aber ich glaube, er weiß, was ich fühle, was ich sagen will.

»Und jetzt schwing deinen süßen Arsch in mein Bett, Baby«, murmelt er, und ich muss lachen.

»Dann lass mich los«, sage ich, woraufhin er die Hand von meiner Taille nimmt und mich gehen lässt. Mit wenigen Schritten bin ich in seinem Schlafzimmer und knipse die Lampe auf dem Nachttisch an.

Und schon stürzt er sich auf mich, küsst mich, stößt die Zunge tief in meinen Mund. Er verschlingt mich mit seinem Mund, seiner Zunge und seinen Zähnen, umfängt mich mit seinen Händen, seinem ganzen Körper. Stöhnend klammere ich mich an ihn, wünsche mir, ich wäre nackt und könnte die Beine um seine Hüften schlingen. Mich schamlos an ihm reiben, bis das Pochen zwischen meinen Beinen so unerträglich wird, dass ich nur noch von dem Verlangen nach Erlösung besessen bin.

Denn ich bin besessen. Dieser Mann macht aus mir eine Verrückte, eine bedürftige, ungezügelte, unkontrollierbare Verrückte, die unbedingt ihren Höhepunkt erreichen will. Und der einzige Mensch, der dieses Bedürfnis stillen kann, ist er.

Max.

Bei dieser Erkenntnis beginnen meine Wangen, mein Hals, mein ganzer Körper zu glühen, und er bricht den Kuss ab, weicht ein kleines Stück zurück, um mich anzusehen, als würde er eine Veränderung meiner Temperatur, meiner Stimmung oder was auch immer wahrnehmen. Ich erwidere seinen Blick, bin mir wieder unsicher, was ich sagen, was ich tun soll. Dieser Mann macht mich nach wie vor total nervös, und ich hasse so etwas. Ich wollte nie, dass jemand Macht über mich hat, vor allem nicht im Schlafzimmer.

Doch bei Max will ich, dass er die Führung übernimmt. Der Boss ist. Ich möchte mich ihm unterwerfen, ihn tun lassen, was immer er will – mir Befehle geben, mich herumkommandieren. Ich liebe dieses Gefühl, seiner Gnade ausgeliefert zu sein.

Ich verzehre mich danach.

»Ich möchte, dass du mir vertraust«, raunt er, als ich weiterhin schweige. Mit dem Daumen streicht er über meine Unterlippe, der raue Ballen kitzelt auf meiner Haut, und ich schließe die Lippen um seinen Daumen, beginne daran zu saugen. Er lässt mich eine Weile gewähren, ehe er lächelnd die Hand wegzieht. »Es tut mir so leid, was ich dir angetan habe. Wenn ich könnte, würde ich alles ungeschehen machen«, murmelt er, und seine Worte treffen mich mitten ins Herz.

»Ich würde dir auch gern vertrauen, aber ... es fällt mir schwer«, gestehe ich und senke den Blick.

Mit dem Zeigefinger hebt er mein Kinn an, sodass ich gezwungen bin, ihn anzusehen. »Ich werde alles tun, um dein Vertrauen zurückzugewinnen. Alles.«

»Du musst Geduld mit mir haben«, flüstere ich.

»Versprochen.« Er fährt mit dem Daumen über mein Kinn. »Was immer du brauchst, ich bin für dich da.«

»Ich möchte, dass du mit mir Liebe machst«, sage ich kaum hörbar. Ich habe noch nie einen Mann gebeten, mit mir Liebe zu machen. Es war immer Sex, Ficken, Poppen … was auch immer. Niemals von Bedeutung, immer hohl.

Doch mit Max war es mehr – und es kann so viel mehr sein.

»Lily«, beginnt er, und ich lege ihm den Finger auf die Lippen, bringe ihn zum Schweigen.

»Ich mag es, wenn du meinen Namen sagst.« Er nennt mich selten beim Namen. Ich bin entweder »Prinzessin« oder »Kleine« oder »Baby«, und diese Koseworte gefallen mir auch. Sie sind witzig. Sexy.

Am liebsten höre ich jedoch aus seinem schönen Mund meinen Namen. Ich wünschte, er würde ihn öfter aussprechen.

»Mir gefällt es auch, wenn du meinen Namen sagst.« Er schenkt mir ein lüsternes Grinsen. »Vor allem, wenn ich dich zum Orgasmus bringe und du ihn herausschreist.«

Hm, ganz mein großspuriger, dominanter Macho. »Wirst du mich jetzt gleich zum Orgasmus bringen?«

Er fährt mir mit der Hand durchs Haar, spielt mit den Strähnen. Seine Berührung fühlt sich so gut an, so richtig, und ich liebe es, wie er mich ansieht. Als hätte er nie zuvor etwas Schöneres erblickt. »Ich werde die ganze Nacht Liebe mit dir machen, Baby. Bis du mich vor Erschöpfung anflehen wirst aufzuhören.«

Ein Wimmern entwischt mir, als er den Mund an meinen Hals presst und ihn mit saugenden, feuchten Küssen überzieht.

»Du magst es, wenn ich so mit dir rede«, murmelt er.

Ich nicke, außerstande zu sprechen.

Er lässt die Hand zu meinem Po gleiten, drückt ihn. »Und du magst es, wenn ich dich so anfasse.«

»Ja«, wispere ich, halb ohnmächtig vor Lust.

Er nimmt meine Handgelenke, führt sie auf meinem Rücken zusammen und hält mich gefangen, während er mich eindringlich mustert. »Gefällt es dir, wenn ich die Führung übernehme?«

»Ja.« Meine Stimme zittert, meine Knie sind wie Pudding.

»Die Art, wie du mich ansiehst, wie sich deine Haut unter meiner Hand anfühlt – manchmal denke ich, du bist wie für mich geschaffen«, murmelt er, und seine tiefe Stimme berührt etwas tief in meinem Inneren. »Du bist immer so empfänglich. Auch jetzt sehe ich dir deine Erregung an. Deine Augen sind fast schwarz, und ich spüre, wie du zitterst.«

Meine einzige Antwort ist ein zittriges Ausatmen.

Er neigt den Kopf zur Seite, senkt den Mund zu meinem Ohr. Sein Atem ist heiß und feucht, und ich schließe die Augen, als er zu sprechen beginnt. »Ich wette, wenn ich deine Möse berühren würde, wärst du klatschnass.«

Ein Schwall Feuchtigkeit schießt in mein Höschen,

und ein Wimmern entringt sich mir. Das ist Bestätigung genug. Aber ich hoffe, er wird mir die Hand zwischen die Beine schieben, um es selbst nachzuprüfen.

»Ich werde dich jetzt loslassen, Prinzessin, aber nur, damit du deinen Rock für mich hochziehst. Zeig mir, was du unter dem Kleid anhast«, befielt er, während er meine Handgelenke loslässt. Ich trete einen Schritt zurück und hebe langsam den Rocksaum hoch, mache eine Show daraus, die ich mindestens genauso genieße.

Das Kleid ist ziemlich eng, und als ich den Rock auf Taillenhöhe geschoben habe, befiehlt er mir mit einer Geste, so zu bleiben. Sein heißer Blick richtet sich so intensiv auf meinen Unterleib, dass ich das Gefühl habe, er dringe durch die Spitze meiner schwarzen Panties hindurch. »Ist das …« Ich räuspere mich, bin mir unsicher, wie ich das handhaben soll. Als wir das letzte Mal zusammen waren, waren wir beide zu überwältigt, um viel zu reden. Aber Reden törnt ihn an. Und mich auch. »Ist das nach deinem Geschmack?«

»Schwarze Spitze über der fickbarsten Möse, die ich je hatte? Herrgott, ja, und ob das nach meinem Geschmack ist!«, knurrt er und sieht mich kurz an, ehe er den Blick wieder auf mein Höschen senkt. »Zieh den Slip aus.«

Verwirrt blinzele ich. Es wundert mich, dass er nicht selbst die Ehre haben will. Ich sollte vielleicht gekränkt sein, weil er meine Muschi fickbar genannt hat, doch der Schauer, der mich bei seinen Worten überlief, erzählt etwas anderes. Ohne zu zögern, greife ich zu meinen Panties und ziehe sie langsam herunter, mache abermals eine Show daraus. Ich lasse die schwarze Spitze kurz auf Höhe meiner Knie verweilen, ehe ich sie zu Boden fallen lasse und sie um die Absätze meiner schwarzen High Heels herum in sich zusammensinken.

»Kick das Höschen weg, Baby«, sagt er leise. »Aber lass die High Heels an.«

Folgsam komme ich der Aufforderung nach und warte dann auf den nächsten Befehl. Meine Knie sind der reinste Wackelpudding, und ich sehe mit dem hochgeschobenen Rock vermutlich ziemlich dämlich aus, mal ganz davon zu schweigen, dass das teure Kleid total zerknautscht wird. Doch das ist mir egal.

Ich bat ihn, mit mir Liebe zu machen, aber er wusste, was ich wirklich wollte, wonach es mich wirklich verlangte. Ich sehne mich danach, mich ihm total auszuliefern. Mich von ihm ganz und gar beherrschen zu lassen. Denn bis ich Max traf, war in mir nur Chaos. Ich liebe es, wie er Macht über meine Gedanken ergreift, über meine Wünsche, meine Bedürfnisse.

Ja, das liebe ich.

Mir klopft das Herz bis zum Hals, als ich zusehe, wie er lässig sein Hemd aufknöpft und das weiße T-Shirt enthüllt, das er darunter trägt. Atemlos warte ich darauf, dass er sich weiter entkleidet, doch stattdessen bedeutet er mir mit einem Nicken, mein Kleid auszuziehen.

Mit zitternden Fingern ziehe ich den Reißverschluss an der Seite auf, ziehe mir das Kleid über den Kopf und werfe es auf den nächstbesten Stuhl. Ich habe so viel Geld für das Kleid bezahlt. Keine Ahnung, warum ich es heute zu dem Familientreffen angezogen habe. Jedenfalls hätte ich es bei jedem anderen Mann anschließend wieder in den Schrank gehängt, damit es nicht knittert.

Aber heute Abend ist mir das egal. Ich könnte es ohne Bedauern wegwerfen. Solange ich mit Max zusammen bin, seine Hände auf meinem Körper und seinen Schwanz in mir spüre und all die schmutzigen, geilen, herrlichen Sachen höre, die er mir so gern ins Ohr flüstert, geht es mir gut.

Geht es mir wunderbar.

»Dieser BH ist verdammt unanständig«, sagt er, während er auf mich zukommt, die Hand nach meiner Brust ausstreckt und sie umfasst. »Da kann man ja alles sehen.« Mit dem Daumen schnippt er gegen meinen Nippel. Und noch einmal. Dann kneift er mit Daumen und Zeigefinger so fest hinein, dass ich aufkeuche und mir vor Schmerz auf die Unterlippe beiße. Als er wieder loslässt, atme ich aus und hoffe insgeheim, er werde meinem anderen Nippel dieselbe Behandlung zukommen lassen.

Und ich glaube, er weiß das.

»So schön«, flüstert er, während er mich ehrfürchtig betrachtet. Dann legt er die Hände um meine Brüste, streicht mit den Daumen über die Nippel. Mein ganzer Körper beginnt vor Erwartung zu zittern. Ich bin so unfassbar erregt, dass ich Angst habe, ich könnte allein dadurch kommen, dass er mit meinen Nippeln spielt. Oh Gott, wie sehr ich ihn begehre.

»Das fühlt sich wahnsinnig gut an«, sage ich, außerstande, mich zu beherrschen.

»Ich weiß. Das sehe ich dir an. Dein Gesicht und dein Dekolleté sind gerötet. Du kriegst immer diesen rosigen Schimmer, wenn ich dich anfasse. Als würden meine Hände ein Licht in dir entfachen«, sagt er und sieht mich dabei unverwandt an. »Du möchtest, dass ich dich hart ficke und zum Schreien bringe. Du möchtest, dass ich deine Möse lecke, bis du zuckend an meinem Gesicht kommst. Du willst das alles, weil niemand sonst solche Gefühle in dir auslöst wie ich. Niemand.«

Ich schlucke. Alles, was er sagt, ist richtig. Werde ich jemals genug davon haben, ihn solch herrlich schmutzige Dinge sagen zu hören?

Nein, ich glaube nicht.

»Ab ins Bett mit dir, Prinzessin.« Er gibt mir einen festen Klaps auf den nackten Po, der mich wie ein Blitz durchfährt. Auf wackligen Beinen wanke ich zu seinem breiten Bett, krieche auf allen vieren auf die Matratze und ernte für meine Bemühungen einen bewundernden Pfiff.

»Was für ein geiler Anblick«, sagt er, und als ich mich zu ihm umblicke, sehe ich, dass er direkt auf meinen nackten Arsch starrt.

Hätte ich mir denken können.

Ich lasse mich rücklings auf das Bett fallen und stütze mich auf die Ellbogen auf, damit ich sehen kann, was Max tut. Er steht am Fußende des Bettes, immer noch völlig bekleidet, wohingegen ich mit meinem BH und den High Heels praktisch nackt bin. Meine Haare sind total verstrubbelt, meine Schminke ist wahrscheinlich verschmiert oder komplett verschwunden, und meine Muschi pocht so heftig, dass ich die Schenkel zusammenpresse, um etwas Erleichterung zu finden.

Es hilft nicht. Wohl aber bemerkt er die leichte Bewegung, woraufhin sein Blick sich verdüstert und seine Miene sich anspannt. »Was tust du da?«

Da ich nicht weiß, was und wie ich antworten soll, starre ich ihn nur hilflos an.

»Presst du die Schenkel zusammen? Bist du kurz davor zu kommen?«

»J-ja«, gestehe ich, hingerissen von dem gefährlichen Funkeln in seinen Augen. Oh, mein Geständnis macht ihn so wütend, und ich …

Ah, ich liebe es.

»Du darfst erst dann kommen, wenn ich es dir erlaube.« Die Endgültigkeit, die in seinen Worten mitschwingt, verrät mir, dass ich ernsthafte Probleme kriege, wenn ich komme, ehe er es mir erlaubt. Was in mir nur das Verlangen weckt, früher zu kommen. Schneller, härter. Jetzt.

»Verstehst du, was ich dir sage, Prinzessin?«, fragt er, als ich stumm bleibe.

»Ja.« Ich nicke.

»Gut.« Er lächelt, doch es ist ein finsteres Lächeln. Die Gefühle, die beim Anblick dieses Lächelns und bei seinen Worten auf mich einstürmen, sind heftig und berauschend. Und sie führen mich zu einer grundlegenden Erkenntnis über mich selbst und über Max. Dies ist genau das, wonach ich mich, ohne es zu wissen, immer gesehnt habe. Seine totale Dominanz, meine totale Unterwerfung.

Mein ganzes Leben lang war ich so daran gewöhnt, alles zu bekommen, was ich wollte, und mich nach außen hin immer stark zu geben, aus Angst, jemand könnte mein wahres Ich erkennen.

Immer verbarg ich mich, immer hatte ich Angst. Ich

wusste nie genau, was ich verbarg, aber jetzt habe ich mich selbst gefunden. Ich bin die wahre Lily, wenn ich mit diesem Mann zusammen bin, in seinen Armen, ihm gehorchend.

Und ich liebe es.

»Sag mir, was du willst«, verlangt er und lenkt damit meine Aufmerksamkeit auf ihn zurück. »Und du solltest besser nicht ›einen Orgasmus‹ sagen.«

Aber das ist genau das, wonach es mich verlangt. Anscheinend kann er meine Gedanken lesen. »Und was passiert, wenn ich genau das sage?«

Er hebt eine Braue. »Willst du mich tatsächlich auf die Probe stellen?«

Gott, ja. Aber das spreche ich nicht aus. »Nein.«

Seine Miene entspannt sich. Er weiß, er hat mich dort, wo er mich haben will. Ich werde mich nicht von dort wegbegeben und er auch nicht. »Also erzähl es mir. Hab keine Angst, Lily. Sag mir, was du möchtest.«

»Ich möchte dich nackt sehen«, antworte ich leise und bemühe mich, meine Schenkel nicht zusammenzupressen. Denn er soll nicht denken, ich wolle mir klammheimlich einen Orgasmus verschaffen.

Ohne zu zögern, zieht er sein Hemd aus und lässt den Blick von meinem Gesicht, zu meinen Brüsten und weiter zu meinem Bauch und den Beinen gleiten. Es ist wie eine Berührung und macht mich verrückt vor Verlangen.

»Spreiz die Beine«, befiehlt er barsch, ehe er das T-Shirt abstreift und seinen anbetungswürdigen, muskulösen Oberkörper enthüllt. Ich mustere ihn hemmungslos, während ich die Knie anziehe, die

High Heels in die Matratze bohre und die Beine weit spreize.

»Du darfst erst kommen, wenn ich es dir erlaube«, erinnert er mich. Sein Blick ist auf meine Möse gerichtet, lüstern, fast raubtierhaft, als wollte er mich in Stücke reißen.

Und ich will in Stücke gerissen werden. Ich lechze danach, von ihm auf jene Art, wie nur er es vermag, vernichtet zu werden, damit er mich anschließend wieder zusammensetzen kann. Ich möchte seinen Körper an meinem spüren; ich möchte mit ihm vereint sein, nur mit ihm. Ich möchte, dass Max mich kostet und neckt und an den Rand des Erträglichen bringt, bis ich mich total verliere, wenn er mir endlich den Orgasmus zugesteht, nach dem ich so sehr dürste.

Ich würde auch gern die Beine zusammenpressen, ihm die Sicht verweigern. Ich würde ihn gern anschreien und ihn auffordern, mich zu berühren, damit ich zumindest ein wenig Erleichterung erlange.

Aber ich tue nichts von alledem. Ich warte einfach.

Und brenne vor Verlangen nach ihm.

KAPITEL 29

Max

Meine mühsam gewahrte Beherrschung hängt an einem dünnen Faden. Lily in derart schamloser Pose vor mir zu sehen, ihr langes, blond schimmerndes Haar auf dem Kissen verteilt, die Brüste von schwarzer Spitze nur dürftig verhüllt, die Beine weit geöffnet und jede feucht glänzende Falte ihrer rosa Möse offen zur Schau gestellt – all das verbindet sich in meinem Kopf zu einem einzigen Wort. Einem Wort, das ich bis heute nie in Bezug auf eine Frau gedacht habe.
Meine.
Meine, meine, meine.
Herrgott, ich bin gierig nach ihr. Sie will kommen, das erkenne ich. Ich sehe, wie ihre Klitoris sich hervorreckt, sehe die cremig weißen Tropfen an ihrer Möse und den Innseiten ihrer Schenkel. Sie ist so geil, dass mir der Geruch ihrer Erregung in die Nase steigt. Mein Schwanz droht jeden Moment aus meiner verfluchten Jeans herauszuplatzen, und ich atme scharf ein, schließe kurz die Augen und ermahne mich, es auszuhalten. Die Folter noch ein paar Minuten durchzustehen.
Ich möchte sie brechen. Sie in ihre Einzelteile zersprengen und danach wieder zusammenfügen, damit sie erkennt, dass sie mir gehört, mir allein. Mein in

mir schlummerndes besitzergreifendes Naturell ist laut brüllend erwacht, und mein überwältigendes Verlangen, sie zu nehmen und ihr klarzumachen, wo ihr Platz im Leben ist – nämlich an meiner Seite, unter mir, über mir –, macht es mir schwer, mich zu konzentrieren.

Ihr leises Wimmern gibt mir den Rest, und ohne nachzudenken, öffne ich meinen Gürtel, ziehe die Jeans mitsamt Boxershorts aus, kicke die Schuhe weg. Bis ich nackt bin und mein Schwanz so verdammt hart ist, dass es wehtut. Ich sehne mich nach ihr; mein ganzer Körper ist angespannt vor Verlangen nach Lily.

Während ich auf sie zugehe, bin ich mir sehr bewusst, wie sie mich aus ihren großen, leuchtenden Augen beobachtet, und sie sagt kein Wort, als ich auf das Bett komme, bis ich über ihr bin, die Hände zu beiden Seiten ihres Kopfes aufgestützt, die Hüften zwischen ihren gespreizten Beinen, ihre spitzenverhüllten Brüste verführerisch nah an meinem Gesicht.

Ich senke den Mund auf die Stelle genau zwischen ihren Brüsten, atme tief ihren Duft ein, küsse sie dort. Lecke sie. Seufzend drängt sie sich an mich, umfasst meinen Kopf, hält ihn fest, und ich lasse sie gewähren. In der Regel will ich zwar die Führung innehaben, aber jetzt lasse ich mich von ihr führen, lasse mir von ihr zeigen, was sich für sie gut anfühlt.

Denn ich will, dass sie sich gut fühlt, sicher. Ich bin immer für sie da. Indem sie sich mir komplett ausliefert, kann sie die Erfahrung machen, dass ich sie nicht im Stich lasse, was immer auch geschieht. Und ich werde sie nicht im Stich lassen. Ich werde mich so gut um sie kümmern wie noch niemand zuvor. Diese

Frau wurde für mich geschaffen. Ich möchte, dass sie das erkennt.

Ich bedecke ihre Brüste mit Küssen, lecke ihre Nippel, sauge durch die Spitze hindurch an ihnen. Sie zuckt zusammen und versucht sich mir zu entziehen, als ich an ihrer Brust knabbere, doch ich halte sie fest, zwinge sie mit sanfter Gewalt, meinem zärtlichen Angriff standzuhalten. Sie stöhnt meinen Namen, krallt die Finger in mein Haar, und ich beiße fester zu, um sie daran zu erinnern, wer hier tatsächlich das Sagen hat. Sie schreit auf, hebt mir die Hüften entgegen, sodass mein Schwanz über ihren Bauch streicht, und ich sehe, dass sie kurz davor ist zu kommen.

»Fick mich, fick mich«, wimmert sie, und ich hebe den Kopf und sehe sie an. Sie ist so schön, ihre Wangen schimmern rosig, ihre Augen sind geschlossen, ihr Mund halb geöffnet. »Bitte, Max, bitte.«

Plötzlich fällt mir etwas ein, und ich komme mir vor wie ein kompletter Idiot. »Lily«, sage ich, und sie reißt die Augen auf, sieht mich mit verhangenem Blick an. »Hast du Kondome? In deiner Handtasche oder so?«

Mit einer Grimasse schließt sie die Augen wieder. »Nein«, jammert sie unglücklich. »Oh, mein Gott. Sag mir, dass du eins in deiner Geldbörse hast.«

»Leider nicht.« Normalerweise verstaue ich in meinem Portemonnaie keine Kondome. Klar, Sicherheit geht vor, ich habe jedoch keine Lust, die Dinger ständig mit mir herumzuschleppen, als wäre ich ununterbrochen auf einen Fick aus. »Aber ich bin gesund.«

Sie schlägt die Augen auf, in ihrem Blick spiegeln sich Hoffung und Verwirrung. »Ich auch«, sagt sie leise. »Und ich nehme die Pille, es ist also …«

»Ich hatte nie mit anderen Frauen Sex ohne Kondom«, sage ich, weil es die verdammte Wahrheit ist.

»Und ich hatte nie mit anderen Männern Sex ohne Kondom.« Sie stößt erzitternd den Atem aus, und ich schwöre, in ihren Augen schimmern Tränen. »Ich war mit vielen Männern zusammen, Max. Nicht mit so vielen, wie es in den Medien gern dargestellt wird, aber ich bin weiß Gott keine Heilige.«

Die Vorstellung, wie sie mit einem anderen Mann Sex hat, ist unerträglich, doch ich bin kein Idiot. Ich kann nicht erwarten, dass sie, bis sie mich kennenlernte, ein keusches Leben geführt hat. Das wäre von mir total bescheuert und unrealistisch. Außerdem sind diese Typen nicht wichtig. Der einzige Mann, der jetzt in ihrem Leben eine Rolle spielt, bin ich. »Ich bin auch kein Heiliger, Baby. Das weißt du ja.«

»Ich will nur nicht, dass du mich … verurteilst. Mich für eine Schlampe hältst.« Sie presst die Lippen aufeinander und kneift die Augen zu, doch ich sehe die Tränen, die in ihren dichten Wimpern hängen.

»Du bist eine Frau.« Zärtlich küsse ich sie auf die Stirn. Ich wünschte, ich könnte sie beruhigen, sie aufmuntern. Ihre Tränen zerreißen mir das Herz, durchbohren den Panzer meiner Seele, und ich küsse sie auf die Schläfe, die Wange, küsse die Tränen weg, die von ihren Wimpern herabtropfen. »Du hast dich treiben lassen, hast dein Leben gelebt. Das ist nur normal.«

Sie öffnet den Mund zu einer Antwort, aber ich bringe sie mit einem Kuss zum Schweigen. Spielerisch winde ich meine Zunge um ihre, sauge an ihr und ernte ein tiefes, sexy Stöhnen. Herrgott, ich kann nicht genug von ihr kriegen. Mein Schwanz ist ungeduldig, pocht darauf, sie zu nehmen und hart zu ficken, bis wir beide schreiend zum Höhepunkt kommen. Ich will mir eigentlich Zeit lassen, Lily richtig behandeln, ihrem Körper all die Aufmerksamkeit und Liebe schenken, die er verdient, doch ich kann nicht.

So scharf, wie ich auf sie bin, werde ich sehr schnell kommen. Und das wird für Lily nach der langen Wartezeit vielleicht enttäuschend sein, aber der Gedanke, ohne Kondom in ihr zu sein, alles zu fühlen, jedes Unklammern und Lösen und Zucken … Oh, ja. Ich bin bereit für die nächste Stufe.

»Ich möchte dich ohne Gummi ficken«, sage ich und senke langsam die Hüften auf ihre. »Ich möchte es an meinem Schwanz spüren, wenn du kommst.«

»Ja.« Sie schließt die Augen, drückt den Rücken durch, und ihre Brüste streifen meinen Oberkörper. Die Frau ist total heiß auf mich, und ich bin nur allzu bereit, ihr Verlangen zu stillen. »Bitte.«

»Willst du den haben?« Ich gehe zwischen ihren Beinen auf die Knie, nehme meinen Schwanz in die Hand und reibe ihn langsam.

Sie öffnet die Augen, starrt auf meinen Schwanz. »Berühr mich damit«, fordert sie mich auf; ihre Stimme ist heiser und höllisch sexy.

Ich tue wie geheißen, streiche mit der Schwanzspitze über ihre klatschnassen Schamlippen, über ihre Klitoris, was Lily in helle Ekstase versetzt. Ihr lang gezogenes, gequältes Stöhnen heizt mir nur noch mehr ein, und ich fahre mit meiner Folter fort, kreise mit dem Schwanz um ihre Klitoris, über den zuckenden Eingang ihrer Möse, schiebe neckend den Schwanz in sie hinein, aber nur die Spitze. Treibe mich selbst vor Verlangen nach ihr in den Wahnsinn. Wenn ich so weitermache, werde ich nicht mehr lange durchhalten.

»Mehr«, bettelt sie, als ich mich aus ihr zurückziehe. »Bitte, Max, ich flehe dich an.«

Es macht mich an, dass ich sie dazu bringe, mich anzubetteln. Sie braucht mich. Kann nicht genug von mir bekommen. Und das ist genau das, was ich wollte, was ich brauchte – ihre totale Unterwerfung. Doch es gibt noch etwas, was ich von ihr haben möchte.

»Lily.« Mit den Fingerspitzen berühre ich zart ihre Wange. »Sag mir, wem du gehörst.«

»Dir. Nur dir.«

»Ist das meine Möse?« Erneut necke ich sie, dringe zwei, drei Zentimeter in sie ein und ziehe mich dann langsam, quälend langsam wieder aus ihr zurück.

»Ja.« Sie schlingt die Beine um meine Hüften, bringt sich selbst in Position. »Ist das mein Schwanz?« Sie greift nach meinem Schwanz, masturbiert mich, reibt ihre Möse daran, und ich erbebe.

»Verdammt, ja, Baby. Alles deins. Genau so, wie du ganz mir gehörst«, stoße ich hervor, ehe ich tief in sie eindringe, bis meine Eier gegen ihren Arsch klatschen und es sich anfühlt, als würde ich ihr tiefstes Inneres berühren.

Ich ficke sie wie wild, bin einzig darauf konzentriert, ihr den Orgasmus zu verschaffen, nach dem es sie so dringend verlangt, seit wir im Schlafzimmer gelandet sind. Sie klammert sich an meinen Rücken, ihre Beine sind fest um meine Hüften verschränkt, ihr offener Mund ist an meinen Hals gepresst. Ich kann ihren heißen Atem fühlen, ihre feuchten Lippen, ihre Zunge, ihre Zähne, die sich in meine Haut graben. Sie ist genauso vertieft in den Akt wie ich, total hingegeben an das Gefühl, wie unsere vereinten Körper sich im selben Rhythmus bewegen.

Ich greife nach unten, streichle ihre Klitoris, und Lily keucht, ihre Möse verkrampft sich um meinen Schwanz, und ich atme keuchend aus. Ich will nicht kommen. Noch nicht. Erst muss ich dafür sorgen, dass sie kommt. Mein Prinzessin ist begierig danach, zum Höhepunkt zu gelangen, und ich will sie nicht enttäuschen.

»Max.« Ihr Atem kitzelt an meinem Hals, macht mir am ganzen Körper eine Gänsehaut. »Ich komme gleich.«

»Ich auch, Baby«, murmele ich und beschleunige das Tempo. Ihre glitschige, feuchte Möse bietet keinen Widerstand, als ich sie mit langen, gleichmäßigen Stößen ficke. Ein Hitzeschub durchfährt mich, lässt mich stocken, und mein Kopf ist plötzlich völlig leer. Ich bin kurz davor. Verdammt kurz davor, und ich schließe die Augen, bewege die Hüften vor und zurück. Mein Schwanz ist prall gefüllt, bereit zu explodieren ...

»Darf ich ...« Ein ersticktes Schluchzen entringt sich ihr, als ich den Daumen fest auf ihre Klitoris drücke. »Darf ich kommen, Max? Erlaubst du es mir?«

Ich halte inne, hebe den Oberkörper an, damit ich ihr Gesicht sehen kann. Sie bittet mich um Erlaubnis. *Scheiße*, ich hatte völlig vergessen, dass ich ihr befohlen habe, erst zu kommen, wenn ich es ihr gestatte.

Sie schlägt die Augen auf und sieht so verdammt schön aus, dass es mir fast das Herz bricht. Ihre Lippen sind geschwollen von meinen Küssen. Ihre Lider sind schwer, ihre Wangen gerötet, ihre Haare wild zersaust, und ihre Haut ist mit einem dünnen Schweißfilm überzogen. Sie wirkt völlig losgelöst. Befreit. Ganz anders als die Frau, die ich auf Maui gesehen habe, oder das Partygirl, das man aus der Skandalpresse kennt. Und ganz und gar nicht so wie die stille, wütende Frau, die ich in den vergangenen Tagen erlebt habe.

Jetzt, in diesem Moment, sieht sie aus wie die Meine. Als würde sie zu mir gehören und zu niemandem sonst. Dass sie mich um Erlaubnis bittet, berührt mich zutiefst. Herrgott, so muss sich ein verdammter König fühlen.

Ich mindere den Druck auf ihre geschwollene Klitoris, stupse sie dahin und dorthin, spiele mit ihr. Die Muskeln in ihrem Innern umklammern meinen Schwanz, und ich atme hörbar aus und sehe ihr tief in die Augen, während ich ihre Klitoris weiter reize. »Ich möchte, dass du mit meinem Schwanz in dir kommst«, murmele ich und warte gespannt auf ihre Reaktion.

Sie behält den Blickkontakt bei, hebt die Hüften an. »Erst brauche ich deine Erlaubnis.«

»Ich gebe sie dir.« Ich bewege meinen Schwanz in ihr und drücke gleichzeitig weiterhin ihre Klitoris. »Komm für mich, Lily. Lass mich dich fühlen. Dich ansehen.«

Sie holt Luft und schließt die Augen, doch ich kneife fest in ihre Klitoris. Mit einem Keuchen reißt sie die Augen wieder auf, sieht mich enttäuscht an, und ich nehme die Hand von ihrer Klitoris. »Reib dich an meinem Schwanz, Baby«, befehle ich und ziehe sie enger an mich. »Fick mich so hart, wie ich dich ficken werde.«

Schamlos reibt sie sich an mir, benutzt meinen Körper für ihre Lust, und ich lasse sie gewähren. Herrgott, ich genieße es. Sie hat den Kopf in den Nacken gelegt, beobachtet mich jedoch weiterhin, und ich erwidere den Blick. Ich weiß, sie ist kurz davor, ich spüre, wie ihr Körper zu zittern beginnt, erkenne die Anzeichen für den nahenden Orgasmus. Ihr Atem geht immer abgehackter, und ich feuere sie mit obszönen Worten an, warte darauf, dass sie sich total verliert, will diesen Moment miterleben.

»Max ...«, stöhnt sie und sieht mich dabei nach wie vor an, und dann wird ihr Körper von Krämpfen ergriffen, ihre Hüften beginnen unkontrolliert zu zucken, und ihre Möse umklammert mit rhythmischen Bewegungen meinen Schwanz, als wollte sie ihn melken. Ich lege die Hand auf ihre Wange und küsse sie tief, während wir uns mit weiten Augen ansehen. Unverständliche Laute ausstoßend, gibt sie sich zitternd und zuckend ihrem Orgasmus hin. Ich spüre den Saft ihrer Möse an meinem Schwanz, und als sie meinen Namen erneut ruft, ist es um mich geschehen.

Ich drücke sie auf die Matratze und ficke sie wie ein Wahnsinniger, begleite jeden Stoß mit einem tiefen Knurren. Wieder und wieder ramme ich den Schwanz in sie hinein, bis ich laut aufschreie, mich in sie ergieße, mich in ihr verströme, ihre Möse mit meinem Saft flute. Sie hält mich umklammert, versucht nicht ein einziges Mal, sich von mir zu lösen.

Was mir beweist, dass sie mein ist. Wir gehören zusammen.

Und jetzt, da ich sie wiedergefunden habe, werde ich sie nie wieder gehen lassen.

»Das war jetzt nicht unbedingt das, was du unter ›Liebe machen‹ verstehst, was?«, sage ich in lockerem Ton, obwohl ich ein wenig Angst vor ihrer Antwort habe. Sie liegt in meinen Armen, mit ihrem Kopf an meinem Hals, und ihre Haare kitzeln an meinem Kinn.

Ich bin erschöpft von den Anstrengungen des Tages und dem wilden Sex mit Lily. *Verdammt*. Sie bat mich, Liebe mit ihr zu machen, und stattdessen habe ich sie wie ein wildes Tier gerammelt und ihr befohlen, sich meinen Wünschen zu beugen.

Wie kann sie mich jetzt noch mögen?

»Es war perfekt«, murmelt sie, während sie mit den Fingern zart über meinen Oberkörper streicht. »Du hast mir gegeben, was ich brauchte – und nicht, wovon ich dachte, dass ich es brauche.«

Erleichterung durchströmt mich, und erst jetzt wird mir bewusst, wie angespannt ich war. »Und was hast du gebraucht?«

»Dich.« Sie hebt den Kopf, legt die Hand auf meine Brust und sieht mich an. »Ich mag es, wie du mich total beherrschst. Weißt du, ich … ich hätte nie gedacht, dass ich auf so etwas stehe, aber bei dir ist es genau das, was ich möchte.«

Schweigend lasse ich ihre Worte einen Moment auf mich wirken. »Es kommt mir vor, als wärst du für mich geschaffen, Lily. Als wären wir füreinander geschaffen.«

Sie lächelt. »Ich fühle dasselbe.«

Ich lege die Hand auf ihren Hinterkopf und ziehe sie zu mir hinunter, damit ich sie küssen kann. »Ich will nicht, dass du jemals wieder von meiner Seite weichst.«

»Irgendwann wirst du arbeiten gehen müssen, Max«, neckt sie mich.

»Hm, Prinzessin, dann werde ich dich einfach mitnehmen.« Ich vertiefe den Kuss zu einem Zungenkuss, woraufhin Lily leise zu stöhnen beginnt. »Das ist eine verdammt gute Idee«, sage ich, als sie den Kuss als Erste beendet.

»Wie meinst du das?« Sie hebt den Kopf ein wenig. »Ich kann doch nicht mit dir zur Arbeit gehen.«

»Warum nicht? Levi und ich haben darüber gesprochen, ob wir nicht Geschäftspartner werden sollen, haben bisher aber diesbezüglich noch nichts unternommen. Wir wollen die IT-Seite mehr ausbauen, und da könntest du mitmachen«, erkläre ich und warte nervös auf ihre Antwort. Warum sollte sie überhaupt arbeiten? Sie hat alles Geld der Welt, müsste keinen Finger rühren und könnte trotzdem sehr gut leben.

Sie wird tatsächlich rot und schüttelt den Kopf. »Ich bin nicht gut genug. Dein Freund wird schnell feststellen, dass ich nur ein paar amateurhafte Kenntnisse habe.«

»Du bist gut genug«, sage ich fest und schüttele sie leicht. »Rede dir nie wieder ein, du seist nicht gut. Als Levi sich deinen Computer angesehen hat, war er schwer beeindruckt von deinem Können.«

»Was?«, fragt sie entgeistert.

»Du hast ganz richtig gehört. Ich glaube, wenn du in die Firma einsteigst, wäre das für uns alle ein Gewinn.« Ich ziehe sie an mich und küsse sie tief. »Außerdem wäre dadurch gewährleistet, dass du mir nie mehr von der Seite weichst.«

Ihr Lächeln ist zögernd. Vorsichtig. »Meinst du das ernst?«

»Total ernst!«, sage ich voller Inbrunst.

»Du willst, dass ich für dich arbeite.«

»*Mit* mir«, verbessere ich sie.

»Und du wirst mich als Teil deines IT-Teams für meine Fähigkeiten bezahlen, die ich mir durch illegales Hacken erworben habe«, fährt sie fort.

Ich lache. »Was meinst du denn, wie Levi begonnen hat?«

Ihre Augen weiten sich. »Echt?«

»Klar. Viele Computerfreaks haben irgendwann unerlaubte Dinge gemacht. Dadurch wurden sie ja erst richtig gut.« Ich küsse sie wieder, weil ich nicht anders kann. Ich bin süchtig nach ihren Lippen, süchtig nach allem an ihr. »Sag Ja, Baby. Sei meine Partnerin in allen Bereichen. Bitte.«

Sie lächelt, drückt mir einen zarten, süßen Kuss auf den Mund, ehe sie flüstert: »Ja.«

KAPITEL 30

Lily

Aufgeregt warte ich in Violets Büro, ringe die Hände im Schoß und beiße mir so fest auf die Lippe, dass Violet mir schließlich wortlos einen Fleur Lippenbalsam reicht. Ich trage ihn auf, staune, wie gut er wirkt, und gebe ihn Violet zurück.

Sie schüttelt den Kopf. »Behalt ihn. Ich habe davon noch welche im Schreibtisch.«

»Er wirkt.« Ich werfe den Lippenbalsam in meine Handtasche.

»Ich weiß.« Violet lächelt. »Das ist ein super Zeug.«

Ich sehe mich kurz um, beuge mich dann näher zu Violet, die hinter ihrem Schreibtisch sitzt, und frage mit gesenkter Stimme: »Ist sie hier?« Meines Wissens müsste sie hier sein; das Meeting war für zwei Uhr anberaumt, und jetzt ist es Viertel nach zwei. Ich bin vor wenigen Minuten eingetroffen, damit ich in der Firma bin, wenn die Bombe platzt.

Ja, ich möchte miterleben, wie Pilar mit Schanden entlassen wird und ihren Spießrutenlauf durch die Firma absolviert.

Violet seufzt. »Im Moment ist sie noch in Vaters Büro. Ryder ist bei dem Meeting dabei. Das wird ihr sicher gefallen.«

»Sie wird stinksauer sein«, murmele ich und unterdrücke ein hysterisches Lachen. Was Pilar uns antun wollte, ist eine ernste Angelegenheit.

»Richtig, aber das ist mir egal.« Violet grinst vergnügt. Sie ist froh, dass Pilar endlich bekommt, was sie verdient. Und mir geht es genauso. »Sie ist nicht mehr mein Problem.«

Ja, Gott sei Dank. »Ich habe immer noch ein schlechtes Gewissen, weil ich dir nicht früher von Pilars Intrigen erzählt habe.« Ich habe tatsächlich extreme Schuldgefühle deswegen, obwohl alle – und ich meine wirklich alle, einschließlich meiner Grandma und Dad – mir versichert haben, es sei okay. Doch es fühlt sich nicht okay an. Aber zum Glück sind wir ihr auf die Schliche gekommen.

Und das haben wir auch Max und Levi zu verdanken.

Violet winkt ab und gibt einen verächtlichen Laut von sich. »Hör auf, dir Vorwürfe zu machen. Es ist vorbei. Dein Max hat unsere Firma gerettet.«

Ich lächele. »Ja, das stimmt.«

Wie sich herausgestellt hat, bekam Felicity Winston heftige Schuldgefühle, nachdem Pilar ihr die Infos über die neuen Fleur-Produkte geschickt hatte. Sie sah sich zwar alles an und weiß nun über die künftigen Pläne der Firma bestens Bescheid, doch sie hat niemandem davon erzählt, auch nicht ihren engsten Mitarbeitern bei Jayne Cosmetics. Fleur hat noch einmal Schwein gehabt. Violet war nicht gezwungen, irgendwelche verhüllten Drohungen auszusprechen, aber es wurden Anwälte eingeschaltet und Dokumente unterzeichnet, in denen Felicity sich zum Schweigen verpflichtet.

Pilar wird ebenfalls eine Vertraulichkeitsvereinbarung unterschreiben müssen, bevor sie rausgeschmissen wird.

Dieser Gedanke verschafft mir eine tiefe Befriedigung.

»Wie geht's übrigens Max?«, fragt Violet betont beiläufig.

»Oh ... sehr gut.« Meine Stimme klingt weich, und wahrscheinlich sehe ich aus wie eine schwärmerische, verliebte Närrin, aber ich bin nun mal bis über beide Ohren verknallt, also ist das okay. In den vergangenen Tagen waren wir ununterbrochen zusammen, und ich kann es kaum erwarten, nach Hause zu gehen und ihn wiederzusehen. Nun, da er mein Leben ist, kann ich mir nicht mehr vorstellen, ohne ihn zu sein.

»Du scheinst dich angesteckt zu haben«, bemerkt Violet amüsiert.

Ich runzele die Brauen. »Wie meinst du das?«

»Mit dem Liebesvirus. Rose hat sich infiziert. Ich habe mich infiziert. Und jetzt hat es auch dich erwischt.«

Schon komisch, dass ich auf die Beziehungen meiner Schwestern neidisch war, obwohl ich mir immer eingeredet hatte, ich wolle selbst keine Beziehung haben. Was für ein Irrtum. Ich kann es kaum glauben, wie unkompliziert es mit Max ist, wie schnell es gegangen ist. Aber wahrscheinlich weiß man es einfach, wenn man dem Richtigen begegnet.

Und Max ist der Richtige für mich.

»Wir haben nicht über Liebe oder so was in der Art geredet«, beginne ich, doch Violet unterbricht mich.

»Ach, das wird bald kommen, da bin ich mir sicher.

Er scheint genauso vernarrt in dich zu sein wie du in ihn.« Ihr wissendes Lächeln ist total angeberisch, und ich will gerade zum Prostest ansetzen – warum, weiß ich selbst nicht so genau –, als vor Violets Bürotür ein lautes Geschrei ertönt.

Wir drehen uns um und sehen, wie Pilar mit unserem Vater im Flur steht, ihm den Finger in die Brust bohrt und ihn anbrüllt.

»Wenn du glaubst, ich mache hier sang- und klanglos den Abflug, hast du dich gewaltig getäuscht.« Erneut bohrt sie ihm den Finger in die Brust, und er versucht weder, sie wegzuschieben, noch sagt er etwas, aber seine Miene ist wie versteinert und sein Mund nur mehr ein schmaler Strich.

»Hast du die Security gerufen?«, fragt Dad, als Ryder hinzukommt.

»Ist schon unterwegs«, sagt Ryder knapp und wendet den Blick zu den Fenstern von Violets Büro. Als er uns entdeckt, wird sein Ausdruck weicher, und er lächelt Violet zu.

Pilar folgt seinem Blick und konzentriert ihre Aufmerksamkeit nun auf uns. Sie ist kreidebleich, bis auf die roten Rougetupfer auf ihren Wangen, und ihre Augen sind zu schmalen Schlitzen zusammengekniffen. Sogar aus der Entfernung kann ich sehen, wie ihr ganzer Körper vor Wut bebt.

»Ihr blöden, selbstgefälligen Nutten!«, kreischt sie und stürmt auf die offene Tür von Violets Büro zu. »Ich hasse euch! Glaubt ihr ernsthaft, ihr könnt mich *fertigmachen*?«

Bevor Pilar Violets Büro betreten kann, packt Ryder sie am Arm und hält sie fest. »Noch ein Wort gegen meine Verlobte, und es wird dir leidtun«, höre ich ihn mit kaum gezügeltem Zorn zischen.

Sie blickt sich kurz zu ihm um, ehe sie sich wieder uns zuwendet. »Ihr mögt diese Schlacht vielleicht gewonnen haben, aber den Krieg habt ihr nicht gewonnen. Noch lange nicht.«

Violet und ich bleiben stumm. Was sollen wir auch sagen? Ich wünschte, Pilar würde einfach nur verschwinden. Und Violet denkt sicher das Gleiche.

Pilar befreit ihren Arm aus Ryders Griff und schenkt uns einen vernichtenden Blick, ehe sie auf dem Absatz kehrtmacht und den Flur hinuntergeht. Daddy folgt ihr, und ich höre, wie er mit jemandem spricht – wahrscheinlich mit der Security, die Ryder herbeigerufen hat. Ryder kommt zu uns ins Büro und geht schnurstracks auf Violet zu, die von ihrem Stuhl aufspringt und ihm um den Hals fällt.

»Es ist vorbei«, sagt Ryder und streicht Violet tröstend über den Rücken. »Als wir sie mit den E-Mails an Felicity Winston konfrontierten, gab sie keinen Mucks von sich. Erst bei den E-Mails an Zachary begann sie zu schreien und zu toben. Da habe ich die Leute von der Security gerufen. Die werden sie aus dem Gebäude eskortieren.«

»Hat sie die Vertraulichkeitsvereinbarung unterschrieben?«, fragt Violet.

Ryder nickt. »Wir haben dafür gesorgt, dass sie das Dokument unterschreibt, bevor wir die E-Mails an Zachary zur Sprache gebracht haben. Euer Vater hat alles großartig gemanagt. Ist nicht mal ins Schwitzen geraten.«

Es macht mich seltsam stolz, dies zu hören. »Und

was ist mit dir, Ryder? Ist dir der Angstschweiß ausgebrochen?«

»Blödsinn, aber ich musste mich beherrschen, um ihr nicht an die Gurgel zu gehen.« Er grinst und drückt Violet einen Kuss auf die Lippen. »Es ist vorbei, Baby. Sie ist für immer aus unserem Leben verschwunden.«

»Hoffentlich«, antwortet Violet.

»Sicher. Was geschehen ist, ist geschehen. Mit ihrer Karriere in der Kosmetikbranche ist es vermutlich vorbei, aber ich bin mir sicher, sie wird sich neu erfinden. Oder irgendjemanden davon überzeugen, dass sie der Mühe wert ist«, sagt Ryder kopfschüttelnd. »Sie hat sehr viel für mich getan …«, ergänzt er leise und wirkt beinahe schuldbewusst.

Energisch holt ihn meine Schwester wieder in die Realität zurück. »Aber sie hat dich auch gebremst«, stellt Violet klar, während sie sich langsam aus seinen Armen löst und sich zu mir umdreht. »Vielleicht solltest du anfangen, bei Fleur zu arbeiten, Lily. Nachdem Rose und jetzt auch Pilar weg sind, brauchen wir jemand Neuen. Und mir wäre es lieb, wenn die Leitung in Händen der Familie bliebe.«

Überrascht sehe ich sie an. Ich kann kaum glauben, dass Violet mir eine Stelle bei Fleur anbietet. »Ich weiß dein Vertrauen in mich zu schätzen, aber ich habe andere Pläne.«

Violet zieht die Stirn kraus. »Welche denn?«

»Ich werde bei Max einsteigen. Mein Talent als Hacker sinnvoll einsetzen«, sage ich leicht verlegen. Ich hoffe, sie hält das nicht für Blödsinn. Es hat riesigen Spaß gemacht, mit Max über neue Ideen für seine Firma zu diskutieren. Nicht nur Spaß, es war spannend. Ich war nie der Typ, der vorausplant, doch mit Max fällt mir das leicht.

Ein Lächeln zieht über Violets Gesicht, lässt ihre Augen leuchten. »Das ist ... großartig. Eine tolle Idee. Vater wird so stolz auf dich sein.«

»Glaubst du echt?«, frage ich entgeistert und erfreut zugleich. Denn ich glaube nicht, dass mein Vater jemals stolz auf mich war.

»Das weiß ich. Wir hätten dich sehr gern bei Fleur gehabt, aber ich verstehe natürlich, dass du lieber mit Max zusammenarbeitest. Das entspricht auch eher deinen Fähigkeiten, also nur zu.« Lächelnd kommt Violet auf mich zu, breitet die Arme aus, und ich falle ihr um den Hals. »Tu, was sich für dich richtig anfühlt, Lily«, flüstert sie mir ins Ohr.

Und das ist der beste Rat, den man mir jemals gegeben hat.

EPILOG

Lily

Drei Monate später

»Willst du wirklich, dass ich zu dir ziehe?«

Ich nicke und rutsche über mein breites Bett, damit ich meinen nackten Körper an ihn schmiegen kann. Er hat noch seine Boxershorts an, aber ich fühle seine Erektion. Wenn ich es richtig anstelle, wird dieser große Schwanz in wenigen Minuten in mir sein. »Spann mich nicht auf die Folter, sondern sag einfach Ja. Wir sind sowieso die ganze Zeit zusammen, ob bei dir oder bei mir.« Da er in Brooklyn wohnt, verbringen wir mehr Zeit bei mir. Außerdem ist meine Wohnung größer und wird, dank Max, von einem erstklassigen Sicherheitsdienst betreut, der vor Kurzem, auf Max' Geheiß, eine neue Alarmanlage installiert hat. Max hat nach wie vor die Befürchtung, Pilar könne plötzlich auftauchen und mir oder Violet etwas antun.

Lachend schlingt Max nun die Arme um mich, umfasst mit seinen großen Händen meine Pobacken und zieht mich enger an sich. »Ich sollte es wie Caden machen und dich überreden, zu mir zu ziehen, damit wir alle Nachbarn sind«, murmelt er und küsst mich auf den Hals. Seine heißen Lippen und seine feuchte Zunge lassen mich wohlig erschauern.

»Da wir nächsten Monat im Zentrum unser neues Büro eröffnen wollen, wäre das totaler Quatsch«, erwidere ich. Ich arbeite erst seit wenigen Monaten mit Max und Levi zusammen, und das Geschäft boomt. Es hat sich herumgesprochen, dass Max nun mit einem Team aus Computerspezialisten zusammenarbeitet, und wir erhalten mittlerweile mehr Aufträge, als wir annehmen können.

Wir haben vor Kurzem eine Empfangsdame eingestellt, und weitere Mitarbeiter sollen folgen. Die Tatsache, dass *ich* mit Max zusammenarbeite, haben wir für uns behalten. Ich bin eher eine Art stiller Partner geworden, weil wir nicht die Aufmerksamkeit der Medien auf uns ziehen wollen. Unsere Firma erledigt Aufträge diskret, und potenzielle Kunden wären nicht erfreut, wenn sie erführen, dass ein ehemaliger Medienliebling – oder vielmehr ein Partygirl, das immer für Skandale gut war – für sie arbeitet.

Und ich bekomme gerade eine Menge Aufmerksamkeit von den Medien, was mit der jüngsten Präsentation des nach mir benannten Parfüms zu tun hat. Ich habe zusammen mit Rose und Violet einen Haufen Interviews gegeben, und wir haben bei Bloomingdale's eine riesige Präsentation abgehalten. Die Medien lieben es ganz besonders, dass Rose hochschwanger ist und jeden Tag niederkommen könnte. Die Parfüms der Fowler-Schwestern haben sich super gut verkauft.

Was mich nicht weiter überrascht.

In gewisser Weise bin ich in den vergangenen Monaten ein komplett anderer Mensch geworden. Ich gehe von Montag bis Freitag zur Arbeit, und manchmal arbeiten wir sogar an den Wochenenden. Ich, das Partygirl von Manhattan, abgestürzt, chaotisch, die junge Frau, der man eine kaputte, gescheiterte Existenz vorhersagte – ich habe mich in eine normale, von acht bis fünf – oder oft sogar länger – arbeitende Frau verwandelt.

Und ich liebe es. Ich liebe es, mit Max aufzustehen, gemeinsam mit ihm zu duschen und rasch einen Kaffee hinunterzustürzen, ehe wir ins Büro gehen. Ich liebe es, mit Levi zu arbeiten, der ehrgeizig und klug ist und es genauso genießt wie ich – oder vielleicht sogar noch mehr –, knifflige Codes zu entschlüsseln.

Aber was ich am meisten mag? Jeden Tag mit Max zusammen zu sein. Ich fürchtete, wir würden einander irgendwann auf die Nerven gehen, und er gestand, dass er dieselbe Angst hatte. Doch ich bin seiner absolut nicht überdrüssig. Vielmehr liebe und schätze ich ihn mit jedem Tag mehr. Er ist großartig. So intelligent, so fleißig, so gewissenhaft bei allem, was er tut.

Er ist durch und durch integer, was ich ihm anfangs ja abgesprochen hatte. Und diese Integrität ist unglaublich sexy. Alles an ihm ist sexy.

»Ja, du hast wahrscheinlich recht«, sagt er nun. »Wir sollten in deiner großen Wohnung leben und meine Schuhschachtel von Apartment aufgeben.« Er hält mit seinen großen Händen immer noch meinen Hintern umfasst, spreizt jetzt meine Beine, schiebt die Finger in meine feuchte Möse, und ich ziehe scharf die Luft ein. Er weiß genau, wie er mich anfassen muss, und das liebe ich. »Hast du in deinem schicken Schrank überhaupt noch Platz für meine Klamotten?«, murmelt er.

»Du wirst die Finger hübsch von meinem Schrank

lassen«, erwidere ich lachend, doch mein Lachen verwandelt sich sogleich in ein Stöhnen, als er mich nun richtig zwischen den Beinen zu streicheln beginnt.

»Baby, du bist immer so feucht für mich.« Er bewegt sich an meinem Körper nach unten, drückt dabei heiße Küsse auf meine Haut, bis sein Kopf zwischen meinen Schenkeln ruht und er mich so gekonnt zu lecken beginnt, dass mir die Sinne schwinden. »Du schmeckst so gut«, stößt er keuchend hervor.

Ich kralle die Hände in sein Haar, bin total überwältig von den Empfindungen, die dieser Mann in mir auslöst. Was bin ich nur für ein Glückspilz! Und das meine ich nicht nur in Bezug auf Sex, obwohl er da ein echter Könner ist.

»Max«, flüstere ich und schiebe ihm die Hüfte entgegen. Er blickt zu mir auf und sieht mich unentwegt an, während er die Zunge um meine Klitoris kreisen lässt und einen Finger in mich hineinschiebt. Mehr bedarf es nicht. Am ganzen Körper zitternd, werde ich von einem so heftigen Orgasmus erfasst, dass ich laut aufschreie. So viele Orgasmen wie mit Max hatte ich noch nie.

Und ich habe mich noch nie so geliebt, so wertgeschätzt gefühlt. Und das alles verdanke ich Max.

Es liegt daran, dass er an mich glaubt. Mich ermutigt. Mich unterstützt, wenn es nötig ist, und sich zurückzieht, wenn ich meine Freiheit brauche. Er verfügt über einen extrem gut entwickelten Instinkt. Ich vertraue ihm total. Er will mich nach wie vor als Partner in der Firma haben, und obwohl ich einverstanden bin, ist es dennoch ein großer Schritt, zu dem ich noch nicht wirklich bereit bin.

Was für ihn in Ordnung ist. Er drängt mich nicht. Das schätze ich mehr, als er ahnt.

Er kommt gut mit meinen Schwestern und mit Ryder und Caden klar. Mittlerweile habe ich seine Eltern kennengelernt, die ich beide sehr nett finde, und sein Bruder Sam ist genauso brummig, wie Max mir erzählt hat. Er ist Polizist in New York, ein Bär von einem Mann mit einem finsteren Gesichtsausdruck, aber dennoch attraktiv, wenn auch nicht so wie Max.

Niemand ist so gnadenlos attraktiv wie Max, zumindest in meinen Augen nicht.

»Du schreist ganz schön laut, wenn du kommst, Prinzessin«, neckt er mich und richtet sich über mir auf. Seine Boxershorts sind wundersamerweise irgendwie verschwunden.

»Ich mag deine geschickte Zunge nun mal, Cowboy«, erwidere ich grinsend und seufze gleich darauf vor Lust, als er mich küsst.

»Apropos Cowboy, ich glaube, meine Kleine will mich reiten«, murmelt er, legt sich auf den Rücken und zieht mich auf sich, sodass ich rittlings auf ihm sitze und seinen riesigen Schwanz tief in mich aufnehmen kann. »Ah, so ist es gut, Baby. Und jetzt reit los!«

Ich tue wie geheißen, bewege mich langsam auf seinem Schwanz auf und ab. Ich schließe die Augen, hebe die Arme, fahre mir mit den Händen durchs Haar und nehme es oben auf dem Kopf zusammen. Er mag es, wenn ich eine Show veranstalte. Lasziv strecke ich den Oberkörper vor, sodass meine Brüste bei jeder meiner Bewegungen wogen.

»Hübscher Anblick«, feuert er mich an, während er

mit beiden Händen über meinen Bauch streicht, meine Brüste umfasst. Ich lasse die Arme sinken, öffne die Augen und sehe lächelnd zu ihm hinunter, dann setzt er sich auf und saugt und leckt erst an meiner einen Brustwarze, dann an der anderen.

Ein zittriges Seufzen entfährt mir, und ich umfasse seinen Kopf mit den Händen und halte verzückt den Atem an, als er mich mit seinen schönen blauen Augen ansieht, in denen sich Zuneigung, Lust und tiefe Liebe spiegeln. Und das alles gilt nur mir. Ich kann es immer noch nicht fassen, dass dieser Mann mir gehört. Mir allein. »Das fühlt sich so gut an«, murmelt er. »Ich mag es, wie du mich reitest.«

Meine Möse zieht sich um seinen Schwanz zusammen, und er schließt halb die Augen und stöhnt leise. Ich reibe mich an ihm, nehme ihn so tief in mich auf, dass es mir vorkommt, als berühre er mich in meiner tiefsten Seele.

»Ich liebe dich, Kleine«, flüstert er und merkt genau, was diese Worte in mir auslösen, kann meine körperliche Reaktion auf seine zärtlichen Worte spüren. »Wirst du noch mal kommen?«

Ich nicke, und mein Haar fällt mir wirr über die Schultern. Sein Schwanz erzeugt durch die Reibung ein köstliches Kitzeln in meinem Innern, das mich an den Rand des Höhepunkts bringt, und mit einer Hand greift Max mir nun ins Haar, packt es und bringt sein Gesicht ganz nah an meins.

»Sag mir, dass du mich liebst«, befiehlt er.

»Oh, ich liebe dich, Max. Ich liebe dich so sehr.«

Er beschleunigt das Tempo, fickt mich hart. Während er mich nach wie vor an den Haaren zieht, küsst er mich, stößt die Zunge so ungeduldig in meinen Mund wie seinen Schwanz in meine Möse, und dann komme ich, melke seinen Schwanz mit meinen konvulsivischen Zuckungen, und sein Saft schießt tief in mich hinein, markiert mich.

Markiert mich als die Seine.

Minuten später liege ich in seinen Armen, den Kopf auf seiner Brust und eng an ihn gekuschelt. Ich kann seinen Herzschlag spüren, kräftig und regelmäßig, und streiche mit den Fingern über seine muskulöse Brust, denn ich muss ihn einfach berühren.

»Vielleicht sollten wir uns in Zukunft etwas beschränken«, murmelt er und spielt dabei mit den Fingern in meinen Haaren. »Dieser häufige Sex bringt uns sonst noch um.«

Ich hebe den Kopf und funkele ihn empört an. »Auf keinen Fall werden wir uns beschränken. Das ist der beste Teil des Tages.«

Lachend drückt er meine Schulter. »Habe ich dir heute schon gesagt, dass ich dich liebe?«

Ungefähr zwanzig Mal. »Ja, aber sag es mir noch einmal.«

Seine Miene wird ernst. »Ich liebe dich. Ich bin der glücklichste Mann der Welt, weil ich dich in meinem Leben habe.«

»Ich liebe dich auch«, sage ich leise und zutiefst berührt.

Stirnrunzelnd mustert er mich. »Würdest du deinen Schrank für mich aufgeben?«

Verdutzt starre ich ihn an. »Meinst du das ernst?«

Seine Miene verändert sich nicht. Erst als ich ihn anstupse, sehe ich das mutwillige Funkeln in seinen

Augen. »Zwing mich bloß nicht, mich zwischen dir und meinem Schrank zu entscheiden. Ich liebe diesen Schrank. Ich wollte ihn sogar mal heiraten und seinen Namen annehmen.«

»Lily Schrank? Das war dein tiefster Wunsch?« Er zieht die Brauen hoch, sieht so verdammt sexy aus.

»Klingt doch gut, findest du nicht?« Ich bohre den Zeigefinger in seine Brust.

»Ich finde, Lily Coleman klingt besser«, sagt er.

Mir bleibt der Mund offen stehen, und mein Herz klopft wie irre. »Meinst du das ernst?«

Er schweigt, tippt mir nur mit dem Finger auf die Nasenspitze.

»Echt?«, stoße ich heiser hervor, als er meinen Kopf zu sich zieht.

»Sag einfach Ja, Lily«, flüstert er.

»J...«, beginne ich, doch er schneidet mir das Wort ab.

Und küsst mich.

DANKSAGUNG

Das war das schwierigste Buch, das ich je geschrieben habe, vor allem, weil ich es zweimal schrieb. Deshalb will ich meiner Lektorin, Shauna Summers, dafür danken, dass sie so viel Geduld mit mir hatte, als ich diesen schmerzhaften Prozess nicht nur einmal, sondern zweimal durchlief und dabei auch noch schrecklich krank wurde – und das während des Urlaubs. Es war nicht leicht, aber ich glaube, die zweite Fassung ist dank deiner Vorschläge, Shauna, wesentlich besser. Die Zusammenarbeit mit dir ist eine wahre Freude.

Ich möchte allen Leuten bei Bantam/Randomhouse für die Unterstützung bei dieser Romanreihe über die Fowler-Schwestern danken. Ein dicker Schmatz geht an Kati Rodriguez und Autumn Hull für alles, was ihr getan habt, um mich auf der Zielgeraden zu halten. Besonders danke ich auch Katy Evans, meiner Freundin, kritischen Partnerin, Vertrauten. Ohne dich hätte ich das niemals geschafft.

Und an all die Blogger und Leser da draußen, männliche wie weibliche: Danke für eure nimmermüde Unterstützung. Ich schreibe meine Bücher ja nicht nur für mich, sondern auch für euch. Es ist mein Traumjob, den ich schon seit meiner Teenagerzeit machen wollte, als ich Fan-Fiction zu Duran Duran oder der Seifenoper *Days of Our Lives* verfasste (total peinlich, aber ich stehe dazu). Es fällt mir immer noch schwer zu glauben, dass Schreiben tatsächlich mein gegenwärtiger Beruf ist. Ich bin ein Glückskind. Deshalb an all die Träumer da draußen: Gebt nicht auf.

PLAYLIST

Musik spielt bei mir während des Schreibprozesses immer eine tragende Rolle. Ich habe für fast jedes Buch, das ich geschrieben habe, eine Playlist auf Spotify erstellt (sucht einfach bei Spotify nach Monica Murphy). Hier ist eine Liste der Songs, die mich, während ich diesen Roman schrieb, inspiriert haben:

Hawaii von Meiko
Chandelier von Sia
Bad Girl von Madonna
This is What Makes Us Girls von Lana Del Rey
Lemon von Katy Rose
Crave You von Flight Facility